댈러웨이 부인

Mrs Dalloway

세계문학전집 484

댈러웨이 부인

Mrs Dalloway

버지니아 울프

이미애 옮김

민음사

일러두기

1 이 책은 *Mrs Dalloway*(Oxford University Press, 2000)를 저본으로 삼아 우리말로 옮겼다.

2 본문의 각주는 모두 옮긴이 주다.

3 원문에서 이탤릭체로 강조한 부분은 고딕체로 표기했다.

차례

댈러웨이 부인 7

댈러웨이 부인은 꽃을 직접 사러 가겠다고 말했다.

루시는 할 일이 많으니까. 문짝들을 경첩에서 떼어 내야 하므로 럼플메이어의 일꾼들이 올 것이다. 그런데 얼마나 아름다운 아침인가. 클래리사 댈러웨이는 생각했다. 바닷가에서 노는 아이들에게 흘러든 공기처럼 상쾌했다.

아, 얼마나 유쾌한가! 신나게 뛰어들고 싶어! 지금도 들을 수 있는, 돌쩌귀가 살짝 삐걱거리는 소리를 들으며 버턴의 옛 집에서 유리문을 활짝 열고 바깥으로 뛰어나갈 때면 그녀는 항상 그렇게 느꼈었다. 이른 아침의 공기는 얼마나 신선하고, 얼마나 고요했던가. 물론 여기보다 조용했다. 찰싹이는 파도처럼, 파도의 입맞춤처럼, 차갑고 날카롭지만(당시 열여덟 살이던 그녀에게는) 엄숙했다. 거기 열린 창가에 서서 뭔가 끔찍한 일이 일어나리라고 느끼던 그녀에게는. 꽃들과 안개가 걷혀 가는 나무들, 날아오르다 떨어지는 떼까마귀를 거기 서서 바라보는데 피터가 말을 걸었다. "식물들 속에서 사색하고 있어요?"라고 했던가, "나는 꽃양배추보다 사람이 좋아요."라고 했던가? 어느 날 아침 식사 시간에 그녀가 테라스로 나갔을 때 그는 분명 그런 말을 했었다. 피터 월시. 그는 조만간 인도에서 돌아올 예정이었다. 6월 아니면 7월에. 그의 편지가 몹시 지루했기에 날짜는 기억나지 않았다. 기억에 남는 것은 그의 말이다. 그의 눈, 그의 주머니칼, 그의 미소, 그의 심술. 그리고 수많은 것들이 완전히 사라졌을 때 — 정말 이상한 일이지! — 고작 남은 건 양배추에 대한 이런 몇 마디 말이었다.

연석 위에서 그녀는 약간 굳은 몸으로 더트널의 화물차가 지나가기를 기다렸다. 매력적인 여자야. 스크로프 퍼비스는 그녀를 보며(웨스트민스터가의 옆집에 사는 사람들을 알듯이 그녀를 알기에.) 생각했다. 그녀에게는 새 같은 느낌이 있었다. 쉰 살이 넘었고 병치레를 한 뒤로 흰머리가 많이 늘었지만 가볍고 활기찬 청록색 어치 같았다. 그녀는 그를 전혀 보지 못한 채, 길을 건너려고 꼿꼿한 자세로 도로 끝에 서서 기다리고 있었다.

웨스트민스터가에서 오래 살아왔기에 — 이제 얼마나 됐더라? 이십 년이 넘었다. — 혼잡한 차량들 속에서도, 또는 한밤중에 깨어서도 빅벤이 울리기 전의 어떤 숨죽임을, 또는 엄숙함을, 뭐라 말할 수 없는 정지를, 어떤 긴장감을 느끼게 된다고(하지만 이것은 유행성 독감을 앓은 그녀의 심장 때문일 거라고 사람들은 말했다.) 클래리사는 확신했다. 저 봐! 종소리가 크게 울려 퍼졌다. 처음에는 아름다운 예종으로, 그다음에는 되돌릴 수 없는 시간을 알리며. 납처럼 묵직한 소리의 파문이 공중에서 흩어졌다. 우리는 정말 바보들이야. 그녀는 빅토리아가를 건너며 생각했다. 왜 그렇게도 그것을 사랑하는지, 어떻게 해서 그것을 그렇게 보고 만들고 자기 주위에 쌓고 굴리고 매 순간 새롭게 창조해 내는지 누구도 알지 못하잖아. 하지만 가장 추레한 여자들도, 더없이 상심한 채 문간에 주저앉아 있는(그들의 몰락에 축배를 들자.) 가엾은 사람들도 똑같이 그런다. 그 이유, 그들이 삶을 사랑한다는 바로 그 이유 때문에 그들을 의회 법령으로 다룰 수 없다고 그녀는 믿었다. 사람들의 눈에, 몸을 흔들며 터벅터벅 저벅저벅 옮기는 걸음에, 고함 소리와 와자지껄한 소리에, 마차와 자동차, 버스, 화물차, 앞뒤로 광고판을 달고 발을 끌며 몸을 흔들면서 걷는 사람에, 취주악단에, 손풍금에, 머리 위에서 의기양양하게 쩔렁거리며 기이하게 높은 소리로 노래하는 비행기에, 그녀가 사랑하는 것이 있었다. 삶이, 런던이, 6월의 이 순간이.

6월 중순이었으니까. 전쟁이 끝났다. 다만 멋진 아들이 전사하는 바람에 이제 유서 깊은 대저택을 어느 사촌에게 넘기게 되어 어젯밤 대사관에서 슬퍼하던 폭스크로프트 부인이나, 사랑하는 존이 죽었다는 전보를 손에 들고 바자회를 열었다는 레이디 벡스버러 같은 사람에게는 아니었다. 그러나 전쟁은 끝났다. 다행히도 끝이 났다. 6월이었다. 왕과 왕비는 왕궁에 있었다. 아직 꽤 이른 시간이지만 도처에 부산한 움직임이, 질주하는 조랑말들의 동요가, 크리켓 배트를 가볍게 두드리는 소리가 가득했다. 로즈 크리켓 구장, 애스콧 경마장, 라넬러 폴로 경기장과 그 모든 것들이 회청색 아침 안개의 부드러운 그물망에 감싸여 있었다. 아침 시간이 지나고 그 그물이 풀리면서 잔디밭과 경기장에, 앞발로 방금 땅을 박차고 뛰어올라 깡충깡충 뛰는 조랑말들을, 빙빙 도는 젊은 남자들을, 투명한 모슬린 옷을 입고 웃어 대는 여자애들을 내려놓았다. 그들은 밤새 춤을 추고도 지금 우스꽝스러운 털북숭이 개들을 데리고 나와 산책시키고 있었다. 지금 이 시간에도 조심스러운 노부인들이 뭔지 모를 볼일을 보려고 자동차를 타고 쏜살같이 지나가고 있었다. 가게 주인들은 진열창 주변에서 모조 보석과 다이아몬드, 18세기풍으로 세팅한 아름답고 고풍스러운 바다색 브로치를 만지작거리며 미국인들을 유혹하고 있었다.(그러나 돈을 아껴야 하니 경솔하게 엘리자베스에게 줄 물건을 사서는 안 된다.) 조지 왕조 시절, 한때 왕을 보필하던 조상들이 있었기에 그녀 또한 사교계의 일부였다. 그녀는 그 세계를 실로 터무니없이 충실한 열정으로 사랑했으므로, 바로 그날 밤에도 불을 환히 밝히고 파티를 열 예정이었다. 그러나 세인트제임스 파크에 들어서자 밀려든 정적과 옅은 안개, 윙윙거리는 소리, 천천히 헤엄치는 행복한 오리들, 자루가 달린 몸으로 뒤뚱뒤뚱 걷는 새들은 얼마나 기이하던지. 그리고 정부 건물을 등진 채 왕실 문장이 박힌 공문서 송달함을 들고 누구보다 품위 있는 태도로 다가오는 사람이 있었다. 바로 휴 휘트브레드였다. 그녀의 오랜 벗 휴, 그 감탄스러운 휴였다.

"좋은 아침입니다, 클래리사!" 휴가 좀 허세를 부리듯 말했다. 그들은 어린 시절부터 알아 온 사이였다. "어디 가는 길입니까?"

"난 런던 거리를 걷는 게 좋아요." 댈러웨이 부인이 말했다. "사실 시골길을 걷는 것보다 낫거든요."

그들은 안타깝게도 의사를 만나러 올라온 참이었다. 다른 사람들은 그림을 보거나 오페라에 가거나 딸들에게 런던을 구경시켜 주려고 찾아오지만, 휘트브레드 가족은 '의사를 만나러' 온다. 클래리사는 요양원에 있는 에벌린 휘트브레드를 수없이 찾아갔었다. 에벌린이 다시 아픈가요? 에벌린은 꽤 편찮다고 말하면서, 아주 잘 가꾸고 남자다우며 대단히 잘생긴 휴가 옷을 완벽하게 차려입은(그는 늘 옷을 너무 잘 입었는데 궁정에서 자질구레한 일을 했기 때문일 것이다.) 몸을 불룩 내밀었달까, 으쓱했달까. 그의 아내에게는 심각하지 않지만 속병이 있으며, 오랜 친구인 클래리사 댈러웨이는 자세히 말하지 않아도 잘 이해하리라는 듯이. 아, 그럼요. 그녀는 물론 이해했다. 정말 딱한 일이에요. 그녀는 누이처럼 다정한 기분을 느끼면서도 묘하게 모자에 신경이 쓰였다. 이른 아침에 쓰기에는 적합한 모자가 아니라서 그런가? 휴가 부산을 떨면서 좀 과장스럽게 모자를 벗어 들고 그녀에게 열여덟 살의 아가씨 같다고 장담할 때면 그녀는 늘 그런 느낌이 들었다. 물론, 그는 오늘 밤 그녀가 여는 파티에 참석할 예정이었다. 에벌린이 꼭 그래야 한다고 했다. 다만 궁정에서 열리는 파티에 짐의 아들을 데려가야 했기에 조금 늦을 터였다. 휴가 옆에 있으면 그녀는 늘 약간 왜소해지는 기분이었다. 여자 학생 같다고나 할까. 하지만 그에게 애정을 느꼈는데, 그를 오래 알아 온 데다 나름대로 좋은 사람이라고 생각했기 때문이다. 하지만 리처드는 그에 대해 미친 듯이 화를 내기도 했고, 피터 월시는 그녀가 휴에게 호감을 가지고 있다는 사실을 지금까지 용서하지 않았다.

그녀는 버턴에서 피터가 불같이 화를 내던 장면들을 하나하나 떠올릴 수 있었다. 물론 휴는 어느 모로 보나 피터의 맞수가 되지 못했지만, 피터가 주장했듯이 구제 불능의 바보 천치나 가발걸이에 불과한 사람도 아니었다. 노모가 그에게 사냥을 그만두라고 하거나 바스에 데려가 달라고 했을 때 그는 불평 한마디 없이 그렇게 했다. 그는 정말 이기심이 없었다. 휴에게 인정도 없고 두뇌도 없으며, 가진 건 영국 신사의 예의범절과 가정 교육뿐이라고 말할 때의 피터는 정말 최악이었다. 도저히 참아 주거나 견딜 수 없을 때도 있었지만, 그는 이런 아침나절에 함께 산책하기에는 매력적인 존재였다.

(6월이라 나무에서 이파리가 모두 돋아났다. 핌리코 구역의 아이 엄마들은 아기들에게 젖을 물렸다. 함대에서 해군성으로 메시지가 전달되고 있었다. 알링턴가와 피커딜리가는 공원의 공기를 비벼 문질러, 클래리사가 사랑하는 성스러운 활력의 파도에 이파리들을 실어 열렬히, 찬란하게 들어 올리는 것 같았다. 춤추기, 탈것에 몸을 싣고 달리기, 그녀는 그 모든 것을 아주 좋아했다.)

두 사람이 헤어진 지 수백 년은 되었을까. 그녀와 피터. 그녀는 절대 편지를 쓰지 않았고, 그의 편지는 무미건조한 말뿐이었다. 그런데 갑자기 이런 생각이 들 때가 있었다. 지금 함께 있다면 그는 뭐라고 말할까? 어떤 날에 어떤 광경을 보면 예전의 쓰라림 없이 평온하게 그가 떠오르기도 했다. 아마도 사람을 좋아했던 과거에 대한 보상일 것이다. 맑은 날 아침, 세인트제임스 파크의 한복판에서 그들은 되살아났다. 실로 그랬다. 그런데 피터는 — 얼마나 아름다운 날이어도, 나무들과 풀, 분홍색 옷을 입은 여자애가 아무리 아름다워도 — 그 모든 것을 전혀 보지 않았다. 그에게 보라고 말하면, 그는 안경을 쓰곤 했다. 그러고는 쳐다보았다. 그가 관심을 갖는 것은 세계의 현상이었다. 그의 관심사는 바그너, 포프의 시 그리고 언제나 사람들의 성격, 그녀 영혼의 결함이었다. 그가 그녀를 얼마나 자주 비난했던가! 그들이 얼마나 말다툼을 많이 했던가! 그녀는 총리와 결혼해서 층계 꼭대기에 서 있을 거라고, 완벽한 안주인감이라고 그는 말하곤 했다.(그 말에 그녀는 침실에서 혼자 울었다.) 그녀가 완벽한 안주인의 소질을 갖추었다면서.

그래서 그녀는 세인트제임스 파크에서 지금도 자기 생각을 피력하며, 피터와 결혼하지 않은 건 잘한 일이라고 — 그리고 사실 옳았다. — 주장하는 스스로를 알아차리곤 했다. 결혼하고 같은 집에서 밤낮을 함께 살아가는 사람들 사이에는 어느 정도 마음대로 할 수 있는 자유랄까, 얼마만큼의 독자적인 영역이 있어야 한다. 리처드는 그것을 그녀에게 주었고, 그녀도 그에게 주었다.(가령 오늘 아침에 그는 어디 있을까? 어떤 위원회에 참석해 있을 것이다. 그녀는 절대 묻지 않았다.) 그러나 피터와는 모든 것을 공유해야 했고, 모든 것을 일일이 의논해야 했다. 그것은 참을 수 없는 일이었다. 그 작은 정원의 분수 옆에서 말다툼을 했을 때, 그녀는 그와 헤어져야만 했다. 그러지 않았다면 그들은 파괴되었을 테고, 두 사람 모두 망가졌으리라고 그녀는 믿었다. 비록 그녀는 수년간 심장에 화살이 박힌 듯 슬픔과 고뇌를 품고 살았지만. 그 뒤로 음악회에서 누군가에게, 그가 인도로 가는 배 위에서 만난 여자와 결혼했다는 얘기를 들었을 때의 경악감이란! 그 모든 것을 결코 잊지 못할 것이다. 그는 그녀에게 차갑고 냉정한 새침데기라고 했었다. 그녀는 그가 자기를 어떻게 좋아했는지 결코 이해할 수 없었다. 하지만 그 인도 여자들은 어쩌면 이해했으리라. 어리석고 예쁘고 천박한 멍청이들. 그리고 그녀는 동정심을 헛되이 낭비한 셈이었다. 그는 아주 행복하다고 그녀에게 장담했으니까. 완벽하게 행복하다고. 그들이 장래에 대해 이야기하며 계획했던 것은 하나도 이루지 못했지만 말이다. 그의 인생 전체가 실패작이었다. 그래서 그녀는 더 화가 났다.

그녀는 파크 출입구에 이르렀다. 잠시 서서 피커딜리가의 버스들을 바라보았다.

그녀는 세상 누구에 대해서도 이제는 이렇다 저렇다 말하지 않을 것이다. 그녀는 아주 젊은 기분이었고 또한 말할 수 없이 늙은 기분이었다. 그녀는 매사를 칼같이 가르면서도 동시에 바깥에서 방관했다. 택시들을 지켜보려니 자신이 멀리, 멀리 바다에 나가 혼자 있다는 느낌이 끊이지 않았다. 하루를 사는 것도 언제나 아주, 아주 위험하다는 느낌이 들었다. 자신이 현명하다거나 매우 특출나다고 생각한 적도 없었다. 다니엘스 양이 가르쳐 준 지식의 잔가지 몇 개에 의존해서 스스로 삶을 어떻게 헤쳐 왔는지도 알 수 없었다. 그녀는 아무것도, 언어도, 역사도 알지 못했다. 잠자리에서 읽는 회고록 말고는 이제 책도 거의 읽지 않았다. 하지만 그녀는 그것, 이 모든 것에 완전히 빠져들었다. 지나가는 택시에조차 말이다. 그녀는 피터에 대해 말하지 않을 것이다. 자신에 대해서도 나는 이렇다거나 저렇다고 말하지 않을 것이다.

자기가 가진 유일한 재능이란 거의 본능적으로 사람들을 알아보는 능력이라고, 그녀는 걸음을 옮기며 생각했다. 누군가와 같은 방에 있으면, 그녀는 고양이처럼 등을 둥글게 말아 올리거나 가르릉거렸다. 데번서 저택, 바스 저택,[1] 자기로 만든 앵무새가 걸린 저택, 예전에 이 모든 저택이 불을 환히 밝힌 광경을 보았고, 실비아, 프레드, 샐리 시튼 — 이런 수많은 사람들이 밤새 춤추고, 짐마차들이 느릿느릿 시장으로 나아가고, 파크를 가로질러 집으로 돌아가던 모습을 기억했다. 서펀타인 연못에 1실링짜리 동전을 던졌던 일도 기억했다. 하지만 기억을 하지 않는 사람은 없다. 그녀가 사랑한 것은 이것, 여기, 지금 그녀의 눈앞에 있는 마차 안의 통통한 부인이었다. 그렇다면 그것이 중요한 일일까. 그녀는 본드가를 향해 걸어가면서 스스로에게 물었다. 자신의 삶이 완전히 중단될 수밖에 없다는 것이 중요한 일일까. 그녀가 없어도 이 모든 것은 틀림없이 지속될 것이다. 그 사실에 화가 났던가? 아니면 죽음

---

1) 데번서 저택은 데번서 공의 저택으로 역사적 건물이며, 바스 저택은 애시버튼이 지은 아름다운 건물로 둘 다 피커딜리가에 있다.

으로 완전히 끝날 테지만, 어쩐지 런던 거리에서, 세상의 부침이 되풀이되는 가운데 여기저기에서 그녀는 살아남았고, 피터도 살아남았으며, 서로 속에 살아 있다고 믿으면 위안이 되지 않았던가? 자신은 고향에 있는 나무들의 일부라고, 잡동사니처럼 흩어진 그 볼품없는 집의 일부이며, 전혀 만나지 못한 사람들의 일부라고 그녀는 믿었다. 그녀는 자기가 가장 잘 아는 사람들 사이에 안개처럼 퍼져 있었으며, 그녀가 보았던 나무들이 안개를 떠받들듯이, 그들 역시 자신들의 나뭇가지 위로 그녀를 들어 올렸다. 하지만 그것은, 그녀의 삶은, 그녀 자신은 아주 멀리 퍼져 나갔다. 그런데 그녀는 해처드 서점의 진열창을 들여다보며 무엇을 꿈꾸었을까? 무엇을 되찾으려 애썼을까? 펼쳐진 책을 읽으면서 과연 무엇을, 시골에 퍼진 하얀 여명 같은 이미지를 찾으려 했을까?

　　태양의 열기를 더는 두려워하지 마라,
　　광포한 겨울의 격노도.[2]

　　이 근래에 세상이 경험한 사건은 그들 모두에게, 남자들과 여자들의 마음속에, 눈물의 샘을 심어 주었다. 눈물과 슬픔, 용기와 참을성, 더할 나위 없이 강직하고 극기하는 태도를. 가령 그녀가 가장 존중한 여성, 바자회를 열던 레이디 벡스버러

---

2) 셰익스피어의 『심벨린』 4막 2장. 가사 상태인 이모진을 묻으면서 기더리우스가 부르는 만가.

를 생각해 보라.

자력의 『유람 여행과 흥겨운 잔치』가 있었고, 『비누투성이 스펀지』와 애스퀴스 부인의 회고록 그리고 『나이지리아의 맹수 사냥』이 모두 펼쳐져 있었다. 책은 늘 많았지만, 요양원의 에벌린 휘트브레드에게 가져다줄 만한 책은 없었다. 그녀를 즐겁게 하고, 클래리사가 들어섰을 때 형언할 수 없이 바싹 마른 그 작은 여자를 한순간이라도 환하게 해 줄 만한 책은 없었다. 평소와 다름없이 여자들의 질병 이야기로 끝없이 빠져들기 전에 말이다. 그녀는 그러기를, 그녀가 들어섰을 때 사람들이 기분 좋아 보이기를 진심으로 바랐다. 이런 생각을 하며 클래리사는 몸을 돌려 본드가 쪽으로 다시 걸음을 옮겼고, 뭔가를 하는 데에 다른 이유를 대는 것은 어리석은 일이라고 생각하니 짜증이 났다. 리처드처럼 무엇을 하든 그 자체를 위해 일한다면 훨씬 좋았을 텐데. 오히려 그녀는 대개 그 일 자체를 위해서가 아니라, 다른 사람들이 이렇게 저렇게 생각하도록 만들기 위해 애써 왔다고, 길을 건너려고 기다리는 동안 생각했다. 누구도, 단 일 초도 속지 않을 터이므로(이제 경관이 손을 들었다.) 순전히 백치 같은 짓이었다는 사실을, 그녀는 깨달았다. 아, 인생을 다시 살 수 있다면! 외모도 달라질 수 있다면! 그녀는 보도에 발을 올려놓으며 생각했다.

그녀는 우선 레이디 벡스버러처럼 가무스레하고 주름진 피부에, 눈이 아름다운 모습이리라. 레이디 벡스버러처럼 느긋하고 당당하고, 체구가 다소 크며, 남자처럼 정치에 관심을 쏟고, 시골에 대저택을 소유하고 있으며, 매우 품위 있고 진실했을 것이다. 그러나 그녀는 완두콩 줄기처럼 가느다란 몸매에 우습게도 얼굴이 작고 코는 새 부리처럼 뾰족했다. 물론, 곧은 자세를 잘 유지하는 데다 손과 발은 예쁘장했으며, 돈을 거의 쓰지 않는 데 비해 옷을 잘 입는 것은 사실이었다. 그러나 이 제는 그녀가 걸친 이 몸이(그녀는 걸음을 멈추고 어떤 네덜란드 화가의 그림을 보았다.), 이 육신이 그 나름의 능력을 갖추고 있 음에도 종종 아무것도 아닌 듯이, 전혀 아무것도 아닌 듯이 느껴졌다. 묘하게 스스로가 아무 눈에 띄지도 않고, 보이지도 않고, 알려지지조차 않은 느낌이었다. 이제 더는 결혼을 할 일 도 없고, 아이를 가질 일도 없이, 그저 이처럼 놀랍고도 다소 엄숙하게 다른 이들과 함께 본드가를 걸을 뿐인 이 존재는 댈 러웨이 부인이었다. 더는 클래리사가 아닌, 리처드 댈러웨이의 부인이었다.

본드가는 매혹적인 곳이었다. 런던의 사교계가 열리는 시기 의 이른 오전, 본드가에는 깃발들이 휘날리고, 가게들은 흙탕 물로 얼룩지지도 번쩍이지도 않았으며, 그녀의 아버지가 오십 년 동안 양복을 맞춰 온 가게에는 트위드 옷감의 두루마리 하 나가 놓여 있었다. 진주 몇 개, 얼음덩어리 위의 연어.

"그게 다야." 그녀는 생선 가게를 바라보며 말했다. "그게 다 야." 그녀는 장갑 가게의 유리창 앞에 한순간 멈춰 서서 되풀 이했다. 전쟁 전에는 거의 완벽한 장갑을 살 수 있었던 가게였 다. 연로한 윌리엄 숙부는 구두와 장갑을 보면 숙녀인지 아닌 지, 분간할 수 있다고 말하곤 했다. 전쟁이 한창이던 어느 날 아침, 숙부는 침대에서 몸을 뒤척이다가 돌아가셨다. "난 살

만큼 살았어.” 그가 말했다. 장갑과 구두. 그녀는 장갑을 무척 좋아했지만, 자신의 딸 엘리자베스는 그런 물건엔 털끝만큼도 관심이 없었다.

'털끝만큼도'라고 생각하며 그녀는 파티를 열 때마다 꽃을 구입하는 가게로 향하며 본드가를 걸었다. 사실 엘리자베스는 자기 반려견을 무엇보다 좋아했다. 오늘 아침에는 온 집 안에 타르 냄새가 진동했다. 그래도 킬먼 양보다는 가엾은 그리즐이 더 낫고, 기도서를 옆에 두고 답답한 침실에 갇혀 있는 것보다는 개홍역이나 타르를 바르는 일, 그런 것들이 더 나았다! 뭐든지 더 낫다고, 그녀는 말하려 했다. 하지만 리처드가 말했듯이, 그것은 모든 소녀들이 한번쯤 거치는 과정일 뿐일지도 모른다. 사랑에 빠졌을 수도 있다. 하지만 왜 킬먼 양이라는 말인가? 킬먼 양은 물론 부당한 대우를 받아 왔고, 그런 사실을 참작해야 한다. 그리고 리처드는 킬먼 양이 매우 유능하고, 진정 역사적인 사고방식을 가지고 있다고 말했다. 어떻든 그 둘을 갈라놓을 수는 없었고, 자신의 딸 엘리자베스는 성찬식에 참석했지만 옷을 어떻게 입든, 점심 식사에 온 사람들을 어떻게 대하든 조금도 신경 쓰지 않았다. 자기가 경험한 바에 의하면 종교적 황홀경은(대의명분이 그렇듯이) 사람을 무감각하게 하고, 감정을 무디게 했다. 킬먼 양은 러시아인을 위해서라면 무엇이든 하려 했고 오스트리아인을 위해서라면 굶을 수도 있었지만 스스로에게는 철저히 고통을 가했다. 너무나 무감각한 나머지, 그녀는 녹색 방수 외투를 입었다. 해가 가고 계절이 바뀌어도 그녀는 땀을 흘리며 오직 그 외투만을 입었다. 방에 들어온 지 오 분만에 그녀는 자신의 우월성을, 상대의 열등성을 느끼게 했다. 자신이 얼마나 가난한지, 상대는 얼마나 부유한지, 자신은 빈민가에서 쿠션이나 침대, 러그 따위 없이 어떻게 살고 있는지를 느끼게 했다. 전쟁 중 학교에서 해고당한 원한에 사로잡혀 부식된 영혼! 가난하고, 앙심을 품은 불행한 인간! 그녀가 아니라, 그녀가 환기하는 관념이 몹시 싫었다. 당연히 킬먼 양뿐만이 아닌, 다른 많은 것이 축적되어 만들어졌을 그 관념은 한밤중에 우리와 격투를 벌이는 유령들, 우리 몸 위로 두 발을 벌리고 서서 생명의 피를 절반이나 빨아먹는 유령들, 지배자와 폭군 중 하나가 되었다. 운명의 주사위를 다시 던져서 흰색이 아니라 검은색이 나왔다면 그녀는 틀림없이 킬먼 양을 사랑했으리라. 그러나 이 세상에서는 아니었다. 절대로.

그런데 마음속에서 이 야만적인 괴물이 꿈틀거리자 그녀는 초조해졌다! 나뭇잎이 잔뜩 깔린 그 깊은 숲, 영혼에서 나뭇가지들이 쪼개지는 소리와 말굽들의 짓밟힘을 느끼자 초조해졌다. 온전히 만족하거나 안심하는 일은 결코 있을 수 없다. 언제라도 그 야수가, 이 증오심이 꿈틀거릴 테니까. 특히 그녀가 병을 앓은 뒤로 그 증오심은 척추를 긁어 대는 고통을 안겨 주었다. 육신에 통증을 일으켰다. 아름다움과 우정, 건강, 사랑을 받고 집 안을 쾌적하게 가꾸면서 느끼던 모든 기쁨이 뒤흔들리고 떨리고 꺾였다. 마치 어떤 괴물이 정녕 뿌리를 파헤치는 듯이, 그 갖가지 만족감이란 오직 자기애에 불과한 듯이. 이 증오심이!

말도 안 돼, 말도 안 돼! 그녀는 속으로 외치며 멀베리 화원의 반회전문을 밀고 들어갔다.

그녀가 씩씩하고 꼿꼿한 자세로 경쾌하게 들어서자, 얼굴이 동글납작한 핌 양이 바로 맞이해 주었다. 그녀의 손은 꽃과 함께 늘 차가운 물에 담겨 있느라 새빨갰다.

꽃들이 있었다. 참제비고깔, 스위트피, 라일락 다발, 무더기로 피어 있는 카네이션이 있었다. 장미도, 붓꽃도 있었다. 아, 그래, 그녀는 흙냄새가 나는 화원의 달콤한 향기를 들이마시며 핌 양과 이야기를 나누었고, 그녀에게 신세를 진 핌 양은 그녀를 친절하다고 생각했다. 몇 년 전에 그녀가 친절하게 도와준 적이 있었다. 아주 친절했다. 그러나 올해 그녀는 전보다 나이 들어 보이는 모습으로 붓꽃들과 장미들 사이에서 고개를 이리저리 돌렸다. 그러고는 눈을 반쯤 감은 채 라일락 다발에 고개를 파묻고 끄덕이며, 거리의 소음에서 벗어나, 달콤한 냄새와 감미로운 서늘함을 들이마셨다. 이제 눈을 뜨자, 장미는 세탁실에서 깨끗하게 채반에 담겨 온 주름 잡힌 리넨처럼 얼마나 신선해 보이던지. 고개를 치켜든 붉은 카네이션은 신비롭고 단정해 보였다. 수반 안에 퍼져 있는 스위트피는 보랏빛과 순백색, 흐릿한 빛깔로 물들어 있었는데 — 참제비고깔과 카네이션, 칼라가 화사하게 피어난 더없이 화창한 여름 낮이 지나고, 하늘이 거의 짙푸르게 변한 저녁나절에 모슬린 드레스를 입은 소녀들이 스위트피와 장미를 꺾으러 나온 듯했다. 6시와 7시 사이, 그 순간에는 어느 꽃 — 장미, 카네이션, 붓꽃, 라일락 — 이든 흰색과 보라색, 붉은색과 짙은 주황색

으로 타오른다. 모든 꽃이 홀로, 부드럽게, 안개 긴 화단에서
순수하게 타오르는 것이다. 그녀는 헬리오트로프와 달맞이꽃
위를 빙빙 돌며 오락가락 날아다니던 회백색 나방을 얼마나
좋아했던가.

그녀는 핌 양과 함께 큰 화병들 사이로 걸음을 옮기며 꽃
을 골랐다. 그러면서 더더욱 부드럽게 속으로 말했다. 말도 안
돼, 말도 안 돼. 이 아름다움, 이 향기, 이 색깔 그리고 자신을
좋아하고 신뢰하는 핌 양이 파도처럼 그녀의 몸 위로 흘러내
리고 있었다. 그리하여 그 증오심, 그 괴물을 제압하고 그 모
든 것을 극복한 듯했다. 그 파도가 그녀를 높이, 높이 들어 올
렸을 때, 아니! 바깥 거리에서 터져 나온 총소리!

"저런, 저 자동차들." 핌 양이 바깥을 내다보려고 창가에 다
가갔다가 양손에 스위트피를 가득 안은 채, 마치 자동차들,
타이어의 소란이 모두 자기 잘못이기라도 한 양 사과하듯 미
소를 지으며 돌아왔다.

댈러웨이 부인을 화들짝 놀라게 하고, 핌 양을 창가로 이
끌고 사과하게 한 맹렬한 폭발음은 바로 멀베리 진열창 맞은
편의 인도 옆에 정차해 있던 차에서 들려온 소리였다. 당연히
행인들은 걸음을 멈추고 쳐다보았고, 연회색 시트 커버에 기
댄 아주 중요한 인물의 얼굴을 간신히 볼 수 있었다. 곧 어느
남자의 손이 블라인드를 내리자 비둘기색의 직사각형 말고는
아무것도 보이지 않았다.

하지만 당장 한쪽에서는 본드가 한복판에서 옥스퍼드가

로, 다른 쪽에서는 앳킨슨의 향수 가게로 소문이 돌았다. 그것은 눈에 보이지 않게, 들리지 않게, 구름처럼 재빨리, 베일처럼 언덕 위를 지나, 방금 전까지만 해도 정녕 어수선하던 얼굴들 위로 구름처럼 갑자기 차분하고 고요하게 내려앉았다. 그런데 이제 신비로움의 날개는 그 얼굴들을 스치고 지나가 버렸다. 그들은 권위의 목소리를 들었다. 경건한 영혼이 붕대로 눈을 꼭 가리고 입을 크게 벌린 채 떠돌았다. 하지만 그들이 본 얼굴이 과연 누구인지는 아무도 몰랐다. 웨일스 공이었을까, 왕비였을까, 총리였을까? 누구의 얼굴이었을까? 누구도 알지 못했다.

에드거 J. 윗키스는 둥근 연관(鉛管)을 팔에 건 채 남들에게 들리도록, 물론 유머러스하게 말했다. "총리님의 차야."

길에 멈춰 서 있던 셉티머스 워런 스미스가 그 말을 들었다.

창백한 얼굴에 코끝이 뾰족한, 서른 살 무렵의 셉티머스 워런 스미스는 갈색 구두에 허름한 외투를 걸치고 있었다. 그의 녹갈색 눈동자에 어린 불안한 표정은 그를 전혀 모르는 사람들마저 불안하게 했다. 세상이 채찍을 쳐들었다. 그 채찍으로 어디를 내리칠까?

모든 것이 완전히 정지되었다. 자동차의 엔진 소리는 온몸에서 불규칙하게 둥둥거리는 맥박처럼 들렸다. 자동차는 멀베리 화원의 진열창 밖에 멈춰 서 있었기에 햇살이 유독 뜨거웠다. 버스 위층에 앉은 노부인들은 검은 양산을 펼쳤다. 여기서는 초록 양산이, 저기서는 붉은 양산이 펑 하고 작은 소리를 내며 펼쳐졌다. 댈러웨이 부인은 스위트피를 한 아름 안고 창가로 가서 발그레한 작은 얼굴로 뭔가를 묻는 듯이 입을 오므린 채 바깥을 내다보았다. 모두들 자동차를 보았다. 셉티머스도 바라보았다. 자전거를 탄 소년들이 훌쩍 뛰어내렸다. 차량들이 늘어났다. 그런데 거기, 내부를 가린 채 서 있는 자동차의 블라인드 위에 기이한 나무 무늬가 있다고, 셉티머스는 생각했다. 그리고 눈앞에서 이것이 하나의 중심을 이루어 모든 것을 서서히 그러모으면서, 뭔가 무시무시한 것을 거의 표면까지 끌어 올려 불꽃을 일으키며 폭발할 것 같았으므로, 그는 겁에 질렸다. 세상이 뒤흔들리고 떨리면서 화염에 휩싸여 타오를 것처럼 그를 위협했다. 길을 막고 있는 건 바로 나야. 그는 생각했다. 사람들이 나를 쳐다보며 손가락질하고 있는 건 아닌가? 나는 어떤 목적을 위해 그곳에, 보도 위에 짓눌린 채 뿌리박혀 있는 것일까? 그런데 어떤 목적을 위해서지?

"가요, 셉티머스." 그의 아내가 말했다. 체구가 작은 이탈리아 여자는 창백하고 뾰족한 얼굴에, 눈이 큼직했다.

그런데 루크레치아도 저 자동차와 블라인드의 나무 무늬를 보지 못했을 리 없다. 저 차에 왕비가 타고 있을까? 왕비가 쇼핑하러 가는 길일까?

운전수가 무언가를 열고 무언가를 돌리고 무언가를 닫더니 운전석으로 돌아갔다.

"가요." 루크레치아가 말했다.

그러나 그녀의 남편은, 이제 결혼한 지 사오 년 정도 지난 남편은, 화들짝 놀라 벌떡 움직이더니 마치 그녀가 자기를 방해라도 한 듯이 성을 내며 "알았어!"라고 말했다.

사람들이 알아챌 거야. 사람들이 쳐다볼 거야. 사람들, 그녀는 자동차를 응시하는 군중을 보면서 생각했다. 아이도 있고, 말[馬]도 있고, 옷도 있는 영국인들. 제법 감탄스러운 영국인들이지만 지금 그들은 그저 '사람들'일 뿐이었다. 셉티머스가 "난 자살하겠어."라고 말했기 때문이다. 끔찍한 말이었다. 그들이 그 말을 들었을까? 그녀는 군중을 보았다. 도와줘요, 도와줘요! 그녀는 푸줏간 사환들과 여자들에게 소리치고 싶었다. 도와줘요! 바로 지난가을에 그녀와 셉티머스는 같은 망토를 함께 두르고 빅토리아 강둑에 서 있었고, 셉티머스는 말없이 신문을 읽고 있었다. 그녀는 그에게서 신문을 낚아챈 뒤, 그들을 쳐다보는 노인의 면전에 대고 웃음을 터뜨렸다. 그러나 실패는 감추어야 한다. 그녀는 이곳을 벗어나 공원으로 남편을 데려가야 한다.

"이제 길을 건너요." 그녀가 말했다.

그녀는 그와 팔짱을 낄 권리가 있었다. 비록 그 팔에는 아무런 감정도 담겨 있지 않았지만. 그는 그녀에게, 아주 단순하고 충동적이며 이제 겨우 스물네 살이고 영국에 친지 한 명 없는데도 오직 그를 위해 이탈리아를 떠나온 그녀에게, 뼈다귀에 불과한 팔을 내줄 것이다.

그 자동차는 블라인드를 내린 채 짐작할 수 없는 뭔가를 감추는 듯한 분위기를 풍기며 피커딜리를 향해 나아갔다. 여전히 사람들의 시선을 받으며, 왕비인지, 웨일스 공인지, 총리인지 모를 거물에 대해 하나같이 은밀하게 존경의 숨결을 내뿜는 도로 양쪽의 얼굴들을 동요시켰다. 단 세 사람만이 그 얼굴을 보았는데, 그것도 이삼 초 동안 보았을 뿐이었다. 이제 성별 자체에 대해서도 의견이 나뉘었다. 그러나 차에 고귀한 인물이 앉아 있다는 사실은 의심할 수 없었다. 고귀한 인물이 모습을 숨긴 채 본드가를 따라 평범한 사람들의 손이 닿을 거리를 지나가고 있었다. 그들은 지금 평생 처음이자 마지막으로 영국의 존귀한 인물과 이야기를 나눌 수 있을 만큼 지척에 자리해 있는 것이다. 그 불후의 국가적 상징이 누구였는지는 훗날 시간의 잔해를 면밀히 조사하는 호기심 많은 골동품 수집가에 의해 밝혀질 것이다. 런던의 도로가 잡초에 뒤덮이고, 이 수요일 아침에 인도를 따라 서둘러 움직이던 사람들이 뼈만 남고, 그 분진에 결혼반지 몇 개와 삭아 버린 수많은 치아들을 메웠던 금(金)이 뒤섞일 때. 그 무렵이면 자동차 안의 얼굴이 누구였는지 알려질 것이다.

어쩌면 왕비일지도 몰라. 댈러웨이 부인은 멀베리 화원에서 꽃을 들고 나오며 생각했다. 왕비라. 블라인드를 내린 그 차가 거의 보행 속도로 지나가는 동안, 그녀는 한순간 꽃 가게 옆에 서서 햇빛을 받으며 아주 품위 있는 표정을 지었다. 왕비가 병원에 가거나 바자회를 여는 모양이라고, 클래리사는 생각했다.

그 시간대치고는 인파가 굉장했다. 로드 크리켓 경기장, 애스콧 경마장, 헐링엄 폴로 클럽, 어느 것 때문일까? 그녀는 거리가 왜 막혀 있는지 의아했다. 버스 위층에서 양산과 우산을 들고, 심지어 이런 날에도 모피를 두르고 비스듬히 앉아 있는 영국 중산층들은 예전의 그 무엇과도 비교할 수 없을 만큼 우스꽝스럽다고, 그녀는 생각했다. 여왕이 가는 길도 정체되어 있었다. 왕비조차 지나갈 수 없는 것이다. 클래리사는 본드가의 한쪽 인도에서 꼼짝 못 한 채 서 있었고, 노(老)법관 존 벅허스트 경은(존 경은 수년간 권위 있는 판결을 내려 왔고, 옷을 잘 입는 여자를 좋아했다.) 차 한 대 너머에 있었다. 그때 운전기사가 아주 조금 몸을 내밀고 경찰에게 뭐라고 얘기를 했는지, 아니면 뭔가를 보여 주었는지 경찰은 경례를 한 뒤에 팔을 쳐들며 머리를 획 돌렸다. 그러고는 버스를 옆으로 비켜서게 하더니 차를 지나가게 했다. 천천히, 아주 고요히 그 차는 나아갔다.

클래리사는 짐작했다. 그녀는 물론 알았다. 그 하인의 손에 들린 하얗고 둥글고 마술적인 것을, 이름이 새겨진 원반을 보았던 것이다. 왕비의 이름이었을까? 웨일스 공의 이름이었나? 총리의 이름? 원반은 그 자체의 광택으로 타오르며 떠나갔고 (클래리사는 점점 작아지다가 사라져 가는 그 차의 모습을 보았다.), 그날 밤 버킹엄 궁전에서 나뭇가지 모양의 촛대들과 반짝이는 훈장들, 참나무 이파리[3]를 단 뻣뻣한 가슴들, 휴 휘트브레드와 그의 동료들, 영국의 신사들 사이에서 눈부시게 빛날 것이다. 클래리사도 파티를 열 예정이었다. 그녀의 몸이 약간 꼿꼿해졌다. 그렇게 그녀는 층계 꼭대기에 서서 손님을 맞이할 것이다.

차는 지나갔지만 그 차가 남긴 작은 파문은 본드가의 양

---

3) 1651년 우스터 전투에서 패한 찰스 2세가 참나무에 숨어 목숨을 구한 사건 이후, 참나무 잎과 가지를 가슴에 다는 것은 왕실에 대한 숭배를 나타낸다.

쪽에 자리한 장갑 가게와 모자 가게, 양복점 사이로 흘러들었다. 삼십 초 동안 모든 머리가 일제히 그 창문으로 향했다. 장갑을 고르다가 ― 팔꿈치까지 오는 장갑이어야 할까, 아니면 그보다 더 위까지 올라오는 장갑이어야 할까? 레몬색으로 할까, 연회색이어야 할까? ― 숙녀들은 말을 멈추었다. 그 말이 끝났을 즈음에 뭔가 일어났던 것이다. 한 번씩 일어날 때는 너무나 미미하므로, 중국에서 일어난 지진을 관측할 수 있는 수학적 기구조차 그 진동을 기록할 수 없었다. 하지만 그것은 최고조에 달하자 꽤 강력해졌고, 누구에게나 감정적으로 호소했다. 모든 모자 가게와 양복점에서 일면식도 없는 사람들이 서로를 쳐다보았고, 죽은 자들과 국기, 제국을 생각했다. 뒷골목의 술집에서는 식민지 출신의 주민이 윈저 가문을 모욕하는 바람에 말다툼이 벌어졌고 맥주잔이 깨졌으며 시끌벅적한 싸움으로 이어졌다. 그것은 신기하게도 길을 가로질러, 결혼식을 위해 새하얀 리본을 꿰어 넣은 순백의 리넨 속옷을 사고 있던 아가씨들의 귀에서 메아리쳤다. 지나가는 차가 일으킨 표면의 동요가 가라앉으면서 아주 깊은 뭔가를 스쳤던 것이다.

미끄러지듯 피커딜리가를 가로지르던 그 차는 세인트제임스가로 돌았다. 헌칠한 남자들, 체격이 건장한 남자들, 연미복과 흰 상의를 잘 차려입고 머리칼을 뒤로 빗어 넘긴 남자들이 연미복 꼬리 위로 뒷짐을 진 채 화이트 클럽의 내닫이창에서 바깥을 내다보다가 거물이 가까이 다가오고 있음을 본능적으로 알아차렸다. 그 불후의 존재가 발산하는 흐릿한 빛이 클래리사 댈러웨이에게 밀려들듯이 그들을 엄습했다. 그 즉시 그들은 몸을 곧추세우며 뒷짐을 풀었고, 필요하다면 그들의 군주를 수행하여, 자신들의 옛 조상들처럼, 대포의 포문을 향해 달려갈 용의마저 있는 듯 보였다. 흰 흉상들과 뒤쪽에 비치된 《태틀러》[4] 몇 권과 소다수병들이 널린 작은 탁자들은 그들의 충성심을 시사하는 것 같았고, 영국의 넘쳐 나는 곡물과 장원을 가리키는 것 같았으며, 그 자동차 바퀴의 희미한 웅웅 소리를 반사하는 것 같았다. 속삭이는 회랑[5]의 벽들이 단 한 사람의 음성조차 성당 전체를 타고 울려 퍼지도록 크고 낭랑하게 소리를 반사하듯이, 숄을 두른 채 보도에 꽃을 늘어놓고 팔던 몰 프랫은 그 친애하는 청년이(웨일스 공이었음이 분명하다.) 건강하기를 바랐고, 순전히 명랑한 기분에 가난을 경멸하면서 한 병의 맥줏값 — 장미 한 다발 — 을 세인트제임스가에 던졌을 것이다. 이 늙은 아일랜드 여자를 예의 주시하며 그녀의 충성심을 방해하는 어떤 순경을 목격하지 않았더라면 말이다. 세인트제임스 궁전의 보초들이 경례했다. 알렉산드라 왕비의 순경이 출입을 인가했다.

그사이에 작은 규모 군중이 버킹엄 궁전의 대문 앞에 모여들었다. 죄다 가난한 그들은 무력하게, 그렇지만 확신에 차서 기다렸다. 그들은 깃발이 휘날리는 궁전을 바라보았고, 석조 기념물 위에서 유려하게 굽이치는 빅토리아 여왕의 동상을, 칸칸이 흘러내리는 분수의 물과 제라늄을 바라보며 감탄

---

4) 주로 영국 상류층의 생활과 사교계 소식을 싣는 주간지.
5) 한쪽에서 속삭이면 멀리까지 들리도록 특수하게 건축된 회랑으로, 세인트폴 성당의 회랑이 특히 유명하다.

했다. 버킹엄 궁전으로 이어지는 널찍한 몰가6)의 자동차들 중에서 왕족이 타고 있을 법한 것을, 처음에는 이 차를, 그리고는 저 차를 지레짐작으로 골랐다. 드라이브하러 나온 평민들에게 공연히 존경의 눈길을 보내다가, 이런저런 차들이 지나가는 동안 감정을 허비하지 않으려고 경의를 거두었다. 그러면서도 그들은 웅성거림이 자기들 핏줄에 쌓여 허벅지의 신경을 자극하도록 내버려두었다. 왕족이 자신들을 바라보고, 왕비가 고개 숙여 인사하고, 공이 경례하리라는 생각에. 왕족에게 신성하게 부여된 천국 같은 생활, 시종무관들이 깊이 허리 숙여 절하는 모습, 왕비의 오래된 인형의 집, 영국인과 결혼한 메리 공주 그리고 왕자 — 아, 선왕 에드워드를 놀랍도록 닮았지만 풍채가 훨씬 호리호리하다는 왕자! — 를 생각하며. 왕자는 세인트제임스 궁전에서 살았지만 오전에 어머니를 만나러 올지도 몰랐다.

이렇게 말하면서 세라 블레츨리는 아기를 팔에 안은 채, 핌리코의 자기 집 난로망 옆에 서 있듯이 발을 위아래로 움직였고, 그런 와중에도 도로에서 눈을 떼지 않았다. 한편, 에밀리 코츠는 왕궁의 창문들을 훑어보았고 하녀들, 그 수많은 하녀들과 침실들, 그 수많은 침실들을 생각했다. 스코티시테리어를 데리고 나온 노신사와, 직업이 없는 남자들이 합류하자 군중은 더욱 불어났다. 올버니의 독신 남성용 숙소에서 살아온 체구가 작은 볼리 씨는 인생의 심오한 근원을 밀랍으로 봉인

---

6) 빅토리아 여왕 기념비 앞으로 뻗은 넓고 아름다운 거리.

해 두었음에도, 이런 종류의 일 — 왕비의 행차를 보려고 기다리는 가난한 여자들, 귀여운 어린애들, 고아들, 과부들, 전쟁 — 을 보면 돌연 부적절하게, 감상적으로, 봉인이 터지거나 — 쯧쯧 — 실제로 눈에 눈물이 고이기도 했다. 도로를 따라 앙상한 나무들 사이로 따스하게 나부끼는 산들바람이 영웅들의 청동 동상을 지나, 영국인 볼리 씨의 가슴에서 휘날리는 깃발을 들어 올렸다. 그는 그 차가 대로에 들어서자 모자를 벗어 들었고, 더 가까이 다가오자 모자를 높이 쳐든 채 핌리코의 가난한 엄마들이 바짝 밀려드는데도, 등을 힘껏 꼿꼿하게 폈다. 차가 더욱 다가왔다.

갑자기 코츠 부인이 하늘을 올려다보았다. 비행기 소리가 불길하게 군중의 귀를 파고들었다. 저기 비행기가 나무들 위로 날아오며 흰 연기를 뒤로 내뿜었고, 그 요동치는 연기는 가만 보니 무언가를 쓰고 있었다! 하늘에 글자를 쓰다니! 모두들 올려다보았다.

고꾸라지듯 떨어지던 비행기는 똑바로 솟구쳐 올랐고, 둥근 고리를 만들며 질주하다가 푹 가라앉더니 다시 솟아올랐다. 그것이 무엇을 하든, 어디로 가든 그 뒤에서 일렁이며 두꺼운 막대처럼 쏟아져 나오는 흰 연기는 하늘 위에 둥글게 감긴 글자들을 만들었다. 그런데 무슨 글자일까? 저건 C인가? E 그리고 L? 글자들은 한순간만 가만히 머물러 있다가 움직이고 녹아들며 하늘 높이 올라가더니 끝내 지워졌다. 그러자 비행기가 쏜살같이 멀리 날아갔다가 다시 새로운 공간에 K를 쓰기 시작했고, 이어 E와 Y처럼 보이는 글자를 썼다.

“글락소.” 코츠 부인이 똑바로 올려다보며 긴장하고 겁먹은 목소리로 말했다. 빳빳하고 하얀 품에 안겨 있던 아기도 똑바로 올려다보았다.

“크레모,” 블레츨리 부인이 몽유병 환자처럼 중얼거렸다. 볼리 씨는 모자를 든 손을 전혀 움직이지 않고 똑바로 올려다보았다. 도로를 따라 어디에서나 사람들이 하늘을 올려다보았다. 그들이 바라보는 동안 온 세상이 숨죽인 듯 고요해졌고, 한 마리가 앞장서고 다른 새들이 뒤를 따르는 갈매기 떼가 하늘을 가로질렀다. 이토록 유별나게 고요하고 평화로운 가운데, 이토록 파리한 가운데, 이토록 순수한 가운데 종이 열한 차례 울렸고, 그 소리는 저 위를 날아가는 갈매기들 사이에서 서서히 사라졌다.

비행기가 방향을 돌려 질주하더니 내키는 곳에서 재빨리, 자유롭게, 빙판을 지치는 사람처럼 급강하했다.

“저건 E야.” 블레츨리 부인이 말했다.

혹은 춤추는 사람처럼.

“토피로군.” 볼리 씨가 중얼거렸다.

(그때 그 차가 대문 너머로 들어갔고 아무도 바라보지 않았다.) 비행기는 연기도 내뿜지 않고 멀리, 멀리 돌진해 갔고, 흐릿해져 가는 연기는 넓고 하얀 구름들 주위로 모여들었다.

비행기가 떠나 버렸다. 그것은 구름 뒤편에 있었다. 아무 소리도 들리지 않았다. E, G 혹은 L 자가 들러붙은 구름들은 거리낌 없이, 절대 밝혀지지 않을 극히 중요한 임무를 띠고, 서쪽에서 동쪽으로 하늘을 가로질러야 할 운명인 듯이 움직였다. 분명 말할 수 없이 중요한 임무를. 그런데 갑자기, 기차가 터널에서 빠져나오듯이, 비행기가 구름을 뚫고 다시 튀어나왔다. 그 소리는 멜가와 그린 파크, 피커딜리가, 리젠트가, 리젠트 파크에 있던 모든 사람의 귀로 밀려들었다. 연기의 띠가 비행기 뒤에서 원을 그리며 낙하했다가 위로 솟구치더니 글자를 하나씩 썼다. 당최 무슨 단어를 쓰는 걸까?

루크레치아 워런 스미스는 리젠트 파크의 브로드워크 산책로에서 남편 옆 의자에 앉아 올려다보았다.

"저거 봐요, 저거 봐요, 셉티머스!" 그녀가 소리쳤다. 홈스 박사는 그녀에게 (심각한 문제는 없고 몸이 약간 불편한) 남편이 외부 사물에 관심을 가지게끔 하라고 말했다.

그러자 셉티머스가 위를 올려다보며 생각했다. 그들이 내게 신호를 보내는군. 사실 실제 단어로 보내온 신호는 아니었다. 다시 말해, 그는 아직 그 언어를 읽을 수 없었다. 하지만 그것은 다분히 명백했다. 이 아름다움, 이 절묘한 아름다움. 연기 글자가 희미해지고 하늘에 녹아들면서 소진될 수 없는 자비로움과 즐거운 선량함으로 그에게 상상할 수 없이 아름다운 형체를 연거푸 베풀어 주고 아름다움을, 더 많은 아름다움을 아무런 대가 없이, 영원히, 그저 쳐다보기만 해도 그에게 제공하려는 그들의 의도를 알아차렸기에 그의 눈에는 눈물이 고였다! 눈물이 뺨을 타고 흘러내렸다.

그 글자는 토피였다. 토피 사탕을 광고하는 것이라고, 어떤 보모가 레치아에게 말했다. 그들은 함께 철자를 따라 읽기 시작했다. t……o……f…….

"K……R……." 보모가 말했다. 셉티머스는 귓가에서 그녀가 "케이 알"이라고 발음하는 소리를 들었다. 풍부한 오르간 소리처럼 깊고 부드러운 소리였다. 그러나 그 목소리의 메뚜기처럼 난폭한 부분이 그의 등뼈를 감미롭게 긁어내리며 소리의 물결을 재빨리 두뇌로 올려 보냈고, 마침내 격렬하게 흔들린 뒤에야 부서졌다. 실로 놀라운 발견이다. 어떤 대기 상태에서는 인간의 목소리가(인간은 과학적이어야 하고, 무엇보다도 과학적이어야 하므로) 나무들을 소생시킬 수 있다! 다행히 레치아가 그의 무릎에 손을 올리고 어마어마한 무게로 눌러 꼼짝 못 하게 했으니 망정이지, 만약 그러지 않았다면 흥겨이 오르락내리락하는 느릅나무들, 이파리들이 모두 반짝이고, 말들 머리에 꽂힌, 푸른색에서 푹 꺼진 파도의 초록색으로 농담(濃淡)이 오가는 깃털 장식처럼, 숙녀들의 모자에 달린 깃털처럼 너무나 당당하게, 너무나 멋들어지게 오르내리는 나무의 모습에 그는 정신이 나갔을 것이다. 하지만 그는 정신을 잃지 않을 것이다. 눈을 감고, 더는 바라보지 않을 것이다.

그러나 그것들이 손짓을 했다. 이파리들이 살아 있고, 나무들 역시 살아 있었다. 그리고 이파리들은 거기 의자에 앉아 있는 그의 몸과 수백만 개의 섬유질로 연결되었고, 그렇게 위아래로 바람을 부쳐 주었다. 나뭇가지가 뻗어 나갔을 때 그는 또 그렇게 말했다. 나무들이 살아 있다고. 들쭉날쭉한 분수처럼 날개를 퍼덕이며 날아올랐다가 내려앉은 참새들도 그 무늬의 일부였다. 하얗고 푸른 하늘에 검은 가지들이 빗장을 질렀다. 소리들이 계획된 대로 조화를 이루었고, 소리들 사이의 거리 역시 그 소리들만큼이나 의미심장했다. 한 아이가 소리 쳤다. 곧바로 멀리서 경적이 울렸다. 모든 것을 종합해 보자면 새로운 종교의 탄생을 뜻했다.

"셉티머스!" 레치아가 말했다. 그는 깜짝 놀라서 움찔했다. 사람들이 알아챌 것이다.

"분수에 갔다가 돌아올게요." 그녀가 말했다.

그녀는 더 이상 견딜 수 없었던 것이다. 홈스 박사는 아무 문제도 없다고 하겠지. 차라리 그가 죽었으면 좋겠어! 그는 그 렇게 빤히 응시하면서도 그녀를 보지 않았다. 그렇게 모든 것 을 끔찍하게 할 때면, 그녀는 그의 옆에 앉아 있을 수 없었다. 하늘과 나무, 노는 아이들, 수레를 끌고, 호루라기를 불고, 쓰 러지는 그 모든 것들이 끔찍했다. 그는 자살하지 않을 거야. 그녀는 누구에게도 말할 수 없었다. "셉티머스는 너무 힘들게 일해 왔어요." 그녀는 자기 어머니에게 이렇게 말할 수밖에 없 었다. 사랑을 하면 외로워진다고, 그녀는 생각했다. 그녀는 누 구에게도, 지금은 셉티머스에게도 말할 수 없었다. 뒤를 돌아 보니 초라한 외투를 입은 그가 혼자 웅크리고 앉아 응시하고 있었다. 남자가 자살하겠다고 말하다니 비겁했다. 하지만 셉 티머스는 전쟁터에서 싸웠고, 용감했다. 지금 그는 셉티머스 가 아니었다. 그녀가 레이스 깃을 달고 새 모자를 써도 전혀 알아차리지 못했다. 그는 그녀 없이도 행복했다. 그녀는 그가 없으면 그 무엇으로도 행복할 수 없는데! 그 무엇으로도! 그는 이기적이야. 남자들은 다 그래. 그는 아픈 게 아니니까. 홈스 박 사는 그에게 아무 문제도 없다고 했어. 그녀는 손을 펼쳐 보았다. 저런! 결혼반지가 흘러내렸다. 그녀가 너무 야윈 탓이었다. 고통받는 것은 그녀인데, 아무에게도 이야기할 수 없었다.

이탈리아와 하얀 집들, 자매들이 앉아서 모자를 만들던 방, 바퀴 달린 의자에 앉아 항아리에 담긴 초라한 꽃 몇 송이를 바라보는 이곳 사람들처럼 반쯤 살아 있지 않고 저녁마다 산책하며 큰 소리로 웃어 대는 사람들이 넘쳐 나던 그 거리는 아주 멀리 있었다.

"당신은 밀라노의 정원을 봐야 해요." 그녀가 소리 내서 말했다. 그런데 누구에게?

아무도 없었다. 그녀의 말은 서서히 사라졌다. 그렇게 폭죽이 서서히 사라진다. 그 불꽃은 스쳐 지나듯 밤으로 들어간다. 밤에 굴복하자 어둠이 집들과 탑들의 윤곽 위로 쏟아져 내린다. 황량한 언덕 비탈이 흐릿해지더니 무너져 내린다. 하지만 비록 사라졌어도 밤은 그것들로 가득 차 있다. 색깔을 빼앗기고 창문도 없지만 그것들은 더 묵직하게 존재하고, 적나라한 햇빛이 전하지 못하는 것 — 거기 어둠 속에서 응어리진, 어둠 속에서 서로 달라붙은 고통과 긴장감을 발산한다. 새벽이 벽들을 하얗게 그리고 잿빛으로 씻어 내고, 창유리를 하나씩 찾아내고, 들판의 옅은 안개를 거둬 내고, 평화롭게 풀을 뜯는 황갈색 암소들을 드러내며 모든 것이 다시 한 번 치장한 모습으로 눈앞에 나타나고 존재하게 될 때 가져다주는 위안마저 빼앗긴 채. 난 혼자야. 난 혼자야! 그녀는 리젠트 파크의 분수 옆에서 (인도인 조각상과 그의 십자형 명판을 응시하며) 소리쳤다. 어쩌면 한밤중에 그랬던 것처럼, 모든 경계가 허물어지고 로마인들이 이 땅에 처음 상륙했을 때 보았듯이 온 땅이 구름에 덮인 옛 모습으로 되돌아가고, 언덕들엔 아직 이름도 없고 강들은 어딘지 알 수 없는 곳으로 구불구불 흘러가던 때처럼, 그녀의 어둠은 그러했다. 그때 갑자기 튀어나온 선반 모양의 암반 위에 올라선 듯이 그녀는 말했다. 나는 그의 아내라고, 밀라노에서 몇 해 전에 결혼한 그의 아내라고, 절대로, 절대로 그가 미쳤다고 말하지 않겠노라고. 고개를 돌리자 암반이 부서졌다. 아래로, 아래로, 그녀는 떨어졌다. 그가 사라져 버렸다고, 그녀는 생각했다. 그가 위협했듯이, 자살하려고 떠나 버렸다. 짐마차 밑에 몸을 던지려고! 그러나 아니, 저기 있었다. 초라한 코트를 걸친 채 다리를 꼬고 홀로 앉아 앞을 바라보며 큰 소리로 말하고 있었다.

나무를 베어서는 안 돼. 신이 있어.(그는 이런 계시를 봉투 뒷면에 적어 두었다.) 세상을 바꿔라. 그 누구도 증오 때문에 살해하지는 않는다. 그것을 알려라.(그는 이것을 적었다.) 그는 기다렸다. 그는 귀를 기울였다. 맞은편 철책에 앉아 있던 참새가 셉티머스, 셉티머스, 라고 네다섯 번 지저귀더니, 그 곡조를 이어받아 새롭게 귀청을 찢을 듯이 그리스어로 노래했다. 범죄란 없다고. 다른 참새들도 합세하더니, 죽은 자들이 거니는 강 너머에 있는 삶의 초원[7]에서 그리스어로 소리를 길게 끌며 귀청이 찢어지도록 노래했다. 죽음이란 없다고.

저기 그의 손이 있다. 저기 죽은 자들이 있다. 맞은편 철책

---

7) 그리스 신화의 낙원을 뜻하며, 죽은 자의 나라를 가리키기도 한다.

너머로 하얀 것들이 모이고 있었다. 하지만 그는 감히 쳐다보지 못했다. 철책 너머에 에번스가 있었다!

"무슨 말을 하고 있어요?" 레치아가 느닷없이 그의 옆에 앉으며 말했다.

또 방해하는군! 그녀는 늘 방해했다.

사람들에게서 멀어져야 해. 사람들로부터 벗어나 저 너머로 가야 해. 그가 (벌떡 일어서며) 말했다. 거기 나무 아래에 의자들이 있고, 공원의 긴 비탈은 기다란 초록색 천처럼 늘어져 있고, 푸른색 천장 벽지 같은 하늘엔 분홍빛 연기가 높이 떠 있었다. 멀리 성벽처럼 늘어선 들쭉날쭉한 집들은 연무에 뒤덮여 있고, 차들은 윙윙거리며 빙글빙글 돌고, 오른쪽으로는 회갈색 짐승들이 동물원 철책 너머에서 목을 길게 뺀 채 울부짖고 있었다. 거기 나무 아래에 그들은 앉았다.

"봐요." 그녀가 크리켓 스텀프를 들고 가는 소년들을 가리키며 그에게 애원했다. 한 소년은 대중적인 희가극에서 어릿광대를 연기하듯이 발을 끌다가 뒤꿈치로 한 바퀴 회전하고는 다시 발을 끌었다.

"봐요." 그녀가 그에게 애원했다. 홈스 박사는 그녀에게 남편이 실제 사물을 주목하고, 희가극을 보러 가고, 크리켓을 하게 하라고 당부했다. 바로 그 게임을 해야 한다고, 크리켓은 멋진 야외 게임이며, 그녀의 남편에게 딱 맞는 게임이라고 홈스 박사는 말했다.

"봐요." 그녀가 다시 말했다.

보라. 보이지 않는 자가 그에게 명령했다. 그 목소리는 이제 그와 소통했다. 가장 위대한 인간이자 최근 삶에서 죽음으로 끌려간 셉티머스, 사회를 새롭게 하기 위해 온 신, 마치 덮개처럼, 혹은 오직 태양에만 작렬하는 눈〔雪〕으로 만든 담요처럼 영원히 녹지 않고, 영원히 고통받는 신, 희생양, 영원히 고통받는 자. 그러나 그는 그것을 원하지 않았고, 신음하고 손을 휘두르며 그 영원한 고통과 영원한 외로움을 자기에게서 떨쳐 냈다.

"봐요." 그녀가 다시 말했다. 그가 집 밖에서 혼잣말을 해서는 안 되니까.

"아, 봐요." 그녀는 그에게 간청했다. 하지만 무엇을 보라는 말인가? 양 몇 마리. 그게 전부였다.

리젠트 파크 지하철역으로 가는 길 — 리젠트 파크 지하철역으로 가는 길을 아시나요? — 을, 메이지 존슨은 알고 싶어 했다. 그녀는 바로 이틀 전에 에든버러에서 왔다.

"이 길이 아니고 저쪽이에요!" 레치아는 그녀 눈에 셉티머스가 띄지 않도록 손짓으로 물리치며 소리쳤다.

두 사람 다 이상해 보여. 메이지 존슨은 생각했다. 모든 것이 아주 기묘하게 보였다. 그녀는 리든홀가에 있는 삼촌의 가게에서 일자리를 얻으려고 난생처음 런던에 온 참이었다. 그리고 지금 이 아침나절에 리젠트 파크를 가로지르다가, 이 의자에 앉아 있는 여자와 남자를 보고 깜짝 놀랐다. 젊은 여자는 외국인 같았고 남자는 괴상해 보였으므로, 아주 늙어서까지 이 장면을 잊지 못할 터였다. 오십 년 전, 어느 맑은 여름날 오전에, 리젠트 파크를 걸었던 그 순간은 그녀의 기억 속에서 다시 한 번 신경을 자극하리라. 그녀는 이제 겨우 열아홉으로, 마침내 뜻한 바를 이루어 런던에 왔다. 그런데 이 두 사람에게 길을 묻다니 얼마나 기묘한 일인가. 여자는 깜짝 놀라서 손을 홱 내저었고 남자는 ─ 그는 몹시 이상해 보였다. 말다툼을 하고 있었거나, 영원히 헤어지려는지도 몰랐다. 뭔가 문제가 있다는 사실을, 그녀는 알 수 있었다. 이제 이 모든 사람들(그녀는 브로드 워크로 향했다.), 석조 수반, 단정한 꽃들, 대체로 병들어서 바퀴 달린 의자에 앉아 있는 저 늙은 남자들과 여자들, 이 모든 것들이 에든버러에서 온 그녀에게는 아주 기묘하게 보였다. 메이지 존슨은 터벅터벅 걸음을 옮기며, 멍하니 세상을 응시하고 산들바람의 입맞춤을 받는 무리 ─ 나뭇가지에 앉아 단장하는 다람쥐들, 분수 근처에서 빵 조각을 찾아 날개를 퍼덕이는 참새들, 철책 주변에서 씨름하듯 서로 장난치는 개들 너머로 부드럽고 따뜻한 공기가 한바탕 휩쓸고 지나가면, 놀라는 기색이라곤 전혀 없이 삶을 받아들이는 그들의 빤히 바라보는 눈동자엔 어딘가 변덕스럽기도 하고 화가 가라앉은 듯 보이기도 하는 기미가 감돌았다. ─ 에게 다가갔다가 아! 하고 소리치고 싶은 강한 충동에 사로잡혔다.(의자에 앉아 있는 그 젊은 남자 때문에 정말이지 깜짝 놀랐으니까. 무슨 일이 벌어지고 있음을 그녀는 알았다.)

무서워! 무서워! 그녀는 외치고 싶었다.(그녀는 가족을 떠나왔고, 가족들은 그녀에게 런던에서 어떤 일이 일어날 수 있는지 주의를 주었다.)

왜 그대로 집에 남아 있지 않았을까? 그녀는 철책의 손잡이를 비틀면서 소리쳤다.

저 아가씨는 아직 아는 게 하나도 없군. 뎀스터 부인이(그녀는 다람쥐들에게 줄 빵 껍질을 모아 두었고, 리젠트 파크에서 종종 점심을 먹었다.) 생각했다. 이를테면 부인은 약간 통통하고, 약간 느긋하며, 기대치를 약간 절제하는 편이 더 낫다고 생각하는 사람이었다. 퍼시는 술을 마셨다. 그래도 아들이 있는 게 낫지. 뎀스터 부인은 생각했다. 고생을 숱하게 해 온 부인은 저런 아가씨를 보면 웃지 않을 수 없었다. 꽤 예쁘장한 아가씨니까 결혼을 할 테지. 뎀스터 부인은 생각했다. 결혼을 해 봐, 그러면 알게 될 거야. 그녀는 생각했다. 아, 요리사라든가 다른 문제들도 있지. 남자들은 누구나 자기 나름의 습성이 있으니까. 만약 내가 미리 알았더라면 그런 선택을 했을까. 뎀스터 부인은 생각했다. 그리고 메이지 존슨에게 한마디 속삭여 주고 싶었다. 또 지치고 늙고 주름진 자기 얼굴에 연민의 키스를 받고 싶은 욕구마저 느꼈다. 힘겨운 삶이었으니까. 뎀스터 부인은 생각했다. 내가 인생에 바치지 않은 게 있었던가? 장밋빛 얼굴, 몸매, 발까지.(그녀는 혹투성이의 발을 스커트 밑으로 끌어당겼다.)

장밋빛 얼굴이라. 그녀는 냉소적으로 생각했다. 에구구, 다 쓸데없어. 사실 먹고 마시고 짝짓기 하고 고약한 날들과 좋은 날들을 지내다 보면 인생은 한낱 장밋빛 얼굴의 문제가 아니거든. 더구나, 진심으로 말하자면, 캐리 뎀스터는 켄티시 타운의 어떤 여자와도 운명을 바꾸고 싶지 않았다. 하지만 그녀는 애원했다. 연민을, 잃어버린 장밋빛 얼굴에 대한 연민을. 히아신스 화단 옆에 서서 그녀는 메이지 존슨에게 연민을 간청했다.

아, 그런데 저 비행기! 뎀스터 부인은 늘 외국 땅에 가 보고 싶어 하지 않았던가? 그녀에게는 선교사 조카가 있었다. 솟구쳐 오른 비행기가 쏜살같이 날아갔다. 그녀는 마게이트[8]에 가면 늘 바다에 나갔었다, 뭍이 보이지 않는 곳까지 나간 것은 아니지만. 그녀는 물을 무서워하는 여자들을 보면 참을 수 없었다. 비행기가 획 지나가다가 내리꽂혔다. 그녀는 속이 메스꺼웠다. 또다시 올라갔다. 저기엔 멋진 젊은이가 타고 있어. 뎀스터 부인은 확신했다. 비행기는 멀리, 멀리 날아갔다. 재빨리 희미해지면서 멀리멀리 쏜살같이 날아갔다. 그리니치와 모든 돛대 위로, 작은 섬처럼 모여 있는 잿빛의 석조 교회들 위로, 세인트폴 성당과 다른 건물들 위로 솟구쳐 올라갔다. 마침내 런던 양쪽으로 들판이 펼쳐졌고, 암갈색 숲의 대담한 개똥지빠귀는 과감하게 한 발로 깡충깡충 뛰면서 달팽이를 잡아채더니 돌멩이에 내리쳤다. 한 번, 두 번, 세 번.

멀리, 멀리서 비행기가 지나갔고, 이윽고 그것은 다만 빛나는 한 점의 불꽃, 하나의 열망, 하나의 응집, 인간 영혼의 상징(그리니치에서 좁고 긴 잔디밭을 열심히 고르고 있던 벤틀리 씨에게는 그렇게 보였다.)이 되었다. 사고와 아인슈타인, 추론, 수학, 멘델의 법칙을 통해 자신의 육체로부터 벗어나고, 자기 집의 경계를 넘어서려는 결의의 상징이라고, 벤틀리 씨는 삼나무 주위를 쓸면서 생각했다. 비행기는 벼락같이 날아갔다.

---

8) 영국 켄트주 북쪽의 바닷가 휴양지.

그때 볼품없고 별 특징 없는 남자가 가죽 가방을 들고 세인트폴 성당의 계단에 서서 망설였다, 성당 안에는 향유가, 크나큰 환영이, 깃발이 나부끼는 수많은 무덤이 있었기에. 그 깃발은 군대에 대한 승리가 아니라, 진리를 탐구하려는 그 성가신 정신에 대한 승리의 상징이었다. 바로 그런 정신 때문에 현재 나는 실직자가 되었다고, 그는 생각했다. 그것도 그렇지만, 성당은 사람들과 어울릴 수 있게 해 주고, 어떤 집단의 일원이 되도록 초대해 준다고, 그는 생각했다. 위대한 사람들은 거기에 속하고, 순교자들은 그것을 위해 죽었다. 왜 성당 안에 들어가서 팸플릿으로 가득 찬 이 가죽 가방을 제단 앞에, 십자가 앞에, 무언가의 상징 앞에 내려놓지 않는가. 그는 생각했다. 탐구와 탐색, 충돌하는 말들 너머로 솟아올라, 마치 육신을 떠난 유령처럼 온전한 정신이 된 그 무언가의 상징 앞에. 왜 들어가지 않는가. 그는 생각했다. 그가 주저하는 동안 비행기가 러드게이트 광장 위로 날아갔다.

이상했다. 고요했다. 차량들의 소음 너머로 어떤 소리도 들리지 않았다. 그것은 통제받지 않고, 그 자체의 자유 의지로 속도를 내는 것 같았다. 그런데 이제 곡선을 그리며 위로, 위로 날아오르다가 황홀경에 빠져, 순수한 기쁨에 겨워 똑바로 솟아오르더니 흰 연기 고리를 내뿜으며 T, O, F를 써 나갔다.

＊ ＊ ＊

"사람들이 뭘 보고 있지?" 클래리사 댈러웨이는 문을 열어 준 하녀에게 말했다.

현관은 지하 납골당처럼 서늘했다. 댈러웨이 부인은 손을 눈가로 들어 올렸고, 문을 닫는 루시의 스커트가 사각거리는 소리를 들었다. 세상을 등지고 들어온 그녀는 마치 친숙한 베일과 오랜 예배에 오롯이 감응하는 수녀가 된 기분이었다. 요리사가 부엌에서 휘파람을 불었다. 타자기의 딸깍 소리가 들렸다. 이것이 그녀의 삶이었다. 현관 탁자 위로 고개를 숙이며 그녀는 그 감화력에 머리를 조아렸다. 축복받고 정화된 느낌이었다. 거기서 전화 메시지가 적힌 메모지 묶음을 들어 올리며, 이런 순간들이 인생의 나무에 돋아난 싹이라고, 어둠 속에 피어난 꽃이라고(마치 어떤 사랑스러운 장미가 오직 그녀의 눈에만 보이게끔 피어난 듯이) 중얼거렸다. 한순간도 그녀는 신을 믿지 않았다. 하지만 그런 까닭에, 일상생활에서 하인들에게, 그래, 개들과 카나리아에게, 무엇보다 남편 리처드에게 더 보답해야 한다고, 그녀는 메모지를 들어 올리며 생각했다. 그래, 그는 이런 것들 — 명랑한 소리와 초록 불빛, 심지어 휘파람을 불고 있는 요리사(아일랜드 출신의 워커 부인은 온종일 휘파람을 불었다.)의 터전이었다. 그러므로 은밀히 쌓아 둔 극히 아름다운 순간들로 갚아 주어야 한다고, 그녀는 메모지를 들어 올리며 생각했다. 그런데 옆에 서 있던 루시가 뭔가를 설명하려 했다.

"댈러웨이 씨께서, 마담⋯⋯."

클래리사는 전화 메모지에 적힌 글을 읽었다. "레이디 브루턴께서 댈러웨이 씨가 오늘 오찬을 함께하실지 알려 달라고 하십니다."

"댈러웨이 주인님께서, 오늘 점심은 밖에서 드실 거라고, 전해 달라고 하셨어요, 마담."

"이런!" 클래리사가 말했다. 그녀가 기대한 대로 루시는 실망감을(하지만 고통은 아니었다.) 공유했고, 두 사람은 일치감을 느꼈다. 또 둘은 암시를 받아들였고, 상류층들이 어떻게 사랑하는지를 생각했으며, 평온한 마음으로 자신의 미래를 아름답게 꾸몄다. 그리고 루시는 전쟁터에서 명예롭게 임무를 완수한 여신의 신성한 무기인 양 댈러웨이 부인의 양산을 받아서 소중하게 우산대에 넣었다.

"더는 두려워하지 마라." 클래리사가 말했다. 태양의 열기를 더는 두려워하지 마라. 레이디 브루턴이 자기를 빼고 리처드만을 점심 식사에 초대했다는 사실에, 그녀는 순간 충격을 받고 전율했다. 강바닥의 식물이 물속을 젓는 노의 충격을 느끼고 전율하듯이, 그녀는 그렇게 흔들리고, 그렇게 전율했다.

특히 즐거운 오찬 파티를 주최한다는 밀리슨트 브루턴이 그녀를 초대하지 않았다. 천박한 질투심이 그녀와 리처드를 갈라놓을 수는 없었다. 그러나 그녀는 시간 그 자체가 두려웠다. 레이디 브루턴의 얼굴이 마치 무감각한 돌에 새겨진 시계 글자판인 양 그 위에서 점점 줄어드는 생명을 읽었다. 해가 지날수록 그녀의 몫이 얇게 잘려 나가고 있음을, 남은 여백이 더는 젊은 시절처럼 현재 삶의 색깔과 생기와 음조를 확대하거나 흡수하여 그녀가 들어선 방을 가득 채울 수 없음을. 그리고 그녀는 응접실의 문지방에서 한순간 망설이며 서 있을 때처럼 예리한 불안감을 종종 느꼈다. 바다에 뛰어들기 전에 잠수부를 머뭇거리게 하는 그런 불안감을. 그동안 발밑에서는 바닷물이 시커메졌다가 밝아지고, 부서질 듯 위협적인 파도는 그저 부드럽게 표면을 가르고 해초를 뒤집으며 진주를 굴리고 숨기고 박아 넣을 것이다.

그녀는 현관 탁자에 메모지를 내려놓았다. 난간에 손을 올리고 천천히 위층으로 올라갔다. 마치 이 친구, 저 친구가 그녀의 얼굴, 그녀의 목소리를 반사해 주던 파티에서 빠져나온 듯이. 문을 닫고 밖으로 나가 홀로 서 있는 듯이. 오싹한 밤에 맞서, 아니, 정확하게 말하면 이 평범한 6월 아침의 응시에 맞서 홀로 선 인물처럼. 그녀는 지금 이 순간이 누군가에게는 장미 꽃잎들이 발갛게 타오르는 쾌적한 아침이라는 사실을 알았고, 층계의 열린 창문 옆에 멈춰 서서 그렇게 느꼈다. 블라인드가 펄럭이는 소리, 개 짖는 소리가 들려오는 창가에서 그녀는 갑자기 쪼그라들고 노쇠하고 젖가슴마저 사라진 듯 느끼며, 고되고 단조롭고 어쩌면 꽃이 만발하기도 하는 하루의 일과를 문밖으로, 창밖으로, 이제 쇠약한 그녀의 몸과 두뇌 밖으로 내보냈다고 생각했다. 특히나 즐거운 오찬 파티를 연다는 레이디 브루턴이 그녀를 초대하지 않았기 때문에.

속세에서 물러나는 수녀처럼 혹은 탑을 탐사하는 아이처럼 그녀는 위층으로 올라갔고, 창가에서 멈추었다가 화장실로 갔다. 녹색 리놀륨이 깔려 있었고, 수도꼭지에서는 물이 똑똑 떨어졌다. 삶의 한가운데 공허함이 있었다. 텅 빈 다락방이 있었다. 여자들은 화려한 의상을 벗어야 한다. 정오에는 옷을 벗어야 한다. 그녀는 바늘꽂이에 핀을 찔러 넣고, 깃털 달린 노란색 모자를 침대에 올려놓았다. 침대 시트는 깨끗했고, 넓고 하얀 띠로 양쪽이 팽팽하게 당겨져 있었다. 그녀의 침대는 점점 더 좁아질 것이다. 양초는 반쯤 타 버렸고, 간밤에 그녀는 마르보 남작의 『회고록』[9]을 정독했다. 밤늦도록 모스크바에서 퇴각하는 내용을 읽었다. 하원에서 늦은 밤까지 회의를 해야 했기에, 리처드는 그녀가 병을 앓은 뒤로 방해받지 않고 편히 잠을 자야 한다고 주장했다. 사실 그녀는 모스크바에서 퇴각하는 내용을 읽는 편이 더 좋았다. 그도 그 점을 알고 있었다. 그래서 다락방은 그녀의 공간이 되었고, 비좁은 침대를 사용해야 했다. 잠을 잘 이루지 못했기에 거기 누워 책을 읽으면, 그녀는 홑이불처럼 몸에 들러붙은, 출산을 겪고도 여전히 보존된 순결을 떨쳐 낼 수 없었다. 사랑스러운 처녀 시절, 어느 순간엔가 갑자기, 가령 클리브덴 저택의 숲 아래 강 위에서, 이토록 차갑게 움츠러드는 정신 탓에 그녀는 그의 기대를 충족시켜 주지 못했다, 그러고는 콘스탄티노플에서, 그리고 또다시 거듭해서. 그녀는 자신에게 무엇이 부족한지 알 수 있었다. 그것은 미모가 아니었다. 마음이 아니었다. 그것은 가슴 중심에서 퍼져 나가는 무언가였다. 사람 사이의 표면을 깨뜨리고 남자와 여자, 아니면 여자들 사이의 차가운 접촉에 잔물결을 일으키는 뭔가 따뜻한 것. 자신에게 결핍된 것을 그녀는

---

9) 마르슬랭 마르보(Marcellin Marbot, 1782~1854). 프랑스의 장군. 나폴레옹 시대의 전쟁을 묘사한 회고록으로 유명하다.

어렴풋이 인식할 수 있었다. 그녀는 그것[10]을 불쾌하게 여겼고, 그에 대한 거리낌은 어딘지 알 수 없는 곳에서 생겨난, 아니 그녀가 느끼기에는 (변함없이 현명한) 자연이 보내 준 것이었다. 하지만 그녀는 때때로 여자의 매력에 빠져들지 않을 수 없었다. 소녀가 아니라, 종종 그런 일이 있었듯이, 스스로 초래한 곤경이나 어리석음을 고백하는 성숙한 여자의 매력에 말이다. 연민을 느껴서든, 혹은 그들의 아름다움이나 그녀가 더 나이 들었다는 사실 때문이든, 혹은 우연한 계기 — 희미한 향기나 옆집에서 들려오는 바이올린 소리처럼(어떤 특정한 순간에 소리가 발휘하는 힘은 매우 신기하다.) — 에 의해서든, 그녀는 그런 순간에 남자들이 느끼는 뭔가를 분명히 실감했다. 단 한 순간이지만, 그것으로 충분했다. 그것은 갑작스러운 계시였고, 홍조 같은 기미였다. 아무리 억누르려 해도 점점 퍼져 나가 얼굴을 온통 붉게 물들이고, 굴복시켜 극단으로 돌진하게 했다. 그리고 거기에 전율하며 더 가까이 다가온 세계, 어떤 놀라운 의미로 인해 벅차게 부풀어 오른 세계를 느꼈다. 그 황홀경은 세계의 얇은 껍질을 찢었고, 그 갈라진 틈과 쓰라린 상처 위로 분출하여 쏟아져 내리며 놀랍도록 고통을 위로해 주었다. 그때, 그 순간에, 그녀는 어떤 광채를 보았다. 크로커스 속에서 타오르는 불꽃을, 내적 의미가 거의 드러나는 광경을. 그러나 가까운 것이 멀어지고, 단단한 것은 부드러워졌다. 지나갔다, — 그 순간은. 그런 (또한 여자들과의) 순간은 (그녀가 모

---

10) 남편의 애정 행위를 언급하는 듯하다.

자를 내려놓았을 때) 침대와 마르보 남작, 반쯤 타 버린 양초와 대조를 이루었다. 잠을 못 이룬 채 누워 있다 보면 바닥이 삐걱거렸고, 불 밝힌 집은 돌연 깜깜해졌다. 고개를 들면, 리처드가 가급적 살며시 손잡이를 돌리는 찰칵 소리를 들을 수 있었다. 그는 구두를 벗고 살그머니 위층으로 올라갔다. 그리고 대개는 뜨거운 물병을 떨어뜨리며 욕설을 내뱉곤 했다! 그녀가 얼마나 웃었는지!

그러나 이 사랑의 문제, (그녀는 코트를 치우면서 생각했다.) 여자들과 사랑에 빠지는 이 문제. 샐리 시튼을 생각해 보자, 오래전 샐리 시튼과의 관계를. 그것은 결국 사랑이 아니었던가?

바닥에 앉아 있던 그녀. 처음 본 샐리의 모습이었다. 그녀는 바닥에 앉아 양팔로 무릎을 감싼 채 담배를 피우고 있었다. 어디였더라? 매닝 씨의 집이었던가? 킨로크존스 씨의 집이었던가? (확실히 기억나지 않는) 어떤 파티에서였다, 옆에 있던 남자에게 "저 사람은 누구예요?"라고 물었던 일이 똑똑히 기억나는 걸 보면. 그 남자가 누구인지를 알려 주며, 샐리의 부모는 사이가 나쁘다고(부모 사이가 나쁘다니, 그녀에게는 큰 충격이었다!) 말했다. 그러나 그녀는 그날 저녁 내내 샐리에게서 눈을 뗄 수 없었다. 샐리에게는 그녀가 가장 흠모하던 특별한 아름다움이 있었다. 가무스름한 피부, 커다란 눈, 그녀 자신은 갖지 못했기에 늘 부러워하던, 무슨 말이든 할 수 있고 어떤 행동이든 할 수 있는 자유분방함, 영국 여자들보다는 외국인들에게서 훨씬 잘 드러나는 자질을 가지고 있었다. 샐리는 늘 자기에겐 프랑스인의 피가 흐른다고 말했다. 한 조상이 마리 앙투아네트의 시중을 들었는데, 결국 목이 잘리고 유산으로 루비 반지를 남겼다고 한다. 아마 그해 여름에, 그녀가 버턴에 와서 머물렀을 것이다. 정찬이 끝난 밤늦은 시간에, 놀랍게도 주머니에 동전 한 푼 없이 집 안으로 걸어 들어왔다. 이때 가없은 헬레나 숙모는 몹시 놀란 나머지 그녀를 절대로 용서하지 않았다. 자기 집에서 끔찍한 말다툼이 벌어졌던 것이다. 버턴에 온 그날 밤, 그녀는 말 그대로 무일푼이었는데, 브로치를 저당잡히고 내려온 모양이었다. 격렬한 감정에 휩싸여 뛰쳐나온 것이다. 그들은 그날 밤, 날이 밝도록 얘기를 나눴다. 샐리 덕분에 클래리사는 처음으로 자신이 버턴에서 아무 근심 걱정 없이 살아왔다는 사실을 깨달았다. 그녀는 섹스에 대해 아무것도 몰랐고, 사회 문제에 대해서도 아는 게 없었다. 들판에서 갑자기 쓰러져 죽은 늙은 남자를 목격하거나, 송아지를 막 낳은 암소를 본 적은 있었다. 그러나 헬레나 숙모는 어떤 토론도 좋아하지 않았다.(샐리는 그녀에게 윌리엄 모리스의 책을 줄 때, 갈색 종이로 포장해야만 했다.) 거기, 꼭대기 층의 침실에 앉아 그들은 몇 시간이고 끊임없이 이야기를 나누었다. 인생에 대해, 사회를 어떻게 개혁할지에 대해. 사유 재산을 철폐하기 위한 단체를 설립할 계획이었고, 끝내 보내지는 않았지만 실제로 편지를 쓰기도 했다. 물론 샐리의 생각이었지만, 곧 그녀도 똑같이 흥분했다. 아침 식사 전에 침대에서 플라톤을 읽었고, 모리스를 읽었고, 몇 시간이고 계속 셸리를 읽었다.

샐리의 능력은 경이로웠고 그녀의 재능, 개성도 그러했다. 예컨대 그녀가 꽃을 다루는 방식도 마찬가지였다. 버턴의 식탁에는 늘 작고 단단한 화병들이 있었다. 샐리는 바깥에 나가 접시꽃과 달리아 — 결코 함께 꽂힌 적이 없는 온갖 꽃들 — 를 꺾었고, 그 머리를 잘라서 수반의 물 위에 떠다니게 했다. 해 질 녘에 저녁을 먹으러 식당에 들어가 보면 그 효과는 굉장했다.(물론, 헬레나 숙모는 꽃들을 그렇게 취급하는 것이 사악한 짓이라고 생각했다.) 그리고 그녀는 목욕할 때 쓰는 스펀지를 깜박해서 벌거벗은 채 복도를 뛰어다니기도 했다. 엄숙한 늙은 가정부 엘런 앳킨스는 "신사분들이 보시면 어쩌려고 그래요?"라면서 투덜거렸다. 실로 그녀는 사람들에게 충격을 주었다. 아빠는 그녀가 단정하지 않다고, 말했다.

지난날을 돌아볼 때 이상한 점은, 샐리를 향한 자신의 순수하고 충일한 감정이었다. 그것은 남자에 대한 감정과는 달랐다. 사심이 전혀 없고, 게다가 여자들 사이, 이제 막 어른이 된 여자들 사이에서만 느낄 수 있는 감정이었다. 보호 욕구를 불러일으키는 감정이었고, 함께한다는 연대감, 이를테면 자신들을 떼어 놓을 어떤 것에 대한(그들은 언제나 결혼을 재앙으로 묘사했다.) 예감에서 솟아난 감정이었다. 그 예감은 기사도 정신, 보호 본능으로 이어졌고, 샐리보다 자신에게서 훨씬 강렬하게 감지되었다. 당시 샐리는 무모하기 그지없었다. 만용을 부리며 어리석은 짓을 저질렀다. 자전거를 타고 테라스의 난간 주위를 돌거나 시가를 피웠다. 말도 안 되는, 정말 말도 안 되는 사람이었다. 그러나 그 매력은 저항할 수 없이 맹렬했다. 적어도 클래리사에게는 그랬다. 그래서 자신이 꼭대기 층의 침실에 서서 뜨거운 물통을 들고 소리쳤던 일이 기억났다. "그 애가 이 집에 있어……. 그 애가 이 집에 있다고!"

아니, 그 말은 이제 그녀에게 아무 의미도 없었다. 예전에 느낀 그 감정의 메아리조차 잡아 줄 수 없었다. 그러나 떼까마귀들이 붉은 저녁노을 속에서 날개를 펄럭이며 오르내리고 있을 때, 황홀한 기분에 취해 차가워진 손으로 머리를 다듬고 (이제 머리핀을 빼서 화장대에 올려놓은 뒤 머리를 매만지기 시작하자, 그 옛 감정이 돌아오기 시작했다.), 옷을 갈아입고, 아래층으로 내려가 복도를 가로지르며 '이제 죽어야 한다면 지금이 가장 행복하겠어.'[11]라고 느꼈던 순간은 기억할 수 있었다. 그녀의 감정 — 바로 오셀로의 감정이었고, 그녀는 자신의 감정이 셰익스피어가 오셀로에게 느끼게 했던 감정 못지않게 강렬하다고 믿었다. 오로지 샐리 시튼을 만나기 위해 흰 드레스를 입고 정찬 파티에 내려왔으니까.

샐리는 투명하게 비치는 분홍색 드레스를 입고 있었다. 그게 가능한 일일까? 어떻든 그녀는 한순간 날아 들어와서 검은 딸기나무에 걸린 새나 장난감 공처럼 아주 가볍고 발갛게 타오르는 듯 보였다. 그런데 사랑에 빠져 있을 때(이것이 사랑에 빠진 것이 아니면 뭐라는 말인가?) 다른 사람들의 철저한 무관심만큼 이상한 것도 없다. 헬레나 숙모는 정찬을 마친 뒤 그냥 다른 데로 가 버렸고, 아빠는 신문을 읽었다. 피터 월시가 거기 있었을 테고, 늙은 커밍스 양도 있었을 것이다. 조지프 브

---

11) 셰익스피어의 『오셀로』 2막 1장에서, 오셀로가 데스데모나를 다시 만나 기뻐하며 그녀에게 건넨 말이다.

라이트코프는 분명 있었다. 그 가엾은 노인은 여름철마다 찾아와서 몇 주일이고 머물렀으니까. 그는 그녀와 함께 독일어를 읽는 척했지만 실은 피아노를 쳤고, 가창력도 전혀 없이 브람스의 노래를 불렀다.

이 모든 것은 샐리의 배경에 불과했다. 그녀는 벽난로 옆에 서서, 그녀의 말을 애무처럼 느끼게 해 주는 아름다운 목소리로 아빠에게 말하고 있었다. 아빠는 의도하지 않게(아빠는 그녀에게 빌려준 책 한 권이 테라스에서 흠뻑 젖어 있던 일을 결코 잊지 못했다.) 그녀에게 매력을 느끼게 되었다. 그때 그녀가 갑자기 말했다. "집 안에 앉아 있다니 말도 안 돼요!" 그래서 모두들 테라스로 나가서 이리저리 걸어 다녔다. 피터 월시와 조지프 브라이트코프는 바그너에 대해 이야기를 이어 갔다. 그녀와 샐리는 약간 뒤처졌다. 그런데 꽃이 심긴 돌 항아리를 지날 때, 그녀의 인생에서 가장 아름다운 순간이 다가왔다. 샐리가 걸음을 멈추고 꽃 한 송이를 꺾더니 그녀의 입술에 키스했다. 온 세상이 뒤집어졌을 거야! 다른 사람들은 모두 사라졌다. 그곳엔 그녀와 샐리 단둘뿐이었다. 그녀는 선물받은 것을 포장된 상태로 간직해야 할 뿐 뜯어보지 말라는 얘기를 들은 느낌이었다. 그들이 (이리저리, 여기저기) 거닐고 있을 때 포장지에 감싸인 다이아몬드, 무한히 소중한 것을 그녀는 펼쳐 보았다. 아니, 빛이 타오르며 새어 나왔다. 계시, 경건한 감정이. 그때 조지프 영감과 피터의 얼굴과 마주쳤다.

"별을 보며 몽상에 잠겨 있나요?" 피터가 말했다.

어둠 속에서 화강암 벽에 얼굴을 부딪친 느낌이었다. 충격이었다. 끔찍했다!

그녀에게 그런 것은 아니었다. 그녀는 다만 샐리가 이미 얼마나 잔인하고 부당한 대접을 받았는지 느낄 수 있었다. 그의 적대감, 질투심, 우리들의 친교에 침입하려는 결의를 느꼈다. 번개가 번뜩이는 순간에 드러나는 풍경처럼 모든 것을 보았고, 샐리는(그녀는 이 순간만큼 샐리에게 감탄한 적이 없었다.) 굴하지 않고 대담하게 자기 뜻대로 행동했다. 그녀는 웃었다. 그러더니 조지프 영감에게 별의 이름을 물어보았고, 그는 즐거워하며 아주 진지하게 알려 주었다. 그녀는 거기 서서 귀를 기울였다. 별들의 이름을 들었다.

"아, 이렇게 끔찍하다니!" 클래리사는 무언가의 방해로 행복한 순간이 쓰라리게 변하리라는 사실을 내내 알고 있었다는 듯이 혼자 중얼거렸다.

하지만 훗날 피터 월시에게 얼마나 큰 신세를 졌던가. 그를 생각하면 언제나, 왠지 몰라도 — 어쩌면 그에게서 좋은 평가를 간절히 듣고 싶었기에 — 그와 말다툼한 일이 떠올랐다. '감상적'이라든가 '세련된' 같은 단어들을 일러 준 것도 그였다. 그 단어들은 마치 그가 감시라도 하는 듯이 그녀의 일상 속에서 매일 불쑥 튀어 올랐다. 어떤 책은 감상적이다. 삶에 대한 어떤 태도는 감상적이다. 과거를 생각하는 그녀는 '감상적'일 것이다. 그는 돌아와서 뭐라고 생각할까? 그녀는 궁금했다.

예전보다 늙었다고? 그는 그렇게 말할까. 아니면 그렇게 생각하는 그를 보게 될까? 그것은 사실이었다. 병을 앓은 뒤로 그녀는 거의 백발이 되었다.

브로치를 탁자에 올려놓으며 그녀는 갑작스러운 경련을 느꼈다. 생각에 잠겨 있는 동안 얼음같이 차가운 발톱이 기회를 놓치지 않고 몸에 들어박힌 것 같았다. 아직 늙은 나이는 아니었다. 바로 얼마 전에 쉰둘에 들어섰다. 아직 손대지 않은 시간이 여러 달 남아 있었다. 6월, 7월, 8월! 각각의 달이 아직 거의 온전하게 남아 있었다. 떨어지는 방울을 잡으려는 듯이 클래리사는 (화장대로 걸어가며) 그 순간의 핵심으로 뛰어들었고, 그것을 응결시켰다. 거기 ─ 모든 아침의 압력이 가중된 이 6월 아침의 순간에, 거울과 화장대, 모든 화장품 병들을 새롭게 바라보고, 한 점에 (거울을 들여다보면서) 그녀의 전 존재를 집중하자, 바로 그날 밤에 파티를 열 여자, 클래리사 댈러웨이, 자신의 섬세하고 발그레한 얼굴이 보였다.

수백만 번이나 자기 얼굴을 보았고 그때마다 똑같이 눈에 보이지 않게 위축되곤 했었다! 그녀는 거울을 들여다볼 때 입술을 오므렸다, 얼굴을 뚜렷이 보이게 하려고. 저것이 그녀 자신 ─ 뾰족하고, 화살 같고, 확고한 ─ 이었다. 자신이 되기 위해 약간의 노력을 기울이고, 세상의 요구에 적당히 순응하며 여러 부분들을 모아 만든 그녀 모습이 바로 저것이었다. 오로지 세상에 내보이기 위해 얼마나 다양하고 상충하는 부분들이 서로 결합하여 하나의 중심, 하나의 다이아몬드, 하나의 여자를 만들어 냈는지는 그녀만이 알고 있었다. 자기 응접실에 앉아 있는 그 여자는 어떤 합류점을 이루었고, 단조로운 생활에서 의심할 바 없이 환한 빛을 발산했으며, 어쩌면 외로운 자들이 찾아갈 피난처가 되었을 것이다. 그녀는 젊은이들을 도와주었고, 그들은 그녀에게 고마워했다. 그녀는 늘 한결같은 모습을 보이려고 애썼고, 자기 이면에 있는 것 ─ 자신을 오찬에 초대하지 않은 레이디 브루턴에 대한 감정, 가령 결함이나 질투심, 허영심, 의심 ─ 은 절대로 내비치지 않았다. 나를 초대하지 않다니, 정말 비열해! 그녀는 (마침내 머리를 빗으면서) 생각했다. 그런데 드레스가 어디 있더라?

이브닝드레스는 벽장에 걸려 있었다. 클래리사는 그 부드러운 직물에 손을 넣고 초록 드레스를 살살 꺼내서 창가로 가져갔다. 예전에 찢어진 부분이 있었다. 누군가 그 스커트를 밟았던 것이다. 그녀는 대사관 파티에서 주름 윗부분이 늘어지고 있음을 느꼈었다. 인공조명 아래서는 초록색이 반짝거렸지만 이제 햇빛을 받자 빛바래 보였다. 이 옷을 수선해야지. 하녀는 할 일이 너무 많았다. 오늘 밤에 이 드레스를 입을 생각이었다. 그녀는 명주실과 가위 그리고 ─ 뭐였더라? ─ 그래, 물론, 골무를 가지고 응접실로 내려갈 것이다. 편지도 써야 하고 모든 준비가 잘되어 가는지 살펴봐야 하니까.

이상하기도 하지. 그녀는 층계참에 서서 그 다이아몬드 형체, 그 단일한 인물을 그러모으며 생각했다. 안주인이 어떻게 자기 집의 특별한 순간, 특별한 분위기를 알아채는지 생각하면 참으로 신기해! 희미한 소리가 저 깊은 계단에서 나선형을 그리며 올라왔다. 사각거리는 빗자루 소리, 톡톡 두드리는 소리, 노크 소리, 현관문이 시끄럽게 열리는 소리, 지하실에서 전갈을 거듭 알리는 목소리, 쟁반 위에서 짤랑거리는 은그릇

소리, 깨끗한 파티용 은제 식기. 모두 파티를 위한 것이었다.

(루시는 쟁반을 들고 응접실에 들어와서 큰 촛대를 벽난로 선반에 올려놓고 은제 보석함을 그 중간에 놓은 뒤 수정 돌고래를 시계 쪽으로 돌려놓았다. 그들이 올 것이다. 그들이 서 있을 것이다. 그들은 그녀도 흉내 낼 수 있는 점잔 빼는 어조로 얘기를 나눌 것이다. 숙녀들과 신사들. 모든 이들 중에서 안주인, 은제 식기, 리넨, 도자기에 둘러싸인 안주인이 가장 사랑스러웠다. 햇빛에 반짝이는 은제 식기, 경첩에서 떼어 낸 문들, 럼플메이어의 직원들 덕분에 그녀는 상감 세공으로 장식한 탁자 위에 종이 자르는 칼을 내려놓으며 무언가를 성취했다는 느낌에 뿌듯해했다. 저거 봐! 저거 봐! 그녀는 케이터햄에서 처음 고용되었던 제과점의 내부를 창유리로 엿보며 옛 친구들에게 말했었다. 메리 공주를 수행한 레이디 앤절라가 보였다. 이런 생각을 하고 있을 때, 댈러웨이 부인이 들어왔다.)

"오, 루시," 그녀가 말했다. "은촛대가 멋져 보이네!"

"그런데," 그녀가 수정 돌고래를 똑바로 돌리며 말했다. "어젯밤 연극은 즐거웠어?" "아, 그들은 공연이 끝나기 전에 가야 했어요!" 루시가 말했다. "10시에 돌아가야 했거든요!" 그녀가 말했다. "그래서 연극이 어떻게 끝났는지 몰라요." 그녀가 말했다. "운이 나쁜 것 같네." 클래리사가 말했다.(그녀의 하인들은 부탁하기만 하면 더 늦게까지 외출할 수 있었다.) "그것참 섭섭하게 됐군." 그녀가 소파 가운데서 낡고 해진 듯 보이는 쿠션을 들어 루시의 팔에 안겨 주었다. 그러고는 그녀를 약간 밀면서 큰 소리로 말했다.

"그걸 가져가! 워커 부인에게 전해 주고 내 인사도 전해 줘!

그것 잘 챙기고!" 그녀가 외쳤다.

　루시는 쿠션을 안은 채 응접실 문 앞에 멈춰 섰고, 아주 부끄러운 듯이 얼굴을 조금 붉히며 말했다. 제가 그 드레스를 수선하는 일, 도와드리면 안 될까요?

　하지만 루시에게는 이미 일거리가 충분하다고, 그 일이 아니더라도 할 일이 많다고, 댈러웨이 부인은 말했다.

　"하지만 고마워, 루시, 아, 고마워." 댈러웨이 부인이 말했다. 그러고는 고마워, 고마워, 그녀는 연신 (소파에 앉아 드레스를 무릎 위에 올려놓고 가위와 명주실을 내려놓으며) 고마워, 고마워, 라고 말했다. 자신이 이렇게 존재하도록, 자신이 원하는 대로 온유하고 너그러운 사람이 될 수 있도록 도와준 모든 하인들에게 고마운 마음으로 계속 말했다. 하인들은 그녀를 좋아했다. 그런데 이 드레스는…… 어디가 찢어졌더라? 이제 바늘에 실을 꿰어야 했다. 그녀가 좋아하는 이 드레스는 샐리 파커가 만든 옷, 그녀가 거의 마지막으로 만든 옷이었다. 샐리는 지금 은퇴해서 일링에 살고 있었다. 혹시 잠시 시간이 나면 샐리를 보러 일링에 가야겠어. 클래리사는 생각했다.(하지만 그녀는 이제 잠깐의 시간을 가질 수 없을 것이다.) 그녀는 특이한 인물이었고 진정한 예술가였어. 클래리사는 생각했다. 머릿속은 약간 특이했지만 그녀가 만든 드레스만큼은 결코 기묘하지 않았다. 햇필드 하우스[12]에서도, 버킹엄 궁전에서도 입을 수 있는 옷이었다. 클래리사는 햇필드에서, 버킹엄 궁전에서 그 옷들을

---

12) 17세기에 건축된 솔즈베리 백작의 성.

입었었다.

바늘이 실크를 부드럽게 끌어당겨 매끄럽게 멈췄다가, 초록 주름들을 그러모아 아주 가볍게 벨트에 붙이는 동안, 그녀에게 고요함, 평온함, 만족감이 내려앉았다. 그렇게 여름날의 파도도 모이고, 중심을 잃고, 부서진다. 그렇게 모이고 부서지는 것이다. 온 세상이 "그게 전부야."라고 점점 더 엄숙하게 말하는 듯하고, 마침내 햇빛을 받으며 바닷가에 누워 있는 몸속의 심장조차 그리 말한다. 그게 전부야. 더는 두려워하지 마. 심장이 말한다. 더는 두려워하지 마. 심장이 그 짐을 바다에 맡기며 말한다. 바다는 모든 슬픔을 아우르며 한숨 쉬고, 다시 새롭게 시작하고, 모으고 부서뜨린다. 그러면 몸은 지나가는 벌 소리에 홀로 귀를 기울인다. 파도가 부서지는 소리, 개가 짖어 대고, 멀리서 짖어 대고 또 짖어 대는 소리에.

"맙소사, 현관 벨이 울리고 있잖아!" 클래리사가 바느질을 멈춘 채 소리쳤다. 정신을 차리고 귀를 기울였다.

"댈러웨이 부인이 날 만나 줄 거요." 현관에서 나이 든 남자의 목소리가 들렸다. "아, 그럼, 나를 만나고말고." 그는 다시 말하면서, 루시를 다정하게 옆으로 밀고 재빠르게 위층으로 뛰어 올라왔다. "그럼, 그럼, 그럼." 그는 계단을 뛰어 올라오며 중얼거렸다. "날 만날 거요. 인도에서 오 년만에 왔으니, 클래리사는 날 만날 거요."

"대체 누가…… 무엇이……." 계단에서 울리는 발소리를 들으며 댈러웨이 부인은(자신이 파티를 여는 날 오전 11시에, 어처구니없게 방해를 받았다고 생각하며) 속으로 물었다. 문손잡이에 손을 올리는 소리가 들렸다. 그녀는 순결을 지키고 사생활을 존중하는 처녀처럼 드레스를 숨기려 했다. 놋쇠 손잡이가 미끄러지며 돌아갔다. 막 문이 열리고, 그가 들어왔는데…… 그 순간 이름이 기억나지 않았다! 그를 보자 그녀는 너무 놀라고, 너무 기쁘고, 너무 부끄럽고, 피터 월시가 뜻밖에도 오전에 찾아와서 너무 당황스러웠다.(그녀는 그의 편지를 읽지 않았었다.)

"잘 지냈어요?" 피터 월시는 분명 몸을 떨면서 말했고, 그녀의 양손을 잡아 입을 맞추었다. 많이 늙었군. 그는 앉으면서 생각했다. 그 말은 하지 않겠어. 그는 생각했다. 실제로 그녀가 늙었으니까. 날 보고 있군. 그는 생각했고, 그녀의 손에 입을 맞추었음에도 갑작스레 당혹감에 압도되었다. 주머니 속에 손을 넣어 큰 주머니칼을 꺼낸 다음, 반쯤 칼날을 벌렸다.

예전과 똑같아. 클래리사는 생각했다. 똑같이 기묘한 표정, 똑같은 체크무늬 양복, 얼굴이 약간 처지고 약간 더 여위고 메마르기는 했지만 그는 아주 건강해 보였다. 예전과 똑같았다.

"다시 만나다니 너무나 기뻐요!" 그녀가 외쳤다. 그가 주머니칼을 꺼냈어. 참, 저 사람다워. 그녀는 생각했다.

바로 어젯밤에 런던에 도착했어요. 그가 말했다. 곧 시골에 내려가야 합니다. 그런데 별일 없죠? 모두들 잘 지냅니까? 리처드는? 엘리자베스는?

"그런데 이건 뭔가요?" 그가 주머니칼로 그녀의 초록색 드레스를 가리키며 물었다.

그는 옷을 잘 차려입었어. 클래리사가 생각했다. 하지만 늘

나를 흠잡지.

여기 그녀는 드레스를 꿰매고 있어. 늘 그렇듯이 옷을 수선하고 있군. 그는 생각했다. 내가 인도에 있는 동안 그녀는 내내 여기 앉아 있었고, 드레스를 꿰매고, 놀러 다니고, 파티에 가고, 하원을 방문했다가 돌아오고, 그런 일들을 했겠지. 이런 생각을 하다 보니 그는 점점 짜증이 치밀고 심란해졌다. 어떤 여자에게는 결혼처럼 나쁜 일도 없어. 그는 생각했다. 그리고 정치, 그 경탄스러운 리처드 같은 보수주의자 남편을 두는 것도. 정말 그래, 그렇고말고. 이렇게 생각하며 그는 딱 소리를 내며 주머니칼을 닫았다.

"리처드는 아주 잘 지내요. 위원회에 갔어요." 클래리사가 말했다.

그러고는 가위를 벌리며 말했다. 이제 드레스 수선을 마무리하려고 하는데, 괜찮죠? 오늘 밤에 파티가 있거든요.

"그 파티에 당신은 초대하지 않겠어요." 그녀는 말했다. "친애하는 피터!" 그녀가 말했다.

하지만 그녀의 말은 감미로웠다. 친애하는 피터라니! 솔직히 촛대며 의자, 이 모든 것들이 감미로웠다. 전부 다 너무나 감미로웠다!

왜 나를 파티에 초대하지 않겠다는 거죠? 그가 물었다.

그런데 물론, 그는 매혹적이야! 완벽하게 매혹적이야! 클래리사는 생각했다. 내가 마음을 정하기가 얼마나 어려웠는지, 이제 기억나는군. 그런데 왜 내가 — 그와 결혼하지 않겠다고 — 결심했더라? 그녀는 의아한 심정이었다. 그 끔찍한 여름에.

"하지만 당신이 오늘 아침에 이렇게 찾아오다니 너무 놀라워요!" 그녀는 드레스 위에 손을 포개 놓으며 큰 소리로 말했다.

"버턴에서 펄럭이던 블라인드 생각나요?" 그녀가 말했다.

"그랬죠." 그가 말했다. 그러고는 그녀의 아버지와 단둘이 아주 어색하게 아침 식사를 하던 일을 떠올렸다. 그분은 돌아가셨다. 그런데 그는 클래리사에게 조의 편지를 보내지 않았다. 그는 연로한 패리, 툭하면 투덜거리던 우유부단한 노인, 클래리사의 아버지, 저스틴 패리와 사이가 전혀 좋지 않았다.

"당신 부친과 더 잘 지냈어야 했다고 가끔 생각해요." 그가 말했다.

"하지만 아버지는 누구도 좋아하지 않으셨어요, 우리 친구들은." 클래리사가 말했다. 이런 식으로 피터에게, 한때 자신과 결혼하고 싶어 했던 일을 상기시키다니, 혀를 깨물고 싶은 심정이었다.

물론 나는 원했어. 피터가 생각했다. 마음이 갈가리 찢어지는 것 같았지. 그가 생각했다. 그리고 비통한 심정에 압도되었지. 그 슬픔은 테라스에서 바라보는 달처럼 떠올랐고, 저무는 석양빛을 받아 무시무시하게 아름다웠어. 그 뒤로 그때만큼 불행했던 적은 없었지. 그가 생각했다. 그러고는 마치 그 테라스에 앉아 있는 듯이 클래리사 쪽으로 몸을 약간 기울였고, 손을 뻗었다가 떨어뜨렸다. 그들 위로 저기 그것이, 달이 걸려 있었다. 그녀도 그와 함께 그 달빛 속의 테라스에 앉아 있는 것 같았다.

"지금 그 집은 허버트 오빠가 소유하고 있어요." 그녀가 말했다. "나는 이제 그곳에 전혀 가지 않아요." 그녀가 말했다.

그러자 달빛 아래의 테라스에서, 이미 따분해진 마음을 부끄러워하면서도 상대방이 침묵한 채 아주 고요히, 슬프게 달을 바라보며 앉아 있기에 뭐라 말하고 싶지는 않을 때, 발을 움직이고, 헛기침을 하고, 탁자 다리의 소용돌이무늬 놋쇠 장식을 주시하고, 나뭇잎을 흔들고, 그러나 끝내 아무 말도 안 하듯이, 피터 월시는 지금 그러고 있었다. 왜 이처럼 과거로 돌아간단 말인가? 그는 생각했다. 왜 그것을 다시 생각하게 하는가? 이미 지옥 같은 고통을 맛보게 했으면서 그녀는 왜 다시금 나를 괴롭히는가? 왜?

"그 호수 생각나요?" 그녀가 어떤 감정에 짓눌려 거친 목소리로 말했다. 가슴을 움켜잡고 목 근육이 뻣뻣해진 상태로 '호수'라고 말하는 순간, 발작적으로 입술을 오므리게 하는, 그런 감정이었다. 그녀는 부모 사이에 서서 오리들에게 빵을 던져 준 아이였고, 동시에 자기 인생을 그러안고 호숫가에 서 있는 부모에게 다가가는 성인 여자이기도 했다. 부모에게 다가갈수록 품에 안긴 그것은 점점 더 커졌고, 마침내 온전한 인생, 완결된 인생이 되었다. 그녀는 그것을 그들 옆에 내려놓고 말했다. "이게 제 인생으로 만든 거예요! 이것!" 그런데 그녀는 무엇을 만들었던가? 실로 무엇을 만들었지? 오늘 아침에 바느질을 하며 여기 피터와 앉아 있는 그녀는.

그녀는 피터 월시를 보았다. 그녀의 시선은 그 모든 시간과 모든 감정을 건너 미심쩍게 그에게 가닿았고, 눈물이 고인 채 그에게 내려앉았으며, 나뭇가지에 닿았던 새가 날개를 퍼덕이며 날아오르듯이 휙 사라져 버렸다. 그녀는 아주 간단히 눈물을 훔쳤다.

"그래요." 피터가 말했다. "그래, 그래, 그래요." 그는 마치 그녀가 표면으로 끄집어낸 무언가에 역력히 상처를 입은 듯이 말했다. 그만! 그만해요! 그는 소리치고 싶었다. 그는 늙지도 않았고, 인생이 끝나지도 않았으니까. 전혀 끝난 게 아니었다. 이제 막 쉰 살이 되었을 뿐이다. 그녀에게 말해야 할까, 하지 말아야 할까. 그는 생각했다. 모두 다 털어놓고 싶었다. 그러나 그녀는 너무 냉정해. 그는 생각했다. 가위를 들고 바느질을 하고 있어. 클래리사 옆에 있으면 데이지는 평범하게 보일 거야. 그리고 클래리사는 나를 실패작이라고 생각할 테지, 그들의 상식으로 보면 그럴 거야. 그는 생각했다. 댈러웨이 부부의 상식으로는. 아, 그래. 그는 그 점에 대해 의심하지 않았다. 그는 실패작이었다. 이 모든 것들 ─ 상감 세공을 한 탁자, 장식을 박아 넣은 종이칼, 돌고래 조각과 촛대, 의자 커버 그리고 귀중한 옛 영국 판화 ─ 과 비교하면 그는 실패작이었다! 나는 점잔 빼는 이런 것들이 죄다 끔찍이 싫어. 그는 생각했다. 리처드가 이룬 것이지 클래리사가 이룬 건 아니잖아, 그녀가 그와 결혼했다는 점을 제외하면. (이때 루시가 은제 식기를, 더 많은 은제 식기를 들고 방으로 들어왔다. 몸을 숙이고 식기를 내려놓는 그녀가 매력적이고 날씬하고 우아하게 보인다고, 그는 생각했다.) 그런데 이런 생활이 줄곧 지속되어 왔군! 그는 생각했다. 클래리사가 사는 동안 매주. 그동안 나는……. 그가 생각했다. 그러자 곧 온갖 것들이 그에게서 터져 나오는 듯했다. 여행, 승마, 말다툼, 모험, 브리지 게임 파티, 연애, 일. 일, 일! 그는 전혀 망설임 없이 주머니칼을 꺼냈고 ― 저 낡은 뿔 손잡이가 달린 칼을 그가 근 삼십 년은 가지고 다녔으리라고, 클래리사는 맹세할 수 있었다. ― 주먹으로 움켜쥐었다.

참 특이한 습관이야. 클래리사는 생각했다. 늘 칼을 만지작거리다니. 또 언제나 상대방을 경박하고 얼빠지고 어리석기 그지없는 수다쟁이라고 느끼게 하다니. 하지만 나도 그랬지. 그녀는 생각했다. 그러고는 바늘을 들고 소환했다, 경비병들이 모두 잠들어 아무런 보호도 받지 못하고(그녀는 그의 방문에 깜짝 놀랐고 ― 무척 심란했다.) 누구든 거닐다가 침입해서 굽은 검은딸기나무 아래 누워 있는 자신의 모습을 훔쳐볼 수 있는 처지에 놓인 여왕처럼 도움을 청하기 위해, 자신이 해 온 일, 자기가 좋아하는 것, 남편, 엘리자베스, 간단히 말해 현재의 피터가 거의 알지 못하는 스스로의 자아를 불러들였다. 이제 가까이 와서 자신을 호위하며 적을 물리치라고, 그 모든 것을 소환한 것이었다.

"자, 그런데 어떻게 지냈어요?" 그녀가 말했다. 이렇게 전투가 시작되기 전에 말들은 땅을 긁고, 머리를 흔들고, 옆구리를 번뜩이며 목을 구부린다. 이렇게 피터 월시와 클래리사는 푸른 소파에 나란히 앉아서 서로에게 도전했다. 그의 내면에서 여러 힘들이 부딪히며 동요했다. 그는 여기저기에서 온갖 것들을 그러모았다. 그동안 받은 찬사라든가, 옥스퍼드 대학교에서의 학업, 그녀가 전혀 알지 못하는 결혼, 사랑의 편력 그리고 전반적으로 자신이 해낸 일.

"수많은 일이 있었죠!" 그가 큰 소리로 말했고, 그렇게 끌어모은 힘들에 휘둘려 두 손을 이마에 댔다. 그 힘들은 이제 이쪽저쪽을 공격하며, 그에게 더는 보이지 않는 사람들의 어깨에 올라탄 채 공중으로 돌진하듯이, 두려움과 극도의 황홀경에 휩싸이게 했다.

클래리사는 아주 꼿꼿하게 앉아서 숨을 들이쉬었다.

"나는 사랑에 빠졌어요." 그가 말했다. 하지만 그녀에게 한 말이 아니라, 어둠 속에서 솟아오른 누군가에게 건넨 말이었다. 그 존재를 만질 수 없으므로 그는 어둠 속 풀밭 위에 화환을 내려놓아야 한다.

"사랑에 빠졌다고요." 그가 다시 말했다. 그런데 이번에는 다소 메마른 어조로 클래리사 댈러웨이에게 말했다. "인도에서 한 여자와 사랑에 빠졌어요." 그는 화환을 내려놓았다. 그 화환에 대해서는 클래리사가 마음대로 생각하라지.

"사랑에 빠졌다니!" 그녀가 말했다. 그가 이 나이에 작은 나비넥타이를 매고 사랑이라는 괴물에게 피를 빨리다니! 그의 목은 살집이 거의 없고, 손은 불그죽죽했다. 나보다 여섯 달이나 나이도 많으면서! 그녀의 눈은 자신을 돌아보았다. 그럼에도 마음속으로는 느끼고 있었다. 그는 사랑에 빠져 있군. 그것[13]을 갖고 있어. 그녀는 느꼈다. 그는 사랑에 빠져 있어.

그러나 자기에게 맞선 대군(大軍)을 끝없이 짓밟으려 하는

---

13) 아마도 사랑의 열정을 뜻하는 듯하다.

불굴의 자기중심성이, 끊임없이 전진하라고, 우리에게 아무런 목표가 없을지라도 여전히 계속 전진하라고 외치는 강물 같은 불굴의 자기중심성이 그녀의 뺨을 붉게 물들였다. 그녀를 아주 젊어 보이게, 아주 발그레하게, 눈을 반짝이게 해 주었다. 드레스를 무릎에 올려놓고 바늘 끝을 초록색 실크에 댄 채, 약간 떨면서 앉아 있는 그녀를. 그는 사랑에 빠져 있었다! 자기가 아니라, 물론 어떤 젊은 여자와.

“어떤 여자인가요?” 그녀가 물었다.

이제 높은 곳에 있던 조각상을 그들 사이에 내려놓아야 한다.

“불행히도, 결혼한 여자예요.” 그가 말했다. “인도 육군 소령의 아내지요.”

그는 이처럼 우스꽝스럽게 그 여자를 클래리사 앞에 내려놓으며, 묘하게도 얄궂고 상냥하게 미소를 지었다.

(여전히 그는 사랑에 빠져 있어. 클래리사는 생각했다.)

“어린아이가 둘 있어요, 아들과 딸이. 나는 이혼에 대해 알아보려고 변호사를 만나러 왔어요.” 그가 아주 합리적으로 말했다.

자, 그들이 저기 있어! 그는 생각했다. 당신 하고 싶은 대로 해요, 클래리사! 그들은 저기에 있으니! 클래리사가 그들을 바라보자, 인도 육군 소령의 아내(그의 데이지)와 두 어린아이가 매 순간 점점 더 사랑스러워지는 것만 같았다. 마치 그가 접시에 놓인 잿빛 향분(香粉) 알갱이에 불을 붙이자 그들의 친밀감(어떤 면에서 보자면, 클래리사만큼 그를 이해하고, 그의 감정에 공감하는 사람은 없으므로), 그 절묘한 친밀감이 빚어낸 상쾌한 바다 냄새가 감도는 공기 속에서 사랑스러운 나무가 솟아오르는 듯했다.

그 여자가 그를 우쭐하게 했군. 그를 속였어. 클래리사는 칼을 세 번 휘둘러 그 여자, 인도 육군 소령의 아내라는 형상을 조각하며 생각했다. 정말 소모적이야! 정말 어리석어! 평생 피터는 그렇게 얼간이처럼 당해 왔다. 처음에는 옥스퍼드에서 퇴학당하고, 그런 뒤엔 인도로 가는 배에서 만난 여자와 결혼하고, 이제는 어떤 소령의 아내를 선택하다니. 그와 결혼하지 않아서 얼마나 다행인지! 그런데 그는 사랑에 빠져 있다. 그녀의 옛 친구, 친애하는 피터, 그는 사랑에 빠져 있다.

"그래서 어떻게 할 생각이에요?" 그녀가 물었다. 아, 변호사들과 사무 변호사들, 링컨스인 법학원의 후퍼 씨와 그레이틀리 씨가 처리할 거예요. 그가 말했다. 그러고는 주머니칼로 손톱을 다듬기 시작했다.

맙소사, 그 칼 좀 가만둬요! 그녀는 참을 수 없이 짜증스러워서 속으로 소리쳤다. 그녀를 화나게 했던 것, 늘 짜증 나게 했던 것은 그의 세상 물정을 신경 쓰지 않는 어리석은 괴팍함, 결함, 다른 사람들이 무엇을 느끼는지 손톱만큼도 생각하지 않는 점이었다. 그런데 지금 그 나이가 되어서도 이토록 어리석다니!

나는 다 알아. 피터는 생각했다. 내가 누구를 상대하고 있는지 안다고. 그는 칼날을 따라 손가락을 밀면서 생각했다. 클래리사와 댈러웨이 그리고 다른 사람들. 하지만 클래리사에게 보여 주겠어. 그러다 그는 기가 막히게도, 돌연 억누를 수 없는 힘에 내동댕이쳐지고 공중으로 내던져진 듯 울음을 터뜨리며 흐느꼈다. 소파에 앉아 전혀 부끄러움 없이 울고 있는 그의 뺨 위로 눈물이 흘러내렸다.

클래리사는 몸을 숙여 그의 손을 잡아당기고는 그에게 키스했다. 열대 돌풍에 휘날리는 팜파스그래스처럼 가슴속에서 은빛으로 번쩍이는 깃털의 위협적인 흔들림이 멎기 전에, 그녀는 실제로 자기 얼굴에 닿은 그의 얼굴을 느꼈다. 그 요동이 가라앉자, 그녀는 그의 손을 잡고 그의 무릎을 토닥거렸다. 그러고는 등을 기대고 그와 함께 앉아서, 희한하게도 편안하고 경쾌한 기분을 느꼈다. 갑자기 이런 생각이 스쳤다. 이 사람과 결혼했더라면, 온종일 이렇게 즐거운 기분이었을 텐데.

그녀에게는 모든 게 끝난 일이었다. 시트는 팽팽히 당겨지고 침대는 좁았다. 그녀는 홀로 탑으로 올라갔고, 검은 딸기를 따며 즐겁게 세월을 보내는 사람들을 햇빛 속에 남겨 두었다. 문이 닫혔고, 거기 떨어진 석고 가루와 새둥주리의 지푸라기들 가운데서 그 풍경은 얼마나 아스라이 보이고, 소리는 또 얼마나 희미하고 으스스하게(예전에 리스 힐에서 그랬던 일을 그녀는 기억했다.) 들려왔던가. 그리고 리처드, 리처드! 그녀는 밤중에 자다가 깜짝 놀라서 도움을 청하려고 어둠 속으로 손을 뻗는 사람처럼 소리를 질렀다. 그가 레이디 브루턴과 오찬을 함께한다는 생각이 떠올랐다. 그는 날 떠났어. 나는 영원히 혼자야. 그녀는 무릎에 손을 포개며 생각했다.

피터 월시는 소파에서 일어나, 창가로 걸어가서 그녀를 등진 채 반다나 손수건을 이리저리 휘둘렀다. 그는 당당하고 메마르고 고적해 보였다. 그의 코트는 여윈 어깨뼈 위에 약간 들린 채 걸려 있었다. 그가 힘차게 코를 풀었다. 나를 데려가 줘요. 클래리사는 충동적으로, 마치 그가 장거리 항해에 곧 나서기라도 하는 듯 생각했다. 그러나 다음 순간, 아주 흥미롭고 감동적인 연극의 5막이 이제 끝났다. 그녀는 한 생애를 살아온 그 연극에서 달아나 피터와 함께 산 것 같은 기분을 느꼈다. 그것이 이제 끝났다.

이제 움직일 시간이었다. 외투와 장갑, 오페라글라스 같은 소지품을 챙긴 뒤 극장을 나와 거리로 나서려는 여자처럼, 그녀는 소파에서 일어나 피터에게 다가갔다.

참으로 이상하군. 그는 생각했다. 짤랑거리고 사각거리며 방을 가로질러 온 그녀가 아직도 여름날 하늘 아래에 자리한 버턴의 테라스 위로 그가 혐오하던 달을 떠오르게 할 수 있다니.

"말해 줘요." 그는 그녀의 어깨를 잡고 말했다. "당신은 행복한가요, 클래리사? 리처드는……."

문이 열렸다.

"내 딸 엘리자베스예요." 클래리사가 감정을 담아, 어쩌면 연극을 하듯이 말했다.

"안녕하세요?" 엘리자베스가 걸어오며 말했다.

30분을 알리는 빅벤의 종소리가, 튼튼하고 무심하고 지각 없는 젊은이가 아령을 이리저리 흔들듯이, 유난히 활기차게 그들 사이로 퍼져 나갔다.

“안녕, 엘리자베스!” 피터가 소리쳤다. 그러더니 손수건을 주머니에 쑤셔 넣고, 재빨리 클래리사에게 다가가서는 그녀를 처다보지도 않고 “잘 있어요, 클래리사.”라고 말한 뒤, 급히 방 밖으로 나가 계단을 뛰어 내려갔다. 그러고는 현관문을 열었다.

“피터! 피터!” 클래리사는 층계참으로 따라가서 소리쳤다. “내 파티, 오늘 밤 내 파티를 잊지 말아요!” 그녀는 소리쳤고, 바깥 소음에 맞서 목소리를 높여야 했다. 자동차 소리와 함께 일제히 울리는 시계 소리에 압도되어 “오늘 밤 내 파티를 잊지 말아요.”라는 외침은 문을 닫은 피터 월시에게 가냘프고 연약하고 까마득하게 들리는 것 같았다.

내 파티를 잊지 말아요, 내 파티를 잊지 말아요. 피터 월시는 거리에 내려서면서 그 소리의 흐름에 맞춰, 빅벤이 30분을 알리며 직접 적나라하게 쏟아 내는 소리에 맞춰 운율적으로 혼자 중얼거렸다.(납처럼 묵직한 소리의 동그라미들이 공중에서 흩어졌다.) 아, 이런 파티들. 그는 생각했다. 클래리사의 파티. 그녀는 왜 이런 파티를 여는 걸까? 그는 생각했다. 그녀를 탓하거나, 연미복을 차려입고 단춧구멍에 카네이션을 꽂은 채 자기 쪽으로 다가오는 저 모형처럼 무표정한 남자를 탓한 것은 아니었다. 자기처럼 사랑에 빠질 수 있는 사람은 세상에 단 하나뿐이었다. 그 운 좋은 남자, 자신이 거기 빅토리아가에 있는 자동차 제조사의 판유리 창문에 비쳤다. 인도 전체가 그의 뒤에 자리하고 있었다. 평야와 산, 콜레라 유행, 아일랜드의 두

배나 되는 구역, 홀로 내려 온 결정들도. 그, 피터 월시가 이제 실로 난생처음 사랑에 빠졌다. 클래리사는 쌀쌀맞아졌어. 그는 생각했다. 게다가 약간 감상적이야. 그는 성능 좋은 — 몇 갤런을 넣으면 얼마나 달릴 수 있을까? — 큰 자동차들을 보며 생각했다. 그는 기계를 다루는 재주가 있어, 자기가 관할하던 구역에서 쟁기를 만들었다. 그리고 영국에서 손수레를 주문했는데, 인부들은 그것을 사용하려 들지 않았다. 이런 모든 것들을 클래리사는 전혀 알지 못했다.

그녀가 "이 애가 내 딸 엘리자베스예요!"라고 말한 방식, 바로 그것이 그의 짜증을 돋우었다. 왜 간단히 "이 애가 엘리자베스예요."라고 하지 않은 걸까? 그것은 진실하지 않았다. 엘리자베스도 그리 말하는 걸 좋아하지 않았다.(크게 울리던 종소리의 마지막 떨림이 여전히 주변의 공기를 흔들었다. 30분, 아직도 이른 시각이었다. 이제 겨우 11시 30분이었다.) 그는 젊은이들을 이해했고, 그들을 좋아했다. 클래리사에게는 늘 차가운 무언가가 있었어. 그는 생각했다. 소녀 시절에도 늘 소심한 면이 있었는데, 중년이 되자 그 틀에 박혀 버린 거야. 그러고는 다 끝났어. 다 끝난 거지. 그는 창유리 안을 음울하게 들여다보며 생각했다. 그 시간대에 찾아가서 그녀를 화나게 한 것은 아닌지 궁금했고, 갑자기 바보처럼 굴면서 울음을 터뜨리고 감정에 휘둘리고 언제나처럼, 언제나처럼, 그녀에게 숨김없이 털어놓은 행동이 수치스러웠다.

구름이 태양을 가로지르자 정적이 런던에, 그리고 마음에 내려앉는다. 수고를 기울이려는 노력이 정지한다. 시간은 돛대 위에서 펄럭인다. 거기에 우리는 멈추고, 거기에 우리는 서 있다. 뼈대만 남은 습관이 단단하게 인간의 몸을 지탱한다. 아무것도 없는 곳에서.[14] 피터 월시는 속을 다 파내 버린 끝에 내면이 텅 빈 듯 혼잣말을 했다. 클래리사는 날 거절했어. 그는 생각했다. 그는 거기 서서 생각했다. 클래리사는 날 거절했어.

아, 난 늦지 않았어. 세인트마거릿 교회의 종이 말했다. 정각에 응접실에 들어섰는데, 손님들이 이미 도착해 있음을 알게 된 안주인처럼. 아니, 정확히 11시 30분이야. 그녀가 말했다. 더없이 옳은 말이기는 하지만, 그녀의 목소리는 안주인의 목소리이므로 강하게 자기주장 하기를 주저한다. 과거에 대한 슬픔과 현재에 대한 우려가 그것을 저지한다. 11시 30분이야. 그녀가 말한다. 세인트마거릿 교회의 종소리는 마음의 후미진 곳으로 미끄러져 들어가고, 연달아 울리는 소리 속에 숨어 버린다. 숨김없이 털어놓고 흩어지고 기쁨에 떨며 안식을 얻고 싶어 하는 어떤 생명체처럼 — 시간을 알리는 종소리가 울릴 때, 흰옷 차림으로 계단을 내려오던 클래리사처럼. 피터 월시는 생각했다. 바로 클래리사, 그녀야. 그는 깊은 감정을 느끼며, 특히 명료하면서도 모호하게 그녀를 회상했다. 마치 이 종소리가, 오래전 그들이 더없이 친밀하게 앉아 있던 방에 들어와 한 사람에게서 다른 사람에게로 옮겨 갔다가, 꿀을 잔뜩 머금은 꿀벌처럼 그 순간을 가득 싣고 떠나간 듯이. 그런데 어

---

14) '아무것도 없는 곳에서'는 W. B. 예이츠의 희곡 *Where There is Nothing* (1903)의 제목이기도 하고, 무신론자인 피터 월시의 심경을 나타내기도 한다.

느 방이었지? 어느 순간이었더라? 시계 소리가 울렸을 때, 그
는 왜 그토록 깊은 행복감을 느꼈을까? 그러고 나서 세인트마
거릿 교회의 종소리가 사그라지자 그는 생각했다, 그녀는 병
을 앓았어. 그 소리는 무기력과 고통을 나타냈다. 그녀의 심장
이 문제였지. 그는 기억했다. 갑자기 크게 진동하는 마지막 종
소리가 삶의 한가운데서 뜻밖에 마주친 죽음의 조종(弔鐘)을
울렸다. 응접실에 서 있다가 쓰러진 클래리사의 조종. 안 돼!
안 돼! 그가 소리쳤다. 그녀는 죽지 않았어! 나는 늙지 않았
어. 그는 외치면서 행군하듯이 화이트홀가를 힘차게 걸어갔
다. 그 거리에서 그의 활기차고, 아직 끝나지 않은 미래가 그에
게 굴러 내려오는 듯이.

그는 늙지 않았고, 뻣뻣하지도, 전혀 메마르지도 않았다. 그
들이, 댈러웨이 가족과 휘트브레드 가족 그리고 그 부류의 사
람들이 자기에 대해 뭐라고 말할지, 그는 지푸라기 하나만큼
도, 실 한 오라기만큼도(리처드가 그의 구직을 도와줄 수 있을지
조만간 알아보려는 것은 사실이지만) 개의치 않았다. 성큼성큼
걸음을 옮기며 주변을 둘러보다가 그는 케임브리지 공작의 동
상을 쏘아보았다. 그는 옥스퍼드에서 퇴학당했고, 그건 사실
이었다. 그는 사회주의자였고, 어떤 의미에서는 실패작이었다.
그것도 사실이었다. 그렇지만 문명의 미래는 그런 젊은이들의
손에 달려 있다고, 그는 생각했다. 삼십 년 전의 자기 같은 젊
은이들, 추상적 원칙을 사랑하고, 런던에서 히말라야의 산골
구석에 이르기까지 책을 부치고, 과학과 철학을 탐독하는 이
들. 미래는 그런 젊은이들의 손에 달려 있다고, 그는 생각했다.

숲속에서 나뭇잎들이 흔들리듯이, 등 뒤에서 후두두 소리가 들려왔다. 더불어 바스락거리며 규칙적으로 쿵쿵거리는 소리가 먼젓번 소리를 따라잡으며 생각에 북을 울렸고, 그는 자기도 모르게 긴장한 걸음걸이로 화이트홀을 올라갔다. 군복을 입은 소년들이 총을 들고 전방을 주시한 채 행군해 왔다. 그들은 경직된 팔을 흔들며, 동상의 받침대에 새겨진 의무, 감사, 충성심, 조국애를 칭송하는 글자들 같은 표정을 띠고 행군했다.

아주 멋진 훈련이군. 피터 월시는 그들과 보조를 맞추려 하면서 생각했다. 하지만 그들은 건장해 보이지 않았다. 대부분 허약한 열여섯 살 정도의 소년들로, 내일은 어느 카운터 뒤에서서 쌀과 비누를 팔 수도 있을 것 같았다. 지금 그들은 감각적 기쁨이나 일상적 관심사가 섞이지 않은 엄숙한 표정을 짓고 있었다, 그들 자신이 빈 무덤[15]에 바치기 위해 핀스베리 자치구에서 가져온 화환처럼. 그들은 맹세했다. 차량들도, 승합차들마저 그 맹세를 존중하듯이 멈춰 섰다.

계속 따라갈 수 없겠군. 피터 월시는 그들이 화이트홀을 행군하는 동안 생각했다. 아니나 다를까, 행군을 이어 가던 그들은 그를, 모든 이들을 지나쳤다. 마치 하나의 의지가 다리들과 팔들을 균일하게 움직이고, 다채롭고 소란스러운 삶을 기념비들과 화환들이 즐비한 보도 아래에 파묻고, 훈련에 의해 마비된 채 눈을 부릅뜬 송장 속에 주입된 것 같았다. 우리는 그걸

---

15) 1차 세계 대전의 명예로운 전사자들을 기념하기 위해 세운 기념비.

존중해야 해. 누군가는 우습게 볼지 모르지만 그래도 존중해야 해. 그는 생각했다. 저기 가는군. 피터 월시는 보도 끝에서 걸음을 멈추고 생각했다. 저 의기양양한 동상들, 넬슨, 고든, 해블록, 시커멓게 보이는 저 위대한 군인들의 근엄한 동상들이 앞을 응시하며 서 있었다. 그들도 똑같이 삶을 포기한 듯이(피터 월시는 자신도 그렇게 위대한 포기를 했다고 느꼈다.), 똑같은 유혹에 짓밟히고 마침내 대리석처럼 무표정한 시선을 얻은 듯이. 하지만 피터는 그런 시선을 원하지 않았다. 남들의 그런 시선은 존중할 수 있었다. 소년들의 그런 시선도 존중할 수 있었다. 하지만 소년들은 아직 육신의 고통을 알지 못해. 행군하는 소년들이 스트랜드가 쪽으로 사라질 때, 그는 생각했다. 내가 겪어 온 그 모든 것을 알지 못하지. 그는 길을 건너 어렸을 때 존경했던 고든, 고든의 동상 밑에 섰다. 한 다리를 들고 팔짱을 낀 채 외롭게 서 있는 고든. 가엾은 고든. 그는 생각했다.

그런데 그가 런던에 있다는 사실을, 클래리사 말고는, 아직 아는 사람이 없었다. 그리고 긴 항해를 마친 뒤라서 그의 눈에 땅은 아직 섬처럼 보였다. 그래서 오전 11시 30분에, 아는 사람 하나 없이, 트래펄가 광장에 홀로 서 있는 현실이 아주 기묘하게 다가왔다. 뭐지? 내가 어디에 있는 거지? 그리고 왜, 결국, 그 일을 하려는 거지? 그는 생각했다. 이혼이 온통 터무니없는 일처럼 여겨졌다. 그러자 김이 빠지면서 마음은 늪처럼 가라앉았고, 세 가지 강렬한 감정이 달려들었다. 이해심, 넓은 박애심, 끝으로 그 두 가지가 빚어낸 결과인 듯 억누를 수 없고 절묘한 즐거움이었다. 마치 그의 머릿속에서 다른 손이 여러 줄을 잡아당겨 덧문을 열어 놓은, 그가 직접 의도하지는 않았지만 내키기만 하면 언제든 마음대로 배회할 수 있는 끝없는 거리들의 입구에 서 있는 듯한 느낌이었다. 몇 년간 이토록 젊다고 느낀 적은 없었다.

그는 탈출했다! 완전히 자유로웠다. 마음이 아무도 지켜보지 않는 불꽃처럼 흔들리고 휘고, 급기야 심지로부터 막 흩날리려 할 때와 같이 습성이 무너져 내리며 완전히 자유로워지듯이. 지난 몇 년간 이렇게 젊다고 느낀 건 처음이야! 피터는 자신으로부터 (물론 한 시간 정도만) 탈출해서 문밖으로 뛰쳐나갔다. 그리고 다른 창문가에서 손짓하는 나이 든 유모를 쳐다보는 아이 같은 기분으로 생각했다. 그런데 저 여자는 특이하게 매력적이군. 그는 생각했다. 그가 트래펄가 광장을 가로질러 헤이마켓 쪽으로 걸어갈 때, 젊은 여자가 다가왔다. 그녀가 고든 동상 곁을 지날 때 그녀의 베일이 하나씩 하나씩 흘러내리는 것 같다고, 피터 월시는 (민감한 사람이었기에) 생각했다. 마침내 그녀는 그가 늘 마음에 간직해 온 여자, 젊으면서도 당당하고, 명랑하면서도 신중하며, 거무스름하면서도 매혹적인 여자가 되었다.

등을 쭉 펴고 은밀히 주머니칼을 만지작거리면서 그는 이 여자, 이 흥분을 뒤쫓기 시작했다. 이 흥분은 등을 돌리고도 그에게 어떤 빛을 비추는 것 같았다. 그 빛은 그들을 연결했고, 그를 지목했다. 마치 마구잡이로 요란하게 울리는 자동차의 소음이 손을 오므리고 귓전에 그의 이름을 속삭인 듯이, 피터가 아니라 마음속에서 혼자 생각할 때 스스로를 호칭하

던 그 은밀한 이름을. '당신'이라고 그녀가 말했다. 오직 '당신'
이라고, 그녀가 흰 장갑과 어깨로 말했다. 그러자 그녀가 콕스
퍼가의 텐트 가게를 지날 때 바람에 살랑거리던 얇고 긴 외투
가 마치 모든 것을 감싸듯이 친절하게, 구슬프고 다정하게, 팔
을 벌려 지친 자를 감싸 주듯이 휘날렸다.

그런데 저 여자는 미혼이군. 젊어, 아주 젊어. 피터가 생각
했다. 트래펄가 광장을 가로지를 때 보았던 그녀의 붉은 카네
이션이 다시 그의 눈 속에서 타오르며 그녀의 입술을 붉게 물
들였다. 그러나 그녀는 연석에서 기다렸다. 그녀에게는 기품이
있었다. 클래리사처럼 세속적이지 않았다. 클래리사처럼 부자
가 아니었다. 점잖은 집안 출신일까. 움직이는 그녀를 보면서
그는 궁금해했다. 도마뱀의 날름거리는 혀 같은 재치가 있을
까. 그는 (사람은 뭔가를 상상해야 하고, 기분 전환이 될 만한 것을
자신에게도 조금은 제공해야 하므로) 생각했다. 차분하게 응수하
는 재치, 요란하지 않지만 쏜살같이 움직이는 재치.

그녀는 움직였고 길을 건넜다. 그는 그녀를 따라갔다. 절대
로 그녀를 당황하게 하고 싶지 않았다. 그래도 그녀가 멈춘다
면 그는 "아이스크림 먹으러 갑시다."라고 말할 것이다. 그렇게
말하면 그녀는 아주 간단히 "네, 그래요."라고 대답하겠지.

그러나 거리의 다른 사람들이 그들 사이에 끼어들어 그의
앞을 가로막고, 그녀의 모습을 가렸다. 그는 계속 쫓아갔다. 그
녀가 달라졌다. 뺨이 붉어졌고, 눈에 조롱기가 어렸다. 나는
무모한 모험가야. 그는 생각했다. 신속하고, 과감하고, 그야말
로 (어젯밤에 인도에서 귀국했으므로) 이 빌어먹을 온갖 예절이

나 상품 진열창 속의 노란 실내복, 파이프, 낚싯대 그리고 체면, 이브닝 파티, 조끼 밑에 흰 속옷을 받쳐 입은 말쑥한 노인을 전혀 개의치 않는 낭만적인 해적인 것이었다. 그녀는 계속 걸음을 옮겨 피커딜리가를 가로질렀고, 리젠트가를 따라 그를 앞서 걸어갔다. 그녀의 외투, 장갑, 어깨가 진열창 속의 술 장식과 레이스, 깃털 목도리와 어우러지며 화려하고 장난기 어린 분위기를 연출했다. 그것은 연신 거리를 나아가며, 한밤중에 울타리 너머 어둠 속에서 흔들리는 가로등 불빛처럼 점점 사그라들었다.

그녀는 유쾌하게 웃으며 옥스퍼드가와 그레이트 포틀랜드가를 건너 작은 거리에 들어섰다. 이제, 이제, 중대한 순간이 다가오고 있었다. 그녀가 걸음을 늦추더니 가방을 열었다. 작별을 고하는 단 한 번의 눈길을 그가 아니라 그가 있는 쪽에 던지며 모든 상황을 요약하더니, 이 우연을 의기양양하게 영원히 떨쳐 버렸다. 잠금장치에 열쇠를 꽂아 문을 열고는 그 안으로 들어가 버린 것이다! 내 파티를 잊지 말아요, 내 파티를 잊지 말아요. 클래리사의 목소리가 그의 귓전에 울렸다. 그 집은 어쩐지 보기 흉한 꽃바구니가 걸린, 붉은색의 연립 주택 중 하나였다. 다 끝났다.

뭐, 재미있었어, 정말 재미있었지. 그는 옅은 색깔의 제라늄이 피어 있는, 흔들거리는 꽃바구니를 올려다보며 생각했다. 이윽고 산산이 부서져 가루가 되었다, 그의 재미는. 그 스스로가 잘 알다시피 그것은, 그 아가씨를 따라간 무모한 장난은 반쯤 재미로 꾸며 낸 짓이었다. 마치 인생의 대부분을 꾸며 낸 것처럼 그 장난 역시 꾸며 낸 것이었다고, 그는 생각했다. 자신을 꾸며 내고, 그 여자를 꾸며 내고, 절묘한 재미와 그 이상의 것을 꾸며 냈다. 그러나 참으로 묘하게도 그것은 전적으로 사실이었다. 이 모든 것은 절대 누구와도 공유할 수 없으므로 ― 산산이 부서져 가루가 되었다.

그는 몸을 돌렸다. 거리를 따라 걸으며, 후퍼 씨와 그레이틀리 씨를 만나러 링컨스인 법학원에 갈 시간이 될 때까지 앉아 있을 곳을 찾아야겠다고 생각했다. 어디로 가야 하지? 상관없어. 그러면 거리를 따라서 리젠트 파크 쪽으로 가자. 구두가 보도에 부딪치며 "상관없어."라고 소리쳤다. 이른 시간이었다. 아직 너무 일렀다.

게다가 화창한 아침이었다. 완벽한 심장의 맥박처럼 일상의 삶은 거리들 사이로 곧게 뻗어 나갔다. 일말의 머뭇거림도, 일말의 주저함도 없었다. 미끄러지듯이 다가오다가 방향을 돌려 정확하게, 제시간에, 소리 없이, 거기, 바로 딱 맞는 순간에, 자동차가 문 앞에 멈춰 섰다. 실크 스타킹을 신고 모자에 깃털을 단 아가씨가 내렸다. 곧 사라질 모습이지만 그의 눈에 딱히 매력적으로 보이지는 않았다.(그는 실컷 즐겼으므로.) 피터는 열린 문을 통해 나무랄 데 없는 집사들, 황갈색의 차우차우들, 흰 블라인드가 산들거리고 흑백의 마름모꼴로 장식된 현관을 들여다보며, 썩 괜찮다고 생각했다. 어떻든 런던은 그 나름의 빛나는 성취였다. 사교의 계절도. 문명도. 그는 적어도 세 세대에 걸쳐 인도에 거주하면서 그 대륙의 정무를 집행해 온 영국 양갓집 출신이었으므로(실로 인도와 제국, 군대를 몹시 싫어하면서도 그것을 다감하게 느끼다니 참으로 신기하다고, 그는 생각했다.)
이런 종류의 문명조차 자신의 소유물처럼 소중하게 느껴지는
순간이 있었다. 영국, 집사들, 차우차우들, 안전하게 살아가는
아가씨들에 자부심을 느끼는 순간이. 꽤 우스꽝스럽기는 하
지만 그래도 그런 순간이 있다고, 그는 생각했다. 그에게, 일을
보러 다니는 정확하고 빈틈없고 건실한 의사들, 사업가들, 유
능한 여성들은 자기 인생을 믿고 맡길 수 있는 전적으로 경탄
스럽고 훌륭한 사람들이자, 누군가를 끝까지 보살펴 주는 생
활의 기술을 함께 나누는 동반자처럼 보였다. 이런저런 것들
을 고려하면 이 같은 세상사는 사실 꽤 괜찮았다. 그는 그늘
에 앉아 담배를 피울 것이다.

저기 리젠트 파크가 있다. 그래. 어린 시절에 그는 리젠트
파크에서 산책하곤 했다. 이상하군, 어린 시절이 계속 떠오르
다니. 그는 생각했다. 어쩌면 클래리사를 만났기 때문일 거야.
여자들은 우리보다 더 과거에서 살아가니까. 그는 생각했다.
그들은 어떤 장소나 아버지에 집착한다. 여자들은 언제나 아
버지를 자랑스러워하지. 버턴은 괜찮은 곳, 아주 좋은 곳이었
지. 하지만 나는 그 노인과 도저히 잘 지낼 수 없었어. 그는 생
각했다. 어느 날 밤에는 한바탕 소동이 벌어졌다. 지금은 기억
나지 않는 무언가에 대해 논쟁이 붙었다. 아마 정치 문제였을
것이다.

그래, 그는 리젠트 파크를 기억했다. 곧고 긴 산책로, 그 왼
편의 고무풍선을 샀던 작은 가게, 어딘가에 비문이 새겨져 있
던 우스꽝스러운 동상. 그는 빈자리를 찾았다. 그에게 시간을

묻는 사람들에게 (약간 졸음기를 느꼈기에) 방해받고 싶지 않았다. 유아차에 잠든 아기를 태우고 앉아 있는 회색 옷차림의 나이 든 보모 ─ 그 보모가 앉은 벤치의 반대쪽 끝에 자리 잡는 것이 그가 할 수 있는 최선의 선택이었다.

그 애는 묘하게 보이더군. 그는 아까 방에 들어와서 어머니 옆에 섰던 엘리자베스를 돌연히 떠올리며 생각했다. 정말 많이 컸어. 완전히 다 자랐더군. 정확히 말해서, 예쁘지는 않지만 보기 좋은 편이었지. 열여덟 살은 넘지 않았을 거야. 어쩌면 클래리사와 사이가 안 좋을지도 몰라. "이 애가 내 딸 엘리자베스예요." 그런 식으로 말하다니 ─ 왜 간단히 "엘리자베스예요."라고 말하지 않은 거지? ─ 대부분의 엄마들처럼 사실이 아닌 것을 진짜라고 믿으려 애쓰는 거야. 그녀는 자신의 매력을 과신하고 있어. 그는 생각했다. 자기 매력을 지나치게 과시하지.

풍부하고 부드러운 시가 연기가 그의 목구멍을 타고 소용돌이치며 시원하게 내려갔다. 그는 연기를 내뿜어 고리를 만들었다. 그것이 한순간 용감하게 공기를 밀고 나아가며 푸른 원을 만들었다. ─ 오늘 밤에 엘리자베스와 단둘이 얘기를 나눠 봐야겠어. 그는 생각했다. ─ 그러나 흔들리기 시작하더니 모래시계 모양으로 바뀌었고, 점점 가늘어지다가 기묘한 형태를 띠게 되었다고, 그는 생각했다. 그는 갑자기 눈을 감았고, 애써 손을 들어 무거운 시가 꽁초를 내던졌다. 커다란 붓이 부드럽게 그의 마음을 스쳤고, 흔들리는 나뭇가지들, 아이들의 목소리, 발을 끄는 소리, 지나가는 사람들 소리, 윙윙대는 자

동차 소리, 연신 오르내리는 차량들의 소음이 그의 마음을 가
로질러 스쳐 지나갔다. 그는 차츰 잠의 깃털 속으로 빠져들었
고, 가라앉았고, 완전히 잠겨 버렸다.

　회색 옷차림의 보모는 피터 월시가 볕이 내리쬐는 옆자리
에 앉아 코를 골기 시작하자 다시 뜨개질을 시작했다. 꾸준하
지만 고요히 손을 놀리는 회색 옷차림의 그녀는 잠자는 이들
의 권리를 옹호하는 수호자 같았고, 땅거미가 질 무렵에 숲속
에서 일어나는 하늘과 나뭇가지들로 이루어진 유령 같았다.
외로운 여행자가 오솔길을 헤매며 고사리들을 흩뜨리고 커다
란 독미나리를 짓밟다가 불현듯이 올려다본 허공에서, 숲속
의 승마 도로 끝에서 문득 마주하는 거대한 형상처럼 말이다.
　아마도 철저한 무신론자였을 그는 각별히 행복한 순간들에
깜짝 놀란다. 우리 바깥에는 어떤 마음 상태 외에 아무것도
존재하지 않는다고, 그는 생각한다. 위안, 안도감에 대한 욕
구, 이 비참하고 왜소하고 허약하고 추한 자들, 이 비겁한 남
자들과 여자들의 바깥에 있는 뭔가에 대한 욕망 외에는. 그러
나 자신이 그녀를 마음에 품을 수 있다면 얼마간 그녀는 거기
에 존재한다고, 그는 생각한다. 그리고 하늘과 나뭇가지들을
응시한 채 오솔길을 걸으면서 그는 그것들에 재빨리 여성성을
부여하고 경이롭게 바라본다. 그것들이 대단히 엄숙해지는 것
을. 산들바람이 휘젓고 지나갈 때 그것들이 시커먼 이파리를
퍼덕이며 아주 장엄하게 자비심과 이해심, 용서를 나누어 주
는 것을. 그러고는 돌연 높이 솟구쳐 올라 경건함이 향연의 거

친 몸짓과 뒤섞이는 것을.

그러한 환영이 외로운 여행자에게 과일로 넘쳐 나는 커다란 풍요의 뿔을 제공하거나, 초록빛 바다의 파도 위를 느릿느릿 걸어가는 사이렌처럼 그의 귀에 노래를 속삭이거나, 장미 다발처럼 그의 얼굴에 들이닥치거나, 혹은 어부들이 거친 물살에서 허우적거리며 끌어안으려 하는 창백한 얼굴들처럼 표면에 떠오르기도 한다.

그와 같은 환영이 끊임없이 떠올라 실제 사물 옆에서 보조(步調)를 맞추며 그 앞에 얼굴을 들이민다. 그것이 이따금 외로운 여행자를 압도하고, 이 세상의 감각이나 돌아가고자 하는 욕구를 그에게서 빼앗고, 그 대신 전면적 평화[16]를 가져다준다, 마치(숲길을 걸으면서 그는 그런 생각을 한다.) 인생의 온갖 열병이란 단순하기 그지없고, 수많은 것들이 한데에 녹아들어 버린 듯이. 실상 이 형체는 하늘과 나뭇가지들로 이루어져 있지만 마치 격랑이 이는 바다에서(그는 늙었다. 이제 쉰 살이 넘었으니.) 솟아오른 듯 보인다. 파도에서 쑥 솟아난 그녀의 관대한 손은 어쩌면 연민과 이해심, 용서를 쏟아부어 줄 것이다. 그러니 나는 절대 등불로, 거실로 돌아가지 않을 거야. 그는 생각한다. 내 책을 절대 끝내지 않고, 내 파이프의 담뱃재를 절대 털어 버리지 않고, 터너 부인에게 식탁을 치워 달라고 절대 종을 울리지 않을 테야. 그 대신 이 커다란 형체에게로 곧장 걸어가겠어. 그녀는 고개를 홱 쳐들고 나를 펄럭이는 나뭇

---

16) 죽음을 의미한다.

가지에 태워, 다른 것들과 함께 흔적도 없이 날려 버릴 거야.

그런 환영이 떠오른다. 외로운 여행자는 곧 숲을 벗어난다. 그런데 거기, 늙은 여자가 손을 눈가에 대고 흰 앞치마를 휘날리며 문간에서 나온다. 어쩌면 그가 돌아오는지 살펴보는 것일지도. 그녀는 사막에서 잃어버린 아들을 찾는 것처럼 (이 병적인 집념은 너무나 강력해) 보인다. 이미 죽은 기사(技士)를 수소문하는 듯이 보이고, 세계 대전에서 살해당한 아들들의 어머니처럼 보인다. 그렇게 외로운 여행자는, 여자들이 선 채로 뜨개질을 하고, 남자들은 정원에서 땅을 파는 마을에 들어선다. 그가 마을 길을 따라 나아갈 때, 어스름은 불길하게 깊어 간다. 그 형체들은 고요하게 있다. 그들 스스로 이미 알고 있는, 두려움 없이 기다려 온 어떤 장엄한 운명이 이제 그들을 완전한 소멸로 휩쓸어 가리라.

실내의 찬장, 식탁, 제라늄 화분이 놓인 창턱, 이런 평범한 사물들 속에서 갑자기 식탁보를 벗기려고 고개를 숙인 안주인의 윤곽이 빛을 받아 부드러워진다. 이 사랑스러운 상징을 우리가 기꺼이 받아들이지 못하는 까닭은 냉담한 인간 접촉의 기억 때문이다. 그녀는 마멀레이드를 집어 찬장에 넣고 닫는다.

"오늘 밤에 더 필요한 거 없으세요?"

그러나 외로운 여행자는 누구에게 대답하는가?

이렇게 늙은 보모는 리젠트 파크에서 잠든 아기 너머로 뜨개질을 했다. 그리고 피터 월시는 코를 골았다. 그는 별안간 잠

에서 깨어나 속으로 말했다. '영혼의 죽음.'

"하나님, 맙소사!" 그는 몸을 쭉 뻗고 눈을 뜨며 입 밖으로 중얼거렸다. '영혼의 죽음.' 이 말이 그가 꿈꾸었던 어떤 장면에, 어떤 방에, 어떤 과거에 달라붙었다. 점점 명료해졌다. 그가 꿈꾸었던 장면, 방, 과거가.

1890년대 초, 그해 여름 버턴에 있을 때, 그는 너무나 열렬히 클래리사를 사랑했다. 그곳에 있던 아주 많은 사람들이 웃고, 이야기를 나누고, 탁자 주위에 둘러앉아 차를 마셨다. 노란빛에 잠긴 그 방에는 담배 연기가 자욱했다. 그들은 하녀와 결혼한 이웃 지주에 대해 이야기하고 있었다. 이름은 생각나지 않는다. 그 지주는 하녀와 결혼했고, 그녀를 데리고 버턴을 방문했다. 끔찍한 방문이었다. 그녀가 터무니없이 화려하게 차려입어서 클래리사는 "앵무새 같다."라고 말하며 그녀를 흉내 냈다. 그녀는 말을 절대 멈추지 않았다. 말이 끊임없이 이어지고 또 이어졌다. 클래리사는 그녀를 흉내 냈다. 그때 누군가 ─ 샐리 시튼이었다. ─ 그들이 결혼 전에 아기를 낳았다는 사실이 알려지면 사람들의 감정에 실로 변화가 생길지, 물었다.(당시로서는 남녀가 함께 있는 자리에서 그런 말을 꺼내는 것은 대담한 행동이었다.) 새빨갛게 붉어진 얼굴을 왠지 잔뜩 찌푸리며 이야기를 하던 클래리사가 지금도 생생히 떠오른다. "아, 나는 이제 그녀에게 말을 못 걸겠어!" 그 말에 차를 마시던 탁자 주위에 앉아 있던 사람들이 동요하는 것 같았다. 아주 불편한 순간이었다.

그는 그녀가 그 사실을 언짢아한 것을 비난하지 않았다. 당시에 그녀처럼 자란 아가씨는 아무것도 몰랐으니까. 하지만 그를 화나게 한 것은 그녀의 태도였다. 소심하고 냉혹하고 교만하고 고상한 체했다. "영혼의 죽음." 그는 본능적으로 그렇게 말했고, 늘 그렇듯이 그 순간에 꼬리표를 붙였다. '그녀 영혼의 죽음.'

모두들 동요했다. 그녀의 말에 모두들 고개 숙여 인사하고는 전과 다른 표정으로 일어서는 듯 보였다. 그는 샐리 시튼이 말썽을 부린 어린애처럼 다소 상기된 얼굴로 몸을 내민 채 뭔가 말하고 싶지만 용기 내지 못하는 모습을 알아챘다. 클래리사가 사람들을 깜짝 놀라게 했다.(샐리는 클래리사의 가장 친한 친구였고, 늘 그 집에 들락거렸다. 또 보기 좋고 가무스름한 피부를 가진 매력적인 인물이었고, 그 당시엔 몹시 대담하다는 평을 받았다. 그는 그녀에게 담배를 주곤 했는데, 그녀는 침실에서 담배를 피웠다. 그녀는 누군가와 약혼했거나 자기 가족과 다투었다. 패리 영감은 그와 그녀를 똑같이 싫어했고, 그 덕분에 큰 유대가 생겼다.) 그러고 나서 클래리사는 모두에게 화가 난 기색으로 일어서더니 뭐라 핑계를 둘러대고는 혼자 자리를 떴다. 그녀가 문을 열자 양을 쫓아다니는 크고 텁수룩한 개가 들어왔다. 그녀는 털썩 몸을 굽히고 개를 끌어안으며 열렬한 기쁨을 드러냈다. 마치 피터에게 말하는 것 같았다. 모두 자신을 겨냥한 행동임을 그는 알았다. '내가 그 여자에 대해 방금 맹랑하게 굴었다고 생각하는 거 알아요. 하지만 내가 얼마나 공감력이 풍부한지 보라고요. 내가 롭을 얼마나 사랑하는지 봐요.'

그들은 늘 이처럼 말하지 않고도 소통할 수 있었다. 그가 자기를 비판한다는 걸 그녀는 바로 알아차렸다. 그러면 이처럼 개를 데리고 수선 떠는 방식으로 분명히 눈에 띄도록 스스로를 방어하곤 했다. 하지만 그런 행동에 그는 속지 않았고, 늘 클래리사를 꿰뚫어 보았다. 물론 한마디도 하지 않았고, 뚱한 표정으로 앉아 있을 뿐이었지만. 이런 식으로 종종 말다툼이 시작되었다.

그녀가 문을 닫았다. 그러자 그의 기분이 몹시 가라앉았다. 전부 부질없어 보였다, 계속 사랑하고, 말다툼하고, 화해하는 것이. 그는 별채와 마구간 사이를 홀로 돌아다니며 말들을 쳐다보았다.(그곳은 꽤 초라했고, 패리 가족은 부자가 아니었다. 하지만 언제나 말구종과 마구간지기를 두었고 — 클래리사는 말타기를 좋아했다. — 늙은 마부 — 그의 이름이 뭐였더라? — 그리고 늙은 보모가 있었다. 무디인지, 구디인지, 아무튼 그런 이름이었던 보모를 보러 사진들과 새장들이 가득한 작은 방에 갔었다.)

끔찍한 저녁이었다! 그는 점점 더 우울해졌는데, 그 사건뿐 아니라 모든 것 때문에 울적했다. 게다가 그녀를 볼 수 없었고, 그녀에게 설명할 수 없었고, 터놓고 얘기할 수 없었다. 언제나 주위에 사람들이 있었고, 그녀는 아무 일도 없었다는 듯이 행동했다. 그것이 그녀의 사악한 부분이었다. 이 냉정함, 이 딱딱함, 오늘 아침에 그녀와 이야기하다가 또다시 느낀 내면의 아주 의미심장한 것, 꿰뚫을 수 없는 것. 그러나 맹세코 그는 그녀를 사랑했다. 그녀는 그의 신경을 그어 대며 그것을 바이올린 현으로 바꿔 놓는 기묘한 능력을 지니고 있었다, 그래.

그는 사람들의 눈길을 끌려는 바보 같은 생각으로 정찬 식사 자리에 좀 늦게 들어갔다. 그러고는 만찬을 주관하는 늙은 패리 양, 패리 씨의 누이인 헬레나 고모 옆에 앉았다. 그녀는 흰 캐시미어 숄을 두르고 창문을 등진 채 앉아 있었다. 헬레나 고모는 무서운 노숙녀였지만 그에게는 친절했다. 그가 그녀에게 희귀한 꽃을 찾아 주었기 때문이다. 그녀는 열렬한 식물학자여서, 두꺼운 장화를 신고 검은색의 주석 채집 상자를 어깨에 걸고 행군하듯이 집을 나서곤 했다. 그는 그 옆에 앉아서 아무 말도 할 수 없었다. 모든 것이 질주하며 그를 지나쳐 가는 것 같았다. 가만히 앉아서 먹기만 했다. 그러다가 정찬이 절반쯤 진행되었을 무렵에, 애써 클래리사를 처음 건너다보았다. 그녀는 오른쪽에 앉은 청년과 이야기하고 있었다. 그는 불현듯이 충격적인 예감을 느꼈다. '클래리사는 저 남자와 결혼하겠구나.' 그는 속으로 말했다. 그는 그 청년의 이름조차 알지 못했다.

물론 그날 오후, 바로 그날 오후에 댈러웨이가 방문했던 것이다. 클래리사는 그를 '위컴'이라고 불렀다. 그것이 그 모든 일의 발단이었다. 누군가가 그를 데려왔는데, 클래리사는 그의 이름을 잘못 기억했다. 그녀는 모두에게 그를 위컴이라고 소개했다. 마침내 그가 "제 이름은 댈러웨이입니다!"라고 말했고 — 그때 그는 처음으로 리처드를 보았다. — 금발의 젊은이는 다소 어색하게 접의자에 앉아서 "제 이름은 댈러웨이입니다!"라고 불쑥 내뱉었다. 샐리는 그 말을 놓치지 않았고, 그 뒤로 그를 '제 이름은 댈러웨이입니다'라고 불렀다.

그때 그는 돌연히 예감에 사로잡혔다. 이 예감 — 그녀가 댈레웨이와 결혼하리라는 ― 은 그 순간 눈앞을 암흑천지로 만들었고, 모든 것을 압도했다. 그를 대하는 그녀의 태도는 어딘가 ― 뭐라고 표현해야 할까? ― 편안하고, 모성적이고, 부드러웠다. 그들은 정치에 대해 이야기하고 있었다. 정찬 내내 그는 그들이 하는 말을 엿들으려 애썼다.

이윽고 그는 응접실에서 패리 양의 의자 옆에 서 있었던 순간을 떠올렸다. 클래리사가 진짜 안주인처럼 완벽한 매너로 다가와서 그를 누군가에게 소개해 주려 했다, 마치 그를 여태 만난 적이 없는 사람인 양 굴면서. 그 점이 그를 격분하게 했다. 하지만 그 순간에도 그는 그녀의 그런 점에 경탄했다. 그녀의 용기에, 그녀의 사교적 본능에 경탄했다. 여러 가지 일을 수행해 내는 그 능력에 경탄했다. "완벽한 안주인이군요." 그가 그녀에게 말했고, 그러자 그녀는 몸을 움찔했다. 그녀가 그렇게 느끼도록 일부러 건넨 말이었다. 댈러웨이와 함께 있는 그녀를 본 뒤에는, 어떻게든 그녀에게 상처를 주고 싶었다. 그래서 그녀는 그를 두고 다른 곳으로 갔다. 모두들 함께 자기 등 뒤에서 모여 ― 웃고 얘기하면서 ― 자신에 대해 공모하고 있다는 느낌이 들었다. 그는 나무 조각처럼 패리 양의 의자 옆에 서서 야생화에 대해 이야기했다. 단 한 번도, 단 한 번도 그런 지옥 같은 고통을 느낀 적이 없었다! 그가 말을 듣는 척하는 시늉마저 잊었음에 틀림없었다. 마침내 정신을 차리고 보니, 패리 양이 다소 불안하고 다소 분개한 채, 툭 튀어나온 눈으로 그를 똑바로 쳐다보고 있었다. 그는 지옥에 있기 때문에 집중할 수 없다고, 소리칠 뻔했다! 사람들이 방을 나서기 시작했다. 외투를 가져오겠다든가, 물 위는 춥다든가, 하는 말소리가 들려왔다. 그들은 달빛을 받으며 호수에서 배를 타려 하고 있었다. 샐리의 정신 나간 제안 중 하나였다. 달을 묘사하는 그녀의 목소리가 들렸다. 그들 모두 바깥으로 나갔다. 그는 완전히 혼자 남았다.

"저 애들과 함께 가고 싶지 않니?" 헬레나 고모가 말했다. 가엾은 노숙녀! ─ 그녀는 짐작했던 것이다. 그가 고개를 돌려 보았더니 거기에 클래리사가 있었다. 그를 데리러 돌아왔던 것이다. 그는 그녀의 너그러움, 친절에 압도되었다.

"자, 가요," 그녀가 말했다. "모두들 기다리고 있어요."

이제껏 살아오면서 가장 행복한 순간이었다! 말 한마디 없이 그들은 화해했다. 그들은 호숫가로 내려갔다. 그는 이십 분 동안 완벽하게 행복했다. 그녀의 목소리, 그녀의 웃음, 그녀의 (뭔가 흰색과 진홍색이 떠다니는) 드레스, 그녀의 기분, 그녀의 대담함. 그녀는 모두들 배에서 내려 섬을 돌아보게 했다. 그녀는 암탉을 놀라게 했다. 그녀가 웃었다. 그녀는 노래를 불렀다. 그러는 동안 댈러웨이가 그녀에 빠져들고 있음을, 그는 더없이 잘 알았다. 그녀와 그는 사랑에 빠지고 있었다. 하지만 그것은 중요하지 않았다. 그 무엇도 중요하지 않았다. 그들은 땅바닥에 앉아 이야기를 나누었다. 그와 클래리사. 그들은 전혀 애쓰지 않고 서로의 마음을 넘나들었다. 그러고는 한순간에 모든 것이 끝났다. 모두들 다시 배에 오를 때, '클래리사는 저 남자와 결혼할 거야.'라고 그는 맥없이, 아무런 분노도 느끼지 않고 속으로 말했다. 댈러웨이가 클래리사와 결혼할 것은 확실했다.

댈러웨이가 노를 저어 돌아왔다. 그는 아무 말도 하지 않았다. 하지만 댈러웨이가 숲속으로 이십 마일을 달리려고 자전거에 뛰어올랐을 때, 그리고 마찻길을 기우뚱 내려가면서 손을 흔들고 사라지는 그의 모습을 다 같이 지켜보았을 때, 그는 분명 본능적으로, 무섭도록 강렬하게 그 모든 것을, 그 밤과 그 로맨스를, 클래리사를 느꼈다. 그는 그녀를 차지할 자격이 있었다.

자신에 대해 말하자면, 그는 어리석었다. 그가 클래리사에게 요구한 것들은(이제는 그게 무엇인지 알 수 있었다.) 말도 안 되는 것이었다. 그는 불가능한 것을 요구했다. 그는 끔찍한 소란을 피웠다. 그가 그토록 어이없게 굴지 않았더라면, 그녀는 그를 받아 주었을지도 모른다. 샐리는 그렇게 생각했다. 그녀는 그 여름 내내 그에게 긴 편지들을 보내왔다. 자기들이 그에 대해 이야기를 나눴고, 그녀가 그를 칭찬했으며, 클래리사가 울음을 터뜨렸다고 알려 주었다. 편지들과 장면들, 전보들이 오간 그 특별한 여름에 그는 아침 일찍 버턴에 도착해서 하인들이 일어날 때까지 빈둥거렸다. 그러고는 아침 식사 자리에서, 소름 끼치게도, 늙은 패리 씨와 대면했다. 헬레나 고모는 무시무시했지만 친절했다. 샐리가 얘기를 나누려고 그를 잡아끌듯이 채마밭으로 데려갔다. 클래리사는 두통으로 침대에 누워 있었다.

그 마지막 장면, 그의 생애에서 무엇보다도 중요하다고 생각하는(과장일지 모르지만 지금도 그렇게 생각한다.) 그 끔찍한 장면은 아주 뜨거운 어느 날 오후 3시에 펼쳐졌다. 사소한 일에서 시작되었다. 샐리가 점심 식사를 하던 중 댈러웨이에 대해 말하면서 그를 '제 이름은 댈러웨이입니다'라고 불렀다. 그러자 클래리사가 갑자기 굳더니 얼굴을 붉히고는 날카롭게 "그 시시한 농담은 이미 충분히 하지 않았어?"라고 쏘아붙였다. 그게 다였다. 그러나 그에게는, 마치 그녀가 '나는 당신과 장난치고 있을 뿐이에요. 리처드 댈러웨이와는 서로 이해하고 있고요.'라고 말하는 것 같았다. 그는 그렇게 받아들였다. 그는 며칠간 잠을 이루지 못했다. 이렇게든 저렇게든 끝나야 해. 그는 속으로 말했다. 그는 오후 3시에 분수 옆에서 만나 달라고, 쓴 쪽지를 샐리 편에 보냈다. "아주 중요한 일이 있어서요." 그는 쪽지 끝에 휘갈겨 썼다.

분수는 집에서 멀리 떨어진, 관목들과 커다란 나무들에 둘러싸인 작은 숲의 한복판에 있었다. 그녀는 예정된 시간이 되기도 전에 나타났고, 그들은 분수를 사이에 두고 서 있었다. (부서진) 분수 구멍에서 끊임없이 물이 똑똑 떨어졌다. 어떤 광경은 얼마나 생생히 마음속에 박히는지! 가령 선명한 녹색 이끼 같은 것이.

그녀는 움직이지 않았다. "진실을 말해 줘요, 진실을 말해 줘요." 그는 거듭 말했다. 이마가 터져 버릴 것 같았다. 그녀는 오그라들고, 굳어 버린 듯 보였다. 그녀는 움직이지 않았다. "진실을 말해 줘요." 그가 말을 꺼냈을 때, 갑자기 브라이트코프 노인이 《타임스》를 들고 머리를 불쑥 드러내더니, 그들을 응시하다가 입을 딱 벌리고 자리를 떴다. 그들은 움직이지 않았다. "진실을 말해 줘요." 그는 다시 말했다. 그는 단단한 물질에 부딪쳐 갈리는 느낌이었다. 그녀는 굴하지 않았다. 강철 같았다. 부싯돌 같았다. 척추까지 뻣뻣했다. 그러다 그녀가 "소용없어요. 소용없어요. 이게 끝이에요."라고 말했을 때는 — 그는 몇 시간이나 눈물을 줄줄 흘리며 말한 것 같았다. — 그녀에게 따귀를 맞은 느낌이었다. 그녀는 몸을 돌렸고, 그를 버려두고 가 버렸다.

"클래리사!" 그가 소리쳤다. "클래리사!" 하지만 그녀는 돌아오지 않았다. 그게 끝이었다. 그는 그날 밤에 떠났다. 그녀를 다시는 보지 않았다.

끔찍했어. 그는 소리쳤다. 끔찍해, 끔찍해!

그래도, 태양은 뜨거웠다. 그래도, 사람은 잊어버리고 살게 마련이다. 그래도, 인생은 하루에 하루를 더하며 그렇게 나아간다. 그래도, 하품을 하고 주위를 돌아보기 시작하면서 — 리젠트 파크는 그의 어린 시절 이래로, 다람쥐를 제외하면 거의 변한 게 없었다. — 그래도, 어쩌면 뭔가 보상이 있으리라고, 그는 생각했다. 그 순간, 어린 엘리제 미첼이 놀이방의 벽난로 선반에 남동생과 함께 쌓아 둔 조약돌 더미에 돌을 더 보태려고 양손 가득 주워 온 조약돌을 유모의 무릎에 털썩 내려놓고는, 다시 쏜살같이 달려가다가 어떤 숙녀의 다리에 부딪쳤다. 피터 월시는 소리 내어 웃었다.

하지만 루크레치아 워런 스미스는 속으로 말하고 있었다. 이건 나쁜 일이야. 내가 왜 고통받아야 하지? 그녀는 넓은 길을 따라 걸으며 묻고 있었다. 아니, 더 이상 참을 수 없어. 그녀는 말하고 있었다. 이제 셉티머스가 아닌 저 남자, 저기 의자에 앉아 있는 남자는 냉혹하고 잔인하고 사악한 말을 했다. 그는 혼자 말했고, 죽은 사람에게 말했다. 그때, 아이가 그녀에게 전속력으로 달려와서 고꾸라지더니 울음을 터뜨렸다.

그 일은 오히려 위안을 주었다. 그녀는 아이를 일으켜 세운 뒤 옷의 먼지를 털어 주고는 아이에게 키스했다.

하지만 그녀 자신은 잘못한 게 없었다. 그녀는 셉티머스를 사랑했고, 행복했다. 또 아름다운 집이 있었고, 그곳에서 자매들은 여전히 모자를 만들며 살아가고 있었다. 그녀는 왜 고통받아야 할까?

아이는 그대로 유모에게 달려갔다. 유모가 뜨갯거리를 내려 놓은 뒤에, 아이를 타이르고 위로하고 안아 올리는 모습을 레치아는 보았다. 친절해 보이는 남자가 아이를 달래려고 시계를 건네주고는 들여다보게 했다. 그런데 그녀 자신은 왜 고통에 시달려야 하는가? 왜 밀라노에 남지 않았을까? 왜 고통받고 있는 걸까? 왜?

넓은 산책로와 유모, 회색 옷을 입은 남자, 유아차가 눈물에 약간 흔들리며 눈앞에서 오르내렸다. 이 악의적인 고문 집행자에게 휘둘리는 것이 그녀의 운명이었다. 그러나 왜? 그녀는 얇고 우묵한 이파리 밑에서 비바람을 피하는 새 같았다. 새는 이파리가 움직일 때면 햇빛에 눈을 깜박였고, 마른 가지가 갈라지는 낌새에 깜짝 놀랐다. 그녀는 위험에 노출되어 있었다. 냉담한 세계의 거대한 나무들, 방대한 구름에 둘러싸인 채, 보호막 없이 노출되어 있었다. 극심한 고통에 시달렸다. 왜 고통받아야 할까? 왜?

그녀는 이마를 찌푸렸다. 발을 굴렀다. 윌리엄 브래드쇼 경에게 갈 시간이 거의 되었으니 셉티머스에게 돌아가야 한다. 그에게 돌아가서 말해야 한다. 저기 나무 아래, 녹색 의자에 앉아서 혼잣말을 하는, 아니면 죽은 에번스에게 말을 건네는 그에게 돌아가야 한다. 그녀는 에번스를 가게에서 딱 한 번 본 적이 있었다. 에번스는 조용하고 괜찮은 사람인 데다 셉티머스와 아주 친했는데, 전쟁터에서 사망했다. 하지만 그런 일은 누구에게나 일어난다. 누구에게나 전사한 친구가 있다. 누구나 결혼할 때는 무언가를 포기한다. 그녀는 자신의 집을 포기했다. 그녀는 여기, 이 끔찍한 도시에 와서 살게 됐다. 그러나 셉티머스는 끔찍한 일들에 침잠해 있다. 그녀도 마음만 먹으면 그럴 수 있었으리라. 그는 점점 더 이상해졌다. 침실 벽 뒤에서 사람들이 얘기하고 있다고, 말했다. 필머 부인도 그 점을 이상하게 여겼다. 그는 또 뭔가를 보기도 했는데, 양치식물 덤불 사이에서 어떤 노파의 머리를 보았다고 했다. 하지만 그는 자신이 원하면 행복해질 수 있었다. 버스를 타고 햄프턴 궁전에 갔을 때, 그들은 완벽하게 행복했다. 풀밭에 피어난 붉고 노란 작은 꽃들을 보며 마치 물 위에 떠 있는 등불 같다고, 그는 말했다. 그렇게 이야기를 지어내면서 쉴 새 없이 지껄이고 웃었다. 갑자기 그가 "이제 우리 자살하자."라고 말했다. 그때 그들은 강가에 서 있었고, 그는 기차나 버스가 지나갈 때 드러내던 눈빛, 뭔가에 매료된 표정으로 강을 바라보았다. 그녀는 그가 자기에게서 멀어지고 있음을 느꼈으므로 그의 팔을 붙잡았다. 하지만 집으로 돌아가는 길에 그는 어느 때보다 조용했고, 그 어느 때보다 이성적이었다. 거리를 지나면서 그는 자살에 대해 그녀와 논쟁을 하고 싶었다. 사람들은 대단히 사악하며, 그들이 거짓말을 꾸며 내는 것을 자신은 알 수 있다고 말했다. 그들의 생각을 모두 안다고 말했다. 그는 모든 것을 알고 있다고, 세상의 의도를 안다고 말했다.

그리하여 집에 돌아왔을 때, 그는 걷지도 못할 상태였다. 소파에 누워 그녀에게 손을 잡아 달라고 했다. 아래로, 아래로, 불꽃 속으로 떨어지지 않게 막아 달라고 소리쳤다. 그리고 벽에서 끔찍하고 역겨운 이름으로 그를 부르며 비웃는 얼굴들을 보았고, 칸막이 주위에서 손가락질하는 손들을 보았다. 하지만 그들, 단 둘밖에 없었다. 그러나 그는 큰 소리로 말하기 시작했고, 사람들에게 대꾸하거나 논쟁하거나 웃거나 소리치며, 급기야 매우 흥분해서는 그녀에게 자신의 말을 받아 적게 했다. 그것은 죄다 허튼소리였고, 죽음에 관한, 이저벨 폴 양에 관한 이야기였다. 그녀는 이제 더는 견딜 수 없었다. 그녀는 돌아갈 것이다.

바야흐로 그에게 다가간 그녀는, 하늘을 응시한 채 양손을 움켜쥐고 중얼거리는 그의 모습을 볼 수 있었다. 그렇지만 홈스 박사는 그에게 아무 이상도 없다고 말했다. 그렇다면 도대체 무슨 일이 일어난 걸까? 그는 왜 사라져 버렸을까? 그녀가 곁에 앉았을 때, 그는 왜 깜짝 놀라서 얼굴을 찌푸리고, 옆으로 물러나고, 그녀의 손을 가리키더니 그 손을 잡고 겁에 질린 채 바라보았을까?

그녀가 결혼반지를 뺐기 때문일까? "내 손이 너무 야위었어요." 그녀가 말했다. "반지는 지갑에 넣어 두었고요." 그녀가 그에게 말했다.

그는 그녀의 손을 놓았다. 자신들의 결혼은 이제 끝났다고 생각했다, 괴로운 심정으로, 안도감을 느끼며. 밧줄이 끊어졌다. 그는 날아올랐다. 그, 인간들의 군주, 셉티머스에게 자유라는 판결이 내려졌으므로 그는 자유로웠다. 홀로, (아내가 결혼반지를 내버렸으므로, 또 그녀가 그를 떠났으므로) 그, 셉티머스는 대중보다 앞서 진실을 들으라는, 의미를 배우라는 부름을 받았다. 그것은 마침내 문명의 온갖 노역 — 그리스인, 로마인, 셰익스피어, 다윈 그리고 이제 그 자신 — 을 바친 뒤에야 온전히 주어질 것이다……. "누구에게?" 그는 소리 내서 물었다. "총리에게." 그의 머리 위에서 바스락거리는 소리들이 대답했다. 최고의 비밀을 내각에 알려야 한다. 첫째로 나무들은 살아 있다는 것, 둘째로 범죄는 없다는 것, 그다음으로 사랑, 전세계적 사랑을. 그는 숨을 헐떡이고 전율하며, 너무나 깊고 난해해서 입 밖에 내려면 엄청난 노력을 기울여야 하는, 이 심오한 진실을 힘겹게 끌어내듯이 천천히 중얼거렸다. 세상은 이 진실로 인해 영원히 그리고 완전히 변화되었다.

범죄는 없어. 사랑. 그가 종이와 연필을 더듬어 찾으며 이 말을 되풀이할 때 스카이테리어 한 마리가 그의 바지 냄새를 맡았고, 그는 극도의 공포에 질려 몸을 움찔했다. 그 개가 인간으로 변하고 있었다! 이런 일이 벌어지는 광경을 그는 차마 지켜볼 수 없었다! 인간으로 변모하는 개를 보고 있자니 끔찍하고 무서웠다! 개는 곧 종종걸음으로 재빨리 멀어져 갔다.

하늘은 거룩하게 자비롭고, 무한히 관대했다. 하늘은 그를 벌하지 않았고, 그의 나약함을 용서했다. 하지만 과학적으로는 어떻게 설명했더라?(인간은 무엇보다도 과학적이어야 하므로.) 개가 인간이 될 때, 그는 어떻게 몸을 꿰뚫어 보고, 미래를 들여다볼 수 있었을까? 아마 영겁의 진화를 통해 민감해진 두뇌에 작용하는 열기 때문이리라. 과학적으로 말하자면, 이제 그의 살은 세상에서 녹아내렸다. 그의 몸은 결국 신경 섬유만이 남을 때까지 문드러졌다. 그의 몸은 바위 위에 베일처럼 펼쳐졌다.

그는 기진맥진했지만 정신적으로 고무된 채 의자에 기대 누웠다. 극도로 고통스러워하며, 다시 힘겹게, 인류한테 해석을 전해 주기 전까지 쉬면서 기다리기로 했다. 그는 아주 높이, 세상의 등에 누워 있었다. 땅은 그의 발밑에서 전율하고 있었다. 붉은 꽃들이 그의 몸을 뚫고 자라났다. 빳빳한 이파리들이 그의 머리 옆에서 바스락거렸다. 여기 드높은 바위에 음악이 부딪치며 울리기 시작했다. 저 아래 거리에서 들려오는 자동차의 경적 소리라고, 그는 중얼거렸다. 하지만 여기 높은 곳에서는 그 소리가 바위에서 바위로 거세게 울려 퍼지며 쪼개지거나 하나 되어 충격적인 소리를 만들어 냈다. 그리고 그 소리는 매끈한 기둥들로 솟아오르더니(음악이 보인다는 것은 놀라운 발견이었다.) 찬송가가 되었다. 이제 그 찬송가는 어느 목동의 피리 소리에 휘감겼다.(저건 선술집 근처에서 어느 노인이 불어 대는 양철 피리 소리야, 그는 중얼거렸다.) 목동이 가만히 서 있는 동안, 그 소리는 그의 피리에서 보글보글 거품처럼 흘러나왔고, 그가 더 높은 곳에 이르자 가냘픈 비탄의 소리를 냈다. 그리고 저 밑에서는 차가 지나가고 있었다. 이 소년의 비가(悲歌)는 도로 한가운데서 울려 퍼지고 있군, 그는 생각했다. 이제 그는 눈 더미 속으로 물러났고, 그 주위에 장미들이 늘어져 있었다. 내 침실 벽 위에서 자라나는 울창한 붉은 장미야, 그는 스스로 상기했다. 음악이 멈췄다. 피리 불던 사람이 동전을 적선받고 근처 술집에 갔나 봐, 그는 추론했다.

하지만 그 자신은 익사한 선원처럼 자기 바위 위에 널브러져 있었다. 나는 배 가장자리 너머로 몸을 숙이다가 떨어진 거야, 그는 생각했다. 나는 바다에 빠졌어. 나는 죽었지만 지금 살아 있어. 그렇지만 가만히 쉬게 해 줘, 그는 간청했다.(그가 또다시 혼잣말을 하고 있네. 끔찍하고, 끔찍한 일이야!) 잠에서 깨어나기 전에, 새들의 지저귐과 바퀴 소리가 기묘한 조화 속에서 차츰 더 크게 울리고 메아리치며 잠든 사람을 삶의 기슭으로 이끌어 내듯이, 그렇게 그는 삶으로 끌려가고, 태양은 점점 더 뜨거워지고, 소리는 더 크게 울리고, 뭔가 엄청난 일이 일어나리라고 예감했다.

눈을 뜨기만 하면 되는 일이었다. 그러나 어떤 무거운 것이 눈을 짓누르고 있었다. 공포. 그는 안간힘을 썼고, 밀어냈고, 보았다. 눈앞으로 리젠트 파크가 보였다. 긴긴 햇살이 그의 발치에서 아양을 떨었다. 나무들은 손을 흔들다가, 위협적으로 휘둘러 댔다. 우리는 환영해, 세상이 말하는 것 같았다. 우리는 수용해. 우리는 창조해, 아름다움을. 세상이 말하는 것 같았다. 그리고 그것을 (과학적으로) 입증하려는 듯이, 집이든 철책이든, 말뚝 울타리 너머로 목을 뺀 영양들이든, 그가 바라보는 곳 어디에서나 당장 아름다움이 솟아올랐다. 밀려오는 바람에 떨리는 이파리 하나를 지켜보는 일은 절묘한 즐거움이었다. 제비들은 하늘 높은 곳에서 급강하하고 방향을 틀고 안팎으로 돌진하고 빙빙 돌아 대면서도 마치 고무줄에 묶여 있는 듯이 언제나 완벽하게 몸짓을 제어했다. 파리들이 오르내렸고, 햇빛은 장난치듯이 여기저기 이파리에 반점을 찍거나, 순전히 다정하게 연한 금빛으로 눈부시게 물들이기도 했다. 이따금 어떤 소리가(자동차 경적이겠지.) 풀 줄기 위에서 성스럽게 울렸고 ─ 고요하고 온당하고, 실로 일상적인 것들로 이루어진 이 모든 것들이 지금의 진실이었다. 아름다움이 지금의 진실이었다. 아름다움은 어디에나 있었다.

"시간 됐어요." 레치아가 말했다.

'시간'이라는 단어가 껍질을 쪼개더니, 그에게 풍부한 보물을 쏟아부었다. 그가 굳이 말하지 않아도 입술에서는 단단하고 새하얀 불멸의 단어들이, 마치 포탄처럼, 대패에서 밀려 나오는 부스러기처럼 쏟아져 내렸다. 그러한 단어들이 날아가서 시간, 시간에 부치는 불멸의 송시에 자리를 잡고 들러붙었다. 그는 노래했다. 에번스가 나무 뒤에서 화답했다. 죽은 자들이 테살리아[17]의 난초들 사이에 있어. 에번스가 노래했다. 거기서 전쟁이 끝날 때까지 기다렸지. 그리고 지금 죽은 자들은,

---

17) 고대 그리스 북부의 한 지역으로, 죽음의 나라를 상징한다.

지금 에번스 자신은…….

"제발 오지 마!" 셉티머스가 소리쳤다. 그는 죽은 자를 바라볼 수 없었던 것이다.

그러나 나뭇가지들이 갈라졌다. 회색 옷을 입은 사람이 실제로 그들을 향해 걸어오고 있었다. 에번스였다! 그런데 진흙도 묻지 않고, 상처마저 없었다. 그는 변한 데가 없었다. 나는 온 세상에 말해야 해. 셉티머스가 손을 들어 올리며(회색 옷을 입은 죽은 자가 더 가까워지고 있었으므로) 소리쳤다. 사막에서 양손으로 이마를 짓누르고 볼에는 절망의 깊은 주름이 파이도록 홀로 수백 년간 인간의 운명을 애도해 온 어떤 거대한 형상처럼 손을 들어 올린 것이었다. 마침내 사막 끝에 닿은 빛이 차츰 영역을 넓히며 그 철흑색 형체를 비추었고, (셉티머스는 자리에서 반쯤 일어섰다.) 자기 뒤에 수많은 군인들이 엎드려 있는 가운데, 애도하는 거인의 얼굴은 한순간 모든 것을 온전히 받아들인다. ─

"그런데 나는 너무 불행해요, 셉티머스." 레치아가 그를 앉히려고 애쓰며 말했다.

수백만의 사람들이 비탄을 토로했다. 수백 년 동안 그들은 비통해했다. 그는 몸을 돌리고 잠시, 아주 잠시 동안만 더, 이 안도감, 이 기쁨, 이 놀라운 계시를 그들에게 말할 것이다.

"시간 말이에요, 셉티머스." 레치아가 되풀이했다. "몇 시나 됐어요?"

그가 말하고 있어. 흠칫 놀라고 있어. 이 남자는 셉티머스를 주목할 테지. 그가 우리를 쳐다보고 있어.

"시간을 말해 줄게." 셉티머스는 아주 천천히, 졸음에 겨운 듯이, 회색 옷을 입은 죽은 남자에게 신비롭게 미소 지으며 말했다. 그가 앉아서 미소 짓고 있을 때, 15분을 알리는 소리가 울렸다. 12시 십오 분 전이었다.

젊어서 저러는 거야. 피터 월시는 그들을 지나치며 생각했다. 아침나절에 — 저 가엾은 여자는 몹시 절망한 듯 보였다. — 남부끄러운 꼴을 보이다니. 하지만 무엇 때문일까? 그는 의아했다. 코트를 입은 젊은 남자가 과연 뭐라고 말했기에, 저 여자는 저토록 절망한 것일까? 어떤 끔찍한 곤경에 빠졌기에, 이 맑은 여름 아침에 저다지도 절망했다는 말인가? 오 년 만에 영국으로 돌아와 보니, 처음 며칠 동안은 모든 것들이 마치 난생처음 보는 듯이 도드라지게 다가와서 제법 흥미로웠다. 나무 아래서 옥신각신하는 연인들, 공원에서 펼쳐지는 가족의 생활. 인도에서 지내다가 새삼 런던 — 멀리 아늑한 풍경, 풍요로움, 푸르른 녹지, 문명 — 을 보니, 참으로 매혹적인 곳이구나, 하고 그는 잔디밭을 가로지르며 생각했다.

틀림없이 이처럼 예민한 감수성이야말로 그가 실패한 원인이었을 터다. 그 나이에도 여전히 그는 소년이나, 심지어 소녀처럼 몹시 변덕스러웠다. 별다른 이유 없이 좋거나 나쁜 날이 있었고, 예쁜 얼굴을 보면 행복감을 느끼고 칠칠하지 못한 여자를 보면 바로 불쾌해졌다. 물론, 인도에 비하자면 런던에서 마주치는 여자들은 모두 사랑스러웠다. 그들에게선 신선한 기운이 느껴졌다. 아주 가난한 사람의 옷차림마저 분명 오 년 전보다 나아져 있었다. 유행하는 스타일이 지금처럼 보기 좋았던 적도 없었다. 검은색 긴 망토, 호리호리하고 우아한 모습 그리고 분명 누구나 하는 화장 습관. 여자들은, 아주 점잖은 여자들조차 온실 속에서 피어난 장미처럼 발그레하고, 입술은 칼에 베인 듯 새빨갛고, 눈썹은 먹물로 그린 곡선처럼 새까맸다. 어디에나 디자인과 기교가 있었다. 틀림없이 어떤 변화가 일어난 것이다. 그 젊은이들은 무엇을 생각했을까? 피터 월시는 속으로 물어보았다.

그 오 년의 시간 — 1918년부터 1923년까지 — 은 어떻든 매우 중요했다고, 그는 생각했다. 사람들은 물론이고, 신문마저 달라졌다. 가령 요즘엔 고상한 주간지에다 아주 공공연하게 화장실에 관한 글을 쓸 수 있다. 십 년 전에는 가당찮은 일이었다. 고상한 주간지에, 화장실에 관한 이야기를 이토록 대놓고 늘어놓을 수는 없었다. 그리고 이렇게, 사람들이 있는 곳에서 립스틱이나 분첩을 꺼내 화장하는 것도 있을 수 없는 일이었다. 고국으로 돌아오는 배에서 많은 젊은이들 — 특히 베티와 버티가 기억났다. — 이 거리낌 없이 시시덕거렸다. 늙은 어머니는 가만 앉아서 뜨개질을 하며 태연히 그들을 지켜보았다. 그 딸은 장소에 구애받지 않고 사람들 앞에서 콧잔등에 분을 바르곤 했다. 그런데 그 두 젊은이는 그저 즐길 뿐 약혼한 사이도 아니었다. 따라서 어느 쪽도 감정의 상처를 받지 않았다. 그녀 — 베티 뭐였더라? — 는 목석같았지만 나무랄 데 없이 괜찮은 여자였다. 그녀는 서른 살이면 아주 좋은 아내가 될 테고, 적절한 때에 결혼할 것이며, 부유한 배필을 만나 맨체스터 근방의 저택에서 살 것이다.

그런데 그랬던 게 누구였더라? 피터 월시는 브로드 워크로 돌아 들어가며 속으로 물어보았다. 부유한 남자와 결혼해서 맨체스터 근처의 대저택에서 살고 있는 사람이 누구였지? 최근에 누군가가 그에게 '푸른 수국'에 관한 감정을 열렬히 토로하는 장문의 편지를 보내왔다. 푸른 수국을 보고 자신과의 옛일을 떠올렸다고 얘기했지. 물론, 샐리 시튼이었다! 부자와 결혼해서 맨체스터 근방의 저택에서 살 거라고는 절대 예상할 수 없었던 사람. 제멋대로이고, 과감하고, 낭만적인 샐리!

하지만 예전에 교류하던 클래리사의 친지 — 휘트브레드, 킨더슬리, 커닝엄, 킨노크존스 가족들 — 중에서 샐리가 가장 괜찮았을 거야. 어떻든 그녀는 사물을 올바르게 이해하려고 애썼으니까. 게다가 그녀는 클래리사와 다른 이들이 숭배하던 휴 휘트브레드 — 그 훌륭한 휴 — 를 정확히 꿰뚫어 보았다.

"휘트브레드 집안?" 그녀가 이렇게 말하는 것을, 그는 들었다. "그 집안이 어떤 사람들이었더라? 석탄 상인이야. 점잖은 장사꾼 말이야."

그녀는 어떤 이유 때문인지 몰라도 휴를 혐오했다. 그는 오로지 자기 외모만을 생각해요, 그녀가 말했다. 그는 공작(公爵)이 되었어야 해요. 그는 틀림없이 왕녀와 결혼할 거예요. 물론, 휴는 그가 만났던 어느 누구보다도 영국 귀족에 대해 더없이 각별하고, 더없이 자연스럽고, 더없이 숭고한 존경심을 품고 있었다. 클래리사도 그 점을 인정해야 했다. 아, 그렇지만 그는 너무나 사랑스럽고, 너무도 사심 없고, 자신의 나이 든 어머니를 기쁘게 하려고 사냥을 포기했으며, 숙모들의 생일까지 기억하고 있다는 등의 말을 덧붙였다.

샐리를 공정하게 평가하자면, 그녀는 정녕 모든 것을 꿰뚫어 보았다. 가장 생생하게 떠오르는 기억 중 하나는, 어느 일요일 아침에 버턴에서 여성의 권리(그 구태의연한 주제)에 대해 논쟁하던 일이었다. 그때 샐리가 갑자기 성질을 부리고 발칵 화를 내면서, 휴에게 그가 영국 중산층의 가장 혐오스러운 면을 모조리 대변한다고 말했다. 그가 '피커딜리의 가엾은 매춘부들'의 상황을 책임져야 한다고 말했다. 휴, 그 완벽한 신사, 가련한 휴! 그 순간의 휴만큼 놀란 표정을 본 적이 없었다. 그녀는 일부러 그렇게 말했다고, 나중에(그들은 채소밭에 모여서 의견을 나누곤 했다.) 고백했다. "그는 아무것도 안 읽고, 아무것도 생각하지 않고, 아무것도 느끼지 않아요." 그녀가 그토록 힘주어 토로하던 말을, 그는 생생히 들을 수 있었다. 그 목소리는 그녀가 생각한 것보다 더 멀리 퍼져 나갔다. 차라리 마구간지기들이 휴보다 생명력이 있다고, 그녀는 말했다. 그는 사립 학교 졸업생의 완벽한 표본이라고. 영국을 제외하면 그 어느 나라에서도 그런 사람은 나올 수가 없다고. 무슨 이유 때문인지 그녀는 정말로 가혹한 말을 서슴지 않았고, 그에게 앙심을 품고 있었다. 흡연실에서 어떤 일이 ─ 어떤 일이었는지, 그는 잊었다. ─ 있었던 것이다. 그가 그녀를 모욕했다. 그녀에게 키스를 했다고? 믿을 수 없어! 물론, 누구도 휴에 관한 불미스러운 소문을 믿지 않았다. 누가 믿을 수 있겠는가? 흡연실에서 샐리에게 키스를 했다고? 귀족의 영애 이디스나 레이디 바이올릿이었다면 모를까, 돈 한 푼 없고, 부친인지 모친인지가 몬테카를로에서 노름이나 하는 부랑아 샐리한테 그럴 리가 없었다. 그가 지금껏 만난 사람 중에서 휴는 상류층을 가장 동경하는 — 가장 아부를 잘하는 — 인물이었다. 아니, 엄밀히 말해서 굽실거리지는 않았다. 그러기에는 너무 점잖았다. 그는 분명 일류 시종 — 등 뒤에서 가방을 들고 따라다니고, 전보를 믿고 맡길 수 있으며, 안주인에게 꼭 필요한 사람 — 에 견줄 수 있다. 그리고 그는 자신의 천직을 찾았다. 귀족의 영애 에벌린과 결혼했고, 궁정에서 작은 자리를 얻었다. 이를테면, 국왕의 지하 식품 저장고를 감독하고, 국왕의 구두 조임쇠를 닦고, 레이스 주름 장식이 달린 반바지 차림으로 돌아다녔다. 인생이란 얼마나 야박한지! 이토록 하찮은 궁정의 일자리라니!

그 숙녀, 영애 에벌린과 결혼한 그가 이 근방에서 살고 있지. 그는 (파크를 내려다보는 호화로운 저택들을 바라보며) 생각했다. 예전에 그 집에서 점심을 먹은 적이 있는데, 휴의 모든 소유물과 마찬가지로 다른 집에는 있을 수 없는 물건 — 아마 리넨 제품을 넣어 두는 장이었을 것이다. — 이 있었다. 그것들을 구경해야만 했고, 리넨 제품을 넣어 두는 장이든, 베개 보관함이든, 참나무로 만든 고가구든, 그림이든, 그 무엇이든 상관없이 휴가 헐값으로 구입한 물건들을 찬양하며 긴 시간을 보냈다. 하지만 휴 부인은, 때때로 그 내막을 폭로하기도 했다. 그녀는 거물들을 존경하는, 눈에 잘 띄지 않는 생쥐처럼 작은 여자였다. 무시해도 좋을 사람이었다. 그런데 그녀는 갑자기 전혀 뜻밖의 말, 신랄한 말을 내뱉곤 했다. 아마 몸에 밴 귀족적 예의범절의 잔재였을 것이다. 가령 증기 기관용 석탄은 그녀 자신에겐 너무 독하고, 공기를 탁하게 한다고, 불평했다. 그렇게 그 부부는 그 저택에서 리넨 제품을 보관하는 장과 옛 대가의 작품들, 진짜 레이스 장식이 달린 베개의 보관함을 갖추고 연간 5000파운드나 1만 파운드의 수입으로 살아갔다. 반면, 휴보다 두 살 많은 그는 일자리를 구걸하고 있었다.

쉰셋의 나이에 그는 어느 서기관의 사무실 직원이나 소년들에게 라틴어를 가르치는 보조 교사직을 찾아 달라고, 그들에게 부탁하러 온 것이었다. 고위 관료가 명령만 하면 달려가야 하는, 연간 500파운드를 벌 수 있는 일자리를. 연금이 있기는 하지만 데이지와 결혼하면 그것만으로는 살아갈 수 없을 터였다. 아마도 휘트브레드가 자리를 구해 줄 수 있으리라. 아니면 댈러웨이가. 댈러웨이에게는 무엇을 부탁해도 괜찮았다. 댈러웨이는 뼛속까지 선량한 사람이었다, 약간 머리가 나쁘고 약간 아둔했지만. 그렇다, 그는 뼛속까지 좋은 사람이었다. 그는 무슨 일이든 한결같이 사무적이고 상식적인 방식으로 처리했다. 일말의 상상력도 없고, 탁월함이 번뜩이지도 않았지만, 그와 같은 유형이 지닌, 좀처럼 설명할 수 없는 훌륭한 미덕을 가지고 있었다. 시골 신사가 되었어야 하는데, 정치에 인생을 낭비했다. 그는 야외에서 말들과 개들을 다룰 때 최고였다. 예컨대 클래리사의 큰 털북숭이 개가 덫에 걸려 발이 반쯤 쪼개졌을 때 얼마나 유능하게 처리하던지. 클래리사는 졸도할 지경이었다. 그는 붕대를 감고 부목을 대고 모든 일을 처리했으며, 클래리사에게 바보처럼 굴지 말라고 말했다. 그래서 그녀가 그를 좋아했을 것이다. 그녀에게 필요한 것은 바로 그것이었다. "자, 이봐요, 바보처럼 굴지 말아요, 이걸 잡아 줘요, 저걸 가져다줘요." 그러면서 내내 개한테, 마치 인간에게 하듯이 말을 걸었다.

하지만 그녀는 어떻게 시에 관한 그 온갖 허튼소리를 무턱대고 받아들일 수 있었을까? 그가 셰익스피어에 대해 열변을 토할 때 어떻게 가만히 있을 수 있었을까? 앞발을 들고 선 말처럼 일어서서, 리처드 댈러웨이는 점잖은 인간이라면 셰익스피어의 소네트를 읽어서는 안 된다고 진지하고 엄숙하게 말했다.[18] 그 이유는 열쇠 구멍에 귀를 대고 엿듣는 것 같기 때문이라고(게다가 소네트에 묘사된 관계를 그는 찬성하지 않는다고) 말했다. 점잖은 인간이라면 자기 아내가 사망한 아내의 자매를 방문하게 해서는 안 된다.[19] 도저히 믿을 수 없는 말이었다! 할 수 있는 일이라고는 그에게 설탕을 입힌 아몬드를 던지는 것뿐이었다, 정찬 중이었으니까. 그러나 클래리사는 그 모든 것을 삼켜 버렸고, 그가 너무나 정직하고 너무나 독자적이라고 생각했다. 심지어 누구보다 독창적인 정신을 가지고 있다

---

18) 1895년 동성애 혐의로 기소된 오스카 와일드는 재판에서 자신의 에세이가 문제시되자, 이때 동성애 경험을 묻는 검사의 질문에 그는 모든 것을 셰익스피어의 소네트에서 빌려 왔다고 대답했다.
19) 사망한 남자 형제의 아내와의 결혼을 금지하면서 사망한 아내의 자매와의 결혼을 허용한 기존 법령의 불합리함을 없애기 위해 제기된 보완 법령에 관한 언급이다.

고 생각하는지도 몰랐다!

그것이 샐리와 자신을 묶어 준 유대 중 하나였다. 그들이 거닐던 정원은 장미 덤불과 큰 꽃양배추들에 둘러싸여 있었는데, 샐리가 장미 한 송이를 꺾어 들고 걸음을 멈추더니 달빛에 비치는 꽃양배추 이파리들의 아름다움에 경탄했다.(몇 년간 생각조차 안 했던 것들이 생생하게 되살아나다니, 참으로 놀라웠다.) 그러면서 물론 약간 웃음을 띤 채 그에게 간청했다. 클래리사를 데려가라고, 휴와 댈러웨이로부터, 그리고 "클래리사의 영혼을 질식시키고"(당시 샐리는 많은 시를 썼다.) 그녀를 고작해야 안주인으로 만들고, 그녀의 세속적인 면을 부추길 "완벽한 신사들"로부터 그녀를 구해 달라고. 하지만 클래리사를 공정하게 평가해야 한다. 어떻든 그녀는 휴와 결혼할 생각이 없었다. 그녀는 자신이 무엇을 원하는지 명확하게 알고 있었다. 그녀의 감정은 모두 표면적이었다. 그 아래에는 아주 명민한 판단력이 있어서, 가령 샐리보다 훨씬 더 상대방의 성격을 잘 판단했고, 순전히 여성적인 특이한 재능, 어디 있든 자기만의 세계를 만드는 여성적 재능을 가지고 있었다. 그녀가 방에 들어왔다. 종종 보았듯이, 그녀는 문간에서 여러 사람들에게 둘러싸여 있었다. 그러나 오직 클래리사만이 기억에 남았다. 그녀가 유독 눈에 띄는 것도, 아름다운 것도 아니었다. 그녀에게 그림 같은 분위기가 있었던 것도 아니다. 특별히 영리한 말을 한 적도 없었다. 그렇지만 거기 그녀가 있었다. 그녀가 있었다.

아니, 아냐, 아니야! 그는 이제 더는 그녀를 사랑하지 않았다! 다만 오전에 가위와 명주실을 들고 파티를 준비하던 그녀를 본 뒤로 그녀에 대한 생각에서 벗어날 수 없음을 느낄 뿐이었다. 객차에서 잠든 옆 사람이 연신 그의 몸에 부딪치듯이, 그녀가 자꾸 되돌아왔다. 이는 물론 사랑에 빠진 것이 아니라, 그녀를 회상하고, 그녀를 비판하고, 삼십 년이 지난 시점에서 그녀를 다시 설명해 보려는 것이었다. 분명히 말할 수 있는 것은 그녀가 속물적이고, 지위와 사교, 세속적 출세를 지나치게 좋아한다는 점이었다. 그것은 어느 정도 사실이었고, 그녀가 인정한 적도 있었다.(수고를 기울이기만 하면 그녀 스스로 고백하게 할 수 있었다, 그녀는 정직했으므로.) 그녀는 틀림없이, 유행에 뒤떨어진 옷차림새의 여자나 고루하고 완고한 사람, 어쩌면 그 자신 같은 낙오자를 싫어한다고 말할 것이다. 사람이라면 모름지기 손을 호주머니 속에 넣은 채 구부정하게 어슬렁거려서는 안 되고, 무언가를 해야 하며, 무언가가 되어야 한다고 생각했다. 그에게는 그녀의 응접실에서 마주치는 그 대단한 상류 사회의 멋쟁이들, 공작 부인들, 백발의 늙은 백작 부인들이 가장 중요하지 않은 사람들로 여겨졌지만, 그녀에게는 참다운 무언가를 대변해 주었다. 레이디 벡스버러는 몸을 꼿꼿이 유지한다고, 그녀가 말한 적이 있었다.(클래리사 자신도 그랬고, 어떤 의미에서든 빈둥거린 적이 없었다. 그녀는 화살처럼 곧았고, 실은 약간 뻣뻣했다.) 그들에게는 용기 같은 것이 있는데, 나이를 먹을수록 그것을 더욱 존경하게 된다고 말했다. 이런 말에는, 물론 리처드 댈러웨이의 영향력이 다분히 배어 있었다. 공공심, 대영 제국, 관세 개정, 지배 계급의 정신이 다분히 배어 있었고, 흔히 그렇듯이 그것은 그녀의 마음속에 점차 스며

들었다. 리처드 댈러웨이보다 두 배나 되는 지력을 지녔음에도 그녀는 그의 눈으로 사물을 보아야 했고, 그것이 결혼 생활의 비극 중 하나였다. 그녀는 자신의 마음을 가지고 있으면서도 늘 리처드의 말을 인용해야 했다, 아침에 《모닝 포스트》를 읽는 것만으로는 리처드의 생각을 완전히 알 수 없다는 듯이! 가령 이런 파티들은 오로지 그를, 혹은 그녀가 생각하는 그를 위한 것이었다.(리처드를 공정하게 평가하자면, 그는 노퍽에서 농사를 짓는 편이 더 행복했으리라.) 그녀는 자기 응접실을 일종의 모임 장소로 만들었다. 그녀에겐 그런 재능이 있었다. 그녀가 어떤 풋내기 청년을 선택해서 쥐어짜고 돌리고 일깨워서 결국 무언가를 하게 만드는 모습을, 그는 거듭거듭 보았다. 물론, 따분한 사람들도 그녀 주위에 수없이 모여들었다. 그러나 뜻밖의 기묘한 사람들이 나타나기도 했다. 때로는 화가가, 때로는 작가가, 그런 분위기에 어울리지 않는 괴짜들이. 그런데 그 모든 것의 이면에는 방문하고, 명함을 남기고, 사람들에게 친절을 베풀고, 꽃다발이나 작은 선물을 들고 돌아다니는 사교의 그물망이 자리하고 있었다. 아무개는 프랑스에 갈 예정이니 공기 방석을 선물해야 한다. 그녀 같은 부류의 여자들이 해내는 그 끝없는 교류는 실로 진을 빼는 일이었다. 그러나 그녀는 진심으로, 타고난 본능으로 그 일을 해 왔다.

참으로 묘하지만 그녀는 그가 만난 어느 누구보다 철저한 회의주의자 중 한 사람이었다. 어쩌면(이것은 어떤 점에서는 아주 투명하지만 한편으로는 도통 이해할 수 없는 그녀를 설명하기 위해 그가 만들어 낸 지론이었다.) 이렇게 혼자 중얼거렸을지도 모른다. 우리는 몰락할 운명에 처한 종족이고 침몰하는 배에(그녀는 소녀 시절에 헉슬리와 틴들[20]을 즐겨 읽었고, 그들은 이러한 항해의 비유를 좋아했다.) 묶여 있으며, 온 세상은 형편없는 곳이 될 테니, 어떻든 우리는 제 역할을 하자고. 동료-죄수들(다시 헉슬리의 비유를 빌리자면)의 고통을 줄이고, 감방을 꽃과 공기 방석으로 꾸미고, 가급적 품위 있게 처신하자고. 저 악당들, 저 신들이 모든 것을 자기들 멋대로 하게 해서는 안 된다고. 인간을 상처 입히고, 좌절시키고, 망쳐 놓을 기회를 결코 놓치지 않는 저 신들조차 만일 우리가 숙녀답게 처신한다면 몹시 당황할 거라고, 그녀는 생각했다. 그러한 그녀의 태도는 실비아의 죽음, 그 끔찍한 사건이 있은 직후에 생겨났다. 쓰러지는 나무에 친자매가 깔려 죽는(모두 저스틴 패리의 잘못이었고, 오로지 그의 부주의 때문이었다.) 광경을 바로 눈앞에서 보게 된다면, 그것도 이제 막 청춘에 접어든 아가씨, 클래리사가 늘 말했듯이 형제자매 중에서 가장 다재다능한 자매가 죽는 모습을 보게 된다면, 누구든 신랄해질 수밖에 없다. 나중엔 (신에 대해) 그리 확신하지 못했을 테지만, 그녀는 신이 없다고, 누구도 탓할 수 없다고 생각했다. 그렇게 그녀는 선(善) 자체를 위해 선을 행하는, 무신론자의 신조를 차츰 발전시켜 나갔다.

물론, 그녀는 삶을 마음껏 즐겼다. 즐기는 것이 그녀의 천성이었다.(하지만 분명히 그녀에겐 내성적인 부분이 있었다. 이렇게 오

---

20) 토머스 헨리 헉슬리(Thomas Henry Huxley, 1825~1895)는 다윈의 진화론을 열렬히 옹호한 영국 생물학자이자 불가지론자이며, 존 틴들(John Tyndall, 1820~1893)은 과학의 대중화에 기여한 물리학자이자 논쟁가다.

랜 세월이 지난 뒤에도 클래리사의 윤곽밖에는 그릴 수 없다고, 그는 이따금 생각했다.) 어떻든 그녀에겐 신랄함이 없었고, 선량한 여자들에게서 흔히 찾아볼 수 있는 아주 역겨운 도덕적 결벽 의식도 없었다. 그녀는 실제로 모든 것을 즐겼다. 그녀와 하이드 파크를 산책하다 보면, 튤립 화단을 보고 좋아했다가 유아차에 탄 아이를 보고 즐거워했다가, 또 자신이 즉흥적으로 만들어 낸 터무니없고 사소한 드라마를 만끽하기도 했다.(아마 저 연인들이 불행하게 보였다면 그녀는 그들에게 말을 걸었을 것이다.) 실로 그녀에게는 예리한 희극적 감각이 있었다. 하지만 그것을 끌어내려면 사람들이, 언제나 사람들이 필요했다, 그렇기 때문에 그녀는 어쩔 수 없이 점심을 함께하고, 정찬에 참석하고, 끊임없이 파티를 열고, 허튼소리를 하고, 의도하지 않은 말을 하고, 마음의 모서리를 무디게 하고, 분별력을 내려놓은 채 시간을 허비했던 것이다. 그녀는 식탁의 상좌에 앉아 댈러웨이에게 도움이 될지도 모르는 어떤 어리석은 노인네 — 그들은 유럽에서 소름 끼치도록 따분한 사람들을 알고 있었다. — 에게 극진한 정성을 쏟곤 했다. 그러다 엘리자베스가 들어오기라도 하면, 모든 것을 그녀의 뒷전으로 물려야 했다. 그가 지난번에 들렀을 때, 그녀는 고등학교에 다니고 있었고 자기표현을 잘하지 않는 시기에 들어서 있었다. 둥근 눈에 얼굴이 창백한 소녀였는데, 어머니를 전혀 닮지 않은 모습이었다. 말이 없고 무신경한 데다 모든 것을 당연하게 받아들이는 아이였다. 그리고 어머니가 자기에 대해 야단법석을 떨도록 내버려두었다가, 마치 네 살배기 아이처럼 "이제 가도 돼요?"라고 말하기도 했다. 하키를 하러 가는 거라고, 클래리사는 설명했다. 즐거움과 자부심이 뒤섞인 그녀의 어조는, 댈러웨이가 일깨워 준 것이리라. 이제 엘리자베스는 아마도 '사교계에 나갔을' 테고, 그를 늙고 고루한 사람이라고 생각하며, 어머니의 친구들을 비웃을 것이다. 아, 좋아, 그러라고 해. 나이를 먹고 얻는 보상이란 그저 이런 거야. 피터 월시는 모자를 손에 들고, 리젠트 파크를 떠나면서 생각했다. 열정은 여전히 강렬하게 남아 있지만, 경험을 부여잡고 빛 속에서 천천히 돌려 보는 힘, 삶에 최고의 풍미를 더해 주는 그 힘을 얻은 것이다. 마침내!

무서운 고백이지만(그는 다시 모자를 썼다.) 쉰셋에 이르고 나니 이젠 사람들이 필요하지 않다. 삶 그 자체, 그 모든 순간, 모든 방울, 여기, 지금 햇빛 속에서, 리젠트 파크에서 누리는 순간만으로도 충분하다. 아니, 과분하다. 이제 그 힘을 얻었으므로 삶의 풍미를 온전히 끌어내려면, 기쁨의 마지막 한 방울까지, 의미의 온갖 미묘한 차이까지 추출하려면, 온 생애를 다 바쳐도 너무 짧다. 기쁨이나 의미는 예전보다 훨씬 순수해졌고, 사적인 요소도 훨씬 줄어들었다. 예전에 클래리사로 인해 괴로워했던 것처럼 다시 고통받기는 불가능했다. 몇 시간 동안(제발 이 말을 아무도 엿듣지 않기를!), 몇 시간이고 며칠 동안 그는 데이지를 단 한 번도 생각하지 않았다.

그렇다면, 예전의 비참하고 고통스럽고 특별한 열정에 비춰 보자면, 과연 그가 데이지를 사랑한다고 할 수 있을까? 그것은 전적으로 다르고, 훨씬 기분 좋은 감정이었다. 사실, 물론 지금은, 그녀가 그를 사랑하고 있다는 점이 달랐다. 어쩌면 그렇기 때문에 실제로 배가 출항했을 때 그는 희한하게도 안도감을 느꼈고, 무엇보다 홀로 있기를 바랐으므로 선실에서 그녀의 작은 배려 — 시가, 메모지, 항해용 무릎 덮개 — 를 발견했을 때 짜증이 일었던 것이다. 정직한 사람이라면 모두 똑같이 말할 것이다. 쉰 살이 넘으면 다른 사람이 필요하지 않다고. 여자들에게 끊임없이 예쁘다는 말을 하고 싶지 않다고. 쉰 살이 넘은 남자들은 대부분 그렇게 말하리라고, 피터 월시는 생각했다. 정직한 사람이라면.

그런데 그 놀라운 감정의 격발 — 오늘 아침에 울음을 터뜨린 일 — 은 무엇 때문이었을까? 클래리사는 그에 대해 어떻게 생각했을까? 바보라고 생각했겠지, 그런 생각을 처음 한 것도 아닐 터였다. 그 밑바닥에는 질투심이 있었다. 질투심이란 인간의 어떤 열정보다도 오래 살아남는다고, 생각하며 피터 월시는 주머니칼을 들고 팔을 뻗었다. 데이지는 지난번 편지에서 오르드 소령을 만났다고 했다. 그가 질투심을 느끼도록 일부러 쓴 말이었다. 그녀가 편지를 쓰면서, 이마를 찌푸린 채 어떤 말을 쓰면 그에게 상처 줄 수 있을지 궁리하는 모습을 그려 볼 수 있었다. 하지만 그래 봐야 아무 차이도 없었다. 그는 격분했다! 이렇게 공연한 소란을 떨며 영국에 와서 변호사를 만나려는 까닭은 그녀와 결혼하기 위해서가 아니었다. 그저 그녀가 다른 누구와도 결혼할 수 없도록 수를 쓰기 위해서였다. 그 사실이 그를 지독하게 괴롭혔다, 클래리사가 너무나 차분하고 냉정하게 드레스인지 뭔지에 열중하고 있는 모습을 보았을 때 그 고통스러운 생각이 밀려들었던 것이다. 그녀는 그를 비참하게, 훌쩍이고 칭얼거리는 바보로 만들었고 그런 불쾌한 일을 겪지 않도록 해 줄 수도 있었다는 사실을 깨달았다. 그러나 여자들은 열정이 뭔지 모른다고, 그는 주머니칼을 닫으며 생각했다. 여자들은 그것이 남자에게 어떤 의미인지 모른다. 클래리사는 고드름처럼 차가웠다. 그녀가 소파 옆자리에 앉아서 손을 잡도록 내버려두고, 그에게 한 차례 키스한 것은……. 이제 그는 건널목에 섰다.

어떤 소리가 그의 생각을 방해했다. 가늘게 떨리는 소리, 어떤 목소리가 방향도, 활력도, 시작이나 끝도 없이 보글보글 일어났다, 인간적 의미가 전혀 담기지 않은 채로, 맥없이 날카롭게 흘러들었다.

에에 움 파아 움 소
포오 스위이 투우 에엠 오오 ―

나이도 성도 없는 목소리, 땅에서 내뿜는 옛 샘의 목소리, 그것은 리젠트 파크 전철역 바로 맞은편에서 떨고 있는 커다란 형체로부터 흘러나오고 있었다. 연통처럼, 녹슨 펌프처럼, 바람에 시달려 영원히 이파리를 빼앗긴 가지들을 휘날리며 노래하는 나무처럼.

에에 움 파아 움 소
포오 스위이 투우 에엠 오오 ―

그리고 끊임없이 불어오는 바람에 흔들리고 삐걱거리며 신음하는 나무처럼.

온 시대를 거치며 — 포장된 보도가 풀밭이었을 때, 습지였을 때, 코끼리 엄니와 매머드의 시대를 거쳐, 고요한 일출의 시대를 거쳐 — 그 지친 여자는 — 치마를 입고 있으니 여자였다. — 오른손을 내밀고 왼손으로는 옆구리를 움켜잡은 채 서서 사랑을 노래했다. 백만 년 동안 이어진 사랑, 지금 이 시대에도 도처에 퍼져 있는 사랑을 그녀는 노래했다. 몇백 년 전에 죽은 애인과 수백만 년 전 5월에 함께 걸었다고, 그녀는 흥얼거렸다. 하지만 여름날처럼 기나긴 세월이 오직 붉은 과꽃으로 활활 타오르며 흐르던 사이에 그가 떠나 버렸다고, 그녀는 기억했다. 죽음의 거대한 낫이 그 방대한 언덕들을 휩쓸어 갔고, 마침내 그녀가 한없이 노쇠한 백발을 이제 얼음의 재가 되어 버린 땅에 내려놓을 때, 마지막 태양의 마지막 광선이 어루만진 자신의 높다란 화장터에, 자기가 드러누운 그 곁에 보라색 야생화 한 다발을 놓아 달라고, 신들에게 간청했다. 그래야 우주의 가장행렬이 끝날 테니까.

리젠트 파크 전철역 맞은편에서 옛 노래가 보글보글 올라오는 그 순간에도, 땅은 여전히 푸르고 꽃들은 피어 있는 것 같았다. 그 노래는 비록 거친 입에서, 기껏해야 뿌리 섬유 조직과 뒤엉킨 풀이 엉겨 붙은 진흙투성이 땅속 구멍에서 나왔더라도, 끊임없이 보글보글 올라오는 옛 노래는 무수한 시대의 울퉁불퉁한 뿌리들과 해골들과 보물들 사이로 스며들었다. 그러고는 개울이 되어 보도 너머의 말리본가를 따라 유스턴

쪽으로 흘러가며 땅을 비옥하게 하고, 젖은 얼룩을 남겼다.

그래도 태고의 어느 5월에 연인과 함께 걸었음을 기억하며 이 녹슨 펌프, 이 지친 노파는 동전을 구걸하려고 한 손을 내민 채 다른 손으로는 옆구리를 움켜쥐고, 천만 년이 지나도록 여전히 그곳에 서서 과거의 어느 5월에, 지금은 바닷물이 흐르는 곳에서 걸었던 일을 떠올릴 것이다. 누구와 걸었는지는 중요하지 않다. 남자였다. 아, 그렇다, 그녀를 사랑한 남자였다. 그러나 무수한 시대가 흐르면서 그 선명한 옛날, 5월의 어느 날은 이제 아득해졌다. 화사한 꽃잎들도 은빛 서리에 하얗게 덮였다. 그녀가 그에게 "다정한 눈으로 내 눈을 잘 들여다보세요."라고 간청했지만 (지금 그녀가 아주 분명히 말했듯이) 갈색 눈동자와 검은 구레나룻과 햇볕에 그을린 얼굴은 이제 보이지 않았고, 다만 어렴풋한 형체, 그림자 같은 형체만이 어른거렸다. 그 형체에게 그녀는 너무나 늙어 버렸지만 새처럼 상쾌한 목소리로 여전히 "손을 주면 부드럽게 꼭 잡아 줄게요."라고 지저귀었다.(피터 월시는 택시에 올라타면서 그 불쌍한 사람에게 동전 한 푼을 주지 않을 수 없었다.) "누군가 혹시 보더라도 그들이 무슨 상관이에요?" 그녀가 물었다. 그러고는 주먹으로 옆구리를 움켜쥔 채 미소를 지으며 1실링짜리 동전을 주머니에 넣었다. 그 광경을 유심히 바라보며 캐묻고 싶어 하던 눈들이 모두 지워진 것 같았다. 길을 지나가던 여러 세대들 ─ 보도는 북적거리는 중산층 사람들로 혼잡했다. ─ 이 짓밟히고, 흠뻑 젖고, 땅속에 깊이 잠겨 흙이 되어 버릴 나뭇잎들처럼 사라져 버렸다. 그 끊임없이 솟아오르는 샘에 의해서……

에에 움 파아 움 소
포오 스위이 투우 에엠 오오 ―

"가엾은 할머니." 레치아 워런 스미스가 말했다.
아, 가엾고 비참한 노인! 그녀는 길을 건너려고 기다리면서
말했다.
비가 내리는 밤이었다면? 저 노파의 아버지라든가 혹은 더
유복한 시절에 알던 누군가가 우연히 지나가다가 시궁창에
서 있는 저 노파를 보았다면? 그런데 밤에는 어디서 잘까?
흥겨울 정도로 경쾌하게 실처럼 이어지는 그 불굴의 소리
는 오두막 굴뚝에서 올라오는 연기처럼 공중으로 감겨 올라
갔다. 그러고는 깨끗한 자작나무를 휘감아 오르더니 우듬지
의 이파리들 사이에서 푸른 연기 다발을 뿜어냈다. "누군가
혹시 보더라도 그들이 무슨 상관이에요?"
몇 주일이 지나도록 몹시 불행한 심정이었기에 이제 레치아
는 그동안 일어난 일들에 의미를 부여했고, 가끔 거리에서 선
량하고 친절해 보이는 사람을 마주치면 그들을 가로막고 "나
는 불행해요."라고 호소해야 할 것 같은 기분이었다. 그런데 거
리에서 "누군가 혹시 보더라도 그들이 무슨 상관이에요?"라고
노래하는 이 노파 덕분에, 갑자기 모든 일이 다 괜찮아지리라
는 믿음이 솟구쳤다. 그들은 윌리엄 브래드쇼 경을 만나러 가
고 있었다. 그의 이름이 멋지게 들린다고 생각했다. 그는 셉티
머스를 당장 치료해 줄 거야. 저기 양조업자의 수레가 있네.
회색 말들의 꼬리에는 지푸라기처럼 짧고 뻣뻣한 털이 곤두서

있고 말이야. 저기 신문 벽보가 붙어 있군. 불행하다는 것은
바보 같고 어리석은 망상이야.

그래서 그들, 셉티머스 워런 스미스 부부는 길을 건넜다. 어
떻든 그들에게 사람들의 이목을 끌 만한 점이 있었을까? 이
젊은 남자가 세상에서 가장 위대한 신탁을 품고 있으며, 더욱
이 세상에서 가장 행복한 사람이자 가장 불행한 사람이라는
점을 누군가 눈치챌 만한 것이? 어쩌면 그들은 다른 사람들보
다 더 천천히 걸었을 터였다. 수년간 평일 이 시간대에 웨스트
엔드에 와 본 적 없는 사무원이 계속 하늘을 올려다보고, 이
것과 저것, 다른 뭔가를 쳐다보는 것보다 더 자연스러운 일이
있을까? 포틀랜드 거리는 마치 가족이 멀리 떠난 빈 저택을
구경하러 들어갔을 때 보게 되는 방 같았다. 샹들리에는 네덜
란드 천에 감싸인 채 걸려 있고, 관리인이 긴 블라인드의 한
구석을 들어 올려 사람이 앉지 않는 기묘한 모양의 안락의자
위에 먼지 낀 기다란 빛줄기를 들여놓으며 방문객들에게 여기
가 얼마나 멋진 곳인지를 설명하는 듯 다가왔다. 얼마나 멋진
가. 그러나 동시에 얼마나 이상한가. 그는 생각한다.

겉보기에 그는 사무원같이 보이지만 좀 더 급이 높은 부류
이리라. 그는 갈색 구두를 신었고, 교육받은 사람의 손을 가지
고 있었으며, 각지고 큰 코, 영리하고 민감한 옆얼굴 역시 그러
해 보였다. 그러나 입술은 다른 생김새와 달리 벌어져 있었고,
눈은(눈이 보통 그렇듯이) 그저 큰 녹갈색 눈동자였다. 그래서
전체적으로 보자면 이도 저도 아닌 어중간한 인물이었다. 결
국에 펄리가의 집과 자동차를 소유할 수도 있었고, 아니면 평

생 뒷골목의 아파트에서 임대 생활을 할 수도 있었다. 유명 저자에게 편지로 문의하여 그의 조언에 따라 공공 도서관에서 빌린 책을 일과가 끝난 뒤 저녁에 읽고 얻은 학식이 전부인 사람, 제대로 교육받지 못한 독학자 중 하나였다.

다른 경험에 대해 말하자면, 그는 사람들이 자기 침실이나 사무실에서, 들판과 런던 거리를 걸으며 홀로 겪는 고독을 느껴 본 적이 있었다. 그는 어머니 때문에 아직 소년에 불과하던 나이에 집을 떠났다. 어머니가 거짓말을 했다. 그가 쉰 번이나 손을 씻지 않은 채 차를 마시러 내려왔기 때문에, 스트라우드[21]에서는 시인에 걸맞은 미래를 찾아볼 수 없었기 때문에, 그래서 어린 누이에게 속마음을 털어놓고는, 말도 안 되는 쪽지를 남긴 채 런던으로 향했다. 위대한 사람들이 남기곤 하는, 훗날 그들이 유명해졌을 때 온 세상이 읽게 될 투쟁의 기록 같은 쪽지를.

런던은 스미스라는 이름을 가진 수백만의 젊은이들을 삼켰다. 그들의 부모는 눈에 띌 법한, 가령 셉티머스 같은 기독교인다운 기이한 이름엔 관심도 없었다. 유스턴가의 옆 동네에 살다 보면, 불과 이 년 사이에, 발그레하고 순진하던 계란형 얼굴이 여위고 찌그러지고 적대적인 얼굴로 변화하는 경험 따위를 되풀이하게 된다. 그러나 관찰력이 예리한 친구들은 이런 일들에 대해 뭐라고 말할 수 있었을까? 정원사가 아침에 온실의 문을 열고 새로 꽃을 피운 화초를 볼 때 하는 말이 아

---

21) 셉티머스의 고향으로, 버턴에서 가깝다.

니라면. 꽃이 피었군. 허영심, 야심, 이상주의, 열정, 외로움, 용기, 게으름, 이런 흔한 씨앗에서 꽃이 피어난 거야. 이 모든 것이 뒤죽박죽이 되어 (유스턴가에서 떨어진 방에 있는) 그를 수줍어하고, 말을 더듬고, 자기 개발을 열망하고, 워털루 로드에서 셰익스피어에 대해 강의하는 이저벨 폴 양을 사랑하게 만들었다.

당신, 키츠를 닮지 않았어요? 그녀는 물었고, 어떻게 해야 그에게 『안토니와 클레오파트라』를 비롯한 작품들을 맛보게 해 줄 수 있을지 생각했다. 그에게 책을 빌려주었고 짧은 편지들을 보냈으며 그에게서 일생에 단 한 번 타오르는 불을 밝혔다. 그 열기 없이 타오르는 불은 폴 양과 『안토니와 클레오파트라』 그리고 워털루 로드 위에 한없이 영묘하고 비현실적이며 명멸하는 적금색 불꽃을 드리웠다. 그는 그녀가 아름답다고 생각했고, 흠잡을 데 없이 현명하다고 믿었으며, 그녀 꿈을 꾸었고, 그녀에게 시를 썼다. 그녀는 그 시의 주제를 무시하면서 붉은 잉크로 그의 글을 수정했다. 그는 어느 여름날 저녁에 초록색 드레스를 입고 광장을 걷는 그녀를 보았다. "꽃이 피었군." 정원사는 말했을 것이다. 정원사가 문을 열었더라면, 요컨대, 어느 날 밤이나 이 시간에 찾아와서 글을 쓰고 있는 그를 보았더라면, 그가 쓴 글을 찢어 버리는 광경을 보았더라면, 새벽 3시에 걸작을 마무리하고 바깥으로 뛰어나가 거리를 배회하고, 교회를 찾아가고, 하루는 금식하고, 다른 날에는 술을 마시고, 셰익스피어와 다윈과 『문명의 역사』와 버나드 쇼를 탐독하는 모습을 보았더라면.

무슨 일이 일어났군. 브루어 씨는 알았다. 시블리즈 앤드 애로스미스의 관리 직원이고 경매인이며 감정인이자 부동산 중개인인 브루어 씨는 뭔가 일이 벌어졌다고, 생각했다. 그는 젊은 직원들에게 온정적인 사람으로, 스미스의 능력을 아주 높게 평가했다. 십 년이나 십오 년 뒤엔 스미스가 안쪽 사무실의 채광창 아래에 놓인 가죽 안락의자로 승진해서 부동산 권리 증서 보관함에 둘러싸이게 되리라고 브루어 씨는 예언했다. 그러나 "그가 건강을 유지한다면."이라고 단서를 덧붙였다. 그것이 위험 요인이었다. 그의 몸은 허약해 보였으니까. 그래서 축구를 권했고, 그를 저녁 식사에 초대했으며, 봉급 인상을 추천할 생각이었다. 그때 일어난 어떤 일이 브루어 씨의 온갖 예상을 뒤엎었고, 그의 가장 유능한 젊은 직원들마저 빼앗아 갔다. 결국에는 유럽 전쟁이 모든 것을 들춰내는 음흉한 손가락이 되어 케레스의 석고상을 박살 냈고, 제라늄 꽃밭에 구덩이를 냈으며 머스웰 힐에 있는 브루어 씨의 집에서 일하는 요리사의 신경까지 파괴해 버렸다.

셉티머스는 제일 먼저 자원한 사람 축에 속했다. 그는 영국을 구하기 위해 프랑스로 갔고, 그에게 영국이 의미하는 바는 셰익스피어의 희곡과 초록색 드레스를 입고 광장을 산책하는 이저벨 폴 양이 거의 전부였다. 거기 참호에서 브루어 씨가 축구를 권했을 때 바랐던 변화가 즉시 일어났다. 그는 남자다움을 키웠고, 진급했으며, 에번스라는 장교의 관심을, 실은 애정을 이끌어 냈다. 마치 벽난로 앞의 양탄자에서 장난치는 두 마리 개 같았다. 한 녀석이 구깃구깃 뭉친 종이를 물고 흔들어 대다가 으르렁거리면서 재빨리 달려들었고, 이따금 늙은 녀석의 귀를 깨물었다. 다른 녀석은 잠에 취해 난롯불을 바라보며 눈을 끔벅거리다가 앞발을 들어 올리고는 얼굴을 돌려 기분 좋게 으르렁거렸다. 그들은 함께 있어야 했고, 서로 나누고, 서로 싸우고, 서로 말다툼을 해야 했다. 그러나 에번스가(레치아는 단 한 번 그를 본 적이 있는데, '조용한 사람'이라고 불렀다. 붉은 머리칼에 건장한 남자로, 여자들 앞에서 말이 없고 수줍음을 탔다.) 휴전 직전에 이탈리아에서 전사했을 때, 셉티머스는 특별한 감정을 드러내거나 이제 우정이 끝났음을 인정하기는커녕 거의 아무것도 느끼지 못했다. 그는 매우 합리적으로 반응하는 스스로를 자축했다. 전쟁으로 인해 그는 배웠던 것이다. 숭고한 경험이었다. 그는 그 전모를, 우정을, 유럽 전쟁을, 죽음을 경험했고 진급했으며, 아직 서른 살이 안 된 나이로 살아남아야 했다. 그 점에서 그의 믿음은 틀리지 않았다. 마지막 포탄이 그를 빗맞혔던 것이다. 그는 폭발하는 포탄을 무심하게 지켜보았다. 평화가 왔을 때 그는 밀라노에 있었고, 어느 여관 주인의 집을 임시 숙소로 배정받았다. 그 집 안뜰에는 꽃들이 통에 심겨 있었고, 야외에 작은 탁자들이 있었으며, 딸들은 모자를 만들고 있었다. 아무것도 느낄 수 없다는 공포가 엄습한 어느 날 저녁, 그는 그 집의 작은딸 루크레치아와 약혼했다.

　이제 모든 것이 끝나고, 정전 협정이 체결되고, 죽은 자들이 매장된 뒤에, 그는 특히 저녁나절이면 갑자기 벼락처럼 내리치는 공포를 느꼈다. 그는 아무것도 느낄 수 없었다. 이탈리아의 아가씨들이 앉아 모자를 만들던 방의 문을 열면 그들을 볼 수 있었고, 그들의 말소리를 들을 수 있었다. 그들은 접시에 담긴 색구슬들 사이에 철삿줄을 문지르거나 뻣뻣한 아마포로 만든 모자의 심을 이리저리 돌려 보았다. 탁자에는 깃털과 반짝이는 금속 조각들, 실크, 리본이 널려 있었고, 가위가 탁자 위에 탁탁 부딪쳤다. 그런데 뭔가가 그를 저버렸다. 그는 느낄 수 없었다. 그래도 탁탁 부딪치는 가위 소리와 웃는 아가씨들, 모자가 만들어지는 그 풍경이 그를 보호해 주었다. 그는 안전하다고 믿었다. 피난처가 있었다. 그러나 밤새 그곳에 앉아 있을 수는 없었다. 새벽에 잠에서 깨어나는 순간들이 있었다. 침대가 추락하고 있었다. 그도 추락하고 있었다. 아, 가위와 램프 불빛과 뻣뻣한 심이 있다면! 그는 두 자매 중 어리고 명랑하며 까불까불한 성격의 루크레치아에게 청혼했다. 그녀는 예술가의 작은 손가락을 들어 올리고는 "모든 것이 이 손가락 안에 있어요."라고 말하곤 했다. 실크나 깃털, 무엇이든지 그 손가락이 닿으면 생명을 얻었다.

"가장 중요한 것은 모자예요." 함께 산책을 나갈 때면 그녀는 이렇게 말했다. 그녀는 지나치는 사람들의 모자를 전부 살펴보았고, 외투와 드레스, 몸가짐도 살폈다. 형편없는 옷차림이나 지나치게 치장한 차림새에 대해서는 낙인을 찍었는데, 사납지는 않지만 참을 수 없다는 듯이 손을 흔들어 댔다, 나쁜 의도 없이 명백히 눈에 띄는 싸구려 모조품을 거절하며 밀쳐 내는 화가처럼 말이다. 그리고 보잘것없는 물건으로 과감하게 꾸민 여자 점원을 너그럽지만 언제나 비판적으로 맞이했고, 예복 차림에 친칠라 모피를 두르고 진주를 휘감은 프랑스

숙녀가 마차에서 내리는 모습을 보면 온 마음을 다해 전문가적 안목으로 열렬히 칭찬하곤 했다.

"아름다워요!" 그녀는 셉티머스의 옆구리를 찌르며 한번 보라고 중얼거렸다. 하지만 아름다움은 유리창 너머에 있는 듯 선명하지 않았고, 맛도(레치아는 아이스크림과 초콜릿처럼 달콤한 것을 좋아했다.) 느낄 수 없었다. 그는 작은 대리석 탁자에 찻잔을 내려놓고, 바깥의 행인들을 바라보았다. 거리 한복판에 모여서 소리치고, 웃고, 아무것도 아닌 일로 옥신각신하는 그들이 행복해 보였다. 하지만 그는 맛을 볼 수도, 느낄 수도 없었다. 찻집 탁자들과, 수다를 떠는 웨이터들 사이에서 그는 오싹한 공포에 사로잡혔다. 그는 아무것도 느낄 수 없었다. 그는 논리적으로 생각할 수 있었고, 가령 단테의 작품도 꽤 수월하게 읽을 수 있었다.("셉티머스, 책을 내려놔요." 레치아가 부드럽게 『지옥』의 책장을 닫으며 말했다.) 그는 계산서의 금액을 합산할 수도 있었으니, 두뇌에는 결함이 없었다. 그렇다면 세상의 잘못이 틀림없다, 그가 느끼지 못하는 까닭은.

"영국인들은 너무 조용해요." 레치아가 말했다. 그녀는 그 점이 좋다고 했다. 그녀는 이 같은 영국인들을 존중했고, 런던과 영국 말, 맞춤 양복을 보고 싶어 했으며, 영국으로 시집가 소호에서 살았던 숙모가 들려준 런던의 멋진 상점들도 기억하고 있었다.

그럴 수도 있어. 뉴헤이븐을 떠났을 때, 기차 창문으로 영국을 내다보며 셉티머스는 생각했다. 세상 자체에 의미가 없을지도 몰라.

그의 직장은 그를 상당히 책임 있는 자리로 승진시켜 주었다. 그를 자랑스러워했다, 십자 훈장을 받은 그를. "자네는 의무를 다했네. 이제 우리의 책임이지……" 브루어 씨는 스스로 감격에 겨워 말을 잇지 못했다. 그들은 토트넘 코트 로드에서 훌륭한 숙소를 얻었다.

여기서 그는 다시 셰익스피어를 펼쳤다. 소년 시절에 심취했던 언어 ─『안토니와 클레오파트라』─ 에 대한 열정은 완전히 시들어 버렸다. 셰익스피어가 인간을 얼마나 혐오했던가. 옷을 입고, 아이를 낳고, 입과 배는 몹시 더럽고! 이것을, 아름다운 단어 속에 숨겨진 의미를, 셉티머스는 비로소 알아차렸다. 한 세대가 다음 세대에게 은밀히 전달해 온 암호는 혐오감, 증오, 절망이다. 단테도 마찬가지였다. (번역된 판본의) 아이스킬로스 역시 똑같다. 저기 레치아가 탁자에 앉아서 모자를 손질하고 있다. 그녀는 필머 부인의 친구들을 위해 모자를 매만지고 있었다. 시급을 받는 일이었다. 그녀가 창백하고, 신비롭고, 물속에 잠긴 백합같이 보인다고, 그는 생각했다.

"영국인들은 정말 진지해요." 그녀는 두 팔로 셉티머스를 감싸안고, 그의 얼굴에 뺨을 대면서 말하곤 했다.

셰익스피어에게 남녀 사이의 사랑은 역겨운 것이었다. 최후의 순간까지 그에게 성교는 끝내 추잡한 짓이었다. 그러나 레치아는 아이를 낳아야 한다고 말했다. 그들은 결혼한 지 오 년이 되었다.

그들은 함께 런던탑에 갔고, 빅토리아 여왕과 앨버트 공의 박물관에 갔으며, 국왕이 의회를 개원하는 예식을 군중 속에서 지켜보았다. 그리고 모자 가게, 드레스 가게, 쇼윈도에 가죽 가방들이 진열된 상점들이 있었고, 그녀는 거기 서서 응시하곤 했다. 그런데 그녀는 아들을 가져야 했다.

그녀는 셉티머스를 닮은 아들이 있어야 한다고 말했다. 하지만 누구도 셉티머스처럼 부드럽고 진지하고 영리할 수는 없었다. 나도 셰익스피어를 읽을 수 없을까요? 셰익스피어는 어려운 작가인가요? 그녀가 물었다.

이런 세상에 자식을 낳을 수는 없다. 더는 고통을 영원히 이어 갈 수도, 이 욕정에 가득 찬 동물을 번식할 수도 없다. 우리에겐 지속적인 감정이 없으며, 오직 변덕과 허영심에 사로잡혀 이리저리 휩쓸려 다닐 뿐이다.

손가락 하나 까딱할 엄두도 못 내고 풀밭에서 깡충거리며 돌아다니는 새를 지켜보듯이, 그는 가위질을 하고 모양을 만들어 내는 그녀를 바라보았다. 실상(그녀가 그 사실을 무시하도록 내버려두자.) 인간에게는 친절함이나 믿음이 없으며, 순간의 쾌락을 늘리는 데 도움이 되는 것을 넘어서는 자비심도 없다. 그들은 무리 지어 사냥한다. 그들 무리는 사막을 샅샅이 뒤지고 괴성을 지르며 황야로 사라진다. 그들은 낙오된 자를 버린다. 그들의 얼굴은 찡그린 표정으로 도배되어 있다. 사무실에 있는 브루어라는 사람도 콧수염에 광을 내고, 산호 넥타이핀을 달고, 흰 상의를 입고, 유쾌하지만 마음속은 온통 차갑고 음습할 뿐이다. 그의 제라늄 꽃밭은 전쟁으로 엉망진창이 되었고 그의 요리사는 신경이 파괴되었다. 정확히 5시에 차례차례 차를 나눠 주는 아멜리아 뭐라는 여자도 심술궂게 힐끔거리며 조롱하는, 음란한 여자 괴물이었다. 톰이니 버티니 하는 남자들의 풀 먹인 셔츠 앞부분에서는 혼탁한 악덕이 방울방울 배어 나왔다. 그들은 우스꽝스러운 짓을 하는 자신들의 벌거벗은 모습을 그가 공책에 그리고 있다는 사실을 알지 못했다. 거리에서는 승합차들이 으르렁거리며 지나치고, 신문 게시판에서는 야만적인 사건들이 요란하게 고함친다. 남자들은 광산에 갇히고, 여자들은 산 채로 불탔다. 한번은 불구의 정신병자들이 운동을 하거나 대중의 오락을 위해(그들은 큰 소리로 웃었다.) 마치 전시라도 되듯이, 토트넘 코트 로드를 줄지어 느릿느릿 걸어갔다. 그들은 고개를 끄덕이고 사과하는 듯이, 그렇지만 의기양양하게 웃으며 그를 지나쳤고, 그에게 절망적인 고뇌를 안겨 주었다. 그런데 나도 미쳐 버리게 될까?

레치아는 차를 마시며 필머 부인의 딸이 출산을 앞두고 있다고 말했다. 그녀 자신은 나이를 먹어 가는데 아이를 가질 수 없다니! 그녀는 몹시 외롭고 몹시 불행했다! 결혼한 뒤로 처음 울었다. 멀리서 그녀가 흐느끼는 소리가 들렸다. 그는 그 소리를 정확하게 들었고, 분명히 알아차렸다. 그는 그 소리를 피스톤의 쿵 소리와 비교해 보았다. 하지만 아무 느낌도 없었다.

아내가 울고 있는데, 그는 아무것도 느끼지 않았다. 다만 그녀가 이처럼 깊이, 이처럼 조용히, 이처럼 절망적으로 흐느낄 때마다 그는 구렁텅이 속으로 한 발 더 내딛고 있었다.

이윽고 그는 기계적으로 과장된 몸짓을 하며, 그것이 진실하지 않다는 사실을 전적으로 의식한 채, 머리를 양손에 파묻었다. 마침내 그는 굴복했다. 이제 다른 사람들의 도움을 받아야 한다. 사람들을 불러와야 한다. 그는 굴복했다.

그 무엇도 그를 일깨울 수 없었다. 레치아는 그를 침대에 눕혔다. 그녀는 의사를, 필머 부인의 주치의 홈스 박사를 불러왔다. 홈스 박사는 그를 진찰했다. 아무 문제도 없다고, 홈스 박사가 말했다. 아, 정말 다행이야! 너무도 친절하고 좋은 분이야! 레치아는 생각했다. 자신은 그런 기분일 때 음악회에 간다고, 홈스 박사가 말했다. 또는 하루 일을 쉬고 아내와 골프를 친다고도 했다. 잠들기 전에 진정제 두 알을 물에 녹여 마셔 보지 않겠어요? 여기 오래된 블룸즈버리의 집들은 아주 훌륭한 패널로 벽을 장식한 경우가 많아요. 홈스 박사가 벽을 두드리며 말했다. 그런데 집주인들은 어리석게도 그 패널 위에 도배를 해 버리지요. 바로 얼마 전에 환자를 보러 갔는데, 베드퍼드 광장에 사는 아무개 경이…….

그러니 아무 이유도 없었다. 문제 될 게 전혀 없었다. 인간 본성이 그에게 죽음을 언도한 죄, 그가 아무것도 느끼지 못한다는 죄를 제외하면 말이다. 에번스가 살해되었을 때, 그는 개의치 않았다. 그것이 최악이었다. 그러나 온갖 다른 범죄들이 이른 새벽 시간에 고개를 쳐들더니, 자신의 타락을 의식한 채 침대 가로대 너머에 엎어져 있는 몸을 향해 손가락질하고 야유하고 비웃어 댔다. 아내를 사랑하지도 않으면서 결혼했고, 그녀에게 거짓말했으며, 그녀를 유혹했고, 이저벨 폴 양을 격분하게 했다. 그 몸에는 사악함의 낙인이 찍혀 있으므로, 거리에서 그를 맞닥뜨린 여자들은 몸서리를 쳤다. 인간 본성이 그런 몹쓸 인간에게 내린 판결은 죽음이었다.

홈스 박사가 다시 방문했다. 체구가 크고 얼굴빛이 선명하고 잘생긴 그는 구두를 가볍게 털고 거울을 들여다보면서 두통과 불면, 공포, 꿈을 모두 무시한 채 신경 증상일 뿐이라고 말했다. 홈스 박사는 자신의 체중이 75킬로그램에서 200그램이라도 줄면, 아침 식사 때 아내에게 귀리죽을 한 그릇 더 달라고 한다고 했다.(레치아는 귀리죽을 끓이는 법을 배우겠다고 다짐했다.) 건강이란 대체로 우리가 스스로 조절할 수 있는 문제라고, 그는 말을 이었다. 외적 관심사에 몰두해 봐요. 취미를 가지고요. 그는 셰익스피어 ―『안토니와 클레오파트라』― 를 펼쳤고, 다시 셰익스피어를 밀쳐 냈다. 뭐든 취미를 가지세요. 홈스 박사가 말했다. 그가 아주 건강한 이유는(그런데 그는 누구보다도 열심히 일했다.) 언제나 환자들에게서 고가구로 관심을 돌릴 수 있기 때문이 아니던가? 그런데 이런 말을 해도 된다면, 위런 스미스 부인, 아주 예쁜 빗을 꽂고 있군요!

그 망할 바보가 다시 찾아왔을 때, 셉티머스는 그의 진료를 거절했다. 정말로요? 홈스 박사는 유쾌하게 미소를 지으며 말했다. 그는 그녀 남편의 침실로 들어가기 전에 그 매력적이고 자그마한 부인, 스미스 부인을 다정하게 밀쳐 냈다.

"자, 당신은 겁에 질려 있군요." 그는 환자 옆에 앉으며 쾌활하게 말했다. 정말로 아내에게 자살하겠다고 했다지요. 부인은 아주 젊은 분인 데다 외국인이죠? 그런 말을 하면 아내분이 외국인 남편에 대해 아주 이상하게 생각하지 않겠어요? 아내에게 의무감을 가져야 하지 않을까요? 침대에 누워 있기보다는 뭔가를 하는 편이 낫지 않겠어요? 사십 년 동안 경험을 쌓아 온 의사의 말이니, 아무 문제도 없다는 그의 진단을 셉티머스는 곧이곧대로 받아들일 수 있었다. 다음에 왕진하러 올 때는 스미스가 침대에서 벗어나 있기를, 또 매력적이고 아담한 부인이 남편에 대한 걱정을 거둘 수 있기를, 홈스 박사는 바랐다.

요컨대, 인간 본성이 그에게 달려들었다, 콧구멍이 붉은 핏빛으로 번득이는 저 역겨운 짐승이. 홈스가 그에게 달려든 것이었다. 홈스 박사는 매일 규칙적으로 찾아왔다. 한 차례 비틀거리면 인간 본성이 달려든다고, 홈스가 달려든다고, 셉티머스는 엽서 뒷면에 썼다. 단 하나의 돌파구는 홈스에게 알리지 않고 이탈리아든…… 어디든 상관없이, 그로부터 멀리 달아나는 것이었다.

하지만 레치아는 그를 이해하지 못했다. 홈스 박사는 아주 친절한 사람이고, 셉티머스에게 관심이 많으며, 그들을 돕고 싶어 할 뿐이라고 말했다. 어린 자녀가 넷이나 있으며, 티타임에 자기를 초대했다고, 그녀는 셉티머스에게 말했다.

그러니 그는 버림받았다. 온 세상이 떠들썩하게 요구하고 있었다. 너 자신을 죽여, 너 자신을 죽여, 우리를 위해서. 하지만 왜 그가 그들을 위해 스스로를 죽여야 한단 말인가? 음식을 먹으면 기분이 좋았고, 태양은 뜨거웠다. 그리고 이 스스로를 죽이는 일에 어떻게 착수한단 말인가? 식칼로, 보기 흉측하게 피를 마구 흘리면서? 아니면 가스관을 빨아서? 그는 몸이 너무 약했다. 손을 들 기운도 없었다. 게다가 죽음을 앞둔 인간들이 홀로 있듯이, 이제 저주받고 버림받은 그는 완전히 혼자가 되었고 거기에는 흔하지 않은 기쁨이, 숭고함으로 가득한 고립이, 애착 있는 사람들은 결코 알 수 없는 자유가 있었다. 홈스가 물론 승리한 셈이었다. 그 콧구멍이 붉은 짐승이 이긴 것이다. 그러나 홈스조차 세상의 끝을 떠도는 이 마지막 잔재는 건드릴 수 없었다. 자신이 살던 곳을 돌아보는, 익사한 선원처럼 세상 끝자락의 해안에 드러누워 있는 이 낙오자는.

바로 그 순간에(레치아는 장을 보러 나가고 없었다.) 그 위대한 계시가 밝혀졌다. 칸막이 뒤에서 어떤 목소리가 들려왔다. 에번스가 말하고 있었다. 죽은 사람이 그와 함께 있었다.

"에번스, 에번스!" 그가 소리쳤다.

스미스 씨가 큰 소리로 혼잣말을 하고 있어요. 하녀 애그니스가 부엌에 있는 필머 부인에게 외쳤다. "에번스, 에번스!" 그녀가 쟁반을 가지고 들어왔을 때, 그는 그렇게 말하고 있었다. 그녀는 펄쩍 뛰었다. 정말로 그랬다. 그러고는 황급히 아래층으로 내려갔다.

이윽고 레치아가 꽃을 들고 들어왔고, 방을 가로질러 화병에 꽃을 꽂았다. 그러자 곧장 햇빛이 꽃에 닿았고, 그 빛은 웃으며 날아다니듯이 방 안을 떠돌았다.

그녀는 길거리의 가난한 남자에게서 장미를 사야 했다고 말했다. 하지만 장미는 이미 거의 시들었다고, 꽃잎을 정리하며 말했다.

그래, 바깥에 한 남자가 있었다. 아마 에번스겠지. 벌써 절반은 시들었다고, 레치아가 말한 장미는 그가 그리스의 들판[22]에서 꺾은 것이다. 소통[23]은 건강이다, 소통은 행복이다, 소통은……. 그가 중얼거렸다.

"뭐라고 했어요, 셉티머스?" 레치아가 공포에 질려 거칠게 물었다. 그는 혼잣말을 하고 있었다.

그녀는 애그니스에게 홈스 박사를 불러오라고 했다. 남편이 미쳤다고, 그녀는 말했다. 심지어 남편은 아내를 거의 알아보지도 못했다.

"저 짐승 같은 놈! 저 짐승 같은 놈!" 인간 본성, 홈스 박사가 방에 들어오는 모습을 보자 셉티머스가 소리쳤다.

"아니, 이게 무슨 일이오?" 홈스 박사가 더없이 상냥하게 말했다. "터무니없는 소리로 아내를 겁먹게 하다니." 그러나 그를 잠들게 할 무언가를 줄 것이다. 만약 그들이 부유하다면 무슨 수를 써서라도 할리가[24]에 보낼 거라고, 그는 방을 돌아보며 비꼬듯이 말했다. 만일 그들이 자신을 전혀 신뢰하지 않는다면 말이다. 홈스 박사는 그리 친절해 보이지 않는 얼굴로 말했다.

정확히 12시였다. 빅벤이 12시를 알렸고, 종소리는 런던의 북쪽 지역 너머로 퍼져 나갔다. 다른 시계 소리들과 섞이고, 옅은 공기처럼 구름과 실연기 속으로 흩어지더니 저기 갈매기들 사이에서 사라졌다. 12시를 알리는 종이 울렸을 때 클래리

---

22) 죽음의 나라를 의미한다.
23) 죽은 자들과의 대화를 의미한다.
24) 런던에서 전문의들의 병원이 밀집한 지역이다.

사는 초록 드레스를 침대에 올려놓았고, 워런 스미스 부부는 할리가를 따라 걸었다. 약속 시간은 12시였다. 저기 회색 자동차가 앞에 주차되어 있는 건물이 윌리엄 브래드쇼 경의 집이리라고, 레치아는 생각했다.(공중에서 납빛 원들이 녹아 없어졌다.)

실로 그랬다. 윌리엄 브래드쇼 경의 자동차였다. 나지막하고 강력하며, 금속판엔 서로 맞물린 단조로운 머리글자들이 새겨져 있는 회색 차였다. 그는 영적 문제의 조력자이자 과학의 사제이므로, 화려한 문장(紋章)은 어울리지 않는다고 여기는 듯했다. 그리고 회색 자동차의 차분하고 부드러운 느낌에 어울리게끔 잿빛 모피와 은회색 무릎 덮개가 그 안에 쌓여 있었다, 차 안에서 기다리는 그의 아내가 따뜻하게 머물 수 있도록. 윌리엄 경은 종종 시골에 사는 부자들, 고통받는 자들을 왕진하러 육십 마일이나, 혹은 그보다 더 멀리 달려갔다. 그가 조언해 준 만큼 마땅히 값비싼 대가를 지불할 수 있는 사람들이었다. 그의 아내는 좌석에 등을 기대고 덮개로 무릎을 감싼 채, 한 시간 혹은 그 이상을 기다리면서 가끔 환자들에 대해 생각했다. 그렇게 용납할 만한 시간을 기다리는 동안, 이따금 매 순간 높아지는 황금 벽을 생각했는데, 그 황금 벽은 자신들과 온갖 신분적 변화, 불안(그녀는 그것들을 용감하게 견뎌 냈다. 그들은 나름대로 고투하며 살아왔다.) 사이에서 높아져 갔고, 마침내 그녀는 평온한 대양 위에 정착한 느낌을 받았다. 오로지 향긋한 바람만이 불어오는 그곳에서 그들은 존경받고, 찬사받고, 시기받았다. 그녀 자신이 퉁퉁해진 것은 유감스러운 일이었지만 더 바랄 게 없었다. 목요일 밤마다 의사들을 위해 대규모 정찬 파티를 열고, 때때로 바자회를 열고, 왕족에게 문안을 드렸다. 안타깝게도 할 일이 점점 늘어나는 남편과 함께할 수 있는 시간이 몹시 줄어들었고, 아들은 이튼 사립 학교에서 잘 지내고 있으며, 딸을 바랄 때도 있었지만, 흥미로운 것들이 넘쳐 나는 덕분에 아동 복지라든가 간질 환자의 요양 치료 그리고 사진술에 관심을 쏟았다. 그래서 새로 짓거나 허무는 교회가 있으면, 그녀는 얼른 교회 관리인을 매수해 자물쇠를 열고 그 현장에 들어가서 사진을 찍었는데, 전문가의 작품과 별반 차이가 없었다.

월리엄 경은 이제 젊지 않았다. 그는 아주 열심히 일해 왔다. 순전히 능력에 의해(상인의 아들로 태어났으므로) 현재의 지위를 얻었고, 자기 직업을 사랑했으며, 여러 행사에서 대표자로 훌륭하게 처신했을 뿐 아니라 언변이 유창했다. 이런 것들 덕분에 기사 작위를 서임받았을 무렵에, 그는(환자들의 행렬이 끊임없이 이어졌고, 그의 직업적 의무와 특권은 대단히 부담스러웠으므로) 침울하고 지친 듯이 보였다. 은발과 더불어 피로한 표정은 그의 풍채에 위엄을 더했고, 또 그가 번개처럼 신속하게, 거의 실수 없이 정확한 진단을 내릴 뿐만 아니라 동정심과 요령, 인간 영혼에 대한 이해심마저 가지고 있다는(신경병 환자들을 다룰 때는 극히 중요한) 명성을 얻게 거들어 주었다. 그는 그들이(워런 스미스 부부라고 불리는 사람들이었다.) 방에 들어선 순간, 첫눈에 알 수 있었다. 그는 남자를 보자마자 확신했다, 극도로 위중한 병증에 시달리고 있음을. 극심한 신경 쇠약, 신체적으로나 신경적으로 완전히 쇠약해진 사례였고, 모든 증상이 말기에 접어들었다고, 그는 단 이삼 분 안에(질문에 대한 대답들을 조심스럽게 중얼거리며 분홍색 카드에 적었다.) 단호히 판단했다.

홈스 박사가 얼마나 오래 그를 돌봐 주었나요?

육 주 동안이요.

진정제를 약간 처방했나요? 아무 문제도 없다고 말했어요? 아, 그래요.(저 엉터리 일반의들! 윌리엄 경은 생각했다. 그들이 저지른 실수를 바로잡는 데 자신의 시간을 절반이나 투자해야 했다. 어떤 실수는 만회하기가 불가능했다.)

"전쟁에 참전해서 공훈을 세우셨군요."

환자는 뭔가 물어보듯이 '전쟁'이라는 단어를 되풀이했다.

그는 저 단어에 상징적 의미를 붙이고 있군. 심각한 증상이므로 카드에 기록해야 했다.

"전쟁?" 환자가 물었다. 유럽 전쟁 — 남자 학생들이 화약을 가지고 벌인 그 시시한 싸움? 그가 복무하며 무공을 세웠던가? 그는 실로 잊어버렸다. 전쟁 자체에서 그는 실패했다.

"네, 참전해서 큰 공을 세웠어요." 레치아가 의사에게 확인해 주었다. "승진도 했고요."

"직장에서는 당신을 아주 높게 평가하는군요." 윌리엄 경은, 브루어 씨가 아주 관대하게 쓴 편지를 흘끗 보며 중얼거렸다. "그러니 걱정거리는, 금전적 걱정은 전혀 없겠군요."

그는 끔찍한 범죄를 저질렀고 인간 본성에 의해 사형 선고를 받았다.

“저는…… 저는,” 그가 말을 꺼냈다. “범죄를 저질렀어요…….”

“제 남편은 나쁜 일 따위 전혀 하지 않았어요.” 레치아가 의사에게 말했다. 스미스 씨가 기다려 주신다면 옆방에서 스미스 부인과 이야기를 나누겠다고, 윌리엄 경이 말했다. 남편께서는 심각한 병을 앓고 있어요. 윌리엄 경이 말했다. 그가 자살하겠다고 위협하던가요?

네, 그랬어요. 그녀가 소리쳤다. 하지만 진심은 아니에요. 그녀가 말했다. 물론 아니지요. 이건 다만 휴식의 문제입니다. 윌리엄 경이 말했다. 휴식, 휴식, 휴식의 문제, 침대에 누워 긴 휴식을 취해야 하는 문제지요. 어느 시골에 당신의 남편을 완벽하게 돌봐 줄 수 있는 쾌적한 요양소가 있습니다. 저와 떨어져 지내야 하나요? 그녀가 물었다. 안됐지만 그렇습니다. 우리가 가장 아끼는 사람들은 우리가 아플 때 우리에게 좋지 않아요. 그런데 제 남편이 미친 건 아니죠? 윌리엄 경은 ‘광기’라는 말을 쓰지 않았다고 대답했다. 균형 감각을 잃은 것이라고 했다. 하지만 제 남편은 의사를 좋아하지 않아요. 그곳에 가는 걸 거부할 수도 있어요. 윌리엄 경은 그녀에게 그 병증의 상태를 간결하고도 친절하게 설명했다. 그가 자살하겠다고 위협했다. 다른 대안이 없다. 이것은 법으로 정해진 문제이기도 하다. 그는 시골의 아름다운 요양소에서 지내며 침대에 누워 있을 것이다. 간호사들은 훌륭하며, 윌리엄 경이 일주일에 한 번씩 그를 찾아볼 것이다. 부인이 더는 질문할 게 없다면 — 그는 결코 환자들을 재촉하지 않았다. — 남편에게 돌아가도록 하자. 그녀는 — 윌리엄 경에게는 — 더 물어볼 것이 없었다.

그래서 그들은 인간들 가운데 가장 숭고한 자, 재판관을 직면한 범죄자, 언덕 위에 노출된 희생자, 도망자, 익사한 선원, 불멸의 송시를 지은 시인, 삶에서 죽음으로 떠나 버린 군주, 셉티머스에게 돌아갔다. 그는 채광창 아래의 안락의자에 앉아서, 궁정 예복을 차려입은 레이디 브래드쇼의 사진을 멍하니 바라보며 아름다움에 관한 전언을 중얼거리고 있었다.

"부인과 간단히 얘기를 나눴어요." 윌리엄 경이 말했다.

"당신 상태가 아주, 심각하대요." 레치아가 소리쳤다.

"우리는 당신을 요양소에 보내기로 합의했습니다." 윌리엄 경이 말했다.

"홈스의 요양소 중 하나로?"[25] 셉티머스가 비웃었다.

저 작자는 불쾌한 인상을 주었다. 부친이 상인이었던 윌리엄 경은 교양과 의복에 대한 타고난 존중심을 품고 있었으므로 추레한 것을 보면 짜증이 일었다. 또한 윌리엄 경의 더 깊은 곳에는, 독서할 시간이 전혀 없이, 온갖 최고의 능력을 끊임없이 혹사하며 일해야 하는 의사들을 진찰실에 들어와서 무식하다고 넌지시 암시하는 교양 있는 사람들에 대한 적의가 도사리고 있었다.

"내가 운영하는 요양소 중 하나입니다, 워런 스미스 씨." 그가 말했다. "거기서 당신은 쉬는 법을 배울 겁니다."

딱 한 가지 더 할 말이 남았다.

---

25) 원문은 "One of Holmes's homes?"인데, 여기서 셉티머스는 발음이 동일한 Holmes와 Homes를 사용하여 풍자적으로 조롱한다.

나는 워런 스미스 씨가 건강할 때엔 결코 아내에게 겁을 줄 사람이 아니라고 믿습니다. 그런데 자살하겠다고 하셨다고요.

"우리 모두 우울한 순간들을 경험합니다." 윌리엄 경이 말했다.

일단 넘어지면 인간 본성이 달려든다고, 셉티머스는 속으로 되뇌었다. 홈스와 브래드쇼가 덮친다. 그들은 사막을 샅샅이 뒤진다. 그들은 비명을 지르며 황야로 날아간다. 고문대와 손잡이 나사로 옥죈다. 인간 본성은 무자비하다.

"가끔 충동에 사로잡힙니까?" 윌리엄 경이 분홍색 카드에 연필을 대고 물었다.

그건 저 자신의 문제입니다. 셉티머스가 말했다.

"누구도 자신만을 위해 홀로 살지 않아요." 윌리엄 경이 궁정 예복을 입은 아내의 사진을 흘끗 쳐다보며 말했다.

"그리고 당신 앞에는 창창한 앞날이 있습니다." 윌리엄 경이 말했다. 브루어 씨의 편지가 탁자 위에 놓여 있었다. "특히나 더 창창한 앞날이요."

그런데 만일 그가 고백한다면? 만일 그가 소통한다면? 그러면 저 고문 집행자들이, 홈스와 브래드쇼가 그를 놓아줄까?

"저는…… 저는……." 그는 말을 더듬었다.

그런데 내가 무슨 범죄를 저질렀던가? 그것이 기억나지 않았다.

"네?" 윌리엄 경이 그에게 용기를 주었다.(하지만 시간은 이미 지체되고 있었다.)

사랑, 나무, 범죄는 없다. 그의 메시지는 무엇이었지?

그는 기억할 수 없었다.

"저는…… 저는…….” 셉티머스는 말을 더듬었다.

"가급적 자신에 대해 생각하지 마세요.” 윌리엄 경이 친절하게 말했다. 실로 그는 바깥을 나다니기에 적합하지 않은 사람이었다.

내게 달리 부탁하고 싶은 것이 있습니까? 윌리엄 경은 모든 준비를 할 테고(그는 레치아에게 중얼거렸다.), 그날 저녁 5시에서 6시 사이에 그녀에게 알려 줄 것이다.

"모든 것을 내게 믿고 맡기세요.” 그는 이렇게 말하고 그들을 내보냈다.

결코, 결코 레치아는 평생 이처럼 괴로운 적이 없었다. 그녀는 도움을 요청했는데 버림받았다! 그는 그들을 실망시켰다! 윌리엄 경은 좋은 사람이 아니었다.

자동차를 유지하는 데만도 상당한 비용이 들 거야. 그들이 거리에 나섰을 때, 셉티머스가 말했다.

레치아는 그의 팔에 매달렸다. 그들은 버림받은 것이다.

그러나 그녀는 무엇을 더 바랐던가?

그는 환자들에게 사십오 분을 할애했다. 어떻든 우리가 전혀 알지 못하는 것 — 신경계, 인간 두뇌 — 을 다루는 정밀 과학의 영역에서 의사가 균형 감각을 잃는다면, 그는 의사로서 실격이다. 우리는 건강을 지켜야 하는데, 건강이란 균형이다. 그러니 누군가 방에 들어와서 자기가 그리스도라고(흔하디흔한 환각이지.) 선언하거나, 대체로 그렇듯이 전언(傳言)이 있다고 떠들거나, 종종 그렇듯이 자살하겠다고 위협한다면, 그는 균형의 문제를 들먹일 수밖에 없다. 침대에서 휴식하라고 지시한다. 고독 속에서의 휴식을, 침묵과 휴식을, 친구도 책도 전언마저 없는 휴식을. 육 개월 동안의 휴식을 지시한다. 48킬로그램의 몸무게로 입원한 사람이 76킬로그램이 되어 나올 때까지.

균형, 성스러운 균형, 윌리엄 경은 자신의 여신을 병원 일을 보러 돌아다니면서, 연어 낚시를 하면서, 할리가에 자리 잡고 레이디 브래드쇼에게서 아들 하나를 낳으면서 얻었다. 레이디는 직접 연어를 잡고 사진을 찍었는데, 전문가의 작품과 거의 차이가 없었다. 윌리엄 경은 균형을 숭배하면서 그 자신뿐 아니라 영국을 번영시켰고, 영국의 정신병자들을 격리해 출산을 금지했으며, 절망을 처벌했고, 부적격자들이 그의 균형 감각 — 남자라면 그의 균형 감각, 여자라면 레이디 브래드쇼의 (그녀는 수를 놓았고, 뜨개질을 했고, 일주일의 나흘 밤은 집에서 아들과 함께 보냈다.) 균형 감각 — 에 동의할 때까지 그들의 목소리를 틀어막았다. 그래서 그의 동료들은 그를 존경했고, 그의 부하들은 그를 두려워했으며, 환자의 친구들과 친지들은 세계의 종말이나 신의 도래를 계시하는 예언자적 여자와 남자 그리스도들더러 침대에서 우유를 마셔야 한다고 주장한 윌리엄 경에게 열렬한 고마움을 표했다. 윌리엄 경은 이런 종류의 사례를 통해 얻은 지난 삼십 년간의 경험과 결코 오류 없는 본능으로, 이것은 광기이고 저것은 정상적인 감각이라고 단정했다. 그에게는 균형 감각이 있었다.

그러나 균형에는 자매가 있다. 별로 웃지 않고 훨씬 무시무시한 그 여신은 지금도 활동하며 — 인도의 열기와 모래 속에서, 아프리카의 진흙탕과 늪에서, 런던 주변의 슬럼가에서, 이를테면 악마적 풍조의 유혹 때문에 인간들이 진정한 믿음(여신 자신의 것)을 저버린 곳 어디에서나 — 사당을 무너뜨리고 우상을 박살 내고 그 자리에 그녀 자신의 근엄한 얼굴을 세우는 데 몰두하고 있다. 그 여신의 이름은 개종이다. 그 여신은 나약한 자들의 의지를 마음껏 먹어 치우고, 낙인찍으며 강요하기를 좋아하고, 인간의 얼굴에 각인된 자신의 이목구비를 흠모한다. 하이드 파크 입구의 나무통 위에 서서 그녀는 설교한다. 흰옷을 두르고 형제애로 위장한 채 회개하면서 공장들과 의회를 배회한다. 도움을 제안하지만 권력을 욕망하고, 반대하는 자들이나 만족하지 못하는 자들을 쳐부수며 나아간다. 그녀를 우러러보며 순종적으로 그녀 눈의 광채를 받아들이는 자들에게 축복을 내린다. 이 여신은 또한(레치아 워런 스미스가 짐작한 대로.) 윌리엄 경의 마음속에도 살고 있는데, 대체로 그렇듯이, 어떤 그럴싸한 위장을 하고, 사랑이니 의무니 자기희생 같은 존경할 만한 명분 밑에 숨어 있다. 그가 얼마나 열심히 일해 왔고 — 기금을 모으고, 개혁을 전파하고, 보호 시설들을 창설하기 위해 얼마나 애써 왔던가! 그러나 그 까다로운 여신, 개종은 벽돌보다 피를 더 사랑하고, 인간의 의지를 더없이 교활하게 먹어 치운다. 가령 레이디 브래드쇼를 보자. 그녀는 십오 년 전에 굴복했다. 꼭 집어 말할 수 있는 특별한 소동이 있었던 것도 아니고, 부부 사이에 격한 언쟁이 있었던 것도 아니었다. 다만 그녀의 의지가 그의 의지 속에 잠겨 서서히 가라앉았을 뿐이다. 그녀의 미소는 상냥했고, 그녀의 복종은 신속했다. 할리가에서 전문가 계층의 손님 열 명이나 열다섯 명을 여덟 코스나 아홉 코스로 대접하는 정찬 식사는 매끄럽고 세련되게 진행되었다. 다만 밤이 깊어 감에 따라 그녀는 약간 따분해하거나 어쩌면 불안해하며 어떤 신경성 경련을 일으키고, 더듬거리거나 실수하거나 혼란스러워하는 기색을 드러내면서 실로 믿기 어려운 것 ― 그 가여운 레이디가 남들을 속여 왔다는 사실을 내비쳤을 따름이다. 한때 오래전에 그녀는 자유롭게 연어 낚시를 했었다. 지금은 남편의 눈을 번들거리게 하는 지배와 권력에 대한 열망을 충족시켜 주기에 바빠서 그녀는 바싹 조이고, 짜내고, 깎고, 잘라 내고, 물러나고, 엿볼 뿐이었다. 그래서 무엇 때문에 이 저녁 시간이 불쾌하게 느껴지고, 또 무엇이 강하게 정수리를 짓누르는지(전문가들의 학술적인 대화 때문이거나, 레이디 브래드쇼의 말대로, '자기 목숨이 환자의 몫인' 위대한 의사의 피로감 때문인지도 모른다.) 손님들은 정확히 알지 못한 채 그 순간을 전혀 즐기지 못했다. 그런 까닭에 시계가 10시를 울리자 그들은 할리가로 나왔고 신선한 공기를 들이마시며 황홀감을 느끼기도 했다. 이런 안도감은 그의 환자들이 누릴 수 없는 것이었다.

벽에 그림들이 걸리고 값비싼 가구들이 배치된 회색 방의 간유리 채광창 밑에서 그의 환자들은 자신의 죄과가 얼마나 위중한지 깨달았다. 그들은 안락의자에 웅크리고 앉아서 자기들을 향해 기묘하게 휘두르는 그의 팔을 지켜보았다. 윌리엄 경은 팔을 내뻗었다가 급히 엉덩이에 다시 붙이면서 (환자들이

고집을 부리면) 자신이 행동을 장악하고 있다는 사실을 환자들에게 증명해 보였다. 거기서 나약한 자들은 허물어지고 흐느끼고 복종했다. 다른 환자들은, 어떤 사나운 광기에 휘둘렸는지 모르겠지만, 윌리엄 경의 면전에 대고 지긋지긋한 위선자라고 으름장을 놓거나 더 불경스럽게는 인생 자체에 의문을 제기하기도 했다. 왜 살아야 해요? 그들은 물었다. 윌리엄 경은 인생은 좋은 것이라고, 대답했다. 물론, 벽난로 선반 위에 걸린 사진 속에서 타조 깃털을 두르고 있는 레이디 브래드쇼에게는 그럴 터였다. 그리고 그의 수입에 대해 말하자면, 연간 1만 2000파운드에 달했다. 그러나 인생은 우리에게 그런 풍족함을 선사해 주지 않았다고, 그들은 항의했다. 그는 마지못해 동의했다. 그들에겐 균형 감각이 결여되어 있었다. 어쩌면, 결국, 신이 없는 게 아닐까요? 그는 어깨를 으쓱했다. 간단히 말해서, 살든지 말든지, 그건 우리 자신의 문제 아닌가요? 그러나 그 점에서 그들은 잘못 생각하고 있었다. 서리주에 사는 윌리엄 경의 한 친구는 그곳에서 균형 감각 — 그것은 어려운 기술이라고, 윌리엄 경은 솔직히 인정했다. — 을 가르치고 있었다. 더욱이 가족의 애정, 명예, 용기 그리고 유망한 장래도 고려해야 한다. 윌리엄 경은 이 모든 것을 적극 옹호했다. 만일 이러한 것들에 영향을 받지 못한다면, 경찰과 사회적 양식이 그를 지지해 줄 터였다. 특히 그것들은 서리에서, 무엇보다 양질의 피가 부족해 생겨난 이 비사회적 충동을 억제하는 데 큰 도움이 되리라고 그는 아주 조용히 말했다. 그러면 항의를 짓밟고, 다른 사람들의 안식처에 자신의 이미지를 결코 지울 수 없도록 박아 놓기를 갈망하는 그 여신이, 본디 숨어 있던 곳에서 슬그머니 빠져나와 자기 왕좌에 오를 것이다. 벌거벗겨지고 무방비 상태인 그 기진맥진한 자들, 그 친구도 없는 자들에게 윌리엄 경의 의지가 낙인처럼 찍혔다. 그는 덮쳤고, 집어삼켰다. 그는 사람들의 입을 틀어막았다. 이 결단력과 인간애의 결합 덕분에 윌리엄 경은 자기희생을 바라는 이들의 친지들에게서 그토록 높은 평가를 받았다.

그러나 레치아 워런 스미스는 그 남자가 싫다고, 할리가를 걸어가면서 소리쳤다.

할리가의 시계들은 시간을 갈가리 조각 내고, 얇게 저미고, 자르고 나누면서 6월의 낮을 갉아먹었다. 또 순종을 조언했고, 권위를 지지했으며, 균형 감각이 지닌 최고의 장점을 이구동성으로 일러 주었다. 마침내 산더미 같은 시간이 극도로 줄어들었고, 옥스퍼드가의 상점 위에 걸린 상업용 시계가 정보를 공짜로 알려 주는 일이 즐겁다는 듯이 릭비와 론데스[26]에게 다정하고 우애롭게 1시 30분이라고 귀띔해 주었다.

고개를 들어 보니, 릭비와 론데스(Rigby and Lowndes)라는 이름의 열두 글자가 각각의 시간을 나타내는 것 같았다. 그리니치에서 인준한, 공식적인 시간을 알려 준 릭비와 론데스에게 어렴풋이 고마움을 느꼈다. 이 고마움은(휴 휘트브레드는 거기, 상점의 진열창 앞에서 미적거리며 곰곰이 생각했다.) 자연스럽게 릭비와 론데스의 양말과 구두를 나중에 구입하겠다는 생

---

26) 상점의 이름이다.

각으로 구체화되었다. 그렇게 그는 곰곰이 생각했다. 그것은 그의 습관이었다. 그는 깊이 파고들지 않았다. 그는 표면만을 스칠 뿐이었다. 죽은 언어들, 살아 있는 언어들, 콘스탄티노플과 파리, 로마에서의 생활. 한때는 승마, 사냥, 테니스에 관심을 두기도 했다. 악의 있는 자들은 그가 지금 버킹엄 궁전에서 실크 양말과 반바지 차림으로 아무도 모르는 뭔가를 지키고 있다고 주장했다. 그러나 그는 그 일을 지극히 효율적으로 수행했다. 그는 오십오 년간 영국 사교계의 최상류층 인사들 사이를 떠다녔다. 총리들을 만난 적도 있었다. 그는 애정이 깊은 사람으로 여겨졌다. 그 시대의 위대한 사회적 운동에 참여한 적도 없고 중요한 직책을 맡은 적도 없지만, 한두 가지 사소한 개혁은 그의 공적이었다. 그중 한 가지는 공공 대피소를 개선한 것이었고, 다른 하나는 노퍽주의 올빼미를 보호한 일이었다. 하녀들은 그에게 감사할 이유가 있었다. 기금을 요청하고, 사람들에게 보호와 보존을 촉구하고, 쓰레기를 치우고, 연기를 줄이고, 공원에서의 부도덕한 일을 근절하자고 《타임스》를 통해 대중에게 호소하는 그의 이름은 존경을 받았다.

또한 (30분을 알리는 종소리가 사라져 가고 있을 때) 그의 멋진 모습은 잠시 멈춰 서서 비판적으로, 위엄 있게 양말과 구두를 내려다보고 있을 때 이채를 띠었다. 흠잡을 데 하나 없고, 건장하고, 어딘가 높은 곳에서 세상을 바라보는 것 같은, 아주 잘 어울리는 차림새였다. 그는 수완이나 재산, 건강에 수반되는 의무를 완수했고, 꼭 필요하지 않을 때조차 사소한 예절과 옛 격식을 준수했다. 그래서 그의 태도엔 어떤 특징이 생겼는데, 따라 할 만한 것일 뿐 아니라, 그를 떠올리게 하는 것이기도 했다. 가령 그는 거의 이십 년 동안 알아 온 레이디 브루턴과 오찬을 할 때면 언제나 카네이션 한 다발을 가져가서 내밀었고, 레이디 브루턴의 비서인 브러시 양에게는 남아프리카에 있는 오빠의 안부를 물었다. 브러시 양은 어느 모로 보나 여성적인 매력이 부족한 사람이었지만, 유독 그 질문엔 왠지 모르게 몹시 분개한 기색을 내비치며 "고맙습니다, 남아프리카에서 아주 잘 지내고 있어요."라고 대답했다. 사실 그녀의 오빠는 지난 육 년간 포츠머스에서 형편없이 지내 왔던 것이다.

레이디 브루턴은 리처드 댈러웨이를 더 좋아했다. 그가 곧이어 도착했고, 실로 문간에서 휘트브레드와 마주쳤다.

레이디 브루턴은 물론 리처드 댈러웨이를 더 좋아했다. 그는 훨씬 훌륭한 자질을 가지고 있었다. 하지만 그녀는 가엾고 친애하는 휴가 사람들의 입에 함부로 오르내리도록 내버려두지 않을 것이다. 그의 친절은 결코 잊을 수 없었다. 그는 정말 놀랍도록 친절했다, 정확히 어떤 경우였는지는 기억나지 않지만. 어떻든 사람들 사이의 차이는 그리 크지 않다. 그녀는 클래리사가 그러듯이 사람들을 잘게 잘라 분석하는 — 조각조각 잘라 냈다가 다시 붙이는 — 일이 가치 있다고 생각해 본 적이 없었다. 어쨌든 예순두 살이 된 지금은 그랬다. 그녀는 특유의 딱딱하고 엄숙한 미소를 띤 채 휴의 카네이션을 받았다. 다른 사람들은 안 와요. 그녀가 말했다. 사실 그녀는 어려운 문제를 부탁하기 위해, 부러 구실을 만들어서 그 두 사람을 불러냈던 것이다.

"그렇지만 먼저 식사를 합시다." 그녀가 말했다.

그러자 앞치마를 두르고 흰 모자를 쓴 하녀들이 회전문을 통해 소리 없이 우아하게 들락거리기 시작했다. 그들은 단지 필요해서 부리는 하녀들이 아니라, 메이페어의 상류층 주택들에서 1시 30분부터 2시 사이에 안주인들이 벌이는 신비로운 의식이나 화려한 속임수에 정통한 사람들이었다. 그러다 손짓 한 번에 부산하던 움직임이 멈추고, 그 대신 맨 먼저 음식에 대한 심오한 환상, 이 음식에 값을 지불해야 하지 않을까, 하는 환상이 떠오른다. 이윽고 다른 환상이 식탁 위에 저절로 유리잔들과 은제 그릇, 작은 받침 접시, 붉은 과일 접시, 갈색 크림이 얇게 덮인 넙치를 차려 놓는다. 캐서롤 냄비에 닭고기 조각들이 떠 있고, 화롯불은 다채로운 색깔로 거세게 타오른다. 포도주와 커피(역시 값을 지불하지 않은)가 나오자 생각에 잠긴 눈앞에, 온유하게 사색하는 눈앞에, 인생이 음악적이고 신비롭게 보이는 눈앞에 즐거운 환상이 떠오른다. 이제 그 눈은 빛을 반짝이며, 레이디 브루턴의 접시 옆에 놓인(그녀의 동작은 늘 딱딱했다.) 붉은 카네이션의 아름다움을 기분 좋게 주시한다. 이에 휴 휘트브레드는 온 우주에 편안함을 느끼는 동시에, 자신의 확고한 지위를 자신하며 포크를 내려놓은 뒤 말했다.

"카네이션을 부인의 레이스에 달면 매력적으로 보이지 않을까요?"

브러시 양은 이처럼 허물없이 구는 행동을 몹시 싫어했고, 그를 교양 없는 사람이라고 생각했다. 그녀는 레이디 브루턴을 웃게 했다.

레이디 브루턴은 카네이션을 집어 들고, 그녀 뒤편에 걸린 초상화 속에서 두루마리 문서를 들고 있는 장군과 거의 똑같은 자세로 다소 뻣뻣하게 앉아 있었다. 그녀는 생각에 잠겼는지 꼼짝하지 않았다. 그녀가 어떻게 되더라? 저 장군의 증손녀던가? 아니면 고손녀던가? 리처드 댈러웨이는 속으로 물었다. 로더릭 경, 마일스 경, 탤벗 경…… 맞아. 저 가족의 닮은 점은 여자 후예들에게서도 끊임없이 이어지고 있으니, 참으로 놀라운 일이었다. 그녀는 기병 부대의 장군이 되었어야 해. 그러면 리처드는 유쾌한 마음으로 그녀 밑에서 복무했을 것이다. 그는 그녀를 더없이 존경했다. 그는 혈통이 좋고 건장한 노부인들에 대해 낭만적인 생각을 품고 있었다. 심지어 자신이 알고 지내는 충동적인 젊은이들을 그녀의 오찬 자리에 기꺼이 데려오고 싶어 했다, 마치 쾌활한 사교 애호가들 사이에서 그녀 같은 인물을 길러 낼 수 있다는 듯이! 그는 그녀의 고향을 알고 있었다. 그녀의 친척들도 알았다. 지금도 열매를 맺는 포도나무 아래에, 언젠가 러블레이스인지 헤릭인지가[27] ── 그녀 자신은 시 한 줄도 읽은 적이 없지만 그런 이야기가 전해져 내려왔다. ── 앉았다고 한다. 성가신 문제를(대중에게 호소해야 하는 일인데, 그렇다면 과연 어떤 용어를 사용해야 할까 등) 그들에게 꺼내 놓기 전에 기다리는 편이 낫겠지. 커피를 다 마실 때

---

27) 리처드 러블레이스(Richard Lovelace, 1618~1658)와 로버트 헤릭(Robert Herrick, 1591~1674)은 대표적인 왕당파 서정시인들이다.

까지 기다리자. 레이디 브루턴은 생각했다. 그래서 그녀는 카네이션을 접시 옆에 내려놓았다.

"클래리사는 잘 지내요?" 그녀가 느닷없이 물었다.

클래리사는 레이디 브루턴이 자기를 좋아하지 않는다고, 늘 말했다. 사실 레이디 브루턴은 사람보다 정치에 관심이 많았고, 남자처럼 말했으며, 1880년대의 어떤 악명 높은 음모에 관련되어 있다는 소문마저 있었다. 그 일은 지금 여러 회고록에서 언급되고 있었다. 분명 그녀의 응접실에는 벽감이 있고, 그 안엔 탁자가 있으며, 그 탁자 위엔 작고한 장군, 탤벗 무어 경의 사진이 있었다. 그 장군은 (1880년대의 어느 날 저녁에) 거기서, 레이디 브루턴 앞에서, 그녀가 상황을 알고 있는 가운데, 어쩌면 그녀의 조언을 받아서, 역사적으로 중요한 바로 그날에 영국 군대의 진격을 명령하는 전보문을 썼다.(그녀는 그 펜을 간직했고, 그때의 이야기를 들려주었다.) 그래서 그녀가 무뚝뚝하게 "클래리사는 잘 지내요?"라고 물었을 때, 남편은 여자들에 대한 레이디의 관심을 아내에게 납득시키기가 어려웠다. 사실 레이디에게 아무리 충직하더라도 내심 의혹을 떨치지 못했다. 여자들이란 종종 남편에게 방해가 되고, 남편으로 하여금 해외 일자리를 받아들이지 못하도록 가로막았으며, 독감을 낫게 하려면 국회 회기 중간에라도 바닷가에 데려다주어야 하는 존재였다. 그럼에도 "클래리사는 잘 지내요?"라는 그녀의 물음은 틀림없이 호의를 가진 사람, 거의 말 없는 벗이 보내는 신호임을 여자들은 알아차렸다. (평생에 걸쳐, 어쩌면 대여섯 번 정도 건네 봤을) 그 안부의 말은 남성들과 가지는 오찬 파티의 기저에 흐르는 여성들의 우애를 인정한 것이었고, 만날 일이 없거나 만나더라도 무관심하거나 심지어 적대적인 관계로 보이던 레이디 브루턴과 댈러웨이 부인을 특별한 유대로 결합해 주었다.

"오늘 아침에 파크에서 클래리사를 보았어요." 휴 휘트브레드가 캐서롤 냄비에 포크를 밀어 넣으며, 이처럼 사소한 일을 자랑 삼아 이야기했다. 그는 런던에 오기만 하면 모든 사람들을 한꺼번에 다 만났던 것이다. 그런데 탐욕스러워, 내가 아는 그 누구보다 식탐이 많아. 밀리 브러시는 생각했다. 그녀는 위축되지 않는 강직한 태도로 남자들을 관찰했고, 특히 자신과 같은 여성에게 영원히 헌신할 수 있는 사람이었다, 뼈마디가 굵고, 상처가 파이고, 모가 난 데다 여성적 매력이 전혀 없었으므로.

"누가 런던에 왔는지 알아요?" 레이디 브루턴은 갑자기 생각났는지 말을 꺼냈다. "우리의 옛 친구, 피터 월시예요."

그들 모두 미소를 지었다. 피터 월시라! 댈러웨이 씨가 진심으로 즐거워한다고, 밀리 브러시는 생각했다. 휘트브레드 씨는 닭고기 생각뿐이었다.

피터 월시라! 레이디 브루턴, 휴 휘트브레드, 리처드 댈러웨이, 세 사람 모두 똑같은 것 ─ 피터는 열렬히 사랑에 빠졌고, 거절당한 뒤에 인도에 갔으며, 실패했고, 모든 것을 엉망으로 만들었다. ─ 을 떠올렸다. 리처드 댈러웨이는 옛 친구를 매우 좋아했다. 밀리 브러시는 그것을 보았다. 그의 갈색 눈동자에서 비치는 심연을 보았고, 그가 망설이며 생각에 잠기는 순간을 보았다. 댈러웨이 씨는 언제나처럼 그녀의 관심을 끌었다. 그는 피터 월시에 대해 무슨 생각을 할까? 그녀는 궁금했다.

피터 월시가 클래리사를 사랑했던 일을 생각할까? 점심 식사를 마치고 곧장 집에 돌아가서 클래리사를 찾아봐야겠다고 생각할까? 그녀를 사랑한다고 아주 많은 말로 얘기해 줘야겠다고 생각할까? 그래, 그는 그렇게 말할 거야.

한때 밀리 브러시는 댈러웨이 씨의 이런 침묵을 사랑할 뻔했다. 댈러웨이 씨는 늘 믿을 수 있었고, 게다가 대단히 훌륭한 신사였다. 밀리 브러시는 이제 마흔이 되었으므로, 레이디 브루턴이 고개를 끄덕이거나 갑자기 약간 돌리기만 해도 그 신호를 바로 알아차렸다. 인생은 그녀에게 조금이라도 가치 있는 장신구를 제공한 적이 없었고, 곱슬머리나 미소, 입술, 코, 그 어떤 것도 제공해 주지 않았다. 그래서 이런 생각에 아무리 깊이 빠져 있더라도 인생의 꼬임에 속아 넘어가지 않은, 초연하고 타락하지 않은 영혼으로 그 신호를 눈치챌 수 있었다. 레이디 브루턴이 고개를 끄덕이면 그녀는 퍼킨스에게 커피를 빨리 내오라고 지시했다.

"그래, 피터 월시가 돌아왔어요." 레이디 브루턴이 말했다. 그들 모두를 막연히 우쭐하게 하는 사건이었다. 그는 실패하고 지쳐서 그들의 안전한 해안으로 돌아왔다. 그러나 그를 돕기란 불가능하다고, 그들은 생각했다. 그의 성격에는 어떤 결함이 있었다. 물론, 휴 휘트브레드는 아무개 씨에게 그의 이름을 언급할 수 있다고 말했다. 그는 정부 관리의 수장들에게 '제 옛 친구 피터 월시' 등에 대해 쓸 편지들을 생각하며 침울하게, 젠체하듯이 이마를 찌푸렸다. 하지만 그렇게 해 주더라도 그는 성격 때문에 어디에도, 어떤 영구적인 자리에도 이르지 못할 것이다.

"어떤 여자와 문제가 있다더군." 레이디 브루턴이 말했다. 그들 모두 그런 문제가 바탕에 깔려 있으리라고 짐작했다

"하지만," 레이디 브루턴은 이제 그 이야기를 그만두고 싶어 하며 말했다. "피터가 직접 다 들려주겠지."

(커피가 나오기까지 꽤 시간이 걸렸다.)

"주소가 어떻게 됩니까?" 휴 휘트브레드가 중얼거렸다. 그러자 낮이고 밤이고 레이디 브루턴의 주위를 휩쓸고 다니며 모이고, 가로막고, 충격을 완화하고 방해를 누그러뜨리는 섬세한 직물로 그녀를 감쌀 뿐 아니라, 브룩가의 집 주변에도 그 같은 섬세한 그물망을 펼쳐 둔 하인들의 회색 물결에 당장 파문이 일었다. 레이디 브루턴과 거의 삼십 년을 함께 지내 온 머리가 희끗희끗한 퍼킨스는 그 그물망에 걸린 문제를 즉시 정확하게 집어냈다. 그리하여 이제 그 주소를 적어서 휘트브레드 씨에게 넘겨주었다. 그는 눈살을 찌푸리면서 수첩을 꺼내더니, 그 메모를 가장 중요한 서류들 사이에 밀어 넣고, 에벌린을 통해 그를 점심 식사에 초대하겠다고 말했다.

(그들은 휘트브레드 씨가 식사를 끝내면 커피를 내오려고 기다리고 있었다.)

휴는 정말 굼떠. 레이디 브루턴이 생각했다. 그는 퉁퉁해지고 있어. 그녀는 알아차렸다. 리처드는 언제나 아주 건강한 상태를 유지하는데. 그녀는 조급해졌다. 그녀의 온 존재가 이런

불필요하고 하찮은 일(피터 월시와 그의 연애 사건)을 옆으로 쓸어버렸다. 그러고는 본래 관심을 두었던 문제에 단호하게, 부정할 수 없이 오만하게 착수하고 있었다. 아니, 단순히 관심뿐 아니라 그녀 영혼의 척추[28]인 근성을 사로잡는 문제였다. 그녀에게 그 본질적인 부분이 없었다면, 밀리슨트 브루턴은 밀리슨트 브루턴이 아니었을 것이다. 그 문제란, 점잖은 부모에게서 태어난 남녀의 젊은이들을 캐나다로 이주시켜 잘 살아갈 수 있도록 아름다운 전망을 제공해 주는 기획이었다. 그녀는 과장하고 있었다. 어쩌면 균형 감각을 잃었을지도 모른다. 다른 사람들에게 이민이란 명백한 해결책도 아니고, 숭고한 구상도 아니었다. 그들에게도(휴, 리처드, 심지어 헌신적인 브러시 양에게도) 그 계획은 자기중심성에 갇힌 자아를 해방시켜 주는 일이 아니었다. 영양 상태와 혈통이 좋고, 단도직입적인 충동과 솔직한 감정을 가지고 있으며, 내적 성찰력이 거의 없고(대담성과 단순함. 왜 모두들 대담하고 단순할 수 없을까? 그녀는 물었다.) 강인한 데다 호전적인 여자는, 젊은 시절이 다 지나갔으므로, 내면에서 점점 커지는 자기중심성을 느끼고, 그것을 어떤 목적 — 이민일 수도, 해방일 수도 있다. — 으로든 배출해야만 했다. 매일 분비되는 그녀 영혼의 진액이 에워싼 이 목적은 필연적으로 밝고 선명한 광채를 발하는 거울이 되거나 보석이 되었다. 사람들이 그것을 조롱할까 봐 신중하게 숨기기

---

28) 원문에서는 ramrod, 즉 총기를 청소할 때 사용하는 '꽂을대'로 적고 있다.

도 하고, 자랑스럽게 내보이기도 한다. 요컨대, 레이디 브루턴은 이민 문제를 대표하는 상징이 되었다.

그런데 그녀는 글을 써야 했다.《타임스》에 편지 한 통을 보내는 일이 남아프리카로 보낼 탐험대를 조직하는 것보다(그녀는 전쟁 중 실제로 그렇게 한 적이 있었다.) 더 힘들다고, 그녀는 브러시 양에게 말하곤 했다. 오전에 편지를 쓰기 시작해서 찢어 버리고 다시 쓰기를 반복하는 전투를 치르다 보면 여태껏 느낀 적이 없었던 여자로서의 무용함을 실감하곤 했다. 그래서 자연스레 휴 휘트브레드를 떠올리게 되었다. 그가《타임스》에 편지를 쓰는 일에 재주가 있다는 점은 누구도 부정할 수 없었다.

그녀와 전혀 다르게 구성된 존재, 언어 구사력이 있어서 편집자들이 원하는 방식으로 표현할 수 있는 존재는 단순히 탐욕이라고 부를 수 없는 열정을 가지고 있었다. 레이디 브루턴은, 여자들과 달리 우주의 법칙에 신비롭게 동화될 수 있는 능력을 존중하여 남자들을 함부로 판단하지 않았다. 그들은 어떻게 표현해야 하는지 알았고, 무슨 말을 하는지 알았다. 그러니 리처드가 조언을 해 주고 휴가 대신 편지를 써 준다면 어떻든 흠잡을 데 없을 거라고, 그녀는 확신했다. 그래서 휴에게 수플레를 제공했고, 가엾은 에벌린의 안부를 물었으며 그들이 담배를 피울 때까지 기다렸던 것이다.

"밀리, 서류를 가져다주겠어?"

브러시 양이 잠시 나갔다가 돌아와서 서류를 탁자에 내려놓았다. 그러자 휴는 자기 만년필, 은제 만년필을 꺼내더니, 이것을 사용한 지 이십 년이나 되었다고 뚜껑을 돌리며 말했다. 만년필은 아직도 완벽했다. 그가 만년필을 제조업자들에게 보여 주었더니, 그들은 왜 그게 닳아 없어지겠느냐고 말했다. 어떻든 그것은 휴의 공이었고, 그의 펜이 표현해 온 명예로운 의견(리처드 댈러웨이는 그렇게 느꼈다.) 덕분이었다. 휴가 글자 주위 여백에 고리 모양의 장식을 그리며 신중하게 대문자를 쓰기 시작하자, 레이디 브루턴은 경이롭게도 자신의 뒤죽박죽인 문장이 《타임스》의 편집자가 틀림없이 존중을 표할 의미와 문법에 맞게 바뀌었다고 생각했다. 휴는 질질 끌었다. 휴는 집요했다. 리처드는 위험을 감수해야 한다고 말했다. 휴는 사람들의 감정을 존중해서 수정해야 한다고 말했다. 리처드가 웃자, 그는 사람들의 감정을 '고려해야 한다'고 약간 신랄하게 대꾸하고는 문장을 소리 내어 읽었다. "그러므로 우리는 때가 무르익었다고 생각하며…… 계속 증가하는 우리 인구의 남아도는 젊은이들이…… 우리가 죽은 이들에게 빚진 것……." 리처드는 이 글이 신문의 빈자리를 때울 잡동사니이자 헛소리지만 해로울 건 전혀 없다고 생각했다. 휴는 거듭 가장 고상한 의견을 순서대로 그려 나갔고, 코트에 묻은 담뱃재를 털어 내면서 그들이 이룬 진전을 이따금 요약했으며, 마침내 편지의 초고를 낭독했다. 레이디 브루턴은 뛰어난 편지라고 확신했다. 자신이 말하려던 바가 정말 저렇게 들릴 수 있을까?

휴는 편집자가 그 편지를 실어 줄지 장담할 수는 없지만, 누군가를 점심 식사에서 만나 보겠다고 했다.

그러자 레이디 브루턴은 우아한 행동을 거의 하지 않는 사람이었지만 휴의 선물인 카네이션을 드레스 앞자락에 전부 쑤셔 넣은 뒤 양손을 내밀며 그를 "내 총리님!"이라고 불렀다. 그러고는 이 두 사람이 없으면 자신이 무엇을 할 수 있을지 모르겠다고 말했다. 그들은 일어섰다. 리처드 댈러웨이는 평소처럼 장군의 초상화를 보기 위해 느긋하게 걸어갔다. 그는 여유가 생기면 레이디 브루턴 가문의 역사를 쓸 생각이었다.

밀리슨트 브루턴은 자기 가문에 대한 자부심이 대단했다. 하지만 기다릴 수 있네, 기다릴 수 있지, 그녀는 초상화를 보며 말했다. 그 말인즉슨 자기 가문의 군인들, 행정관들, 제독들은 행동가로서 이미 자신들의 의무를 다했으니, 리처드 역시 첫 번째 의무로서 나라에 봉사해야 한다는 뜻이었다. 그 초상화의 얼굴은 아주 멋지다고, 그녀가 말했다. 리처드가 글을 쓸 수 있도록 모든 자료는 벌써 앨드믹스턴에 준비되어 있었다. 언제든 시간이 될 때 말이다. 그녀에게 시간이 될 때라는 것은 노동당 정부를 의미했다.[29] "참, 인도 소식이 있지."[30] 그녀가 소리쳤다.

그런 다음에 그들은 현관에 서서 공작석 탁자에 있는 그릇 속의 노란 장갑을 집어 들었다. 휴는 브러시 양에게 불필요한 예의를 차리느라 폐기된 티켓이나 다른 선물을 건넸는데, 그것이 그녀의 마음속 깊은 곳에서 혐오감을 끌어냈고, 붉은 벽

---

29) 여기서 '시간이 될 때'란 '노동당이 집권할 때'라는 뜻이다. 보수당원인 리처드는 노동당이 집권하면 여가가 생길 것이다.

30) 당시 인도에서 일어난 간디의 비폭력 저항 운동의 영향으로 보수당 정권은 궁지에 몰렸고, 이듬해인 1924년에 노동당 정권이 들어섰다.

돌처럼 얼굴을 붉히게 했다. 리처드는 모자를 손에 들고 레이디 브루턴을 보며 말했다.

"오늘 밤 저희 집 파티에서 뵐 수 있을까요?" 그러자 레이디 브루턴은 편지 쓰는 일로 부서졌던 품위를 되찾았다. 그녀는 갈 수도, 가지 못할 수도 있다. 클래리사의 활력은 아주 놀랍다. 파티를 생각하면, 레이디 브루턴은 겁이 났다. 그런 데다 늙어 가고 있었다. 그녀가 멋지고 아주 곧은 자세로 문간에 서서 이러한 의사를 암시하는 동안, 그녀의 차우차우는 뒤에서 기지개를 켰고, 브러시 양은 서류를 잔뜩 안고 뒤쪽으로 사라졌다.

레이디 브루턴은 육중하고 당당하게 자기 방으로 가서 한 팔을 뻗고 소파에 누웠다. 그녀는 한숨을 쉬고 코를 골았다. 잠이 든 게 아니라 다만 졸리고 나른했다. 이 뜨거운 6월, 벌들과 노란 나비들이 빙빙 돌아다니는, 햇살에 잠긴 클로버 들판처럼 졸리고 나른했다. 늘 그녀는 자기 조랑말 패티를 타고 오빠 모티머, 톰과 함께 개울을 건너뛰던 데번셔의 들판으로 돌아갔다. 거기에 개들이 있었다. 쥐들이 있었다. 나무들 아래 풀밭에, 찻그릇들 옆에 아버지와 어머니가 있었고, 달리아와 접시꽃, 팜파스그래스가 심긴 화단이 있었다. 그들, 어린 꼬마들은 언제나 장난을 치곤 했다! 뭔가 못된 장난을 하다가 옷이 더러워지면 남의 눈에 띄지 않으려고 관목 숲을 통해 몰래 돌아왔다. 늙은 보모가 그녀에게 이게 무슨 꼴이냐고, 야단을 치곤 했었지!

아, 그래, 그녀는 기억했다, 여기는 브룩가이고, 수요일이었다. 그 친절한 사람들, 리처드 댈러웨이와 휴 휘트브레드는 이 뜨거운 날에 거리를 걸어갔고, 거리의 으르렁거리는 소리가 소파에 누워 있는 그녀에게 울려왔다. 그녀에게는 권세, 지위, 수입이 있었다. 그녀는 자기 시대의 중심에서 살아왔다. 당대의 가장 유능한 사람들을 알았다. 런던이 자신에게 자연스레 흘러왔다고 중얼거리며, 소파에 내려놓은 손으로 자기 조상들이 쥐었을 법한 상상의 지휘봉을 감싸 쥐었다. 그녀는 졸리고 나른한 상태에서 캐나다로 행진하는 부대를 지휘하는 것 같았다. 그 친절한 사람들은 런던을, 자신들의 영역을, 메이페어라는 작은 구역을 걷고 있었다.

그들은 그녀에게서 점점 멀어져 갔다. (그녀와 점심을 먹었으므로) 가느다란 실로 그녀에게 매여 있던 그들이 런던 거리를 걸어갈수록 실은 늘어나고 또 늘어나면서 점점 더 가늘어졌다. 마치 점심을 같이한 친구들이 가느다란 실로 자신의 몸에 붙어 있는 듯했고, 그 실은 (그녀가 거기서 졸고 있을 때) 시간을 알리거나 예배를 알리는 종소리와 함께 희미해져 갔다. 거미 한 마리가 자아낸 거미줄이 빗방울의 무게에 짓눌려 축 처지듯이. 그렇게 그녀는 잠을 잤다.

밀리슨트 브루턴이 소파에 누워 코를 골던, 그 줄이 딱 끊어지던 순간에 리처드 댈러웨이와 휴 휘트브레드는 콘듀이트 가의 모퉁이에서 망설였다. 길모퉁이에 맞바람이 불어와서 부딪쳤다. 그들은 진열 유리창을 들여다보았다. 물건을 사고 싶지도, 말을 하고 싶지도 않았다. 그저 헤어지고 싶었다. 그러나 맞바람이 길모퉁이에서 부딪치자 몸속에 흐르는 조류, 소

용돌이치며 만나는 두 힘, 오전과 오후의 흐름이 약간 약해졌
으므로 그들은 멈춰 섰다. 신문 전단 하나가 연처럼 씩씩하게
공중으로 올라가더니, 잠시 멈추었다가 휙 떨어지며 펄럭였다.
어떤 여자의 베일이 걸렸다. 노란 차양이 흔들렸다. 오전의 도
로를 달리는 차량들의 속도가 느려졌고, 짐수레가 반쯤 빈 거
리를 개의치 않고 덜컥거리며 지나갔다. 리처드 댈러웨이가 어
렴풋이 떠올린 노픅에서는 부드럽고 따뜻하게 불어오는 바람
이 꽃잎들을 스치고, 물결을 일으키고, 꽃이 만발한 풀밭을
헝클어 놓았다. 건초를 만들다가 오전의 노고를 풀기 위해 산
울타리 밑에 몸을 던져 잠을 청한 사람들은 커튼처럼 드리워
진 초록 풀잎들을 헤치고, 하늘을 올려다보고자 사양채의 떨
리는 둥근 꽃을 옆으로 밀었다. 푸르고 변함없고 눈부시게 빛
나는 여름 하늘을.

손잡이가 두 개 달린 제임스 1세 시대의 은제 머그를 보고
있음을, 휴 휘트브레드가 에벌린의 마음에 들지 어떨지 몰라
서 가격을 물어보려고 스페인제 목걸이를 감식가의 태도로
거들먹거리며 감탄하듯 바라보고 있음을 스스로 의식하면서
도 리처드는 아무런 감각을 느낄 수도, 생각을 할 수도, 움직
일 수도 없었다. 인생은 이런 잔해물을 토해 냈고, 상점 진열
창에는 형형색색의 인조 보석들이 가득했다. 그는 나이 든 사
람의 무기력증으로 뻣뻣하게, 나이 든 사람의 완고함으로 경
직된 채 서서 그 안을 들여다보았다. 에벌린 휘트브레드는 이
스페인제 목걸이를 가지고 싶어 할지도 모른다, 그럴 것이다.
그는 하품을 참을 수 없었다. 휴가 상점 안으로 들어가고 있

었다.

"좋네!" 리처드가 따라가며 말했다.

그는 왠지 몰라도 휴와 함께 목걸이를 사러 가고 싶지 않았다. 그러나 몸속에서 일어나는 흐름이 있다. 오전은 오후와 교차한다. 깊고 깊은 조류에 실린 부서지기 쉬운 작은 배처럼 레이디 브루턴의 증조부와 그의 회고록과 북아메리카에서 참전했던 일은 잠기고 가라앉았다. 밀리슨트 브루턴도 마찬가지였다. 그녀도 가라앉았다. 리처드는 (집단) 이주를 도모하는 기획이 어떻게 되든 조금도 개의치 않았다. 그 편지에 대해서도, 편집인이 그 글을 실어 주든 말든 개의치 않았다. 휴의 보기 좋은 손가락에 목걸이가 걸려 늘어졌다. 그가 보석을 사야겠다면 아가씨에게 ─ 어떤 아가씨든, 거리의 어떤 아가씨든 ─ 주게 하라. 현생의 무가치함이 리처드의 뇌리를 꽤 강력하게 스쳤다. 에벌린을 위해 목걸이를 사다니. 그에게 아들이 있었다면 일하고 또 일하라고 말했을 것이다. 하지만 그에게는 엘리자베스가 있었다. 그는 엘리자베스를 몹시 사랑했다.

"듀보네 씨를 만나야겠소." 휴가 특유의 통명스럽고 세상 물정에 밝은 어투로 말했다. 듀보네라는 사람은 휘트브레드 부인의 목둘레를 잰 적이 있고, 더욱 희한하게도 그녀가 스페인제 보석을 어떻게 생각하는지 그리고 그런 보석을 얼마나 소유하고 있는지를 (휴는 기억하지 못해도) 잘 아는 모양이었다. 이런 사실이 리처드 댈러웨이에게는 몹시 이상하게 보였다. 그는 클래리사에게 선물을 준 적이 없었다, 이삼 년 전에 한 번 팔찌를 준 것 말고는. 팔찌는 성공적인 선물이 아니었다. 그녀는 그것을 한 번도 차지 않았다. 그녀가 그 팔찌를 차지 않은 것을 생각하면 마음이 상했다. 거미줄 하나가 이리저리 흔들리다가 어느 이파리 끝에 달라붙듯이, 리처드의 마음은 무기력한 상태에서 벗어나자마자 이제 그의 아내, 피터 월시가 너무도 열렬히 사랑했던 클래리사에게로 향했다. 오찬을 하던 중에 그녀를, 자신과 클래리사를, 그들이 함께 살아온 삶을 불현듯이 떠올렸었다. 그는 오래된 보석들이 담긴 상자를 자기 쪽으로 당기며 이 브로치를 집었다가 저 반지를 들고는 "이건 얼마입니까?"라고 물었지만 자신의 취향에 확신이 서지 않았다. 응접실 문을 열고 들어가서 무언가를, 클래리사에게 줄 선물을 내밀고 싶었다. 그런데 무엇을 내밀어야 하지? 그런데 휴가 다시 일어섰다. 그는 이루 말할 수 없이 거드름을 피웠다. 실로 이 상점과 삼십오 년을 거래해 왔는데, 자기 업무를 잘 알지 못하는 일개 사환 때문에 지체하지는 않을 것이다. 듀보네 씨는 외출한 듯했고, 휴는 듀보네 씨가 돌아올 때까지는 물건을 사지 않겠다고 했다. 그 말에 그 젊은이는 얼굴을 붉혔고, 예의 바르게 고개를 약간 숙여 인사했다. 완벽하게 예의 바른 태도였다. 하지만 리처드는 자기 목숨을 구하기 위해서라도 그런 말은 차마 못 했을 것이다! 왜 사람들이 저런 지독한 무례함을 참아 주는지 이해할 수 없었다. 휴는 견딜 수 없는 멍청이가 되어 버렸다. 리처드 댈러웨이는 한 시간 이상 그와 어울리는 일을 결코 견딜 수 없었다. 그래서 작별 인사를 하듯이 중산모를 획 들어 올리고는 콘듀이트가의 모퉁이에서 열렬히, 그래, 자신과 클래리사 사이에 부착된 거미줄을 따라 열렬히 몸을 돌렸다. 곧장 그녀에게로, 웨스트민스터로 갈 생각이었다.

하지만 무언가를 들고 들어가고 싶었다. 꽃? 그래, 꽃. 귀금속에 대한 자신의 취향은 신뢰할 수 없으니 말이다. 많든 적든, 장미든 난초든, 상황을 찬찬히 헤아려 볼 때 하나의 사건이라고 할 만한 것, 점심 식사를 하던 중 피터 월시 이야기가 나왔을 때 그녀에 대해 느꼈던 이 감정을 기념하기 위한 꽃을. 그들은 그 감정에 대해 한 번도 말하지 않았다. 수년간 말한 적이 없었다. 그것이 세상에서 가장 큰 실수라고, 그는 붉은 장미와 흰 장미(얇은 종이에 싸인 큰 다발)를 움켜잡으며 생각했다. 그 말을 할 수 없을 때가 온다, 너무 수줍어서 그 말을 못 하는 순간이. 그는 거스름돈으로 받은 한두 개의 6펜스 은화를 주머니에 넣으며 생각했다. 큰 꽃다발을 품에 안은 채 웨스트민스터로 출발하면서, 그는 꽃을 그녀에게 건네며 아주 많은 말로 (그녀가 그에 대해 뭐라고 생각하든) 터놓고 이야기하겠다고 생각했다. "당신을 사랑해."라고. 그러지 못할 이유가 있을까? 실로 전쟁을 되돌아보고, 앞날이 창창한 수천 명의 가엾은 젊은이들이 함께 땅속에 파묻히고, 그럼에도 그 사건이 이미 반쯤 잊힌 것을 생각하면, 참으로 기적이었다. 그것은 기적이었다. 여기 그는 아주 많은 단어로 클래리사에게 사랑한다고 말하기 위해 런던을 가로질러 걷고 있었다. 그런 말은 절대로 한 적이 없어. 그는 생각했다. 게으르기도 하고, 수줍기도 해서. 그런데 클래리사는……. 그녀를 생각하기가 어려웠다, 오찬 중에 그랬듯이 어쩌다 그녀가, 그들이 살아온 삶이 아주 선명하게 떠오르는 때를 제외하면. 그는 건널목에서 걸음을 멈추었고 되풀이했다. 천성적으로 단순하고, 도보 여행과 사냥을 즐겼기에 도락에 빠지지 않았고, 하원에서 짓밟힌 자들을 위해 끈질기고 완강하게 싸우며 자기 본능을 따랐다. 그는 그 단순한 성격을 간직하면서도 동시에 다소 과묵하고 뻣뻣해졌으므로……. 그는 클래리사와 결혼한 것이 기적이라고 다시 생각했다. 기적, 내 인생은 기적이었어. 그는 길을 건널지 말지 망설이며 생각했다. 그런데 어린애들 대여섯 명이 보호자 하나 없이 피커딜리를 건너는 모습을 보자 그는 화가 나서 피가 끓었다. 경찰이 차량을 당장 멈추어야 하는데. 그는 런던 경찰에 대해선 아무런 환상도 없었다. 오히려 경찰들이 저지른 과실의 증거를 수집하고 있었다. 그리고 거리에 수레를 세워 두면 안 되는 저 행상들. 그리고 맙소사, 저 매춘부들. 잘못은 그들에게 있는 것도 아니고, 젊은 청년들에게 있는 것도 아니다. 우리의 혐오스러운 사회 제도와 그따위 것들에 잘못이 있었다. 이 모든 것을 그는 숙고했다. 머리가 희끗희끗하고 완강하며 말쑥하고 깨끗한 차림새로, 아내에게 사랑한다 말하려고 파크를 가로질러 걷는, 숙고하는 모습의 그를 볼 수 있었다.

방 안에 들어서면 그는 아주 많은 단어로 그것을 말하리라. 느끼는 바를 말하지 않는 건 한없이 안타까운 일이지. 그는 그린 파크를 가로지르는 동안, 나무 그늘 아래에 온 가족이, 가엾은 가족들이 팔다리를 쭉 펴고 누워 있는 모습을 즐겁게 바라보며 생각했다. 아이들은 까불어 댔고 우유를 빨았으며,

주변에는 종이 봉지들이 흩어져 있었다. (사람들이 쓰레기를 줍기 싫어하면) 저 제복 입은 뚱뚱한 신사가 쉽게 치울 수도 있을 텐데. 그는 어느 공원이든 광장이든, 여름철에는 아이들에게 개방되어야 한다고(공원의 잔디밭은 마치 바닥에서 노란 등불이 일렁이듯이 웨스트민스터의 가난한 엄마들과 아직 기어다니는 아기들을 환히 비추다가 사그라졌다.) 생각했다. 하지만 저기 팔꿈치를 괴고 모로 누운 여자 부랑자 같은(마치 온갖 구속에서 해방되어 땅 위로 몸을 내던지고, 신기한 듯이 관찰하고, 과감하게 추측하고, 이유와 원인을 생각해 보려 하는, 저 뻔뻔스럽고, 입이 가볍고, 우스꽝스러운 인물처럼) 가엾은 사람을 위해 무엇을 할 수 있을지는 알 수 없었다. 리처드 댈러웨이는 무기처럼 꽃을 들고 그녀 쪽으로 다가갔고, 그녀에게 큰 관심을 보이며 그 곁을 지나쳤다. 그러나 그들 사이에 불꽃이 일 시간은 충분했으므로 그녀는 그를 보자 웃었고, 그는 상냥하게 미소 지으며 여성 부랑자 문제를 생각했다. 그들이 이야기를 나눌 일은 없었다. 그러나 그는 클래리사에게 사랑한다고, 아주 많은 단어로 말할 것이다. 그는 한때 피터 월시를 질투했다. 그와 클래리사를 질투했다. 그러나 그녀는 피터 월시와 결혼하지 않아서 다행이라고, 종종 말했다. 클래리사의 성품을 아는 이상, 그 말은 분명 진심이었다. 그녀는 버팀목을 원했다. 그녀가 나약한 것은 아니지만 그녀에겐 버팀목이 필요했다.

버킹엄 궁전이 (온통 흰 천을 휘감고 관중을 바라보는 늙은 프리마 돈나처럼) 품위 있음을 부정할 수 없다고, 그는 생각했다. 또한 어떻든 수백만의 사람들에게 그 궁전이 상징하는 바가

(행차하는 국왕을 보려고 게이트에서 얼마간의 군중이 기다리고 있었다.) 터무니없기는 해도 경멸할 수는 없었다. 그는 빅토리아 여왕(뿔테 안경을 쓰고 마차로 켄싱턴을 달리던 여왕의 모습을 기억했다.)의 기념비, 하얀 대리석 받침대, 거기서 피어오르는 자애로움을 바라보며, 차라리 장난감 블록 상자를 가지고 노는 어린애가 저보다 더 잘 만들 수 있겠다고 생각했다. 하지만 그는 호르사[31]의 후예에게 통치받기를 좋아했다. 연속성, 과거의 전통을 이어 가는 의식을 좋아했다. 그가 살아온 시대는 대단한 시대였다. 실로 그 자신의 삶은 기적이었다. 그는 그 점을 착각해선 안 된다. 여기 그는 인생의 전성기에 클래리사에게 사랑한다고 말하기 위해 웨스트민스터에 있는 집으로 걸어가고 있었다. 바로 이게 행복이야. 그는 생각했다.

바로 이거야. 그는 딘스 야드[32]에 들어서면서 말했다. 빅벤이 종을 치기 시작했다. 처음에는 음악적인 예령으로, 그다음에는 시간을 알리는 결코 돌이킬 수 없는 울림으로. 오찬 파티가 있으면 오후 시간을 전부 허비하게 된다고, 그는 자기 집 문에 다가서면서 생각했다.

빅벤 소리가 클래리사의 응접실에 밀려들었다. 그곳에서 그녀는 몹시 짜증이 난 채로 책상에 앉아 있었다. 걱정되고 짜증스러웠다. 그녀가 엘리 헨더슨을 파티에 초대하지 않은 것은 틀림없는 사실이었다. 일부러 의도한 것이었다. 그런데 마

---

31) Horsa(?~455). 5세기 무렵, 형 헹기스트와 함께 색슨족을 이끌고 영국을 침공하여 켄트 왕국을 건설했다고 알려진 인물.
32) 웨스트민스터 사원의 서쪽 마당.

섬 부인이 편지를 보냈다. "내가 클래리사에게 부탁하겠다고 엘리 헨더슨에게 말했어요. 엘리가 무척 오고 싶어 했거든요."

그런데 왜 내 파티에 런던의 온갖 따분한 여자들을 초대해야 하지? 왜 마섬 부인은 간섭하는 거야? 그런 데다 엘리자베스는 이 시간 내내 도리스 킬먼과 골방에 틀어박혀 있었다. 그보다 더 역겨운 일은 생각할 수 없었다. 이 시간에 그 여자와 기도를 하고 있다니. 그런데 벨 소리가 우울한 파도를 일으키며 방에 밀려들었다가 물러나더니 다시 힘껏 부서져 내렸다. 그때 뭔가 더듬대고 문을 긁는 소리마저 들려와서 몹시 어수선했다. 이 시간에 누구지? 맙소사, 3시라니! 벌써 3시라니! 위압적으로 명쾌하고 위엄 있게 시계가 3시를 쳤다. 다른 소리는 들리지 않았지만, 문손잡이가 미끄러지듯 돌아가더니 리처드가 들어섰다! 이렇게 놀라울 수가! 리처드가 들어와서 꽃을 내밀었다. 예전에 그녀는 콘스탄티노플에서 그를 실망시킨 적이 있었다. 그리고 레이디 브루턴은 유난히 즐겁다고 소문이 난 오찬 파티에 그녀를 초대하지 않았다. 그는 꽃을 내밀고 있었는데, 장미, 붉고 흰 장미였다.(하지만 그는 사랑한다는 말을 할 수 없었다. 그렇게 많은 단어로는.)

그러나 그녀는 꽃을 받으며 말했다. 너무 아름다워요. 그녀는 알아들었다. 그가 말하지 않아도 알아들었다, 그의 클래리사는. 그녀는 벽난로 선반 위에 놓인 꽃병에 꽃을 꽂았다. 너무 사랑스럽네요. 그녀가 말했다. 그런데 재미있었어요? 그녀가 물었다. 레이디 브루턴이 내 안부를 물었나요? 피터 월시가 돌아왔어요. 마섬 부인이 편지를 보냈어요. 엘리 헨더슨을 초대해야 할까요? 그 여자, 킬먼이 위층에 있어요.

"일단 오 분간 앉아 있읍시다." 리처드가 말했다.

방 안이 텅 빈 것 같았다. 의자들이 모두 벽에 기대어져 있었다. 무슨 일을 한 거요? 아, 파티를 위한 거로군. 아니, 파티를 잊지 않았소. 피터 월시가 돌아왔소. 아, 그래요, 그가 여기 들렀어요. 그런데 이혼하려고 한대요. 거기서 어떤 여자와 사랑에 빠졌대요. 그는 조금도 변하지 않았더군요. 나는 드레스를 수선하고 있었어요…….

"버턴을 생각하면서." 그녀가 말했다.

"오찬 자리에 휴가 왔었소." 리처드가 말했다. 나도 그를 만났어요! 그런데 그는 정말로 참아 줄 수 없더군. 에벌린에게 목걸이를 사 주려 하고, 전보다 더 퉁퉁해지고, 도저히 참아 줄 수 없는 멍청이였소.

"그런데 '내가 당신과 결혼할 수도 있었는데.'라는 생각이 들었어요." 그녀는 말하면서, 작은 나비넥타이를 매고 주머니칼을 연신 여닫으며 앉아 있던 피터를 생각했다. "그는 예전과 똑같았어요."

점심 식사를 하면서 피터 이야기를 나누었다고 리처드가 말했다.(하지만 그는 그녀를 사랑한다고 말할 수 없었다. 그는 그녀의 손을 잡았다. 이게 행복이야. 그는 생각했다.) 밀리슨트 브루턴을 위해 《타임스》에 보낼 편지를 함께 작성했지. 휴에게 적합한 일은 그게 전부야.

"그런데 우리의 친애하는 킬먼 양은?" 그가 물었다. 클래리사는 장미들이 더없이 사랑스럽다고 생각했다. 처음에는 다발로 모여 있더니, 이제는 제각기 흩어져 있었다.

"우리가 점심을 마쳤을 무렵에 킬먼이 왔어요." 그녀가 말했다. "엘리자베스의 얼굴이 빨개지더군요. 둘은 방에 틀어박혀 있어요. 아마 기도하고 있을 거예요."

맙소사! 그는 마음에 들지 않았다. 그럼에도 이런 일들은 내버려두면 그냥 지나가기 마련이다.

"방수 외투를 입고 우산을 들고 왔더군요." 클래리사가 말했다.

그는 "당신을 사랑해요."라고 말하지 않았지만 그녀의 손을 잡았다. 이것이, 바로 이것이 행복이야. 그는 생각했다.

"그런데 내가 왜 내 파티에 런던의 따분한 여자들을 모조리 초대해야 하는 거죠?" 클래리사가 말했다. 마셤 부인이 파티를 열 때 내가 그 부인의 손님들을 초대했던가요?

"가엾은 엘리 핸더슨." 리처드는 말했고, 클래리사가 자기 파티에 지나치게 신경 쓰는 모습이 참으로 이상하다고 생각했다.

리처드는 방의 상태에 대해선 아무 생각도 없어. 그런데 뭘 말하려는 걸까?

만일 그녀가 이런 파티 때문에 걱정을 한다면, 그는 그녀가 파티를 열지 못하게 할 것이다. 그녀는 피터와 결혼했기를 바랐을까? 그러나 지금은 가야 한다.

나는 가야겠소. 그가 일어서며 말했다. 하지만 뭔가 말을 하려는 듯이 잠시 서 있었다. 그녀는 무슨 말인지, 왜 그러는지 궁금했다. 저기 장미가 있었다.

"위원회에 가는 거예요?" 그가 문을 열었을 때 그녀가 물었다.

"아르메니아인들[33] 문제가 있어요." 그가 말했다. 어쩌면 "알바니아인들"[34]이라고 말했던 것도 같다.

사람들에게는 어떤 존엄한 부분이 있어. 고독 말이야. 남편과 아내 사이에도 어떤 간극이 있지. 그것을 존중해야 해. 클래리사는 그가 문 여는 모습을 바라보며 생각했다. 사람은 스스로 그것을 내놓을 수도 없고, 남편에게서 그의 의지에 반해 그것을 빼앗을 수도 없어. 자신의 독립성이라든가 자존감 같은, 어떻든 무한히 소중한 무언가를 잃지 않고는.

그는 베개와 퀼트 이불을 가지고 돌아왔다.

"점심을 먹고 한 시간 동안 완벽한 휴식을 취해야 해요." 그가 이렇게 말하고는 집을 나섰다.

얼마나 그다운 말인가? 그는 "점심을 먹고 한 시간 동안 완벽한 휴식을 취해야 해요."라고 언제까지나 말할 것이다. 어느 의사가 그렇게 지시했으니까. 의사의 말을 문자 그대로 받아들이는 것은 그다운 행동이었다. 이를테면, 사랑스럽게도 고결한 그의 단순함 때문이었다. 누구보다 단순한 성품 때문에 그는 그녀와 피터가 말다툼을 하며 쓸데없이 시간을 보내는 동안, 집 밖으로 나가서 일을 했다. 그는 그녀가 소파에 앉아서 자신이 선사한 장미를 바라보게 두고는 벌써 하원으로, 그의 아르메니아인들에게로, 그의 알바니아인들에게로 향하는 중

---

33) 아르메니아는 러시아와 튀르키예 사이에 있는 흑해 연안의 약소 국가로 두 나라의 침략을 자주 받았다.
34) 알바니아는 유고슬라비아와 그리스 사이에 위치한 작은 나라로 이탈리아와 프랑스의 침략을 받았다.

이었다. 사람들은 "클래리사 댈러웨이는 응석받이가 됐어."라고 말할 것이다. 그녀는 아르메니아인들보다 자기 장미를 훨씬 더 좋아했다. 내쫓겨 목숨을 잃고, 불구가 되고, 공포로 얼어붙은, 학대와 부당함의 희생자들.(리처드가 거듭거듭 그렇게 말하는 소리를, 그녀는 들었다.) 아니, 그녀는 알바니아인들에 대해 아무런 감정도 느낄 수 없었다. 아니, 아르메니아인들이었던가? 하지만 그녀는 장미를 사랑했고(그것이 아르메니아인들에게 도움이 되지 않았을까?) — 잘려 있는 꽃이라도 그녀가 참고 봐 줄 수 있는 것은 오직 장미뿐이었다. 그런데 리처드는 이미 하원에, 그의 위원회에 있었고, 그녀의 어려운 문제를 모두 해결해 주었다. 그러나 아니, 아, 그것은 사실이 아니었다. 그는 엘리 헨더슨을 초대하지 않은 이유를 알지 못했다. 물론, 그가 바라니 그녀는 그 여자를 초대할 것이다. 그가 베개를 가져다 주었으니 그녀는 누울 것이다……. 그러나, 그러나, 그녀는 왜 갑자기, 까닭도 알 수 없이, 지독히 불행하다고 느꼈을까? 진주나 다이아몬드 알갱이를 풀밭에 떨어뜨리고는 기다란 풀잎들을 아주 조심스럽게 이리저리 헤치면서 사방팔방으로 헛되이 찾다가 마침내 거기 뿌리에서 보석을 찾아낸 사람처럼, 그녀는 하나씩 하나씩 살펴보았다. 아니, 그건 샐리 시튼이 리처드는 머리가 나빠서(그 말이 다시 떠올랐다.) 내각에 절대 들어가지 못할 거라고 말했기 때문이 아니었다. 아니, 그녀는 그 말을 개의치 않았다. 또한 엘리자베스나 도리스 킬먼과 관련된 문제도 아니었다. 그런 것들은 사실이니까. 문제가 된 것은 어떤 감정, 어떤 불쾌한 감정이었고, 어쩌면 이른 아침에 벌써 느꼈을지도 몰랐다. 그러다 거기에 피터의 말을 듣고 침실에서 모자를 벗던 순간에 느꼈던 우울함이 결합되고, 리처드의 말까지 더해졌을지도 몰랐다. 그런데 그가 뭐라고 했더라? 저기 그의 장미가 있어. 내 파티! 바로 그거였어! 내 파티! 두 사람 다 내 파티를 가지고 나를 몹시 공정하지 않게 비판했고, 몹시 부당하게 비웃었어. 바로 그거였어! 바로 그거였어!

자, 자신을 어떻게 변호할 것인가? 그 문제가 무엇인지를 알았으므로 그녀는 더없이 행복한 기분이었다. 그들은, 어떻든 피터는 그녀가 자신을 내세우기 좋아하고, 저명인사들에게 둘러싸이기를 즐긴다고 생각했다. 간단히 말해서, 저명인사는 고상한 체하는 속물일 뿐이다. 그래, 피터는 그렇게 생각할 것이다. 리처드는 다만 심장이 좋지 않다는 사실을 알면서도 흥분을 추구하는 그녀를 어리석다고 생각했다. 어린애 같다고 생각했다. 그리고 둘 다 완전히 틀렸다. 그녀가 좋아한 것은 오직 삶이었다.

"내가 파티를 여는 건 바로 그걸 위해서야." 그녀는 소리 내어 삶에게 말했다.

사회에서 격리되어 온갖 의무로부터 놓여난 듯이 소파에 누워 있던 동안, 그녀가 아주 명백하게 느낀 이 삶의 존재는 마침내 물질적으로 실재하게 되었다. 화창한 거리의 소음을 옷으로 두르고 뜨거운 숨결로 속삭이며 블라인드를 열어젖혔다. 하지만 만약 피터가 그녀에게 "그래, 좋아요. 하지만 당신의 파티는…… 그 파티들이 무슨 의미가 있어요?"라고 말한다면, 그녀는 (누구도 이해할 수 없겠지만) 그것을 봉헌이라고 말할 수밖에 없었다. 이 말은 지독히도 모호하게 들렸다. 그러나 인생은 평범한 항해일 뿐이라고 주장하는 피터는 누구인가? 언제나 사랑에 빠져 있는, 언제나 부적절한 여자와 사랑에 빠져 있는 피터는? 당신의 사랑은 무엇인가요? 그녀는 그에게 이렇게 말할 수 있다. 그리고 그녀는 그의 대답을 알고 있었다. 그것은 세상에서 가장 중요한 일이고, 여자들은 그것을 절대 이해할 수 없으리라고. 좋아. 그런데 남자들은 그녀가 하려는 말을 이해할 수 있을까? 삶에 대해서? 피터나 리처드가 어떤 이유에서든 수고를 들여 파티를 여는 모습은 결코 상상할 수 없었다.

하지만 더 깊이, 사람들의 말(그리고 그들의 판단은 얼마나 피상적이고, 얼마나 단편적인가!) 밑으로 파고 들어가면, 이제 그녀의 마음속에서 삶이라 불리는 이것은 그녀에게 무엇을 의미했던가? 아, 그것은 매우 기묘했다. 여기 사우스 켄싱턴에는 모모 씨가 살고, 베이스워터에는 아무개가 있고, 가령 메이페어에는 또 다른 누군가가 있다. 그녀는 그들의 존재를 끊임없이 느꼈다. 얼마나 기회를 허비하고 있는지 느꼈고, 얼마나 안타까운지 느꼈다. 그들을 함께 그러모을 수 있다면 참 좋으련만. 그래서 파티를 열었다. 그러니 그것은 봉헌이었다, 결합하고 창조하기 위한. 그런데 누구에게 바치는 것일까?

어쩌면 봉헌 그 자체를 위한 봉헌일 것이다. 어떻든 그것은 그녀가 선사한 것이었다. 그녀에게는 그 밖에 달리 중요한 것이 전혀 없었다. 그녀는 사색을 할 수도, 글을 쓸 수도, 피아노를 칠 수도 없었다. 그녀는 아르메니아인들과 튀르키예인들을 혼동했다. 성공을 좋아했고 불편을 싫어했다. 애정을 받아야 하고, 허튼 소리를 수도 없이 해 왔다. 그리고 아직까지도 적도가 무엇이냐는 질문을 받으면 대답하지 못했다.

어쨌든 하루가 이튿날로 이어지고, 수요일은 목요일, 금요일, 토요일로 이어지며, 아침이면 깨어나고, 하늘을 보고, 공원을 걷고, 휴 휘트브레드와 마주치게 된다. 그러다 느닷없이 피터가 들어왔고, 그다음에는 이 장미들. 그것으로 충분했다. 그 이후에는, 죽음이란 얼마나 믿기 어려운 것인지! 이것이 끝나야 한다니. 온 세상의 어느 누구도 그녀가 이 모든 것을 얼마나 사랑했는지, 매 순간 얼마나 사랑했는지 절대 모를 것이다…….

문이 열렸다. 엘리자베스는 어머니가 휴식하고 있음을 알았다. 그녀는 아주 조용히 들어왔다. 몸을 전혀 움직이지 않고 조용히 서 있었다. 어쩌면 100년 전에 노퍽 해안에서 난파당한 어떤 몽골인과 (힐버리 부인이 말했듯이) 댈레웨이 집안의 여자가 사귀었던 걸까? 댈러웨이 가족은 대체로 금발에 푸른 눈이었다. 반면에 엘리자베스는 머리칼이 검고 얼굴이 창백했으며 중국인의 눈을 가지고 있었다. 동양의 신비로움을 지니고 있었다. 그렇지만 온유하고 사려 깊었다. 아이였을 때는 유머 감각이 돋보였다. 그런데 이제 열일곱 살인 그 애가 윤기 도는 녹색 이파리에 감싸인 막 물오른 히아신스의 꽃봉오리, 그렇게 햇빛을 전혀 받지 못한 히아신스처럼 매우 진지하게 변해 버렸다. 클래리사는 그 변화를 이해할 수 없었다.

그녀는 가만히 서서 어머니를 바라보았다. 하지만 문이 열려 있고, 문밖에는 킬먼 양이 있다는 사실을 클래리사는 알았다. 방수 외투를 입은 킬먼 양은 모녀가 나누는 말이라면 무엇에든 귀를 기울였다.

그렇다, 킬먼 양은 층계참에 서 있었고, 방수 외투를 입고 있었는데 거기엔 그만한 이유가 있었다. 우선 그 외투는 값이 싸고, 또한 마흔이 넘은 나이라 더는 남들의 비위에 맞춰 옷을 입지 않았기 때문이다. 더욱이 그녀는 가난했다, 비참할 정도로 가난했다. 가난하지 않았다면 댈러웨이 부부 같은 사람들, 친절을 베풀기 좋아하는 부자들에게서 일자리를 구하지 않았을 것이다. 공정하게 평가하자면, 댈러웨이 씨는 친절했다. 하지만 댈러웨이 부인은 그렇지 않았다. 그녀는 그저 겸손한 척할 뿐이었다. 그녀는 가장 무가치한 계층, 얄팍한 교양만을 갖춘 부자 출신이었다. 그들은 어디에나 값비싼 물건들을 소유하고, 그림이며 카펫, 하인을 많이 거느렸다. 그녀는 댈러웨이 부부가 해 준 게 무엇이든, 자기에게는 그것을 받을 권리가 완벽히 있다고 생각했다.

그녀는 기만당했다. 그렇다, 그 단어는 과장이 아니었다. 분명 여자에게는 행복을 누릴 권리가 있지 않은가? 그런데 세련되기는커녕 끔찍하게 가난해서 그녀는 살아생전 행복한 적이 없었다. 심지어 그녀가 미스 돌비의 학교[35]에서 기회를 잡을 뻔한 시기에 전쟁이 터졌다. 그리고 그녀는 절대 거짓말을 할 줄 몰랐다. 돌비 양은, 독일인들에 대해 자신과 같은 견

---

35) 사립 여자 학교의 이름.

해를 공유하는 사람들과 함께 일해야 더 행복하리라고 생각했다. 그래서 그녀는 그만둬야 했다. 그녀의 가족이 독일 혈통인 것은 사실이었고, 18세기에는 성의 철자를 독일식으로 Kiehlman이라 적기도 했다. 그러나 그녀의 오빠는 전사했다.[36] 그녀가 학교에서 쫓겨난 이유는, 독일인더러 모두 악당이라고 주장하지 않았기 때문이다. 그녀에게는 독일인 친구들이 있었고, 그녀의 인생에서 행복했던 시절은 독일에서 보낸 나날뿐이었으니! 그럼에도 그녀는 역사서를 읽을 수 있었다. 그녀는 무슨 일이든 닥치는 대로 해야 했다. 댈러웨이 씨는 프렌드파(派)[37] 종교 단체에서 일하는 그녀를 우연히 발견했고, 자기 딸에게 역사를 가르치도록(그는 정말 너그러웠다.) 일을 맡겨 주었다. 또한 그녀는 이따금 공개 강의 같은 일도 했다. 그때 우리의 주님이 그녀에게 오셨다.(이 생각을 할 때마다 그녀는 고개를 숙였다.) 그녀는 그 빛을 이 년 삼 개월 전에 받아들인 것이었다. 이제 그녀는 클래리사 댈러웨이 같은 여자들을 부러워하지 않았다. 오히려 그들을 동정했다.

머프에 손을 넣고 부드러운 카펫 위에 서 있는 어린 소녀가 찍혀 있는 오래된 판화를 바라보며, 그녀는 마음속 깊이 그들을 동정했고 경멸했다. 이 모든 사치를 누리고 있으면, 더 나은 세상에 대해 어떤 희망을 가지겠는가? 소파에 누워 있을 것이 아니라 — "어머니는 쉬고 계세요."라고 엘리자베스가 말

---

36) 영국군으로 참전해서 전사했다는 뜻이다.
37) 전쟁을 반대하는 퀘이커 교도의 단체.

했다. ─ 공장에, 카운터 뒤에 있어야 했다. 댈러웨이 부인을 비롯한 우아한 숙녀들 모두 다!

킬먼 양은 이 년 삼 개월 전에 쓰라리고 타는 듯한 심정으로 어느 교회에 들어섰다. 그녀는 에드워드 휘태커 목사의 설교를 들었고, 소년들의 노래를 들었으며 장엄한 빛이 내려오는 광경을 보았다. 음악 때문이었는지 노랫소리 때문이었는지 (그녀 자신은 저녁에 혼자 있을 때면 바이올린 소리에서 위안을 얻었다. 그러나 그 소리는 고통스럽기도 했다, 그녀에겐 음감이 없었으므로.), 그녀의 가슴속에서 들끓으며 치밀어 오르던 뜨겁고 사나운 감정이 그곳에 앉아 있는 동안 사그라졌다. 그녀는 펑펑 울었다. 그러고는 켄싱턴의 사택으로 휘태커 씨를 찾아갔다. 그것은 하나님의 손길이라고, 그가 말했다. 주님이 그녀에게 길을 보여 주신 것이다. 그래서 이제 그 뜨겁고 고통스러운 감정이 가슴속에서 들끓을 때마다, 댈러웨이 부인에 대한 증오심과 세상에 대한 원한이 솟구칠 때마다 그녀는 하나님을 생각했다. 휘태커 씨를 생각했다. 격노가 지나고 평온이 찾아왔다. 달콤한 향기가 그녀의 핏줄을 채웠고, 입술은 벌어졌다. 그녀는 방수 외투를 입은 채 무시무시한 모습으로 층계참에 서서 딸과 함께 나온 댈러웨이 부인을 흔들리지 않는, 음산하고 차분한 눈빛으로 바라보았다.

엘리자베스는 장갑을 가져오지 않았다고 말했다. 킬먼 양과 어머니가 서로를 미워하기 때문이었다. 함께 있는 두 사람의 모습을 지켜보기가 버거웠던 것이다. 그녀는 장갑을 가지러 위층으로 뛰어 올라갔다.

그러나 킬먼 양은 댈러웨이 부인을 미워하지 않았다. 커다란 녹회색 눈을 클래리사에게 고정한 채, 그녀의 작고 발그레한 얼굴과 섬세한 몸, 산뜻하고 유행에 어울리는 분위기를 관찰하면서 킬먼 양은 느꼈다. 바보! 백치! 당신은 슬픔도, 기쁨도 알지 못하고, 시시한 일로 인생을 허비해 버렸지! 그녀를 제압하려는, 그녀의 가면을 벗겨 내려는 억누르기 힘든 욕망이 킬먼 양의 내면에서 솟구쳤다. 그녀를 쓰러뜨릴 수 있다면 마음이 편해질 것 같았다. 그러나 육신만이 문제가 아니었다. 그녀가 진압하고 지배하고 싶은 것은 댈러웨이 부인의 영혼과 그 조롱이었다. 그녀를 울게 할 수만 있다면. 그녀를 파멸시키고, 그녀에게 창피를 주고, 그녀가 무릎을 꿇은 채 "당신이 옳아요."라고 소리치게 할 수만 있다면. 하지만 그것은 하나님의 뜻이지, 킬먼 양의 뜻이 아니다. 그것은 종교적 승리가 되리라. 그래서 그녀는 눈을 부릅뜨고 댈러웨이 부인을 노려보고 쏘아보았다.

클래리사는 실로 큰 충격을 받았다. 이런 사람이 기독교인이라니, 이런 여자가! 이 여자는 내게서 딸을 빼앗아 갔다! 이런 여자가 눈에 보이지 않는 존재와 소통을 한다니! 육중하고, 추하고, 못생기고, 친절하거나 우아한 구석이라곤 조금도 없는 이 여자가 인생의 의미를 안다니!

"엘리자베스를 백화점에 데려간다고요?" 댈러웨이 부인이 말했다.

킬먼 양은 그렇다고 답했다. 그들은 거기 서 있었다. 킬먼 양은 상냥하게 굴지 않을 것이다. 그녀는 언제나 생계에 필요한 돈을 벌어 왔다. 현대 역사에 대한 그녀의 지식은 더없이 완벽했다. 그녀는 자신이 믿는 이념을 위해 보잘것없는 수입에서 많은 부분을 따로 떼어 놓았다. 그에 반해 이 여자는 아무것도 하지 않고, 아무것도 믿지 않은 채 자기 딸을 키웠다. 그런데 엘리자베스가 숨을 좀 가쁘게 몰아쉬며 다가왔다. 아름다운 아가씨.

그래, 그들은 백화점에 갈 것이다. 정말 기묘하게도, 거기 서 있는 동안(그녀는 원시적 전투를 치르기 위해 갑옷을 두른 선사 시대의 괴물처럼 강력하고 묵중하게 서 있었다.) 끊임없이 킬먼 양의 신념은 줄어들었고, (사람들이 아니라 이념에 대한) 증오는 바스러졌으며, 그녀의 악의, 그녀의 체구마저 매 순간 줄어들더니 방수 외투를 입은 킬먼 양, 맹세코 클래리사가 도와주고 싶어 했을 킬먼 양이 되어 버렸다.

이처럼 괴물이 점점 작아지자 클래리사는 웃었다. 잘 다녀 오라고 말하며, 그녀는 웃었다.

킬먼 양과 엘리자베스는 함께 아래층으로 내려갔다.

이 여자가 딸을 자신에게서 떼어 놓았으므로, 돌연 일어난 충동에, 격렬한 고통에, 클래리사는 난간 위로 몸을 굽히고 소리쳤다. "파티를 잊지 말아라! 오늘 밤에 열리는 우리 집 파티를 잊지 마!"

그러나 엘리자베스는 이미 현관문을 열었다. 화물차가 지나갔고, 그녀는 대답하지 않았다.

사랑과 종교라! 클래리사는 얼얼한 기분으로 응접실로 돌아가며 생각했다. 얼마나 혐오스러운 것들인가! 얼마나 가증스러운가! 킬먼 양의 육신이 눈앞에서 사라지고 나니 비로소 그런 생각이 그녀를 압도했다. 투박하고, 열렬하고, 지배적이고, 위선적이고, 엿듣고, 질투하고, 한없이 잔인하고, 염치없고, 방수 외투를 입고 층계참에 서 있던 그것, 그런 게 사랑과 종교라면 그것이야말로 세상에서 가장 잔혹한 것들이라고, 그녀는 생각했다. 그녀 자신은 누구라도 개조하려고 시도해 본 적이 있던가? 그녀는 모두가 그저 자기 자신이기를 바라지 않았던가? 그녀는 맞은편 집에서 위층으로 올라가는 늙은 부인을 창밖으로 바라보았다. 부인이 원한다면 오르게 하라. 부인이 멈추게 하라. 그런 다음, 클래리사가 이따금 보았듯이, 부인이 자기 침실에 이르러 커튼을 젖히고 다시 뒤쪽으로 사라지게 하라. 어떻든 그녀는 그것을, 창밖으로 보이는 늙은 부인을, 스스로가 관찰당하고 있음을 전혀 알지 못하는 늙은 부인을 존중했다. 거기에는 뭔가 엄숙한 것이 있었다. 그러나 사랑과 종교는 그것을, 그것이 무엇이든, 영혼의 사생활을 파괴할 것이다. 그 혐오스러운 킬먼이 그것을 파괴할 것이다. 하지만 그런 광경을 보면 그녀는 울고 싶어졌다.

사랑도 파괴했다. 훌륭한 것, 진실한 것이 모두 사라졌다. 가령 피터 월시를 생각해 보자. 그 남자는 매력적이고, 영리하고, 모든 것에 대해 나름의 견해를 가지고 있었다. 가령 포프나 에디슨에 대해 알고 싶거나 사람들이 어떠한지, 어떤 일들이 어떤 의미를 가지고 있는지에 대해 그저 부질없는 소리를 하고 싶다면, 이를 누구보다도 잘 아는 사람은 바로 피터였다. 피터는 그녀를 도와주었고 책을 빌려주었다. 그러나 그가 사랑한 저속하고 시시하고 평범한 여자들을 보라. 사랑에 빠진 피터를 생각해 보라. 이렇게 오랜 시간이 지난 뒤에야 그녀를 보러 와서 그가 자신에 대해 무슨 이야기를 했던가? 끔찍한 열정이야! 그녀는 생각했다. 수치스러운 열정이야! 그녀는 백화점으로 걸어가는 킬먼과 엘리자베스를 생각하며 말했다.

빅벤이 30분을 알리는 종을 울렸다.

마치 그 소리에, 그 줄에 묶여 있는 듯이 늙은 부인이(그들은 아주 오랜 세월을 이웃으로 살아왔다.) 창가에서 물러나는 모습을 보고 있자니 얼마나 특별하고 이상하고, 그래, 감동적인가. 그 장엄한 소리는 어딘가 늙은 부인과 관련되어 있었다. 일상적 사물의 한가운데에 소리의 손가락이 내리꽂히면서 그 순간을 엄숙하게 만들어 주었다. 그 소리에 따라 늙은 부인이 움직이거나 이동할 수밖에 없었으리라고, 클래리사는 상상했다. 그런데 어디로 가는 거지? 클래리사는 몸을 돌려 사라져 가는 늙은 부인의 뒤를 쫓았고, 아직도 침실 뒤편에서 움직이는 그녀의 흰 모자를 볼 수 있었다. 늙은 부인은 아직 거기서, 방 뒤쪽에서 움직이고 있었다. 왜 종교와 기도, 방수 외투가 필요하단 말인가? 저것이 기적인데, 저것이 신비인데. 서랍장에서 화장대로 옮겨 가는 저 늙은 부인 말이다. 클래리사는 생각했다. 그녀는 아직도 늙은 부인의 모습을 볼 수 있었다. 그리고 저 신비를 킬먼이 해결했다고, 또 피터가 풀었다고 말할 수도 있겠지. 하지만 내 생각으로는 두 사람 모두 그 최고의 수수께끼를 결코 해결할 수 없을 거야. 신비란 그저 이거야. 여기에 방이 하나 있고 저기에 다른 방이 있다는 것. 종교가 그것을 해결했던가? 아니면 사랑이 해결했던가?

　사랑은……. 그런데 지금 또 다른 시계가, 빅벤보다 이 분 늦게 울리는 시계가 그 무릎 위에 잡동사니들을 잔뜩 올린 채 발을 끌며 어정어정 다가와서는 그것들을 와르르 쏟아부었다. 마치 빅벤이 장엄하게, 아주 엄숙하고 공정하게 판결을 내리더라도 그녀는 온갖 자질구레한 것들 — 마셤 부인, 엘리 헨더슨, 얼음을 담을 유리그릇 — 을 기억해야 한다는 듯이. 바다 위에 금괴처럼 엎드린 그 엄숙한 종소리의 흔적에 온갖 잡다한 것들이 밀려 들어오더니 찰랑거리며 춤을 추었다. 마셤 부인, 엘리 헨더슨, 얼음 그릇. 그녀는 이제 당장 전화해야 한다.

　늦게 울리는 요란하고 소란스러운 시계 소리가 무릎 위에 한가득 잡동사니들을 끌어안은 채 빅벤의 종소리에 이어 들어섰다. 그러고는 공격적으로 달려드는 마차들, 거칠게 움직이는 승합차들, 열성적으로 전진하는 수많은 딱딱한 체구의 남자들, 당당하게 활보하는 여자들, 관공서와 병원의 돔 지붕과 뾰족탑에 부딪치고 부서졌다. 이 무릎에 가득 찬 잡동사니의 마지막 유물은 지친 파도의 포말처럼 킬먼 양의 몸 위에서 부서지는 것 같았다. 잠시 거리에 가만히 서서 그녀는 중얼거렸다. "문제는 육신이야."

　그녀가 억제해야 하는 것은 육신이었다. 클래리사 댈러웨이는 예상했던 대로 그녀를 모욕했다. 하지만 그녀는 승리하지 못했다. 그녀는 육신을 억누르지 못했다. 클래리사 댈러웨이는 그녀를 못생기고 세련되지 않다며 비웃었고, 육신의 욕망을 일깨웠다. 클래리사 옆에 있을 때는 자기 모습에 신경을 쓰지 않을 수 없었다. 또한 평소처럼 말할 수도 없었다. 그러나 왜 그녀를 닮고 싶어 할까? 왜? 그녀는 댈러웨이 부인을 진심으로 경멸했다. 부인은 진지하지 않았다. 선량하지 않았다. 그녀의 인생은 허영과 기만의 연속이었다. 하지만 도리스 킬먼은 압도되고 말았다. 실은 클래리사 댈러웨이가 자신을 비웃었을 때 울음을 터뜨릴 뻔했다. "문제는 육신이야." 그녀는 빅토리아 가를 따라 걷는 동안, 요동치는 고통스러운 감정을 억누르려 애쓰면서 (소리 내어 말하는 습관이 몸에 배었으므로) 중얼거렸다. 그녀는 신에게 기도했다. 그녀가 못생긴 것은 어쩔 수 없는 일이었다. 그녀는 예쁜 옷을 살 여유도 없었다. 클래리사 댈러웨이는 비웃었다. 하지만 그녀는 우체통에 이를 때까지 뭔가 다른 것에 마음을 기울일 것이다. 어떻든 그녀에게는 엘리자베스가 있었다. 그렇지만 뭔가 다른 것을 생각할 것이다. 러시아에 대해 생각할 것이다, 우체통에 이를 때까지.

시골에서는 얼마나 근사할까. 그녀는, 휘태커 씨가 조언했듯이, 세상에 대한 격렬한 원한과 씨름하면서 말했다. 세상은, 사람들이 참고 봐줄 수 없는 자신의 사랑스럽지 않은 몸이라는 형벌로 이처럼 수모를 주었을 뿐 아니라, 그녀를 조롱하고 비웃고 내쫓았다. 머리카락을 어떻게 매만져도 그녀의 이마는 껍질을 벗긴 달걀처럼 하얗게 드러났다. 그녀에게는 어울리는 옷도 없었다. 어떤 옷을 사든 마찬가지였다. 여자에게 그것은, 물론, 이성을 전혀 만날 수 없다는 뜻이었다. 누구도 그녀를 가장 중요한 사람으로 여겨 주지 않을 것이다. 최근에는 이따금 이런 생각이 들었다. 엘리자베스를 제외하면, 오로지 음식을 위해 살고 있는 것 같다고. 위안이 되는 것, 저녁 식사나 차, 한밤중의 뜨거운 물병을 위해서 말이다. 그러나 사람은 싸워야 하고, 이겨야 하고, 신에 대한 믿음을 가져야 한다. 휘태커 씨는 그녀가 어떤 목적을 위해 존재한다고 말했다. 그러나 이 괴로움은 아무도 알지 못해요! 그가 십자가를 가리키며, 하나님은 아신다고 말했다. 하지만 클래리사 댈러웨이 같은 여자들은 괴로움을 면했는데, 왜 저는 고통받아야 하나요? 앎은 고통을 통해서 온다고, 휘태커 씨는 말했다.

그녀는 우체통을 지나쳤다. 엘리자베스가 백화점의 서늘한 갈색 담배 매장으로 들어섰을 때, 그녀는 여전히 고통과 육신을 통해 앎을 얻을 수 있다는 휘태커 씨의 말을 혼자 중얼거리고 있었다. "육신." 그녀는 중얼거렸다.

어떤 매장에 가고 싶으세요? 엘리자베스가 그녀의 중얼거림을 가로막았다.

"페티코트 매장." 그녀는 퉁명스럽게 대답하고는 곧장 승강기로 성큼성큼 걸어갔다.

그들은 위층으로 올라갔다. 엘리자베스는 그녀를 이리저리 안내했고, 그녀가 허우대 큰 아기인 듯이, 통제하기 힘든 전함인 듯이, 딴 데에 정신이 팔려 있는 그녀를 이끌어 갔다. 페티코트들이 있었다. 갈색 페티코트, 점잖은 페티코트, 줄무늬가 있는 페티코트, 천박한 페티코트, 무늬가 없는 페티코트, 얇은 페티코트. 그녀는 멍한 상태로 페티코트를 거들먹거리며 골랐고, 판매원 아가씨는 그녀가 미쳤다고 생각했다.

포장을 하는 동안 엘리자베스는 킬먼 양이 무슨 생각을 하는지, 조금 궁금했다. 차를 마셔야겠다고, 킬먼 양이 정신을 차리고 마음을 가다듬으며 말했다. 그들은 차를 마셨다.

엘리자베스는 혹시 킬먼 양이 배가 고픈 것은 아닐까, 하고 다소 의아하게 생각했다. 그녀가 음식을 먹는 방식, 먹을 것을 맹렬히 삼키고는 옆 탁자에 있는 달콤한 케이크 접시를 힐끗힐끗 쳐다보는 방식 때문이었다. 그런데 킬먼 양은 어느 부인과 아이가 거기 앉아서, 그 아이가 그 케이크를 먹었을 때, 정말로 언짢게 느꼈을까? 그래, 킬먼 양은 언짢아했다. 그녀는 그 케이크, 그 분홍색 케이크를 먹고 싶었다. 먹는 기쁨이 그녀에게 남은 단 하나의 순수한 기쁨인데, 그것마저 좌절되다니!

사람들이 행복할 때는 자제력을 발휘할 수 있지만, 킬먼 양 자신은 마치 타이어 없는 바퀴(그녀는 그런 비유를 좋아했다.) 같아서 자갈에 부딪칠 때마다 덜컥거린다고, 엘리자베스에게 털어놓은 적이 있다. 화요일 아침에 수업을 마치고 나면, 그녀는 새첼이라 부르는 책가방을 들고 벽난로 옆에 서서 이렇게 말하곤 했다. 그녀는 전쟁에 대해서도 이야기했다. 어떻든 영국인이 언제나 옳다고 생각하지 않는 사람들도 있다. 그런 책들도 있다. 회의도 있다. 다른 관점들이 있는 것이다. 엘리자베스가 아무개 씨(대단히 특이하게 생긴 노인)의 강연을 함께 들으러 가고 싶어 할까? 그러고 나서 킬먼 양은 켄싱턴의 어떤 교회로 그녀를 데려갔고, 그들은 어느 목사와 함께 차를 마셨다. 그녀는 책을 빌려주었다. 법학이나 의학, 정치, 모든 전문직이 너와 같은 세대의 여자들에게 열려 있어. 킬먼 양이 말했다.

하지만 내 앞날은 완전히 결딴났지. 그것이 내 잘못이었을까? 저런, 아니요. 엘리자베스가 대답했다.

그런데 그녀의 어머니가 그들에게 다가와서는, 버턴에서 보내온 선물 바구니의 꽃을 킬먼 양에게 선물해도 괜찮겠느냐고 묻곤 했다. 어머니는 킬먼 양에게 늘 매우, 매우 친절했다. 그러나 킬먼 양은 그 꽃들을 다발째 짓눌러 버렸고, 일상적인 잡담도 일절 나누지 않았다. 킬먼 양의 관심을 끄는 문제는 어머니에게 지루하기 그지없었고, 킬먼 양과 어머니가 함께 있을 때면 몹시 끔찍했다. 킬먼 양은 감정이 격앙되고 아주 못생겨 보였다. 하지만 그녀는 무서울 정도로 영리했다. 엘리자베스는 가난한 사람에 대해 생각해 본 적이 없었다. 자기 가족은 필요한 것을 모두 누리며 살았다. 어머니는 매일 침대에서 아침 식사를 했다. 루시가 아침 식사를 침실로 올려다 주었다. 어머니는 노부인들을 좋아했는데, 그들이 공작 부인이고 귀족의 후손이기 때문이었다. 그러나 킬먼 양은 (어느 화요일 오전에 수업을 끝마치고) "내 할아버지는 켄싱턴에서 기름과 염료를 파는 상인이었어."라고 말했다. 킬먼 양은 그녀가 아는 어떤 사람과도 달랐다. 그녀는 상대방을 아주 왜소하게 느껴지도록 만들었다.

킬먼 양은 차를 한 잔 더 마셨다. 동양적인 외모에다 이해하기 힘들 만큼 신비로운 분위기를 풍기는 엘리자베스는 등을 꼿꼿이 편 채 앉아 있었다. 아니, 그녀는 더 이상 먹고 싶은 것이 없었다. 그녀는 자신의 흰 장갑을 찾았다. 그것은 탁자 아래에 있었다. 아, 그렇지만 가면 안 돼! 킬먼 양은 그녀를 떠나보낼 수 없었다! 너무나 아름다운 이 젊음을! 진정으로 사랑하는 이 아가씨를! 그녀는 탁자 위에 올려놓은 커다란 손을 쥐었다 폈다 했다.

하지만 어떻든 약간 따분할 거라고, 엘리자베스는 느꼈다. 그리고 그녀는 정말로 떠나고 싶었다.

그러나 킬먼 양이 말했다. "난 아직 다 먹지 않았어."

물론, 그렇다면 엘리자베스는 기다릴 것이다. 하지만 실내가 약간 후덥지근했다.

"오늘 밤 파티에 참석할 생각이니?" 킬먼 양이 말했다. 엘리자베스는 참석하리라고, 생각했다. 어머니가 그러기를 원했다. 파티에 관심을 빼앗겨서는 안 돼. 킬먼 양은 이 인치 정도 남은 마지막 초콜릿 에클레어를 만지작거리며 말했다.

엘리자베스가 자신은 파티를 그리 좋아하지 않는다고 말했다. 킬먼 양은 입을 벌리고 약간 턱을 내민 채, 마지막 남은 초콜릿 에클레어를 삼켰다. 그러고는 손가락을 닦고 찻잔을 가시듯이 차를 빙빙 돌렸다.

그녀는 갈기갈기 찢어질 것 같은 느낌이었다. 너무나 끔찍한 고통이었다. 엘리자베스를 붙잡을 수만 있다면, 그녀를 움켜잡을 수만 있다면, 그녀를 완전히, 영원히 자기 것으로 만들고 마침내 죽을 수만 있다면. 그녀가 원하는 것은 그것뿐이었다. 그러나 여기 앉아서 딱히 할 말도 생각해 내지 못하고, 엘리자베스가 자신에게 등을 돌리는 모습을 바라보고, 그녀에게조차 역겨운 존재로 여겨진다면…… 그것은 도저히 감당할 수 없었다. 그녀는 그런 상황을 견딜 수 없었다. 굵은 손가락들이 안으로 말려들었다.

"난 절대로 파티에 가지 않아." 킬먼 양이 엘리자베스를 붙잡을 생각으로 말을 꺼냈다. "사람들이 나를 파티에 초대하지 않거든." 이 말을 하면서 그녀는 바로 이러한 자기 중심벽(癖)이 스스로 무덤을 파는 짓임을 의식했다. 휘태커 씨가 주의를 준 적이 있지만 어쩔 수 없었다. 너무나 지독한 고통이기에. "나를 왜 초대하겠어?" 그녀가 말했다. "나는 못생기고 불행한데." 바보 같은 소리라는 것을 알았다. 하지만 그녀는 지나가는 사람들, 꾸러미를 들고 가며 그녀를 경멸하는 사람들 때문에 이런 말을 할 수밖에 없었다. 그러나 그녀는 도리스 킬먼이었다. 학위도 받고, 자신의 길을 스스로 개척한 여자였다. 현대 역사에 관한 그녀의 지식은 상당한 수준, 아니 그 이상이었다.

"나는 나 자신을 동정하지 않아." 그녀가 말했다. "내가 동정하는 것은," — '네 어머니야.'라고 말할 생각이었지만 그러지 않았다. 엘리자베스에게 그 말을 할 수는 없었다. "나는 다른 사람들을 훨씬 더 동정해."

뭔지 모를 목적 때문에 대문으로 끌려와서 질주를 갈망하며 서 있는 말 못 하는 동물처럼 엘리자베스 댈러웨이는 말없이 앉아 있었다. 킬먼 양이 말을 더 이어 가려는 걸까?

"나를 완전히 잊진 말아 줘." 도리스 킬먼이 떨리는 목소리로 말했다. 그 말 못 하는 동물은 공포에 질려 곧장 들판 끝까지 질주했다.

커다란 손이 펼쳐졌다가 오므라졌다.

엘리자베스는 고개를 돌렸다. 종업원이 다가왔다. 계산대에서 값을 지불해야 해요. 엘리자베스가 말하고는 걸어갔다. 킬먼 양은 그녀가 자기 몸속의 내장을 끄집어내서 방을 가로지르며 사방에 펼쳐 놓고 있다고 느꼈다. 그러고는 마지막으로 고개를 돌려 아주 예의 바르게 머리 숙여 인사하더니 떠나 버렸다.

그녀가 가 버렸다. 킬먼 양은 대리석 탁자의 초콜릿 케이크들 사이에 앉아 한 번, 두 번, 세 번, 고통스러운 충격에 사로잡혔다. 그녀가 가 버렸다. 댈러웨이 부인이 승리했다. 엘리자베스가 가 버렸다. 아름다움이 가 버렸다. 젊음이 가 버렸다.

이렇게 그녀는 앉아 있었다. 그녀는 일어섰고, 좌우로 약간 흔들거리는 걸음걸이로 작은 탁자들 사이를 헤치며 나아갔다. 누군가 그녀의 페티코트를 들고 쫓아왔다. 그녀는 길을 잃었고, 인도에 보내기 위해 특별히 준비한 트렁크들에 앞이 가로막혔다. 그다음에는 출산 준비물과 아기 옷들 사이에 끼었고, 부패하거나 영구적인 세상의 온갖 상품들, 햄, 약, 꽃, 문구류, 달콤하거나 시큼한 갖가지 냄새를 풍기는 상품들을 휘청거리며 지나갔다. 모자를 비스듬히 쓰고 시뻘겋게 달아오른 얼굴로 기우뚱거리는 자신의 모습을 전신 거울 속에서 마주했다. 마침내 거리로 나왔다.

웨스트민스터 대성당의 탑, 신의 거주지가 그녀 앞에 솟아 있었다. 차량들이 왕래하는 한가운데, 신의 거주지가 있었다. 그녀는 꾸러미를 들고 또 다른 성소인 웨스트민스터 사원으로 고집스럽게 향했다. 그곳에 이르러서는 자기처럼 은신처로

쫓겨 들어온 사람들 옆에 앉아, 텐트 모양으로 맞잡은 두 손을 얼굴 앞에 들어 올렸다. 다양한 부류의 숭배자들이 얼굴 앞에 양손을 들어 올리자 사회적 계층이 벗겨지고 성(性)마저 거의 벗겨져 버렸다. 그러나 일단 손을 내리고 나면 그 즉시 경건한 중산층의 영국 남자들과 여자들로 되돌아갔고, 일부는 밀랍 초상들을 보고 싶어 했다.

그러나 킬먼 양은 얼굴 앞에 텐트처럼 세워 놓은 양손을 계속 맞잡고 있었다. 이따금 옆자리가 비었다가 다시 채워지기도 했다. 거리에서 새로이 들어온 숭배자들이 그저 어슬렁거리던 사람들의 자리를 채웠다. 사람들이 주위를 돌아보며 발을 끌고 무명 전사의 무덤을 지날 때도 그녀는 여전히 손가락으로 눈을 가렸다. 사원의 빛은 그림자처럼 어둑했기에 이 두 겹의 어둠 속에서 허영심과 욕망, 일용품들을 넘어서는 열망을 품으려고, 증오와 사랑, 그 모든 것으로부터 벗어나려고 노력했다. 두 손에 경련이 일었다. 그녀는 마치 몸부림을 치는 것 같았다. 그러나 다른 사람들은 신에게 쉽게 다가설 수 있었고, 신에게 이르는 길은 평탄했다. 재무성에서 은퇴한 플레처 씨, 이젠 고인이 된 그 유명한 왕실 변호사의 아내 고램 부인은 쉽게 신에게 접근했고, 기도를 마치고는 등을 기대앉은 채 음악을(아름답게 울리는 오르간 소리를) 감상했다. 그러고는 줄 끝에 앉아서 기도를 하고 또 기도를 올리는 킬먼 양을 바라보았다. 그들 모두는 아직 이승의 문턱에 있었으므로 자신들과 같은 영역을 헤매는 영혼, 비물질적 실체로 조각된 영혼, 여자가 아니라 영혼인 그녀를 동정했다.

그러나 플레처 씨는 가야 했다. 그녀 곁을 지나가야 했는데, 그는 스스로가 아주 말쑥한 사람이었기에, 그 가엾은 여자의 어수선한 모습을 보고 약간 곤혹감을 느끼지 않을 수 없었다. 그녀의 머리칼은 흘러내렸고, 꾸러미는 바닥에 떨어져 있었다. 그녀는 바로 그를 지나가게 해 주지 않았다. 그가 일어서서 흰 대리석 조각들과 회색 창틀, 가득 쌓여 있는 보물들(그는 그 사원을 더없이 자랑스러워했다.)을 돌아보았을 때, 그녀는 거기 앉아서 이따금 무릎을 움직일 뿐이었다.(그녀가 신에 이르는 길은 너무도 거칠었고 그녀의 욕망은 너무도 끈질겼다.) 그리하여 그녀의 큰 체구와 건장함, 힘은 그에게 강한 인상을 남겼다. 가령 댈러웨이 부인에게(그날 오후, 부인은 킬먼 양에 대한 생각을 마음속에서 몰아낼 수 없었다.) 그리고 에드워드 휘태커 목사에게, 엘리자베스에게 그랬듯이.

엘리자베스는 빅토리아가에서 버스를 기다렸다. 바깥으로 나오니 몹시 좋았다. 아직은 집에 돌아갈 필요가 없을 것 같았다. 바깥에서 바람을 쐬는 게 너무 좋았다. 그래서 버스를 탈 생각이었다. 그런데 벌써, 그녀가 그토록 맵시 있는 옷차림으로 거기 서 있는 동안에도 시작되고 있었다……. 사람들은 그녀를 포플러나무에, 이른 새벽에, 히아신스에, 새끼 사슴에, 흐르는 물에, 정원의 백합에 비교하기 시작했던 것이다. 그래서 그녀는 삶이 버거웠다. 그녀는 시골에서 마음대로 사는 것을, 혼자 내버려두는 것을 훨씬 좋아했다. 그러나 사람들은 그녀를 틈틈이 백합에 비교했고, 그녀는 파티에 가야 했다. 오로지 아버지와 개들과 함께 지내는 시골에 비하자면, 런던은 너무나 삭막했다.

버스들이 급히 달려와서 멈추었다가 떠났다. 눈부신 대형 운반차들이 붉고 노란빛의 광택으로 반짝였다. 그런데 어느 버스를 타야 할까? 딱히 마음에 드는 것이 없었다. 물론, 그녀는 사람들을 밀치며 차에 오르지 않을 것이다. 그녀는 소극적인 편이었다. 표정이 풍부하지도 않았다. 그럼에도 눈은 섬세하고 중국적이고 동양적이었으며, 그녀의 어머니가 말했듯이, 어깨가 아름답고 자세가 아주 곧아서 언제나 매력적이었다. 그런데 최근에, 특히 저녁나절에, 그녀가 뭔가 흥미를 느낄 때면 ─ 흥분한 모습을 보인 적은 없었으므로 ─ 아주 당당하고 매우 평온하고 심지어 아름답게 보였다. 그녀가 무슨 생각을 하고 있을까? 남자들은 모두 그녀를 사랑했다. 그러나 그녀는 사실 몹시 따분했다. 그것이 시작되고 있었다. 그녀의 어머니는 그것 ─ 사람들에게 흠모받고 있음 ─ 을 알 수 있었다. 클래리사는 그녀가 무신경하게 굴어서, 이를테면 자기 옷차림새에 신경을 쓰지 않아서 때때로 걱정하기도 했다. 강아지나 기니피그가 전염병에 걸렸다고 야단법석을 떠는 것은 그래도 나았다. 오히려 그것 때문에 그녀는 더욱 매력적으로 보였다. 그런데 이제 킬먼 양과 기묘한 우정을 맺고 있다니. 글쎄, 그건 그 애 마음속에 애정이 있다는 증거일 테지. 새벽 3시 무렵까지 잠을 이루지 못한 클래리사는 마르보 남작의 책을 읽다가 생각했다.

갑자기 엘리자베스는 걸음을 내디뎠고, 누구보다 먼저 아주 능숙하게 버스에 올랐다. 그녀는 위층에 자리를 잡았다. 이 충동적인 해적[38]은 내달리기 시작하더니 급히 달아났다. 그녀는 몸을 가누기 위해 난간을 잡아야 했다. 이 녀석은 무모하고 무절제하고 무자비하게 기습하고, 위험하게 우회하고, 대담하게 승객을 잡아채고, 혹은 승객을 무시하고, 뱀장어처럼 차들 사이로 오만하게 비집고 들어가고, 그러고는 돛을 모두 펼치며 전속력으로 건방지게 화이트홀로 돌격하는 해적이었다. 그런데 엘리자베스는 질투심 없이 자신을 사랑하는 킬먼 양, 자신을 개활지의 새끼 사슴이라고, 작은 빈터에 뜬 달이라고 여겼던 가엾은 킬먼 양을 한 번이라도 생각했을까? 그녀는 홀가분해져서 기분이 좋았다. 신선한 공기가 감미로웠다. 백화점에서는 숨이 막혔다. 지금은 말을 타고 화이트홀로 돌진하는 느낌이었다. 버스가 움직일 때마다 황갈색 코트 속의 아름다운 몸은 마치 말을 타는 사람처럼, 뱃머리 끝에 붙은 여자 조각상처럼 자유롭게 반응했다. 산들바람에 그녀의 옷매무새가 약간 흐트러졌고, 열기로 인해 그녀의 뺨은 하얗게 색칠한 나무처럼 창백해졌다. 그리고 그녀의 섬세한 눈은, 마주할 눈이 없었으므로, 믿을 수 없이 순진한 조각상처럼 멍하니 반짝이며 앞을 바라보았다.

킬먼 양은 언제나 자기 고통에 대해서 이야기했으므로 상대하기가 아주 어려웠다. 그런데 그녀가 옳았을까? 만약 위원회에 참석해서 매일 몇 시간씩을 바치는(그녀는 런던에서 아버지를 거의 만나 볼 수 없었다.) 것이 가난한 사람들을 돕는 일이

---

38) 해적으로 번역된 pirate는 '위법 버스'라는 뜻도 있다.

라면, 그녀의 아버지도 그러고 있었다. 킬먼 양이 말하는 기독교인이 된다는 것의 의미란 과연 그런 것일까, 누가 알겠어? 하지만 그것은 아주 어려운 문제였다. 아, 조금 더 가고 싶어요. 스트랜드로 가려면 1페니를 더 내야 한다고요? 여기 1페니 있어요. 그녀는 스트랜드에 가고 싶었다.

그녀는 아픈 사람들을 좋아했다. 그리고 그녀와 같은 세대의 여자들에게는 모든 전문직이 열려 있다고, 킬먼 양이 말했다. 그러니 그녀는 의사가 될 수도, 농부가 될 수도 있다. 동물들은 종종 병에 걸린다. 그녀는 1000에이커의 땅을 소유하고 사람들을 부릴 수도 있다. 그들의 오두막으로 그들을 보러 갈 수도 있다. 저것이 서머싯 하우스[39]였다. 아주 훌륭한 농부가 될 수도 있다. 그런데 아주 이상하게도 이런 생각이 떠오른 까닭은, 물론 킬먼 양이 기여하기는 했지만, 거의 전적으로 서머싯 하우스 덕분이었다. 그 거창한 회색 건물은 매우 화려하고, 무척 진중해 보였다. 그리고 사람들이 일하고 있다는 느낌이 좋았다. 스트랜드가의 인파에 맞서 회색 종이로 접은 듯이 서 있는 저 교회들이 마음에 들었다. 여기는 웨스트민스터와 꽤 다르다고, 그녀는 챈서리 레인에서 하차하며 생각했다. 이곳은 아주 진지했고, 아주 번잡했다. 간단히 말해서, 그녀는 직업을 가지고 싶었다. 그녀는 의사가, 농부가 되고 싶었고, 필요하다면 의회에 들어가고 싶었다, 모두 다 스트랜드 거리 때문에.

---

39) 16세기에 지어진 궁전으로, 스트랜드가와 템스강 사이에 있다. 현재는 등기소 등 많은 부서가 있는 관청 건물로 쓰인다.

분주하게 활동하며 돌아다니는 사람들의 발, 돌에 돌을 쌓아 올리는 손, 시시한 잡담(여자를 포플러나무에 비교하는, 물론 흥미롭지만 어리석기 짝이 없는 잡담)이 아니라 선박, 사업, 법률, 행정, 이와 더불어 대단히 위엄 있고(그녀는 템플[40]에 있었다.) 찬란하며(저기 강이 있었다.) 경건한(저기 교회가 있었다.) 것에 언제나 몰두하는 마음들 덕분에 그녀는, 어머니가 뭐라고 하든, 농부나 의사가 되겠다고 마음을 굳혔다. 그렇지만 그녀는, 물론 게으른 편이었다.

그 결심에 대해서는 아무 말도 하지 않는 편이 훨씬 나았다. 아주 어리석어 보였으니까. 혼자 있을 때 가끔 일어나는 그런 일이었다. 건축가의 이름조차 없는 건물들이나 도심에서 돌아오는 군중이 켄싱턴의 독신 목사들보다도, 혹은 킬먼 양이 빌려준 어떤 책보다도 더 강력하게, 마음의 모래 바닥에 나태하고 어설프고 수줍은 듯 누워 있는 뭔가를 자극하고, 껍질을 깨뜨려 주었다, 마치 어린애가 갑자기 두 팔을 내뻗듯이. 바로 그처럼 어쩌면 한번 내쉬는 한숨, 내뻗은 두 팔, 어떤 충동, 어떤 계시가 영원히 영향을 미치는 것이다. 그러고는 다시 모래 바닥으로 가라앉았다. 그녀는 집에 가야 한다. 정찬을 위해 옷을 갈아입어야 한다. 그런데 몇 시일까? 시계가 어디 있지?

엘리자베스는 플리트가를 올려다보았다. 그녀는 세인트폴 성당 쪽으로 아주 조금 걸어갔다. 한밤중에 촛불을 들고 발끝

---

40) 런던에 위치한 네 곳의 법학원 중 이너 템플과 미들 템플을 총칭하는 말이다. 그리고 다음 줄의 교회는 템플 처치를 가리킨다.

으로 몰래 낯선 집을 탐사하는데, 느닷없이 주인이 침실 문을
활짝 열고 나타나서 무슨 일이냐고 묻는 일이 없도록 신경을
곤두세운 사람처럼 수줍게. 또한 낯선 집에서 침실이나 거실,
식품 저장실로 이어지는 문을 함부로 열지 않듯이, 기묘한 뒷
골목이나 유혹적인 옆길로 새지는 않을 것이다. 댈러웨이 집
안의 어느 누구도 일상적으로 스트랜드가를 들락거리지 않았
다. 그녀는 의심 없이 믿으며 모험을 감행하는 개척자이자 부
랑자였다.

그녀의 어머니는 여러 면에서 그녀를 아주 미숙하게 여겼
다. 인형들과 낡은 슬리퍼에 집착하는 모습을 보면 아직도 어
린애 같았고, 영락없는 아기였다. 그리고 그것이 매력이었다.
그런데 물론, 댈러웨이 집안에는 공적으로 봉사하는 전통이
있었다. 누구 하나 뛰어나지 않았지만, 그들은 여성 단체에서
수녀원장, 학장, 교장, 고위 관리 같은 일을 맡았다. 그녀는 세
인트폴 성당 쪽으로 조금 더 들어갔다. 이 떠들썩한 소란의
따뜻함, 자매애, 모성애, 형제애가 좋았다. 자신에게 좋은 영향
을 주는 것 같았다. 엄청난 소음이었다. 갑자기 (실업자들이 시
위하며 불어 대는) 트럼펫이 요란하게 울렸고 소란 속에서 덜컹
거렸다. 사람들이 행진하는 듯이 군악을 연주하고 있었다. 하
지만 만약 그들 누군가가 죽어 가고 있었다면, 어떤 여자가 마
지막 숨을 내쉬었다면, 그리고 임종을 지켜보던 어떤 사람이
가장 존엄한 행위를 막 끝낸 그녀 방의 창문을 열고 플리트
가를 내려다보았더라면, 그 소음, 그 군악 소리는 의기양양하
게 그를 위로하듯, 무심하게 들려왔을 것이다.

그 소음에는 의식이 없었다. 그 안에는 인간의 운명이나 숙명을 알아차리는 지각이 없었다. 바로 그런 이유 때문에, 죽어 가는 사람들의 얼굴에서 마지막 의식의 떨림을 지켜보며 황망해하는 사람들에게도 위안을 준다.

사람들의 망각은 상처를 줄 수 있고, 배은망덕은 마음을 좀 먹을 수 있다. 하지만 이 소리, 한 해가 저물고 다른 해가 되어도 끊임없이 쏟아져 나오는 이 소리는 맹세든, 승합차든, 인생이든, 행렬이든, 무엇이든 움켜잡고 그 모두를 휘감아 계속 실어 나를 것이다. 거칠게 흘러가는 빙하 속에서 얼음이 뼛조각과 푸른 꽃잎, 참나무를 부르쥐고 끊임없이 굴러가듯이.

그런데 예상보다 더 지체되었다. 어머니는 그녀가 이처럼 혼자 돌아다니는 것을 결코 좋아하지 않을 것이다. 그녀는 몸을 돌려 스트랜드 거리를 내려갔다.

한줄기 바람(열기에도 불구하고 바람이 꽤 일었다.)이 불어오더니 태양 위에 그리고 스트랜드 거리 위에 얇고 검은 베일을 날렸다. 사람들의 얼굴들이 흐릿해졌다. 버스들이 갑자기 광택을 잃었다. 희고 거대한 산더미 같은 구름은 손도끼로 그 단단한 조각들을 잘라 낼 수 있을 것 같았고, 그 옆에는 드넓은 황금색 비탈, 천상의 즐거운 잔디밭이 펼쳐져 있었다. 마치 이 세상 너머의 신들이 회의하기 위해 조성해 둔 고요한 거처 같았다. 그런데 그 구름들 사이에서는 움직임이 끊이지 않았다. 신호들이 오가자 마치 예정된 계획을 수행하려는 듯이 산꼭대기가 줄어들었고, 변함없이 자리를 지키던 피라미드 크기의 구름 덩어리는 가운데로 나오기도 하면서 행렬을 새로운 정박지로 엄숙하게 이끌었다. 제자리에 붙박인 구름들은 완벽한 합의 속에 쉬고 있는 것 같았지만, 눈처럼 희거나 금빛으로 불붙은 표면은 더없이 상쾌하고 자유롭고 민감했다. 그 장엄한 집합체는 당장에라도 변화하고 이동하고 해체될 수 있었다. 또 그 구름들은 엄숙하게 고정되어 있고, 강건하고 단단하게 축적되어 있었지만 이젠 지상에 빛을 비추거나 어둠을 비추기도 했다.

엘리자베스 댈러웨이는 조용하고 당당하게 웨스트민스터 버스에 올랐다.

벽을 회색으로 칙칙하게 만들었다가 바나나를 샛노랗게 만들고, 스트랜드 거리를 잿빛으로 만들었다가 버스를 노랗게 만들던 빛과 그림자가 셉티머스 워런 스미스에게는 이리저리 손짓하며 신호를 보내는 것 같았다. 그는 거실 소파에 누워 어떤 살아 있는 생명체의 놀라운 감수성으로 장미 위에, 벽지 위에 금물결이 타오르고 서서히 사라지는 광경을 지켜보았다. 바깥에서는 나무들이 깊은 대기를 훑는 그물처럼 이파리들을 끌어당겼다. 방 안에서 물결 소리가 들렸고, 파도 소리 너머로 노래하는 새들의 소리가 들려왔다. 초자연적인 힘을 가진 모든 존재들이 그의 머리에 보물을 쏟아부었고, 그의 손은 소파 등받이에 올라가 있었다, 그가 멱을 감으며 떠다니다가 파도 꼭대기에 놓인 자기 손을 보았던 때처럼. 그러는 동안 멀리 해안에서, 또 저 멀리에서 개 짖는 소리가 들려왔다. 더는 두려워하지 마라. 몸속의 마음이 말한다. 더는 두려워하지 마라.

그는 두렵지 않았다. 매 순간 자연은 벽을 따라 ― 저기, 저기, 저기 ― 도는 황금빛 반점처럼 즐거운 암시를 통해 자신의 의도를 보여 주었다. 깃털을 휘날리고, 머리채를 흔들고, 망토를 이리저리 아름답게, 늘 아름답게 휘두르며, 가까이 다가서서 오므린 두 손 사이로 셰익스피어의 구절을 나직이 읊조림으로써.

레치아는 탁자에 앉아 손으로 모자를 비틀면서 그를 지켜보았다. 그가 미소 짓는 모습을 보았다. 그렇다면 그는 행복한 모양이었다. 하지만 그녀는 미소 짓는 그를 차마 바라볼 수 없었다. 이것은 결혼이 아니었다. 저렇게 이상해 보이고, 늘 깜짝 놀라거나 웃고 몇 시간이나 말없이 앉아 있고, 혹은 그녀를 움켜잡고 뭔가를 받아쓰라고 말하는 것은 남편의 일이 아니었다. 탁자 서랍에는 그런 글들이 가득했다. 전쟁에 관한, 셰익스피어에 관한, 위대한 발견에 관한, 죽음이란 없다는 것에 관한 글들이. 최근에 그는 별다른 이유 없이 갑자기 흥분해서(홈스 박사와 윌리엄 브래드쇼 경은, 흥분이 그에게 제일 나쁘다고 말했다.) 두 손을 흔들어 대며 자신이 진실을 안다고 소리쳤다! 그는 모든 것을 알았다! 그 남자, 전사한 그의 친구, 에번스가 왔다고 말했다. 그가 휘장 뒤에서 노래하고 있었다. 그녀는 그가 말하는 대로 받아 적었다. 어떤 것은 매우 아름다웠고, 어떤 것은 완전히 터무니없었다. 그는 늘 도중에 멈추었고, 마음을 바꾸었고, 뭔가 덧붙이고 싶어 했고, 뭔가 새로운 것을 들었고, 한 손을 들고 귀를 기울였다. 그러나 그녀에게는 아무 소리도 들리지 않았다.

한번은 방을 청소하던 하녀가 그런 글이 적힌 종이를 읽으며 폭소를 터뜨렸다. 끔찍하게 유감스러운 일이었다. 그 모습을 본 셉티머스는 인간의 잔인성에 대해 ─ 인간이 서로를 갈기갈기 찢는다고 소리쳤던 것이다. 쓰러진 자를 갈가리 찢어 버린다고 말했다. "홈스가 우리를 덮쳤어." 그는 이렇게 말하고, 홈스에 대한 이야기를 만들어 내곤 했다. 귀리죽을 먹는 홈스, 셰익스피어를 읽는 홈스……. 그러면서 껄껄 웃거나 분노에 차서 고함을 지르기도 했다. 그에게 홈스 박사는 끔찍한 뭔가를 대변하는 존재인 것 같았다. 홈스를 '인간성'이라고 불렀다. 그러고는 환영을 보곤 했다. 그는 익사한 채 하늘에서 갈매기들이 뺙뺙거리는 절벽 위에 누워 있다고, 말하곤 했다. 소파 모서리 너머로 바닷속을 내려다보곤 했다. 혹은 음악이 들린다고 했다. 사실 그것은 손풍금 소리이거나 거리에서 누군가가 외치는 소리였다. 그러나 그는 "아름다워!"라고 부르짖었고, 뺨 위로 눈물을 흘리곤 했다. 그녀에게는 무엇보다도 끔찍한 일이었다. 셉티머스 같은 남자가, 전쟁에서 싸운 용감한 남자가 울다니. 그리고 그는 누워서 귀를 기울이다가 난데없이 자신이 점점 화염 속으로 떨어지고 있다고 소리쳤다! 그녀는 실제로 화염을 찾아보기도 했다. 그의 말이 너무나 생생했기 때문이다. 그러나 아무것도 없었다. 방에는 그들 두 사람뿐이었다. 그건 꿈이에요. 그녀는 이렇게 말하며 결국 그를 진정시키곤 했다. 하지만 가끔은 그녀도 겁이 났다. 그녀는 바느질을 하면서 한숨을 쉬었다.

그녀의 한숨은 저녁나절에 숲 밖에서 이는 바람처럼 부드럽고 매혹적이었다. 그녀는 가위를 내려놓고 몸을 돌려 탁자에서 무언가를 집어 올리기도 했다. 그녀가 앉아 바느질을 하는 탁자에서 몸을 조금 움직이고 바스락 소리를 내고 살짝 두드리면 무언가가 만들어졌다. 그는 눈을 살짝 뜨고 속눈썹 사이로 그녀의 흐릿한 윤곽과 검은 옷을 입은 작은 몸, 얼굴과 손, 얼레를 집어 올리거나 명주실을(그녀는 물건들을 잃어버리곤 했다.) 찾으려고 탁자에서 몸을 돌리는 동작을 볼 수 있었다. 그녀는 필머 부인의 결혼한 딸을 위해 모자를 만들고 있었는데, 그 딸의 이름은…… 기억나지 않았다.

"필머 부인의 결혼한 딸 이름이 뭐랬지?" 그가 물었다.

"피터스 부인이요." 그녀가 말했다. 그녀는 모자를 앞으로 들어 올리고 너무 작을까 봐 걱정이라고 말했다. 피터스 부인은 체구가 컸다. 그런데 레치아는 그 부인을 좋아하지 않았다. 필머 부인이 자신들에게 너무 친절하게 대해 주었기에 —"부인이 오늘 아침에 포도를 줬어요."라고 그녀가 말했다. — 레치아는 단지 고마운 마음을 전하고 싶었던 것이다. 레치아는 일전에 저녁때 방에 들어왔다가, 그들 부부가 외출한 줄 알고 축음기를 틀어 놓은 피터스 부인의 모습을 보았다.

"그게 사실이야?" 그가 물었다. 그녀가 축음기를 틀어 놓았다고? 그래요. 그때 그녀는 그 이야기를 했었다. 축음기를 틀어 놓은 부인을 보았다고.

그는 축음기가 실제로 거기 있는지 알아보려고 아주 조심스럽게 눈을 떴다. 그러나 실제 사물 — 실제 사물들은 너무나 흥미로웠다. 조심해야 한다. 그는 미치지 않을 것이다. 처음에 그는 낮은 선반에 놓인 패션 잡지를 보았고, 그러고 나서는 서서히 녹색 확성기가 달린 축음기를 보았다. 이보다 확실할 수는 없었다. 그래서 용기를 내어 식기 선반과 바나나 접시, 빅토리아 여왕과 부군의 판화, 장미 꽃병이 놓인 벽난로 선반을 살펴보았다. 어느 것 하나 움직이지 않았다. 모두 정지해 있었고, 전부 실제로 있었다.

"그 부인은 입이 거칠어요." 레치아가 말했다.

"피터스 씨는 뭐 하는 사람이지?" 셉티머스가 물었다.

"아," 레치아는 기억해 내려고 애썼다. 어떤 회사의 외무 사원이라고, 필머 부인에게 들은 것 같았다. "현재는 헐[41]에 있대요."

"현재는!" 그녀는 이탈리아인의 억양으로 말했다. 바로 그렇게 말했다. 그는 그녀의 얼굴을 한 번에 조금씩 보려고, 처음에는 턱을, 그다음에는 코를, 그러고는 이마를 보려고 눈을 가렸다. 혹시라도 그 얼굴이 기형으로 일그러졌거나 어떤 무서운 표시가 박혀 있지 않을까, 두려웠던 것이다. 그러나 아니, 저기 그녀는 더없이 자연스럽게, 바느질하는 여자들이 흔히 그렇듯이, 입술을 오므린 채 우울하고 굳은 표정으로 바느질을 하고 있었다. 그 얼굴에 무시무시한 것은 전혀 없다고 확신한 그는 그녀의 얼굴을, 그녀의 손을 두 번, 세 번 쳐다보았다. 대낮에 바느질을 하며 앉아 있는 그녀에게 무섭거나 역겨운 것이 뭐가 있겠어? 피터스 부인은 입이 거칠다. 피터스 씨

---

41) 영국 동북부의 항구 도시.

는 헐에 있다. 그렇다면 왜 격노하고 예언하는가? 왜 채찍질을 당하며 도망치고 추방되는가? 왜 구름들 때문에 떨고 흐느껴야 하는가? 왜 진실을 추구하고 메시지를 전해야 하는가? 레치아는 드레스 앞섶에 핀을 꽂은 채 앉아 있고 피터스 씨는 헐에 있는데 말이다. 기적, 계시, 고뇌, 외로움이 바다로 떨어지고 추락하여 화염 속에 잠겼고, 모든 것은 불타 버렸다. 레치아가 피터스 부인을 위한 밀짚모자를 다듬는 모습을 지켜보면서, 그는 꽃무늬가 있는 침대보를 똑똑히 의식했다.

"피터스 부인에게는 너무 작겠어." 셉티머스가 말했다.

며칠 만에 처음으로 그가 예전처럼 말하고 있었다! 물론 그래요, 터무니없이 작아요! 그녀가 말했다. 하지만 피터스 부인이 직접 이것을 선택했는걸요.

그는 그녀의 손에서 모자를 받아 들었다. 거리의 악사들이 데리고 다니는 원숭이의 모자라고 말했다.

그녀는 이 말을 듣고 얼마나 기뻤는지! 지난 몇 주간 그들은 여느 부부처럼 누군가를 은밀히 조롱하며 이처럼 함께 웃은 적이 없었다. 필머 부인이 들어왔다면, 혹은 피터스 부인이나 다른 사람이 들어왔더라도 그들은, 그녀와 셉티머스가 무엇을 조롱하는지 이해하지 못했을 터였다.

"자, 봐요." 그녀는 모자 한쪽에 핀으로 장미를 꽂으며 말했다. 그녀는 이렇게 행복한 적이 없었다! 평생 단 한 번도!

하지만 그렇게 하면 더 우스꽝스럽다고, 셉티머스가 말했다. 이제는 그 가엾은 부인이 축산물 품평회에 나온 돼지처럼 보일 거야.(셉티머스처럼 그녀를 웃게 하는 사람도 없었다.)

당신의 반짇고리에 뭐가 있더라? 리본과 구슬, 장식용 술, 조화(造花)가 있었다. 그녀는 그것들을 탁자 위에 쏟아 놓았다. 그는 기묘한 색깔들을 그러모으기 시작했다. 그는 손재주가 없어서 꾸러미 하나를 제대로 포장하지도 못했지만 눈썰미는 좋았다. 종종 그의 선택이 옳았다. 물론 가끔은 우스꽝스럽기도 했지만, 놀라울 정도로 옳을 때도 있었다.

"부인은 아름다운 모자를 갖겠군." 그가 이것저것 집어 올리며 중얼거렸고, 레치아는 그의 옆에 무릎을 꿇은 채 그의 어깨 너머로 바라보았다. 이제 그것이 완성되었다, 도안이라는 것이. 그녀는 그것을 꿰매야 한다. 그런데 그의 도안대로 꾸미려면 그녀가 아주, 아주 조심해야 한다고 그가 말했다.

그래서 그녀는 바느질을 했다. 그녀가 그것을 꿰매면서 난로 선반에 올려놓은 주전자처럼 소리를 낸다고, 그는 생각했다. 보글보글 중얼거리며, 작고 튼튼하고 뾰족한 손가락으로 꼭 집고 찌르며, 바삐 손을 놀렸다. 똑바로 선 바늘이 번쩍였다. 햇살이 술 장식 위에, 벽지 위에 드리웠다가 물러나더라도 기다리겠다고, 그는 발을 쭉 뻗어 소파 끝에 놓은, 자신의 고리 무늬 양말을 보며 생각했다. 이 따뜻한 곳에서 기다리겠어. 땅이 움푹 파이거나 나무들이 에워싸고 있어서 (사람은 모름지기 과학적, 과학적이어야 하므로) 온기가 남아 있고 공기는 새의 날개처럼 뺨에 부딪치는, 저녁나절에 이따금 숲가에서 우연히 마주치는 고요한 기류에 둘러싸인 이곳에서 기다리겠어.

"됐어요." 레치아가 피터스 부인의 모자를 손가락 끝에 걸고 빙빙 돌리며 말했다. "지금으로서는 이만하면 됐어요. 나중에……." 그녀의 문장은 꼭 잠기지 않은 수도꼭지에서 떨어지는 물처럼 똑, 똑, 똑 흘러갔다.

놀라웠다. 그는 그토록 뿌듯한 일을 해 본 적이 없었다. 그것, 피터스 부인의 모자는 너무도 진짜였고, 정말 실재하는 것이었다.

"자, 한번 볼게요." 그가 말했다.

그래, 그 모자를 보면 그녀는 언제나 행복할 것이다. 그때 그가 제정신으로 돌아왔고, 그때 그가 웃었다. 단둘이 있었다. 그녀는 언제나 그 모자를 좋아할 것이다.

그는 그녀에게 모자를 써 보라고 말했다.

"너무 이상하게 보일 거예요!" 그녀는 소리치며 거울로 달려가서 이쪽저쪽을 살펴보았다. 그러고는 모자를 급히 벗었다. 문을 두드리는 소리가 났던 것이다. 윌리엄 브래드쇼 경일까? 벌써 사람을 보낸 걸까?

아니, 저녁 신문을 가져온 어린 소녀였다.

늘 있는 일이 또 일어났다, 그들 인생의 저녁마다 일어났던 일이. 어린 소녀는 문간에서 엄지손가락을 빨았다. 레치아는 무릎을 꿇고 정답게 속삭이며 키스했다. 레치아는 탁자 서랍에서 사탕 한 봉지를 꺼냈다. 늘 있는 일이었다. 처음에는 이것, 다음에는 저것. 그렇게 그녀는 처음에 한 가지를, 다음엔 다른 것을 쌓아 올렸다. 그들은 춤추고 깡충깡충 뛰면서 방을 돌았다. 그는 신문을 집었다. 서리주 팀 모두 아웃. 그가 읽었다. 무더위 기승. 레치아가 따라 말했다. 서리주 팀 모두 아웃. 무더위 기승. 그렇게 그것은 필머 부인의 손녀와 함께하는 놀이의 일부가 되었다. 두 사람은 웃고 동시에 재잘거리면서 놀이를 이어 갔다. 그는 몹시 피곤했다. 그는 아주 행복했다. 그는 잠을 잘 것이다. 그는 눈을 감았다. 그러나 아무것도 보이지 않는 순간, 놀이를 즐기던 소리가 점점 희미해지고 기이해지더니, 애타게 무언가를 구하지만 끝내 찾지 못한 사람들의 외침처럼 들렸다. 소리는 점점 더 멀어져 갔다. 사람들이 그를 잃어버린 것이다!

그는 공포에 질려 벌떡 일어났다. 눈앞에 보이는 저게 뭐지? 식기 선반에 바나나 접시가 있었다. 아무도 없었다.(레치아는 그 아이를 그 어머니에게 데려갔다. 잠자리에 들 시간이었다.) 바로 이것이었다. 영원히 혼자라는 것. 밀라노의 어느 방에 들어서서 가위를 들고 모양에 맞게 아마포를 잘라 내던 그들을 보았을 때 선고된 운명이었다. 영원히 혼자라는 것.

그의 옆에는 식기 선반과 바나나만이 있었다. 그는 홀로 이 황량한 고지에 몸을 뻗고 누워 있었다. 하지만 언덕 꼭대기가 아니라, 험준한 바위가 아니라, 필머 부인의 거실 소파였다. 그 환영들, 그 얼굴들, 죽은 자들의 목소리, 그것은 어디에 있을까? 눈앞에는 검은 부들과 푸른 제비가 그려진 칸막이가 있었다. 예전에 산들을 보았던 곳에, 얼굴들을 보았던 곳에, 아름다움을 보았던 곳에 칸막이가 있었다.

"에번스!" 그가 소리쳤다. 아무 대답도 없었다. 쥐 한 마리가 찍찍거리거나 커튼이 바스락거릴 뿐이었다. 그건 죽은 자들의 목소리였다. 칸막이, 석탄통, 식기 선반이 그에게 남아 있었다. 그렇다면 칸막이, 석탄통, 식기 선반을 직시하도록 하자……

그러나 레치아가 재잘거리며 불쑥 방으로 들어왔다.

편지가 왔대요. 모든 이들의 계획이 바뀌었어요. 필머 부인은 결국 브라이턴의 휴양지에 못 가게 되었어요. 윌리엄스 부인에게 알릴 시간이 없었거든요. 사실 레치아는 몹시 성가신 상황이 되었다고 생각했다. 그때 그 모자를 보고는 생각했다……. 어쩌면…… 내가 조금 할 수 있을지 몰라……. 그녀의 목소리는 만족스러운 선율 속에서 서서히 사라졌다.

"아, 망할!" 그녀가 소리쳤다.(그녀의 욕설은 그들끼리의 농담이었다.) 바늘이 부러졌던 것이다. 모자, 아이, 브라이턴, 바늘. 그녀는 처음에 이것으로, 다음엔 저것으로 쌓아 갔다. 그녀는 바느질을 하면서 쌓아 갔다.

그녀는 장미를 옮겨 달았고, 모자가 전보다 더 나아졌는지 그가 말해 주기를 바랐다. 그녀는 소파 끝에 앉았다.

우리는 지금 더할 나위 없이 행복해요. 그녀가 모자를 내려놓으며 느닷없이 말했다. 지금은 그에게 무슨 말이든 할 수 있었던 것이다. 머릿속에 떠오르는 말이라면 무엇이든 할 수 있었다. 그녀는 그가 영국인 친구들과 함께 카페에 들어섰던 그날 밤, 그를 거의 처음 본 순간부터 그렇게 느꼈었다. 그는 좀 수줍은 듯이 들어와서는 주위를 돌아보았고, 그가 걸어 둔 모자가 떨어졌다. 그 일이 생생히 떠올랐다. 그녀는 그가 영국인이라는 사실을 알았다. 자기 언니가 좋아하는, 체구가 큰 유형의 영국인은 아니었다. 그는 늘 여윈 사람이었다. 하지만 얼굴빛은 아름답게 산뜻했고, 큰 코와 빛나는 눈, 약간 웅크리고 앉은 자세를 보면, 그에게 종종 말했듯이, 젊은 매가 생각났다. 그날 저녁에 도미노 게임을 하고 있을 때 들어온 그는 젊은 매를 떠오르게 했다. 그러나 그는 언제나 그녀에게 아주 상냥했다. 그녀는 그가 거칠게 날뛰거나 술에 취한 모습을 본 적이 없었다. 다만 이 끔찍한 전쟁으로 인해 이따금 고통스러워했다. 하지만 그런 순간에조차 그는 그녀가 나타나면 그것을 전부 떨쳐 내곤 했다. 그녀는 이 세상의 무슨 일이든, 일을 하다가 약간 신경 쓰이는 어떤 문제든, 머릿속에 떠오르는 어떤 것이든 그에게 말했고, 그는 즉시 이해했다. 그녀의 가족도 그 정도로 그녀를 이해해 주지는 못했다. 그는 그녀보다 나이가 많고 아주 영리했으며 — 그는 그녀가 아직 영어로 쓰인 동화책을 읽기도 전에 셰익스피어를 읽기 바랐으니, 이 얼마나 진지한 사람인가! — 경험도 훨씬 많았다. 그러므로 그녀를 도울 수 있었다. 그리고 그녀도 그를 도울 수 있었다.

그런데 지금은 이 모자. 그다음에는(시간이 늦어지고 있었다.) 윌리엄 브래드쇼 경.

그녀는 양손을 머리에 대고, 모자가 마음에 드는지 어떤지, 그가 말해 주기를 기다렸다. 그녀가 거기 앉아서 아래를 내려다보며 기다리는 동안, 그는 마치 새처럼 한 가지에서 다른 가지로 옮겨 다니며 언제나 아주 정확하게 내려앉는 그녀의 마음을 느낄 수 있었다. 그녀가 자연스럽게 느긋하고 편안한 자세로 거기 앉아 있을 때, 그는 그녀의 마음을 따라갈 수 있었다. 그가 무슨 말이든 하면, 그녀는 발톱으로 가지를 단단히 붙잡고 내려앉은 새처럼 미소를 지었다.

그러나 그는 기억을 떠올렸다. 브래드쇼가 말했다. "우리가 가장 아끼는 사람들은 우리가 아플 때 우리에게 좋지 않아요." 브래드쇼는 그가 쉬는 법을 배워야 한다고 말했다. 브래드쇼는 그들이 얼마간 떨어져 지내야 한다고 말했다.

'해야 한다,' '해야 한다,' 왜 '해야' 하지? 브래드쇼는 무슨 권력으로 그를 지배하려 하는 걸까? "브래드쇼가 무슨 권리로 내게 '해야 한다'고 말하는 거지?" 그가 물었다.

"그건 당신이 자살하겠다고 말했기 때문이에요." 레치아가 말했다.(다행히 그녀는 지금 셉티머스에게 무슨 말이든 할 수 있었다.)

그래서 그는 그들의 손아귀에 있었다! 홈스와 브래드쇼가 그를 덮쳤다. 붉은 콧구멍을 가진 그 짐승은 발을 끌며 온갖 은밀한 곳을 킁킁거리고 있다. 그것이 '해야 한다'고 말할 수 있다니! 내 종이쪽지들은 어디에 있지? 내가 쓴 것들은?

그녀는 그가 쓴 글과, 그녀가 대신 쓴 것들을 그에게 가져다주었다. 그것들을 소파 위에 쏟아 놓았다. 둘은 함께 그것을 보았다. 도표들, 도안들, 등에 날개 — 정말로 날개일까? — 를 달고 무기 대신 막대기를 휘두르는 작은 남자들과 여자들, 1실링짜리와 6페니짜리 은화를 대고 그린 원들, 해들과 별들, 칼과 포크처럼 삐죽삐죽한 벼랑들을 올라가는 밧줄로 함께 엮인 등반가들, 작은 얼굴들이 파도 위에서 웃음을 터뜨리는 듯 보이는 바다 그림들, 세계 지도. 이것들을 태워 버려! 그가 소리쳤다. 그가 쓴 글에는 죽은 자들이 철쭉 덤불 뒤에서 부르는 노래, 시간에 부치는 송가, 셰익스피어와의 대화, 에번스, 에번스, 에번스 — 죽은 자들이 보낸 전갈, 나무를 자르지 마라, 총리에게 말하라, 보편적 사랑, 세계의 의미 같은 것이 적혀 있었다. 이것들을 불태워! 그가 소리쳤다.

그러나 레치아는 그 위에 두 손을 포갰다. 어떤 것들은 아주 아름답다고 생각했다. 그녀는 (봉투가 없었으므로) 명주실로 그것들을 묶을 것이다.

그들이 당신을 데려가더라도 나는 당신과 함께 갈 거예요. 그녀가 말했다. 그들은 우리의 의지를 묵살하고, 우리를 억지로 떼어 놓을 수 없어요. 그녀가 말했다.

그녀는 가까이 앉아서, 그의 옆에 앉아서, 종이쪽지들의 가장자리를 가지런히 맞춰 하나로 꾸리고는, 그 꾸러미를 거의 보지도 않고 묶었다. 그녀의 몸이 온통 꽃잎에 싸여 있는 것 같다고, 그는 생각했다. 그녀는 꽃이 핀 나무였다. 그녀의 가지들 사이로 한 입법자가 얼굴을 내밀었다. 그 입법자는 안식처에 이르렀고, 그곳에서 그녀는 그 누구도, 홈스도, 브래드쇼도 두려워하지 않았다. 그것은 기적이자 승리였다. 가장 위대한 마지막 승리였다. 그녀가 홈스와 브래드쇼라는 짐을 지고, 층계를 소름 끼치도록 비틀거리며 오르는 모습을 그는 보았다. 그 남자들은 몸무게가 73킬로그램 이하로 내려간 적이 없었고, 아내들을 궁정에 보냈다. 그들은 일 년에 1만 파운드의 돈을 벌면서 균형에 대해 말했고, 그들이 내린 선고는 각기 달랐지만(홈스는 이렇게, 브래드쇼는 저렇게 말했다.) 하여간 재판관이었다. 그들은 환영과 식기 선반을 혼동했고, 어느 것 하나 분명하게 보지 못했음에도 지배했고, 또한 그럼에도 고통을 가했다. 그녀는 그들에게 승리했다.

"됐어요!" 그녀가 말했다. 종이들은 한데 묶여 있었다. 누구도 이것을 손에 넣지 못할 거예요. 내가 치워 두겠어요.

그리고 그 무엇도 우리를 떼어 놓아서는 안 돼요. 그녀는 말했다. 그녀는 그의 옆에 앉아서 매나 까마귀라는 애칭으로 그를 불렀다. 악의적이고 곡물을 죄다 망쳐 놓는 게 당신과 똑 닮았어요. 어느 누구도 우리를 떼어 놓을 수 없어요. 그녀가 말했다.

그리고 나서 그녀는 물건을 챙기려고 침실에 들어갔다. 그런데 아래층에서 목소리가 들려왔다. 으레 홈스 박사가 방문했으리라고 생각하며, 그가 위층으로 올라오지 못하게 하려고 달려 내려갔다.

셉티머스는 층계에서 홈스에게 말하는 아내의 목소리를 들었다.

"친애하는 부인, 저는 벗으로서 온 겁니다." 홈스가 말하고 있었다.

"안 돼요, 지금은 제 남편을 만나실 수 없어요."

그는 그녀가 작은 암탉처럼 날개를 펴고 자신의 통행을 가로막는 모습을 보았다. 그러나 홈스는 굴하지 않았다.

"친애하는 부인, 허락해 주세요……." 홈스가 그녀를 옆으로 밀어냈다.(그는 체구가 건장했다.)

홈스는 위층으로 올라오고 있었다. 홈스가 문을 벌컥 열 것이다. 홈스는 "놀랐어요, 네?"라고 말할 것이다. 홈스가 자신을 붙잡을 것이다. 하지만 아니, 홈스는 안 돼. 브래드쇼는 안 돼. 그는 약간 휘청거리며 일어서서 실로 껑충껑충 한 발씩 걸음을 옮겼다. 그러고는 손잡이에 '빵'이라고 새겨진, 필머 부인의 깨끗하고 예쁜 빵칼을 골똘히 바라보았다. 아, 그걸 망쳐서는 안 돼. 가스불? 이제는 너무 늦었어. 홈스가 오고 있었다. 어딘가에 면도칼이 있을 텐데. 그러나 늘 그러하듯이 날붙이들은 레치아가 잘 싸서 보관해 두었다. 남은 건 창문뿐이었다. 넓은 블룸즈버리가의 하숙집 창문. 그 창문을 열고 몸을 내던지는 성가시고, 번거롭고, 다소 멜로드라마 같은 선택만이 남았다. 그들이나 그것을 비극이라 생각할 테지, 그나 레치아로서는(그녀는 그와 같은 편이므로) 아니었다. 홈스와 브래드쇼는 그런 종류의 일을 좋아했다.(그는 창턱에 앉았다.) 그러나 그는 마지막 순간까지 기다릴 것이다. 그는 죽고 싶지 않았다. 삶이 좋았다. 뜨거운 햇살. 다만 인간들이? 맞은편에서 계단을 내려가던 한 노인네가 걸음을 멈추고 그를 응시했다. 홈스가 문간에 나타났다. "당신이 원하는 걸 주겠어!" 그는 소리쳤고, 필머 부인의 철책 위로 힘차고 맹렬하게 몸을 던졌다.

"겁쟁이!" 홈스 박사가 문을 활짝 열어젖히며 소리쳤다. 레치아가 창가로 달려갔다. 그녀는 보았다. 그녀는 이해했다. 홈스 박사와 필머 부인이 서로 부딪쳤다. 침실로 들어온 필머 부인은 앞치마를 펄럭이며 그녀의 눈을 가려 주었다. 층계를 오르내리는 소리가 요란했다. 홈스 박사가 들어왔다. 얼굴이 백지장처럼 하얗게 질린 채 온몸을 떨면서 유리잔을 들고 있었다. 그녀가 용기를 내고 뭔가를 마셔야 한다고 말했다.(이게 뭐지? 달콤한 것이었다.) 그녀의 남편이 끔찍하게 으스러졌고 의식을 회복하지 못할 테니, 그녀는 그의 모습을 보아선 안 된다.

가급적 그 같은 충격을 받아서는 안 된다, 검시에 입회하는 고통을 겪어야 할 테니. 가엾은 젊은 여자. 누가 그런 일을 예상이나 했겠는가? 갑작스러운 충동이니 절대 누구의 잘못도 아니었다.(그는 필머 부인에게 말했다.) 그럼에도 그가 도대체 왜 그랬는지, 홈스 박사는 도무지 상상할 수 없었다.

그 달콤한 것을 마셨을 때, 그녀는 긴 창문들을 열고 정원으로 걸어 나가는 것 같았다. 그런데 어디일까? 시계가 울리고 있었다. 하나, 둘, 셋. 그 소리는 셉티머스처럼 쿵쿵거리고 속삭이는 온갖 소리들에 비하자면 얼마나 합리적인지. 그녀는 잠에 빠지고 있었다. 그러나 시계는 끊임없이 넷, 다섯, 여섯을 울렸고, 앞치마를 펄럭이던 필머 부인은(시신을 이리 들여오지 않겠죠, 그렇죠?) 정원의 한 부분이나 깃발 같았다. 그녀는 숙모와 베네치아에 머물 때, 돛대에 매달린 깃발이 천천히 물결치는 모습을 본 적이 있었다. 전투에서 죽은 사람들에게 그렇게 경의를 표했다. 그런데 셉티머스는 전쟁에서 살아남았다. 그녀가 간직한 기억은 대부분 행복했다.

그녀는 모자를 쓰고 밀밭 사이를 달려 — 여기는 어디일까? — 바다 근처의 어딘가, 어느 언덕으로 갔다. 배와 갈매기, 나비 들이 있었다. 그들은 절벽에 앉았다. 런던에서도 그들은 벼랑 위에 앉아 있었다. 반쯤은 몽롱한 상태에서 빗방울이 떨어지는 소리, 속삭이는 소리, 마른 곡물 사이에서 바스락거리는 소리, 애무하는 바다의 바람 소리가 침실 문을 통해 그녀에게 흘러들었다. 바다는 아치 모양의 조개껍데기 속을 비워내듯이 파고들며 해안에 누워 있는 그녀에게 중얼거리는 것 같았다. 그녀는 스스로가 어떤 무덤 위에 휘날리는 꽃처럼 흩어져 있다고 느꼈다.

"그는 죽었어요." 그녀는 정직한 연푸른색 눈동자로 문을 응시한 채, 자신을 지켜 준 가엾은 늙은 여자에게 미소 지으며 말했다.(그를 이 안으로 들여오지 않겠죠, 그렇죠?) 필머 부인은 그러지 않을 거라고, 말했다. 아, 아니야, 아, 아니야! 지금 그가 실려 가고 있었다. 그녀에게 말해 줘야 하지 않을까? 결혼한 사람들은 함께 있어야 한다고, 필머 부인은 생각했다. 하지만 의사의 지시를 따라야 한다.

"자게 내버려두세요." 홈스 박사가 그녀의 맥박을 짚으며 말했다. 그녀는 창문을 등지고 선 시커먼 거구의 윤곽을 보았다. 바로 홈스 박사였다.

문명의 승리 중 하나지. 앰뷸런스의 가볍고 높은 벨 소리가 들렸을 때, 피터 월시는 생각했다. 그것은 문명의 승리 중 하나다. 앰뷸런스는 신속하고 깨끗하게, 가엾은 자를 즉시, 인도적으로 신고는 병원을 향해 재빨리 달려간다. 누구에게나 쉽게 일어날 수 있는 사고로 머리를 다쳤거나, 질병에 걸렸거나, 일이 분 전에 건널목에서 차에 치인 사람을. 이게 문명이다. 동양에서 돌아온 그에게 깊은 인상을 준 것은 런던의 효율성, 체계화, 상호 협조 정신이었다. 모든 수레들과 차량들은 앰뷸런스가 지나가도록 스스로 길을 비켜 주었다. 그들이 희생자를 태운 앰뷸런스에게 보여 준 존중심은 병적으로 과민한 것인지도 모른다. 아니면 감동적이거나……. 서둘러 귀가하느라 바쁜 사람들은 앰뷸런스가 지나갈 때, 그 즉시 아내를 떠올리거나 자기도 언제든 그 들것에 누워 의사와 간호사를 마주할 수 있으리라고, 생각한다. 아, 그런데 의사와 시신을 떠올리기 시작하면 곧장 병적으로 음울하고 감상적인 생각에 빠져든다. 시각적 인상에서 느끼는 쾌감의 작은 불꽃, 또한 일종의 욕망은 그런 생각을 하지 말라고 계속 경고한다. 예술에 치명적이고, 우정에 치명적이라면서. 맞다. 하지만 앰뷸런스가 모퉁이를 돌자 다음 거리로 이어지는 그 가볍고 높은 벨 소리가 들려왔고, 토트넘 코트 로드를 건넜을 때는 더 아득하게 끊임없이 울리는 소리를 들을 수 있었다. 그런 생각을 한다는 것은 외로움의 특권이라고, 피터 월시는 생각했다. 혼자 있으면 원하는 대로 할 수 있다. 보는 사람이 없으면 울 수도 있다. 인도에 거주하는 영국인들의 사회에서 그가 실패한 이유는 바로 그것, 그의 감수성 때문이었다. 적절한 때에 울거나 웃지 않는 감수성. 이제 내 마음속에는 눈물로 녹아내릴 수 있는 것이 있지. 그는 우체통 옆에 서서 생각했다. 왜 그런지는 아무도 모르지. 어쩌면 어떤 아름다움, 클래리사를 찾아간 순간부터 그를 지치게 했던 그날의 열기와 강렬한 중압감, 그리고 연달아 방울져 떨어지는 인상들 때문일지도 모른다. 그 인상들은 깊고 어두운 마음의 지하실, 아무도 모를 곳에 모여 있었다. 부분적으로는 그런 이유 때문에, 그 완벽하고 범접할 수 없는 은밀함 때문에 그는 인생이 마치 비밀의 정원 같다고, 그래, 불쑥 놀라게 하는 굽은 길과 모퉁이로 가득한 정원 같다고 느끼게 되었다. 실로 이런 순간들은 숨이 막힐 정도로 놀라웠다.

거기, 영국 박물관 맞은편의 우체통 옆에 서 있는 그에게 바로 이런 순간이 다가왔다. 사물들이 결합하는 순간 말이다. 이 앰뷸런스 그리고 삶과 죽음이 결합하는 순간. 그는 그렇게 밀려든 감정에 의해 아주 높은 지붕까지 빨려 올라가는 듯했다. 그러나 육신은 조개껍데기들이 흩어져 있는 하얀 해안처럼 텅 빈 채 남아 있는 것 같았다. 인도의 영국인 사회에서 그가 실패한 까닭은, 이 감수성 때문이었다.

과거에 클래리사와 함께 2층 버스 꼭대기에 앉아 어딘가에 갔었다. 적어도 겉으로 보기에 그녀는 아주 쉽게 감정이 동했다. 한순간 절망에 빠졌다가 다음 순간엔 더없이 쾌활해졌는데, 그 시절에는 그렇게 강렬한 감정으로 전율하곤 했다. 우리는 버스 위층에 자리를 잡고서 사소하지만 기묘한 장면들이나 이름들, 사람들을 찾아내는 아주 좋은 벗이었다. 그들은 런던을 탐사하러 돌아다니며 칼레도니아 마켓[42]에서 건진 보물들로 가방을 채워 돌아오곤 했다. 당시에 클래리사에게는 하나의 지론이 있었다. 젊은이들이 그렇듯이, 그들은 지론을 무더기로 쌓아 올렸고 늘 지론에 대해 이야기했다. 이를테면 그것은 사람들을 알지 못하고, 사람들에게 알려지지도 않은 상태에서 느끼던 불만스러운 감정을 표현한 것이었다. 그들이 어떻게 서로를 알 수 있겠는가? 어떤 때는 매일 만나다가 여섯 달 동안, 혹은 몇 년간 만나지 못했다. 사람들을 거의 알지 못

---

42) 리젠트 파크 동북부, 칼레도니아 로드의 북쪽에서 매주 금요일에 열리는 중고품 시장.

한다는 것이 불만스러운 일이라는 데에 그들은 동의했다. 하지만 그녀는 섀프츠베리 거리를 올라가는 버스에 앉아서 자신이 어디에나 있음을 느낀다고 말했다. 좌석 등받이를 톡톡 두드리면서 "여기, 여기, 여기."가 아니라 어디에서나 느낀다고. 그녀는 섀프츠베리 거리를 올라가면서 손을 흔들었다. 그녀는 그 모든 것이었다. 그러므로 그녀를 알려면, 혹은 누구라도 알려면, 그들을 완전하게 만들어 준 사람들,[43] 심지어 장소들을 찾아내야 한다. 그녀는 생전 말을 걸어 본 적 없는 사람들, 거리의 어떤 여자나 카운터 뒤의 어떤 남자, 심지어 나무나 헛간에마저 기묘한 친밀감을 느꼈다. 그래서 결국 그녀는 어떤 초월적 지론을 가지게 되었다. 죽음에 대한 공포를 느끼고 있음에도 그녀는 우리의 환영, 우리의 가시적인 일부는 눈에 보이지 않고 널리 퍼져 있는 우리의 다른 부분에 비해 너무나 찰나적이므로, 죽음 이후에 그 보이지 않던 부분이 살아남고 회복되어 이 사람이나 저 사람에게 어떻게든 들러붙거나 어떤 장소를 방황하게 될지도 모른다고 믿게 되었다. 아니면(그녀는 회의주의자였음에도 불구하고) 그렇게 믿는다고 말하게 되었다. 어쩌면…… 어쩌면.

거의 삼십 년에 걸친 긴 우정을 돌아보건대 그녀의 지론은 이만큼이나 영향력을 발휘했다. 그들의 만남은, 그가 멀리 떨어져 있거나 방해받기도 해서(가령 오늘 아침에도 클래리사와 겨

---

43) 사람은 홀로 완전할 수 없으므로 다른 사람들과의 총체적 관계를 통해서만 완전해질 수 있다는 의미이다.

우 대화를 나누기 시작했을 때, 다리가 긴 망아지처럼 멋지고 말없는 엘리자베스가 들어왔다.) 짧게 중단되었고, 종종 고통스러웠다. 하지만 그것이 그의 삶에 미친 영향은 이루 헤아릴 수 없었다. 거기에는 불가사의한 면이 있었다. 실제로 그녀를 만나면 날카롭고 뾰족하고 거북한 곡물 낟알을 받는 것처럼 대개는 끔찍하게 괴로웠다. 그러나 그녀와 떨어져 있을 때면 생각지도 못한 곳에서 그 낟알이 꽃을 피우고 꽃잎을 벌리며 향기를 내뿜었기에, 수년간 잊고 지내던 그것을 만지고, 맛보고, 둘러보고, 온전히 느끼고 이해할 수 있게 되었다. 그렇게 그녀가 그에게 다가왔다. 배 위에서, 히말라야에서, 더없이 기묘한 것들에 의해 떠오르곤 했다.(관대하고 열정적인 얼간이! 이처럼 샐리 시튼은 푸른 수국을 볼 때면 그를 떠올렸다.) 클래리사는 그에게 누구보다도 많은 영향을 끼쳤다. 언제나 이런 방식으로, 그가 바라기도 전에, 그의 눈앞에 냉정하고 숙녀답고 비판적인 모습, 혹은 매혹적이고 낭만적인 모습으로 나타나서 어느 들판이나 영국의 추수를 떠오르게 했다. 그 모습을 시골에선 자주 보았지만 런던에서는 그러지 못했다. 버턴에서의 한 광경이 떠오르면 다른 광경이 연달아…….

그는 묵고 있는 호텔에 이르렀다. 불그레한 의자들과 소파들이 쌓여 있고, 시든 듯 보이는, 못처럼 뾰족한 이파리가 달린 식물들이 있는 홀을 지났다. 그는 고리에서 열쇠를 떼어 냈다. 젊은 부인이 그에게 편지를 건네주었다. 그는 위층으로 올라갔다. 그는 늦여름에, 당시 사람들이 흔히 그랬듯이, 일주일이나 이 주일 남짓 버턴에 머물 적에 그녀를 가장 자주 보았다. 무엇보다 먼저 기억나는 장면은, 그녀가 어느 언덕 꼭대기에 서서 양손을 머리칼에 대고 망토를 휘날리며 그들에게 손가락질하고 소리를 지르던 모습이다. 저 아래 세번강이 보인다고. 혹은 숲속에서 찻주전자의 물을 끓일 때, 손놀림이 아주 서툴러서 마치 연기가 절하듯이 그들의 얼굴로 날아들었고, 그 순간 발그레한 그녀의 작은 얼굴이 연기 사이로 드러났다. 오두막의 늙은 부인에게서 물을 얻었는데, 그 부인은 문간에서 그들이 가는 모습을 지켜보았다. 그들은 늘 걸어 다녔고, 다른 이들은 마차를 달렸다. 그녀는 드라이브를 지루해했고, 개 말고는 모든 동물을 싫어했다. 그들은 길을 따라 몇 마일을 걸었다. 그녀는 방위를 확인하기 위해 걸음을 멈추었다가, 그를 이끌고 다시 시골길을 가로지르곤 했다. 그러면서 그들은 내내 논의를 이어 갔고, 시에 대해, 사람들에 대해, 정치에 대해(당시 그녀는 급진주의자였다.) 토론했다. 걸음을 멈추고 어떤 광경이나 나무의 위용에 감탄하며 그에게 함께 보자고 청할 때를 제외하면 어느 것 하나 주목하지 않았다. 그러고는 고모에게 선물할 꽃 한 송이를 들고, 그루터기만이 남은 들판을 다시 앞장서서 걸었다. 연약한 몸에도 지치지 않고 걸었으며, 땅거미가 질 무렵에야 버턴에 당도하면 털버덕 주저앉았다. 그러고 나서 정찬을 마친 뒤, 브라이트코프 영감이 피아노의 뚜껑을 열고 목청도 시원치 않으면서 노래를 부르기 시작하면 그들은 안락의자에 몸을 파묻은 채 웃지 않으려고 애썼다. 그러나 늘 감정을 주체하지 못하고 웃었고, 웃었고 — 아무것도 아닌 일에 웃었다. 아예 브라이트코프를 보지 말걸, 생각했다. 이윽고 아침이 되면 집 앞의 할미새처럼 위아래로 날개를 펄럭이며 사랑을 시시덕거렸다…….

아, 이것은 그녀가 보낸 편지였다! 이 푸른 봉투, 그녀의 필체. 그는 그것을 읽어야 한다. 여기, 고통스러울 수밖에 없는, 또 다른 만남이 있었다. 그녀의 편지를 읽으려면 지독하게 노력해야 했다. "당신을 만나서 얼마나 기쁜지 몰라요. 당신에게 이 말을 해야 했어요." 이게 전부였다.

하지만 그는 이 편지를 읽고 심란해졌다. 짜증이 일었다. 그녀가 편지를 쓰지 않았더라면 좋았을 텐데. 옆구리를 폭 찌르듯이 그의 생각을 산란하게 했다. 그녀는 왜 그를 내버려두지 못할까? 어떻든 그녀는 댈러웨이와 결혼했고, 이 긴 세월 동안 그와 온전히 행복하게 살아오지 않았던가.

이런 호텔은 위안을 주는 장소가 아니었다. 전혀 아니었다. 수많은 사람들이 저 못에 모자를 걸었다. 심지어 이곳의 파리들조차, 생각해 보면, 다른 사람들의 코에 내려앉았으리라. 그의 얼굴을 강타한 청결함이란, 사실 청결함이라기보다 오히려 헐벗은 냉랭함이었고, 그럴 수밖에 없었다. 메마른 부인이 새벽에 이곳을 순시하며 쿵쿵 냄새를 맡고, 엿보고, 그리하여 젠체하는 하녀들에게 더러움을 문질러 닦게 했다. 세상없어도 마치 다음 손님이 오점 하나 없이 깨끗한 접시 위에 올릴 고깃덩어리인 듯이. 수면을 위한 침대 하나, 앉아 있을 안락의자 하나, 이를 닦고 면도를 하는 데 사용할 큰 컵 하나와 거울 하나가 다였다. 인간미 없는 말총 침대 위에 책과 편지, 가운이 이곳과 전혀 어울리지 않는 엉뚱한 물건들처럼 흐트러져 있었다. 그런데 그가 이 모든 것을 깨닫게 된 계기는 바로 클래리사의 편지 때문이었다. '당신을 만나서 얼마나 기쁜지 몰라요. 이 말을 해야 했어요!' 그는 편지를 접어서 치워 버렸다. 절대로 다시는 그 편지를 읽지 않을 것이다!

그녀는 그 편지를 6시까지 전달하기 위해 그가 자기 집을 나서자마자 자리 잡고 앉아서 그 글을 쓰고, 우표를 붙이고, 누군가를 우체국으로 심부름 보냈을 터다. 그것은, 사람들이 말하듯이, 아주 그녀다운 행동이었다. 그녀는 그의 방문으로 인해 마음이 어수선했다. 그녀는 많은 감정을 느꼈고, 그의 손에 입을 맞추며 한순간 후회했고, 그를 질투하거나 어쩌면 그가 했던 말 — 그녀가 만약 자신과 결혼한다면 우리 두 사람이 세상을 바꾸리라는 — 을 기억했을지도(그녀에게서 그런 표정을 보았다.) 모른다. 반면에 현실은 이러했다. 벌써 중년에 접어들었고, 범속하기 그지없었다. 그러자 그녀는 불굴의 활력으로 그 모든 것을 억지로 밀쳐 냈다. 그녀의 내면에는 실오라기 같은 생명력이 있었다. 강인함과 참을성, 장애를 극복하고 의기양양하게 헤쳐 나가는 힘, 그는 그만한 생명력을 본 적이 없었다. 하지만 그가 방을 나서자마자 어떤 반발이 일었을 것이다. 그가 몹시 안쓰러웠을 터다. 그녀는 그에게 기쁨을 주기 위해 도대체 무엇을 할 수 있을지(언제나 한 가지만을 제외하고) 생각했으리라. 뺨 위로 눈물이 흐르는 가운데 탁자에 가서, 아까 그를 맞아 주었던 그 한 줄의 편지를 단숨에 쓰는 그녀의 모습이 눈에 선했다……. "당신을 만나서 얼마나 기쁜지 몰라요!" 그리고 그 말은 진심이었다.

피터 월시는 이제 구두끈을 풀었다.

그러나 그들이 결혼했더라면 성공하지 못했을 것이다. 결국 다른 방식의 관계가 더 자연스럽게 여겨졌다.

이상하지만 사실이었다. 많은 사람들이 그렇게 느꼈다. 피터 월시는 그저 부끄럽지 않게 처신해 왔고, 평범한 일거리를 적당히 해 왔으며, 사람들의 호감을 샀지만 약간 괴짜이고 건방진 분위기를 풍겼다. 그런 그가 특히나 머리칼이 희끗해진 지금에야 만족스러운 표정을, 뭔가 여유 있는 표정을 짓게 되었음은 이상한 일이었다. 바로 이 점 때문에 여자들은 그를 매력적으로 느꼈고, 순전히 남성적이지만은 않게 느껴지는 그를 좋아했다. 그에게는 남다른 면이 있었다. 아니, 그의 이면에는 무언가가 있었다. 책벌레인 탓인지도 모른다. 그는 누군가의 집을 방문하면 언제나 탁자 위에 놓인 책을 집어 들었다.(지금도 그는 바닥에 구두끈을 늘어뜨린 채 글을 읽고 있다.) 아니면 그가 신사이기 때문인지도 모른다. 그 점은 그가 파이프의 재를 털거나 여자들을 대하는 태도에서 드러났다. 그런 그가 양식이라고는 한 톨도 없는 여자에게 너무나 쉽게 휘둘리는 모습을 보면 아주 흥미롭고 우스꽝스러웠다. 하지만 그녀는 위험을 각오해야 한다. 가령 그는 아주 태평하고 실로 명랑하며 교양이 있어서 같이 어울리기에 매력적일 수 있지만, 어디까지나 그뿐이었다. 여자가 뭐라고 말하면 — 아니, 아니지, 그는 그 속을 들여다보았다. — 마냥 참아 주지 않을 것이다. 아니, 아니지. 그리고 나서 그는 남자들과 뭔가 농담을 주고받고 소리를 지르고 몸을 흔들며 배를 잡고 웃을 것이다. 그는 인도

요리에 대한 뛰어난 지식과 미각을 가지고 있었다. 그는 남자였다. 하지만 존경해야 할 부류는 아니었는데, 차라리 다행이었다. 이를테면 시몬스 소령[44] 같은 사람은 아니라고, 전혀 아니라고, 데이지는 두 아이를 두었음에도 두 사람을 비교하곤 했다.

그는 구두를 벗었다. 그는 주머니를 비웠다. 주머니칼과 함께 베란다에서 촬영한 데이지의 사진이 나왔다. 온통 흰옷으로 감싸고 무릎 위에 폭스테리어를 앉히고 있는, 아주 매력적이고 새까만 피부의 데이지, 그가 보아 온 그녀의 모습 중 최고였다. 어떻든 그 관계는 아주 자연스럽게 이루어졌다. 클래리사보다 훨씬 더 자연스럽게. 야단법석도 없고, 성가신 일도 없었다. 까다롭게 굴거나 안달복달하지도 않았다. 오직 순조로운 항해였다. 그리고 베란다 위에 선 까무잡잡하고 사랑스럽고 예쁜 여자가 소리쳤다.(그는 그녀의 목소리를 들을 수 있었다.) 물론, 물론 나는 당신에게 모든 것을 줄 거예요! 그녀는 소리쳤다.(그녀는 조심성이 없었다.) 당신이 원하는 것이라면 무엇이든! 그녀는 누가 쳐다보든 말든 개의치 않고 그를 만나러 달려가며 소리쳤다. 그런데 스물네 살밖에 안 된 여자였다. 그리고 두 아이가 있었다. 글쎄 어떨지!

글쎄, 실로 그는 이 나이에 곤란한 처지에 휘말린 것이다. 밤중에 문득 깨어나면 그 생각이 거세게 밀려왔다. 그녀와 결혼한다면? 그에게는 괜찮을 것이다. 그러나 그녀에겐 어떨까?

---

44) 데이지의 남편.

그가 수다스럽지 않고 선량한 버지스 부인에게 속내를 털어놓았을 때, 그녀는 그가 명목상 변호사를 만나러 영국에 가 있으면 데이지 역시 자신의 상황을 생각하고 돌아보게 되리라고 말했다. 그녀의 지위, 사회적 장벽, 아이들을 포기하는 문제를 직면하게 되리라고, 버지스 부인은 말했다. 조만간 그녀는 과거 있는 과부가 되어 교외, 그보다는 되는대로 아무 데서나 치맛자락을 끌고 돌아다니게 되리라.(짙게 화장하고 다니는 그런 여자들이 어떻게 될지는 그도 잘 알고 있으리라고, 부인이 말했다.) 그러나 피터 월시는 그런 말에 콧방귀를 뀌었다. 그는 아직 죽을 생각이 없었다. 어떻든 그녀가 스스로 결정하고, 판단해야 한다고, 그는 양말을 신은 채 방을 조용히 걸어 다니며 생각했다. 그러고는 클래리사의 파티에 참석할지도 몰랐으므로 와이셔츠의 주름을 폈다. 어쩌면 어느 콘서트홀에 갈 수도 있었다. 아니면 차분히 자리 잡고 앉아서 옥스퍼드 대학교에 다닐 때 알게 된 어떤 남자의 흥미진진한 책을 읽을 수도 있었다. 그가 은퇴한 뒤에 하려는 일이 바로 그것, 책을 쓰는 일이었다. 그는 옥스퍼드 대학교에 가서 보들리 도서관의 책들을 뒤적일 것이다. 그 까무잡잡하고 사랑스럽고 예쁜 여자는 헛되이 베란다 끝 쪽으로 달려갔다. 헛되이 손을 흔들었다. 세상 사람들의 말 따위는 하나도 신경 쓰지 않는다고, 헛되이 소리쳤다. 거기 그가 있었다. 그녀가 온 세상이라고 생각한 남자, 완벽한 신사, 매력적인 사람, 뛰어난(그의 나이는 그녀에게 아무 문제도 되지 않았다.) 사나이가 블룸즈버리의 호텔 방을 조용히 걸어 다니며 면도하고 씻고, 컵을 집었다가 면도칼을 내려놓고, 끊임없이 보들리 도서관을 뒤지고, 그의 관심을 사로잡은 한두 가지 사소한 문제의 진실을 파헤치는 모습을 상상했다. 그는 누구하고든 담소를 나눌 테고, 그러다가 점점 더 점심시간을 무시하고 약속을 어기게 될 것이다. 데이지가, 반드시 그러겠지만, 그에게 키스나 애정 표현을 요구할 때(비록 그는 그녀에게 진심으로 헌신하고 있지만), 그는 그녀가 기대하는 행동을 해 주지 못할 것이다. 요컨대, 버지스 부인이 말했듯이, 그녀는 그를 잊는 편이 더 행복할 것이다. 아니면 그저 1922년 8월의 그의 모습으로, 황혼의 갈림길에 서 있는 형체로 기억하는 편이 더 나으리라. 그녀를 뒷자리에 단단히 고정한 이륜마차가 방향을 돌려 달려갈 때, 아무리 그녀가 두 팔을 내뻗더라도 그 형체는 점점 더 멀어진다. 그 형체가 작아지고 서서히 사라지는 광경을 보면서, 그래도 그녀는 이 세상의 무슨 일이든, 무엇이든, 무엇이든, 무엇이든 하겠다고 소리칠 것이다…….

그는 사람들이 무슨 생각을 하는지 전혀 알지 못했다. 집중하기가 점점 더 어려웠다. 자기 생각에 빠져들었다. 자신의 관심사를 살피느라 분주했다. 어느 때는 무뚝뚝하고, 때로는 명랑했다. 그는 여자들에게 의지하고, 멍하니 있기도 하고, 심하게 변덕을 부리기도 했다. 급기야 차츰 더 (면도하면서 생각하건대) 클래리사가 왜 자신들의 숙소를 구해 주고, 데이지에게 친절을 베풀고, 그녀를 사교계에 소개해 줄 수 없는지를 이해하기가 어려웠다. 그러면 그는 할 수 있을 텐데…… 그런데 무엇을? 그저 자주 돌아다니고 계속 맴돌다가(이 순간 그는 실제로 여러 열쇠들과 서류들을 분류하는 데 몰두하고 있었다.) 재빨리 잡아채서 맛보고, 간단히 말하자면, 홀로 자족할 것이다. 그렇지만 물론, 그처럼 다른 사람들에게 많이 의존하는 사람은 없었다.(그는 조끼의 단추를 채웠다.) 그것이 그가 실패한 이유다. 그는 남자들이 모이는 흡연실을 벗어날 수 없었고, 대령들을 좋아했고, 골프를 좋아했고, 브리지 게임을 좋아했고, 무엇보다 여자들과 어울리기를 좋아했다. 여자들과의 세련된 교류, 그들의 충실하고 대담하며 크나큰 사랑이야말로, 그 나름의 문제점이 있더라도, 그에게는(그 까무잡잡하고 사랑스럽고 예쁜 얼굴이 봉투 위에 있었다.) 인간 삶의 정점에서 피어나는 완전히 경탄스럽고 눈부시게 찬란한 꽃이었다. 하지만 그는 늘 상황을 이리저리 둘러보았고(클래리사가 그의 내면에 있던 무언가를 영원히 고갈시켜 버렸다.), 무언의 헌신에 아주 쉽게 싫증을 냈으며, 다양한 사랑을 원했으므로 그 기대에 부응할 수 없었다. 물론, 데이지가 다른 사람을 사랑한다면 그는 펄펄 뛰며 화를 낼 것이다! 그는 질투심이 강할 뿐 아니라, 질투심을 억제하지 못하는 기질이었으니까. 그는 고문당해 왔다! 그런데 주머니칼이 어디 있더라? 시계, 인장, 지갑, 다시는 읽지 않겠지만 즐겁게 떠올릴 클래리사의 편지, 그리고 데이지의 사진은 어디 있지? 저녁을 먹으러 나갈 시간이었다.

그들은 식사 중이었다.

그들은 꽃병이 놓인 작은 식탁에, 정장을 차려입었든 아니든, 숄과 가방을 옆에 내려놓고 평온한 척하며 앉아 있었다. 정찬에 나오는 그 많은 코스 요리에 익숙하지 않았던 것이다. 그 값을 지불할 수 있었기에 태도에선 자신감이 엿보였고, 온종일 쇼핑하고 관광하며 런던을 쏘다닌 탓에 피로한 기색이 역력했다. 뿔테 안경을 쓴 멋진 신사가 들어오자 그들은 돌아보고 올려다보면서 당연히 호기심을 드러냈다. 선량한 마음으로 시간표를 빌려주거나 유용한 정보를 알려 주는 등 사소한 도움을 주고 싶었을 것이다. 단지 고향이(가령 리버풀) 같다든가, 같은 이름의 친구가 있기만 해도 어떻게든 관계를 맺으려 하는 욕망이 마음속에서 고동치며 의식 밑바닥에서 그들을 잡아끌었다. 은밀히 훔쳐보고 기묘한 침묵을 지키다가 그들은 돌연 가족끼리만 공유하는 농담과 고립으로 빠져들었다. 거기 그들이 앉아 저녁을 먹고 있을 때, 월시 씨가 들어와서 커튼 옆의 작은 탁자에 앉았다.

그가 무슨 말을 한 것은 아니었다. 혼자라서 웨이터에게만 말을 걸 수 있었으니까. 메뉴를 쳐다보고, 집게손가락으로 특정한 포도주를 가리키고, 식탁에 다가앉고, 게걸스럽지 않고 진지하게 식사에 전념하는 그의 태도는 그들의 존중을 자아냈다. 식사가 지속되는 동안엔 표출될 수 없었던 그 존중심은, 식사가 끝날 무렵에, 월시 씨가 "바틀릿 배."[45]라고 말하는 소리와 함께 모리스 가족이 앉아 있던 식탁에서 확 타올랐다. 그가 왜 그처럼 온건하면서도 확고하게, 정의에 입각해 자기 권리의 한계를 고수하는 엄격한 규율주의자처럼 말했는지는 젊은 찰스 모리스도, 늙은 찰스도, 일레인 양도, 모리스 부인도 알지 못했다. 그러나 그가 식탁에 혼자 앉아서 "바틀릿 배."

---

45) 디저트로 바틀릿 종의 배(크고 즙이 많은 황색 배)를 달라는 말이다.

라고 말했을 때, 모리스 가족은 그가 자신의 합법적 요구에 그들의 지지를 기대하고 있다는 인상을 받았다. 그들 스스로 대의의 투사라고 느꼈으므로, 그 대의에 즉시 동참한 그들의 눈은 공감하듯 그의 눈과 마주쳤다. 따라서 모두 함께 흡연실에 들어섰을 때, 그들은 대화를 조금이나마 나누지 않을 수 없었다.

대단히 심오한 대화는 아니었다. 그저 런던이 혼잡해졌고, 삼십 년 사이에 달라졌고, 모리스 씨는 리버풀이 더 좋았고, 모리스 부인은 웨스트민스터의 화훼 전시회에 다녀왔으며, 그들 모두 웨일스 공을 보았다는 취지의 이야기에 불과했다. 하지만 세상의 어떤 가족도 모리스 씨 가족과 견줄 수 없다고, 피터 월시는 생각했다. 그들 서로 간의 관계는 나무랄 데 없었고, 상류층에 대해 조금도 신경 쓰지 않았으며, 자기들 마음에 드는 것을 거리낌 없이 좋아했다. 또 일레인은 가업을 이어받기 위해 훈련받고 있으며, 아들은 리즈 대학교의 장학금을 받았고, (피터와 같은 나이의) 노부인에게는 자식이 셋 더 있었다. 그리고 그들은 자동차를 두 대나 보유하고 있었지만 모리스 씨는 아직도 일요일마다 구두를 직접 손질했다. 대단히 훌륭하다고, 전적으로 훌륭하다고, 피터 월시는 술잔을 손에 들고 털로 덮인 붉은 의자들과 재떨이 사이에서 앞뒤로 약간 몸을 흔들며 생각했다. 모리스 가족이 그를 좋아했기에, 그는 스스로에 대해 매우 뿌듯한 기분이었다. 그래, 그들은 "바틀렛배."라고 말한 남자를 좋아했다. 그들이 자신을 좋아한다고, 그는 느꼈다.

그는 클래리사의 파티에 갈 것이다.(모리스 가족은 떠났지만 그들을 다시 만나게 되리라.) 그는 클래리사의 파티에 갈 것이다. 리처드에게, 그들 — 보수주의자 얼간이들 — 이 인도에서 무엇을 하고 있는지 묻고 싶었기 때문이다. 그리고 어떤 연극이 상연되고 있는지? 그리고 음악회는……. 아, 그래, 그저 잡담을 나누러.

이것이 우리 영혼에 관한 진실이라고, 그는 생각했다. 우리의 자아는 물고기처럼 깊은 바닷속에 살면서 어두컴컴한 곳을 부지런히 돌아다니고, 거대한 잡초 줄기들 사이로 요리조리 빠져나가고, 햇빛이 스치는 공간 너머의 차갑고 깊고 헤아릴 수 없는 어둠 속으로 계속 나아간다. 그러다 갑자기 수면으로 쏜살같이 솟아올라, 바람에 주름진 파도 위에서 즐겁게 노닌다. 가령 스치고, 비벼 대고, 스스로 불을 지펴 잡담을 나누고자 하는 적극적인 욕구를 가지고 있는 것이다. 정부가 인도를 어떻게 할 작정인지, 리처드 댈러웨이는 알겠지.

아주 무더운 밤이었고, 신문팔이 소년은 크고 붉은 글씨로 열파가 발생했다고 적힌 전단을 들고 지나갔다. 호텔 계단 위에는 고리버들 의자들이 놓여 있고, 거기에 신사들이 드문드문 떨어져 앉아서 뭔가를 마시거나 담배를 피우고 있었다. 피터 월시는 거기 앉았다. 하루가, 런던 사교계의 하루가 막 시작되었다고, 상상할 수 있을 것이다. 날염 드레스와 흰 앞치마를 벗고 푸른색 드레스와 진주로 차려입은 여자처럼, 낮 또한 옷을 벗고 저녁으로 변모했다. 여자가 속옷을 바닥에 내팽개치며 들뜬 한숨을 내쉬듯이 낮도 먼지와 열기, 색깔을 벗어

던졌고, 차량들의 통행 역시 줄어들었다. 목재를 실은 화물차 대신에 자동차들이 짤랑거리며 벼락같이 달렸고, 광장에 우거진 짙은 이파리들 사이로 여기저기 강렬한 가로등 빛이 걸려 있었다. 꼭대기가 톱니처럼 뾰족하게 돌출한 호텔과 아파트, 상가 건물들 위로 저녁이 흐릿하고 희미해지고 있었다, 마치 나는 물러간다고 말하는 듯이. 나는 점점 바래고 있어, 나는 사라지고 있어. 저녁이 속삭이고 있었지만, 런던은 그것을 용납하지 않고 하늘로 칼을 내뻗어 저녁을 결박한 채, 어서 흥청거리는 파티에 동참하라고 강요하고 있었다.

피터 월시가 마지막으로 영국을 방문했던 때 이후로, 윌렛 씨의 서머타임이라는 대변혁[46]이 일어났던 것이다. 그에게 길어진 저녁 시간은 새로운 경험이었다. 그것은 다소 기운을 북돋아 주었다. 젊은이들이 송달함을 들고 즐거워하며, 또 말없이 자랑스러워하며 이 유명한 보도를 자유롭게 활보할 때, 누군가는 값싸고 허울뿐인 즐거움이라고 말할 테지만, 그럼에도 황홀한 기쁨이 그들의 얼굴을 붉게 물들였다. 그들은 옷을 잘 차려입었고, 분홍색 양말에 예쁜 구두도 신었다. 이제 영화를 구경하며 두 시간을 보낼 것이다. 노란색이 감도는 푸른 저녁 빛이 그들의 윤곽을 선명하게 드러내고 세련되게 다듬었다. 광장의 나뭇잎들은 창백하고 시퍼렇게 빛났는데, 마치 바닷물에 잠긴 듯이, 수몰된 도시의 관엽처럼 보였다. 그는 그 아름

---

46) 윌리엄 윌렛(William Willett, 1856~1915)이 주장한 서머타임은 1916년 이후에 실시되었다.

다움에 깜짝 놀랐는데, 그것은 고무적인 일이기도 했다. 인도에서 거주하다가 돌아온 영국인들이라면 당연히 오리엔탈 클럽에 앉아(그는 그런 사람들을 많이 알고 있었다.) 잔뜩 화를 내며 세상이 망했다고 결론 내렸을 터였다. 하지만 예전과 다름없이 젊은 그는 여기서 서머타임과 다른 것들을 누리는 젊은 이들을 부러워했고, 어린 소녀의 말이나 어떤 하녀의 웃음소리 — 손으로 만질 수 없는 막연한 것들 — 에서 젊은 시절에는 요지부동이던, 피라미드처럼 견고하게 집적된 사회 전체에 어떤 변화가 일어났음을 정확히 감지했다. 그 피라미드의 조각들이 그들을 무겁게 억눌렀다. 그들, 특히 여자들을 짓눌렀다. 클래리사의 고모 헬레나가 정찬을 마치고, 램프 아래 앉아서 회색 압지 사이에 끼워 넣고 리트레의 사전[47]으로 내리누르곤 했던 꽃들처럼. 지금 그 고모는 죽었다. 고모가 한쪽 눈의 시력을 잃었다고, 클래리사에게서 들은 적이 있었다. 늙은 패리 양이 유리로 만든 의안에 의지하게 되었음은 너무도 적절하게 보이는, 자연의 걸작 중 하나였다. 그녀는 서리〔霜〕에 덮인 횟대를 움켜잡은 새처럼 죽었을 것이다. 그녀는 다른 시대에 속했다. 그러나 그녀는 몹시 완전하고, 몹시 완벽하므로, 이 모험적이고 기나긴 항해에서, 이 끝없고 (그는 서리와 요크셔 크리켓 팀의 경기 내용을 확인하기 위해 신문을 사려고 동전을 찾아 더듬었다. 그는 수백만 번이나 동전을 내밀었다. — 서리주 팀이 또다시 모두 아웃되었다.) 한없이 지속되는 삶에서 지나쳐 버

---

47) 에밀 리트레(Émil Littré, 1801~1881)가 편찬한 유명한 프랑스어 사전.

린 어느 단계를 표시하는 등대처럼, 또 언제나 수평선 위에 우뚝한 하얀 돌처럼 걸출하게 서 있을 것이다. 그런데 크리켓은 단순한 게임이 아니었다. 크리켓은 중요했다. 그는 크리켓에 관한 기사를 읽지 않을 수 없었다. 먼저 최신 신문 지면에서 그 경기의 결과를 확인했고, 그다음엔 무더위가 밀려왔다는 소식과 어떤 살인 사건에 대한 기사를 읽었다. 어떤 일을 수백만 번이나 되풀이하면 신선함이 사라지기도 하지만 오히려 식견이 풍부해지기도 한다. 과거가 풍부해지면 경험도 풍부해지고 한두 사람을 좋아하기도 하면서 젊은이들에게는 없는 능력을 얻게 된다. 돌연 중단할 수 있고, 자기가 좋아하는 일을 할 수 있으며, 사람들이 하는 말을 조금도 신경 쓰지 않게 된다. 그리고 그리 큰 기대감 없이 (그는 신문을 탁자 위에 내려놓고 일어섰다.) 나타났다가 떠날 수 있는 능력을 얻게 되는 것이다. 하지만 기대감이 없다는 말은 (그는 모자와 코트를 찾았다.) 오늘 밤의 그에겐 전혀 들어맞지 않았다. 그는 그 나이에도 어떤 경험을 하게 되리라는 믿음을 가지고 이제 파티에 참석하고자 길을 나섰으니까. 그런데 어떤 경험일까?

어떻든 아름다움을 경험하겠지. 눈에 보이는 조야한 아름다움은 아니었다. 순수하고 단순한 아름다움, 물론 러셀 광장으로 이어지는 베드퍼드가의 아름다움은 아니었다. 그곳은 일직선으로 이어진, 한적한 길이었다. 복도처럼 대칭을 이루고, 길거리의 창문들은 환히 빛나고, 피아노와 축음기의 소리가 들려왔다. 뭔가 흥겨운 분위기를 감추고 있었지만, 한 번씩 커튼이 젖혀질 때마다 열린 창문 너머로 탁자 주위에 앉아 있는 무리들이 드러났다. 젊은이들은 천천히 춤을 추었고, 남자들과 여자들 사이에 대화가 오갔으며, 하녀들은 한가하게(일을 마친 그들은 이상한 말을 나누기도 했다.) 바깥을 내다보았다. 선반 꼭대기에 널린 양말은 말라 갔고, 앵무새 한 마리와 식물 몇 개도 보였다. 이 삶은 흥미진진하고, 신비롭고, 무한히 풍부했다. 쏜살같이 달려오는 택시들이 재빨리 방향을 바꾸는 넓은 광장에서 어슬렁거리던 커플들은 서로 장난을 치고 포옹을 하다가 울창한 나무 그늘 아래로 사라졌다. 감동적인 광경이었다. 너무도 고요하고, 너무도 몰입해 있어서, 마치 방해하면 불경을 저지르게 되는 어떤 성스러운 의식이 거행되는 자리에 있는 듯이, 조심스럽고 소심하게 지나갈 수밖에 없었다. 흥미로웠다. 이제 저 번쩍이는 곳으로 나아가자.

그의 가벼운 외투가 불어온 바람에 벌어졌다. 그는 여전히 약간 매 같은 눈빛으로, 몸을 조금 앞으로 굽히고 뒷짐을 진 채, 무어라 표현할 수 없는 독특한 걸음을 경쾌하게 내디뎠다. 주위를 관찰하며, 웨스트민스터를 향해 런던 거리를 총총 걸어갔다.

그런데 모두들 외식하러 나온 것일까? 여기 하인이 문을 열자, 쬠쇠가 달린 구두를 신고 자줏빛 타조 깃털 세 개를 머리에 꽂은 노부인이 위엄 있게 걸어 나왔다. 화려한 꽃무늬가 있는 숄을 미라처럼 칭칭 감은 여자들을 위해, 모자를 쓰지 않은 여자들을 위해 문들이 열리고 있었다. 그리고 치장 벽토 기둥들이 늘어선 고급 주택가에서는 (아이들의 방에 뛰어 올라 갔다 왔으므로) 머리에 빗을 꽂고, 옷을 가볍게 걸친 여자들이 집 앞의 작은 정원으로 나왔다. 남자들은 외투를 펄럭이며 그들을 기다렸고, 자동차가 출발했다. 모두들 외출하고 있었다. 문들이 열리기도 하고, 계단에서 내려온 사람들을 태운 차들이 출발하기도 했으므로, 마치 런던 전체가 둑에 정박한 작은 보트 위에 올라탄 채 물결을 따라 흔들리는 것 같았다. 도시는 온통 축제 분위기에 휩싸여 흘러가는 듯했다. 화이트홀은 은박에 덮인 양 반짝거렸고, 그 주위로 자동차들이 활주하는 거미들같이 미끄러졌다. 아크등 주변으로 각다귀들이 모여드는 듯 보였다. 몹시 무더운 날씨에, 사람들은 둘러서서 이야기를 나눴다. 여기 웨스트민스터에는 은퇴한 판사가 위아래로 흰옷을 차려입고 자기 집 문 앞에 단호하게 앉아 있었다. 아마 인도에서 거주한 적이 있는 영국인일 것이다.

그리고 여기에는 말다툼을 하는 여자들, 술에 취해 싸우는 여자들이 있었다. 또 여기에는 경찰관 한 명과 어렴풋이 보이는 집들뿐이었다. 높다란 집들과 돔 지붕이 있는 집들, 교회와 의회 건물이 있었다. 그리고 강에 떠 있는 기선의 경적 소리와, 공허하고 희미한 외침이 울려 퍼졌다. 그런데 여기, 여기는 그녀의 거리, 클래리사의 거리였다. 다리를 떠받치는 교각 주위로 모조리 끌려 들어간 물결이 그 자리를 맴돌듯이 택시들은 모퉁이를 돌며 질주하고 있었다. 차가 사람들을 그녀의 파티로, 클래리사의 파티로 실어다 주기 때문인 듯했다.

이제 그의 눈에는 차갑게 흐르는 시각적 인상들이 들어오지 않았다. 마치 물이 넘쳐흐르는 컵처럼 그의 눈은 나머지 것들을 굳이 기록하지 않은 채 도자기의 표면을 따라 그냥 흘러내리도록 내버려두었다. 바야흐로 두뇌가 깨어나야 한다. 이제 그 집에, 불을 환히 밝힌 그 집에, 문이 열려 있고 자동차들은 서 있으며 화려한 여자들이 하차하는 그 집에 들어서고 있으므로 육체는 긴장해야 한다. 영혼도 용감하게 맞서 견뎌야 한다. 그는 주머니칼의 큰 날을 펼쳤다.

루시가 아래층으로 급히 달려 내려왔다. 방금 전에 잠시 응접실에 들어가서 덮개를 매끄럽게 펴고, 의자를 똑바로 놓았다. 누가 들어오든지 아름다운 은제 그릇과 난로용 청동 부지깽이, 새 의자 커버 그리고 노란 친츠 커튼을 보면 틀림없이 너무나 깨끗하고 화사하다고, 전부 아름답게 건사했다고 생각할 터였다. 그녀는 그 모든 것을 하나하나 뜯어보았고, 왁자지껄한 소리를 들었다. 사람들이 벌써 정찬을 끝내고, 2층으로 올라오고 있었다. 그녀는 재빨리 달아나야 했다.

총리님이 올 거래. 애그니스가 말했다. 식당에서 그런 말이 오가는 소리를 들었다고, 그녀는 유리컵들이 담긴 쟁반을 들고 들어오면서 말했다. 그게 중요할까? 조금이라도 중요할까? 총리 한 사람이 더 오든 말든. 밤중 이 시간에 접시들과 냄비들, 소쿠리와 프라이팬, 육즙 젤리에 잠긴 닭, 아이스크림 냉동고, 잘라 낸 빵 껍질, 레몬, 수프 그릇, 푸딩 접시들에 둘러싸인 워커 부인에게는 아무 소용도 없는 일이었다. 식기실에서 그릇들을 열심히 씻고 있음에도, 부엌 탁자 위에, 의자에 널린 그릇들이 그녀를 짓누르는 것 같았다. 화롯불이 요란하게 타올랐고 전등불은 눈부시게 빛났다. 이제 야식을 차려 내야 한다. 총리 한 사람이 더 오든 말든, 워커 부인에게는 아무런 차이도 없으리라고, 그녀는 느꼈다.

부인들이 벌써 2층으로 올라가고 있어. 루시가 말했다. 부인들은 한 명씩 층계를 올랐고, 댈러웨이 부인은 제일 뒤에서 걸어가며 거의 언제나 부엌에 전갈을 보내곤 했다. 어느 날 밤에는 "워커 부인에게 사랑을 보내요."라고 말했다. 다음 날 아침이면, 그들은 요리들 — 수프, 연어 — 에 대해 검토할 것이다. 연어가 평소처럼 설익었다는 사실을, 워커 부인은 알고 있었다. 그녀는 언제나 푸딩이 걱정이었으므로, 제니에게 연어를 맡겼다. 그래서 연어는 늘 설익었다. 하지만 금발에 은 장신구로 치장한 어느 부인이, 이 앙트레를 정말 집에서 만들었느냐고 물었다고, 루시가 말했다. 하지만 접시들을 빙빙 돌리고 통풍 조절판을 밀어 넣었다가 끌어내는 와중에도 워커 부인이 신경을 쓴 것은 연어였다. 식당에서 한바탕 웃음소리가 들려왔다. 누군가가 뭐라고 말하자 또다시 폭소가 터져 나왔다. 부인들이 식당을 떠난 뒤에 신사들끼리 즐기고 있었다. 토커이 포도주.[48] 루시가 뛰어 들어와서는 말했다. 댈러웨이 씨가 토커이를 가져오라고 하셨어요. 국왕의 포도주 저장고에서 나온 하사품, 토커이를 말이다.

포도주가 부엌을 건너, 전달되었다. 엘리자베스 양이 정말 예뻐서 눈을 뗄 수 없었어요. 분홍색 드레스를 입고, 댈러웨이 씨가 주신 목걸이를 걸고 있더라고요. 루시가 어깨 너머로

---

48) 헝가리의 토커이 지방에서 귀부 포도로 만드는 고급 포도주.

말했다. 제니는 엘리자베스 양의 폭스테리어를 잊지 말아야한다. 그 개가 사람을 물어서 가둬 두었기 때문이다. 그럼에도 개에게 뭔가 필요한 게 있을지 모른다고, 엘리자베스는 생각했다. 제니는 그 개를 잊지 말고 돌봐 줘야 한다. 그리고 제니는 사람들이 북적이는 위층으로는 올라가고 싶지 않았다. 문간에 벌써 자동차가 당도해 있다. 벨 소리가 울렸고, 신사들은 아직 식당에서 토커이를 마시고 있었다!

자, 신사들이 위층으로 올라가고 있었다. 먼저 온 손님들이었다. 이제 그들은 점점 더 빠르게 계단을 오를 것이다. 그러므로 (파티를 위해 고용한) 파킨슨 부인은 홀의 문을 열어 둘테고, 복도를 따라 들어간 방에서 부인들이 외투를 벗는 동안, 홀은 그녀들을 기다리는 신사들로 (그들은 머리칼을 매만지며 기다렸다.) 가득 찰 것이다. 숙녀들의 시중을 드는 바넷 부인, 그 늙은 엘런 바넷은 클래리사의 가족과 사십 년간 함께 살아왔다. 그녀는 숙녀들을 도와주러 여름철마다 이곳에 왔다. 숙녀들이 소녀였을 때 보았던 그들의 어머니들을 기억했고, 자신을 내세우지 않았지만 그들과 악수했으며, "마님."이라고 매우 공손하게 말했다. 또 그녀는 익살스러운 태도로 젊은 숙녀들을 바라보았고, 속옷 때문에 불편해하는 레이디 러브조이를 솜씨 좋게 도와주었다. 레이디 러브조이와 앨리스 양은 바넷 부인을 아는 덕분에 솔질과 빗질을 하는 데 있어서 작은 특권을 누린다고, 느끼지 않을 수 없었다. "삼십 년이 되었죠, 마님." 바넷 부인이 거들어 주었다. 옛날에 버턴에서 머물 때는 젊은 숙녀들이 연지를 바르지 않았다고, 레이디 러브조이가 말했다. 앨리스 양은 연지가 필요 없었어요. 바넷 부인이 그녀를 다정하게 바라보며 말했다. 바넷 부인은 외투를 보관하는 방에 앉아서 모피 외투를 가볍게 털거나 스페인제 숄의 주름을 펴거나 화장대를 정리했다. 모피와 장신구가 아무리 화려하더라도 정말로 누가 멋진 숙녀이고, 누가 그렇지 않은지를 아주 잘 알고 있었다. 클래리사의 옛 보모는 참 좋은 사람이야. 레이디 러브조이가 계단을 올라가며 말했다.

그러고 나서 레이디 러브조이는 딱딱한 태도를 취했다. "레이디 러브조이와 러브조이 양이에요." 그녀는 (파티를 위해 고용한) 윌킨스 씨에게 말했다. 그는 경탄스러운 몸가짐으로 거듭 고개를 숙였다가 들고는, 나무랄 데 없이 공평한 어조로 손님들의 이름을 알렸다. "레이디 러브조이와 러브조이 양이십니다……. 존 경과 레이디 니덤이십니다……. 웰드 양이십니다……. 월시 씨이십니다." 그의 예의범절은 훌륭했다. 그의 가정생활 역시 나무랄 데 없을 것이다. 아무래도 면도한 얼굴에, 입술이 파르스름한 사람이 아이들로 인해 골치를 썩는 일은 없을 것 같았다.

"뵙게 되어서 정말 기뻐요!" 클래리사가 말했다. 누구에게나 그렇게 말했다. 뵙게 되어서 정말 기뻐요! 그녀는 최악이었다. 감정 표현만이 요란할 뿐, 진실하지 않았다. 파티에 참석한 것은 큰 실수였다. 숙소에서 책이나 읽을걸, 하고 피터 월시는 생각했다. 차라리 음악회에 갔어야 했다. 아니, 숙소에 그대로 있어야 했다. 이곳엔 아는 사람이 아무도 없었던 것이다.

아, 이런, 실패하겠군, 완전히 실패하겠어. 친애하는, 연세

지긋한 랙섬 경이 거기 서서, 버킹엄 궁전의 가든파티에 갔다가 감기에 걸린 자기 아내를 열심히 변호하고 있을 때, 클래리사는 뼛속 깊이 실패를 느꼈다. 피터가 저 구석에서 자신을 비판하고 있음을 곁눈질로 살필 수 있었다. 결국, 나는 왜 이런 일을 벌인 것일까? 왜 정점에 오르려 하고, 이토록 고통스러운 불구덩이 속에 빠져 있을까? 그 불길이 어떻게든 나를 집어삼키길! 나를 태워 재로 만들기를! 엘리 핸더슨처럼 점점 작아지고 오그라들다가 사라지는 것보다는 무엇이든 낫겠어! 내 횃불을 휘두르고 땅에 내던지는 편이 낫겠어! 피터가 파티에 참석해서 구석에 서 있기만 해도 그녀를 이런 상태에 빠뜨릴 수 있다니, 참으로 희한한 일이었다. 그는 그녀가 스스로를 들여다보게 했다. 과장되게 말하도록 했다. 바보 같은 짓이었다. 그렇다면 그는 왜 여기에 온 것일까? 그저 비판이나 하려고? 왜 언제나 받기만 하고 주지는 않을까? 왜 자신의 하찮은 견해를 과감하게 실천하지 않을까? 저기서 그는 빈둥거리고 있었다. 그녀는 그에게 말을 걸어야 한다. 하지만 그럴 기회는 없을 것이다. 인생은 그런 것 — 굴욕, 체념을 겪는 것이다. 랙섬 경은 아내가 가든파티에서 모피 코트를 두르려 하지 않았다고, 말하고 있었다. "아시다시피, 숙녀들은 모두 똑같으니 말이오." 레이디 랙섬은 적어도 일흔다섯이 넘은 나이였다! 그 노부부가 서로를 무척 아끼는 모습을 보면 기분이 좋았다. 그녀는 랙섬 경을 좋아했다. 그녀는 자신의 파티를 중요하게 여겼기에, 그것이 잘못되고 있음을, 완전히 실패하고 있음을 깨닫자 속이 메슥거렸다. 사람들이 마땅한 목적 없이 빈둥거리고,

엘리 핸더슨처럼 몸을 곧게 가누려고 애쓰지도 않으면서 구석에 무리 지어 서 있는 상황보다는 차라리 무엇이든, 어떤 폭발이든, 어떤 경악스러운 일이든 일어나는 편이 나았다.

낙원의 온갖 새들이 그려진 노란 커튼이 바람에 부드럽게 휘날렸다. 마치 그 새들의 날개가 방 안으로 날아들었다가 떠나가기를 반복하는 듯했다.(창문이 열려 있었던 것이다.) 외풍이 있는 걸까? 엘리 헨더슨은 궁금했다. 그녀는 한기에 민감했다. 하지만 내일 재채기를 하게 되더라도 문제가 되지는 않았다. 그녀는 어깨를 드러낸 아가씨들이 걱정스러웠다. 지금은 작고 한 아버지, 버턴의 교구 목사였고 병약했던 부친으로부터 다른 사람들을 배려하도록 교육받았던 것이다. 그리고 그녀가 느낀 한기는 결코, 절대로 폐에 닿지 않았다. 그녀가 염려한 것은 아가씨들, 어깨를 드러낸 젊은 아가씨들이었다. 그녀는 한평생 왜소하고 호리호리했으며, 머리숱이 적고 옆모습은 빈약했다. 그렇지만 쉰 살이 넘은 지금, 그녀는 어떤 온유한 빛줄기를 내비치기 시작했고, 그 빛은 오랜 세월 동안 이어진 자기희생에 의해 정화되어 더욱 뚜렷해졌다. 하지만 그 빛은 300파운드의 적은 수입 탓에 체면을 구길 수밖에 없는 괴로움과 극심한 공포, 그리고 (동전 한 푼도 벌 수 없었던) 무기력함으로 인해 다시, 영원히 어두워졌다. 그래서 엘리 헨더슨은 소심해졌고, 으레 사교계가 열릴 무렵이면, 매일 밤 이런 파티에 참석하고 하녀들에게 "이런 옷을 입겠어."라고 말하기만 해도 충분한, 잘 차려입은 사람들과 교류할 자격마저 해마다 더욱 잃어갔다. 그들과 달리 그녀는 초초한 마음으로 달려 나가서 값싼 분홍색 꽃을 여섯 송이 사고, 낡은 검은색 드레스에 숄을 걸쳤다. 그러던 마지막 순간에 클래리사의 파티 초대장이 왔던 것이다. 기분이 썩 좋지는 않았다. 클래리사가 올해는 자신을 초대하지 않을 작정이었다고 느꼈다.

그녀가 왜 초대해야 한단 말인가? 그들이 늘 아는 사이였다는 점을 제외하면 딱히 이유가 없었다. 사실 그들은 사촌이었다. 그러나 클래리사를 찾는 사람은 아주 많았으므로, 그들의 사이는 자연스럽게 멀어졌다. 파티에 가는 것은 그녀에게 중요한 사건이었다. 아름다운 옷들을 둘러보는 것만으로도 특별한 일이었다. 저기 분홍색 드레스를 입고, 유행에 따라 머리칼을 손질한 아가씨, 벌써 다 성장한 아가씨가 혹시 엘리자베스인가? 그런데 그 애는 열일곱 살이 넘었을 리 없다. 그녀는 매우, 매우 보기 좋았다. 지금은 처음 사교계에 나오는 아가씨들이 예전처럼 흰 드레스를 입지 않는 모양이었다.(부인은 이디스에게 파티의 일들을 말해 주기 위해 모든 것을 기억해야 했다.) 아가씨들은 몸에 꼭 끼는 일자형 드레스를 입었고, 스커트 길이도 발목 위로 올라왔다. 어울리지 않는다고, 그녀는 생각했다.

시력이 나쁜 엘리 헨더슨은 목을 길게 뺐고, 얘기할 상대가 없더라도(아는 사람이 거의 없었다.) 개의치 않았다. 거기 있는 사람들을 바라보는 것만으로도 흥미롭다고 느꼈다. 아마 정치가들이나 리처드 댈러웨이의 친구들일 것이다. 하지만 리처드는 저 가엾은 여성이 저녁내, 거기 혼자 서 있도록 내버려두어서는 안 된다고 느꼈다.

"아, 엘리, 어떻게 지내셨어요?" 그가 온화한 태도로 말을 걸었다. 엘리 헨더슨은 긴장해서 얼굴을 붉혔고, 자기에게 굳이 말을 걸어 주다니 정말 좋은 사람이라고 생각했다. 그러고는 실제로 많은 사람들이 추위보다는 더위를 더 많이 탄다고 말했다.

"네, 그렇지요." 리처드 댈러웨이가 말했다. "그래요."

그러고 나서는 또 무슨 말을 했더라?

"어이, 리처드." 누군가가 그의 팔꿈치를 잡으며 말했다. 당최 누구인가 했더니, 바로 옛 친구 피터, 피터 월시였다. 그는 피터가 반가웠다. 그를 보면 언제나 무척 기뻤다! 그는 조금도 변한 데가 없었다. 두 사람이 함께 방을 가로지르며 서로의 몸을 가볍게 툭툭 두드리는 모습을 보니, 아마도 오랫동안 만나지 못한 모양이라고, 엘리 헨더슨은 생각했다. 그 남자가 낯익다고 확신했다. 헌칠한 키에 섬세한 눈, 어두운 피부, 안경을 쓰고 있으며 존 버로스처럼 보이는 중년의 남자. 이디스는 분명히 그가 누구인지 알 것이다.

낙원의 새들이 날개짓하는 커튼이 다시 바람에 휘날렸다. 클래리사는 랠프 라이언이 커튼을 뒤로 젖히며 이야기를 이어 가는 모습을 지켜보았다. 그렇다면 결국 실패는 아니다! 이제 괜찮을 것이다, 그녀의 파티는. 파티가 시작되었다. 출발했다. 하지만 아직은 아슬아슬했다. 그녀는 잠시 거기 서 있어야 한다. 사람들이 허둥지둥 들어오는 것 같았다.

개로드 대령과 부인…… 휴 휘트브레드 씨…… 볼리 씨…… 힐버리 부인…… 레이디 메리 매독스…… 퀸 씨…… 윌킨스가 진지한 어조로 이름들을 알렸다. 그녀는 그들 각각과

예닐곱 단어로 인사를 나눴다. 그들은 걸음을 옮겨 방으로 들어갔다. 이제 하찮은 장소가 아닌, 어떤 의미가 있는 곳으로, 랠프 라이언이 커튼을 걷어 낸 이래로.

하지만 그녀로서는 너무 큰 노력이 드는 일이었다. 그녀는 즐겁지 않았다. 자기 자신이 아니라 그저 거기 서 있는 무언가가 된 기분이었다. 누구라도 할 수 있는 일이었다. 하지만 이 무언가에게 조금이나마 경탄했다. 어떻든 그녀는 이 일을 해냈다는 느낌, 스스로 기둥49)이 되었다는 느낌, 어떤 중요한 일을 수행했다는 느낌을 가지지 않을 수 없었다. 희한하게도 그녀는 자기 모습을 완전히 잊은 채, 스스로를 층계 꼭대기에 박힌 말뚝이라고 생각했다. 파티를 열 때마다 그녀는 이처럼 자신이 아닌 무언가가 되어 버린 느낌을 받았고, 다른 사람들도 어떤 면에서는 비현실적이었지만 한편으로는 훨씬 현실적이라고 느꼈다. 그 이유는 아마도 그들의 옷차림 때문이거나, 그들이 일상생활에서 놓여났기 때문이거나, 배경 때문일 수도 있었다. 어떻든 다른 곳에서는 말할 수 없는 것, 노력해야 겨우 꺼낼 수 있는 말을 할 수 있었고, 훨씬 더 깊이 파고들 수 있었다. 하지만 그녀는 그러지 않았다. 하여튼 아직은 아니었다.

"뵙게 되어서 정말 기뻐요!" 그녀가 말했다. 친애하는, 나이 든 해리 경! 그는 모르는 사람이 없을 것이다.

그런데 파티에서 정말로 기묘한 것은, 사람들이 차례로 층

---

49) 파티가 열리면 계단 꼭대기에 서서 손님을 맞이하는 안주인으로서의 자기 모습이 마치 기둥이나 말뚝처럼 느껴진다는 의미다.

계를 올라올 때 가지게 되는 느낌이었다. 마운트 양과 실리아, 허버트 에인스티, 데이커스 부인…… 아, 그리고 레이디 브루턴!

"참석해 주시다니 정말 친절하세요!" 그녀가 진심을 담아 말했다. 거기 서서 사람들이 계속 지나가고 있음을 느끼고 있으려니 몹시 이상했다. 어떤 이는 아주 늙었고, 어떤 이는…….

이름이 뭐라고요? 레이디 로세터? 그런데 레이디 로세터가 대체 누구였더라?

"클래리사!" 저 목소리! 샐리 시튼이었다! 샐리 시튼! 이렇게나 오랜 세월이 흐른 뒤에야 마침내! 그녀가 안개 속에서 서서히 떠올랐다. 그녀는 저런 모습이 아니었어. 클래리사가 뜨거운 물통을 움켜잡고 이 지붕 아래, 이 지붕 아래에서 그녀가 있다고 생각했을 때는! 저런 모습이 아니었어!

서로 자기 말을 시작하려다가 당황해서 웃음이 번졌다. 그러고는 말들이 터져 나왔다. 런던을 지나가는 길에, 클라라 헤이든에게서 파티 소식을 들었어. 너를 만날 수 있는 최고의 기회잖아! 그래서 밀고 들어왔어, 초대도 받지 않고…….

그 뜨거운 물통을 아주 차분하게 내려놓을 수도 있으리라. 그녀에게서 그 광채가 사라져 버렸다. 하지만 그녀를 다시 보는 것은 특별한 일이었다. 더 나이 들고, 더 행복해 보였지만, 덜 사랑스러운 모습이었다. 응접실 문 옆에서 그들은 서로 키스를 했다. 우선 이쪽 뺨에 그리고 다른 쪽 뺨에. 클래리사는 샐리의 손을 잡고 돌아섰다. 그러고는 사람들이 가득 찬 방들을 보고, 떠들썩한 목소리들을 듣고, 촛대와 휘날리는 커튼,

리처드가 준 장미를 보았다.

"난 큼직한 아들이 다섯이야." 샐리가 말했다.

샐리에게는 아주 소박한 자기중심적 성향, 언제나 먼저 고려되기를 바라는 더없이 솔직한 욕구가 있었는데, 여전히 그러한 그녀가 클래리사는 사랑스러웠다. "못 믿겠어!" 과거를 떠올리자 기쁨이 차올랐다.

그런데 저런, 윌킨스, 윌킨스가 그녀를 찾았다. 윌킨스는 위엄과 권위 있는 목소리로, 마치 거기 있는 모든 사람에게 충고하고 안주인이 경박한 언행을 삼가도록 주의를 주려는 듯이 이름 하나를 외쳤다.

"총리가 왔군." 피터 월시가 말했다.

"총리님이라고? 정말?" 엘리 헨더슨은 놀라워했다. 이디스에게 엄청난 이야기를 들려줄 수 있겠어!

그를 비웃을 수는 없었다. 그는 너무 평범하게 보였다. 카운터 뒤에 세워 놓고 비스킷을 계산해 달라고 할 수 있을 정도로. 가엾은 사람, 온통 금사로 장식한 옷을 잘 차려입은 모습이었다. 공정하게 말하자면, 그는 처음에 클래리사의 안내를 받고, 그다음에는 리처드의 안내를 받으며 꽤 성공적으로 방을 돌았다. 스스로 대단한 인물로 보이려고 애썼다. 재미있는 광경이었다. 누구도 그를 쳐다보지 않았다. 그들은 그저 끊임없이 이야기를 나누었지만, 이 권위 있는 인사, 그들 모두를 대변하는 영국 사회의 상징이 지나가고 있음을 알아챘고, 뱃속 깊이 감지했다. 늙은 레이디 브루턴은 레이스를 두른 강건하고 아주 멋진 모습으로 미끄러지듯이 총리에게 다가갔다.

그리고 두 사람은 작은 방으로 물러났다. 즉시 그 방은 감시되고 보호받았으며, 흔들리고 바스락거리는 듯한 소리가 사람들 사이로 파문처럼 공공연히 퍼져 나갔다. 총리라니!

맙소사, 맙소사. 영국인들의 속물근성이란! 피터 월시가 구석에 서서 생각했다. 그들은 금몰로 장식하고, 경의를 표하는 일을 얼마나 좋아하는지! 저기! 저 사람은 휴 휘트브레드가 틀림없다. 정말 그랬다. 위대한 자들의 영역을 쿵쿵거리며 돌아다니는, 다소 뚱뚱해지고 다소 희끗희끗해진, 감탄스러운 휴!

그는 언제나 근무 중인 듯 보인다고, 피터는 생각했다. 목숨을 걸고 지켜야 할 비밀을 간직한, 특권을 가지고 있으면서도 비밀스러운 존재. 비록 그 비밀이 한낱 궁정 하인이 흘린 사소한 소문에 불과하거나 내일 발행될 모든 신문에 실릴 내용일지라도. 바로 그것이 그의 딸랑이이자 장난감 방울이었고, 그것을 가지고 놀다 보니 어느새 그는 머리칼이 세고, 바야흐로 노년에 이르렀다. 그리고 이런 유형, 사립 학교 출신의 영국인을 알고 있다는 특권을 누리는 모든 사람들의 존중과 애정을 받았다. 휴에 대해서는 그렇게 단정하지 않을 수 없었다. 그것이 그의 방식이었다. 그리고 피터가 바다 건너 수천 마일 떨어진 곳에서 《타임스》를 통해 읽었던, 그 경이로운 편지들의 방식이기도 했다. 그는 그것들을 읽으며 해롭기 그지없는 떠들썩한 소란에서 벗어났음을 다행스럽게 여겼다. 비록 개코원숭이들이 깩깩거리는 소리와 막노동꾼들이 아내를 때리는 소리나 듣고 있었지만 말이다. 휴의 곁에는 올리브색 피부를 가진, 유명 대학교 출신의 젊은이가 아부하며 서 있었다. 그는 그 젊은이를 돌봐 주고, 이끌어 주고, 출세하는 법을 가르쳐 줄 것이다. 그는 무엇보다 친절한 행동을 좋아했고, 이제 늙어서 자신이 완전히 잊혔다고 괴로워하는 노부인들의 심장을 배려받는 기쁨으로 두근거리게 해 주었다. 여기 친애하는 휴가 자동차를 타고 찾아왔다. 그러고는 한 시간 동안 옛이야기를 나누며 사소한 일들을 기억해 내고 집에서 구운 케이크를 칭찬했던 것이다. 휴는 언제라도 공작 부인과 함께 케이크를 먹을 수 있는 사람이지만 말이다. 실제로 그는 그 자신처럼 즐거운 일로 많은 시간을 보낸 듯 보였다. 모든 것을 심판하시고, 모두에게 자비로우신 자는 용서하실 것이다. 피터 월시에겐 자비심이 없었다. 악한들은 있기 마련이고, 하나님도 알다시피, 기차에서 한 여자의 머리를 때려 부수고 교수형을 당한 악당조차, 거시적으로 보자면, 휴 휘트브레드와 그의 친절한 행동만큼 해롭지는 않았다! 이제 그를 보라. 그는 총리와 레이디 브루턴이 방에서 나오자 발끝으로 춤추듯이 다가가서는 한 발을 뒤로 빼고 공손하게 인사하며, 자신에게 그 곁을 지나가는 레이디 브루턴과 뭔가 사적으로 소통할 수 있는 권리가 있음을 온 세상이 알도록 넌지시 보여 주었다. 그녀는 걸음을 멈추었다. 그녀가 멋지게 꾸민, 늙은 머리를 흔들었다. 아마도 그녀는 그의 비굴한 공치사에 감사를 표했을 것이다. 그녀를 위해 사소한 일들을 처리해 주려고 동분서주하는 아첨꾼들, 관공서의 하급 관리들이 몇 있었다. 그녀는 그런 일에 대한 보상으로 그들을 점심 파티에 초대했다. 하지만 그녀는 18세기 이래 줄곧 이어진 명문가 출신이었다. 그녀는 그러더라도 괜찮은 사람이었다.

이제 클래리사가 총리를 안내하며, 찬란히 희끗희끗한 머리를 당당하게 들고 활보하듯이 방을 걸어왔다. 그녀는 귀고리를 하고, 인어처럼 은녹색 드레스를 입고 있었다. 파도 위를 느릿느릿 걸으며 머리칼을 땋는 듯이 보였고, 여전히 그런 능력을 가지고 있었다, 존재하는 능력, 실재하는 능력, 스쳐 지나가는 순간에 그 모든 것을 압축해서 보여 주는 능력을. 그녀는 돌아서다가 다른 여자의 드레스에 스카프가 걸리자, 그것을 풀어내며 웃었다. 실로 자신의 고유한 영역에서 떠다니는 생물처럼 더없이 편안한 태도였다. 그러나 연륜이 그녀를 살짝 스치고 지나갔다, 마치 인어가 아주 맑은 저녁에, 파도 너머로 기우는 태양을 자기 거울을 통해 바라보듯이. 숨결이 부드러웠다. 그녀의 엄격함이나 고상한 척하던 태도, 뻣뻣함마저 이제 모두 따스해졌다. 두꺼운 금몰로 치장하고, 중요한 인물로 보이기 위해 최선을 다한 사람에게(행운이 있기를!) 작별 인사를 했을 때, 그녀에게는 뭐라 형언할 수 없는 품위, 아주 아름다운 온화함이 깃들어 있었다. 마치 온 세상을 축복하는 것 같았고, 이제 세상만사의 맨 끝자락에서, 그 가장자리에서 작별해야 할 때를 아는 듯 보였다. 그녀를 보면서 피터는 그런 생각을 했다.(하지만 그가 클래리사를 사랑하는 것은 아니었다.)

사실 클래리사는 총리가 파티에 와 준 것이 고마웠다. 저기 샐리가 있고, 저기 피터가 있고, 리처드는 아주 즐거워하고, 모두들 아마 다소 질투심을 느끼는 가운데 총리와 함께 방을 걸으며 그녀는 그 순간의 취기를 느꼈다. 심장의 신경이

팽창해 급기야 떨리고, 곤두박질치고, 똑바로 서는 듯한 느낌을 받았다. 그래, 하지만 그것은, 그 순간의 취기는 다른 사람들이 느낀 것이었다. 왜냐하면 그녀가 그 느낌을 좋아하고, 그 취기에 흥분해 얼얼해했음은 사실이지만, 이 겉모습, 이 승리에는(가령 친애하는 피터는, 그녀가 매우 눈부시다고 생각했다.) 공허함이 있었기 때문이다. 그 승리는 마음속에 들어오지 못한 채 팔을 뻗어야 닿을 곳에 있었다. 그녀가 늙어 가는 탓일지도 모르지만, 이제 그런 것들은 예전만큼 만족감을 안겨 주지 않았다. 그런데 층계를 내려가는 총리를 보았을 때, 조슈아 경이 그린 머프를 낀 어린 소녀의 초상화를 에워싼 금박 테두리가 돌연 킬먼을 떠오르게 했다. 그녀의 적, 킬먼. 그 사실이 만족스러웠다. 그것이야말로 실제였다. 아, 그녀는 킬먼을 얼마나 미워했던가. 불쾌하고 위선적이고 부패하고, 그런 모든 힘으로 엘리자베스를 유혹하고, 몰래 침입해서 훔치고 더럽힌 여자.(리처드는 이렇게 말할 것이다. 그 무슨 터무니없는 소리요!) 클래리사는 그녀를 미워했다. 그녀를 사랑했다. 정작 필요한 것은 친구가 아니라 적이었다, 듀런트 부인과 클라라, 윌리엄 경과 레이디 브래드쇼, (위층으로 올라오는 모습을 보았던) 트루록 양과 엘리너 깁슨이 아니라. 당신들이 원한다면 나를 찾아오세요. 내겐 파티가 중요하니까요!

오랜 벗인 해리 경이 저기 있었다.

"친애하는 해리 경!" 그녀는 세인트 존스 우드[50] 전역에 사

---

50) 리젠트 파크 서쪽에 위치한, 화가들이 많이 모여 사는 주택지.

는 다른 두 명의 왕립 예술원 회원보다도 더 형편없는 그림을 그리는 멋진 노인에게 다가가며 말했다.(그는 언제나 소 떼를 그렸는데, 해 질 녘에 웅덩이에서 목을 축이거나, 앞발 하나를 들어 올리고 뿔을 흔들어 대는 모습을 통해 '낯선 이의 접근'을 암시했다. 그는 동물의 몸짓으로 그것들의 감정을 표현했다. 바깥에서 만찬을 들거나 경마를 구경하는 등 그의 모든 활동은, 해 질 녘에 웅덩이에서 목을 축이며 서 있는 소 그림으로부터 나온 수입을 통해 유지되었다.)

"왜 웃고 계세요?" 그녀가 그에게 물었다. 윌리 티콤과 해리 경, 허버트 에인스티가 다 같이 웃고 있었다. 그러나 아니었다. 해리 경은(그녀를 아주 좋아했고, 그녀와 같은 유형의 사람들 중에서 그녀가 가장 완벽하다고 생각했으며, 그녀의 초상화를 그리겠다고 을러댔지만) 클래리사 댈러웨이에게 차마 음악당 무대에서 일어난 일을 들려줄 수 없었다. 그는 그녀의 파티에 대해 친근하게 농담을 건넸다. 브랜디가 없어서 아쉽구려. 여기에 모인 이런 부류의 사람들은 내 수준을 넘어선단 말이야. 그는 말했다. 그럼에도 그는 그녀를 좋아했고 존중했다. 지독하게 까다롭고 고상한 품위를 지닌 클래리사 댈러웨이더러 자기 무릎에 앉아 보라고 청할 수는 없었지만 말이다. 그런데 저 방랑하는 도깨비불, 정처 없이 떠다니는 인광 같은, 연로한 힐버리 부인이 다가오더니 (그 공작 부부에 관해) 불꽃처럼 호쾌하게 웃고 있는 그를 향해 두 손을 내밀었다. 그 부인이 방을 가로지르며 들었던 웃음소리가, 아침 일찍 깨어났지만 어쩐지 차 한 잔을 가져다 달라고 하녀를 부르고 싶지 않을 때면 이따금 그녀를 괴롭히던 문제, 인간이란 모두 죽게 마련이라는 사실이 얼마나 명백한지에 대한 근심을 달래 주는 것 같았다.

"저분들이 우리에게 말씀해 주려 하지 않으세요." 클래리사가 말했다.

"친애하는 클래리사!" 힐버리 부인이 큰 소리로 말했다. 그 나이 든 부인은, 오늘 밤 클래리사의 모습이 마치 그녀의 어머니를 처음 보았을 때, 회색 모자를 쓰고 정원을 거닐던 그때의 모습과 몹시 닮았다고 말했다.

그 말을 듣자 클래리사의 눈가에 실로 눈물이 가득 고였다. 정원을 산책하시던 어머니! 하지만 아, 그녀는 가야 한다.

저기, 밀턴에 관해 강연했던 브리얼리 교수가 작은 체구의 짐 허튼(그는 이런 파티를 위해서도 넥타이와 조끼를 제대로 갖춰 입지 못했고, 머리칼을 차분하게 매만지지도 못했다.)에게 이야기하고 있었다. 이토록 멀리 떨어진 자리에서도 그들이 언쟁하고 있음을 그녀는 알 수 있었다. 브리얼리 교수는 상당한 괴짜였다. 자신과 삼류 작가를 가르는 온갖 학위와 우등상, 교수직을 가지고 있음에도 그는 자신의 기묘한 성격에 호의적이지 않은 분위기를 대번에 감지했다. 엄청난 학식을 갖추었지만 소심했고, 상냥함이라곤 찾아볼 수 없는 쌀쌀맞은 매력을 지녔으며, 속물근성과 순진함을 겸비하고 있었다. 어떤 부인의 헝클어진 머리카락이나 어느 청년의 구두만을 보고도 사회의 최하층(물론, 매우 칭찬할 만하지만)임을 감지해 내거나 반항아, 열렬한 젊은이, 장래의 천재를 의식하면 몸을 부르르 떨었다. 그러고는 머리를 약간 흔들고 콧방귀를 뀌면서 ― 흥! ― 절제의 가치를 넌지시 드러냈다. 또 밀턴을 감상하려면 어느 정도 고전 교육을 받아야 한다는 점을 암시했다. 밀턴에 관해서는 브리얼리 교수와 자그마한 짐 허튼(검은 양말은 세탁실에 있었기에 붉은 양말을 신고 온)의 의견이 잘 통하지 않았다.(클래리사는 알 수 있었다.) 그녀가 끼어들었다.

그녀는 바흐를 사랑한다고 말했다. 허튼도 그랬다. 그것이 그들을 엮는 끈이었고, (아주 형편없는 시인) 허튼은 예술에 관심 있는 귀부인들 중에서 댈러웨이 부인이 단연 최고라고, 늘 생각했다. 그녀의 매우 엄격한 태도가 참으로 이상했다, 음악에 관해서는 저토록 순수하게 공정한데 말이다. 그녀는 예의범절에 까다로운 편이었다. 그러나 얼마나 매력적인 모습인가! 교수 족속만이 아니라면, 그녀의 집도 아주 멋지게 보였으리라. 클래리사는 그를 잡아채서 뒷방의 피아노 앞에 앉히고 싶은 심정이었다. 그의 연주는 아주 훌륭했다.

"하지만 소음 때문에!" 그녀가 말했다. "이 소음 때문에!"

"파티가 성공했다는 증거지요." 교수는 점잖게 고개를 끄덕이며 정중하게 물러났다.

"저분은 밀턴에 관해서라면 이 세상의 모든 것을 알고 계세요." 클래리사가 말했다.

"정말요?" 허튼이 되물었다. 그는 햄프스테드 일대를 돌아다니며 저 교수를 흉내 낼 것이다, 밀턴에 정통한 교수, 절제에 정통한 교수, 정중하게 물러난 교수를.

그런데 저 두 사람과 얘기를 나눠야겠다고, 클래리사가 말했다. 게이턴 경과 낸시 블로와 말이다.

그들이 파티의 소음에 눈에 띌 정도로 기여했기 때문은 아니었다. 그들은 노란 커튼 옆에 나란히 서서 (시선을 끌 만큼) 이야기를 나누지도 않았다. 곧 그들은 다른 곳으로 옮겨 갈 테고, 어떤 상황에서라도 할 말은 많지 않을 터였다. 그들은 주위를 바라보았고, 그게 전부였다. 그것으로 충분했다. 그들은 아주 깔끔하고 건강해 보였다. 가루분과 입술연지를 바른 덕분에 낸시의 얼굴에선 화사한 살구빛이 돌았다. 한편, 게이턴 경은 깨끗이 문질러 닦고 헹궈 낸 듯 말끔했고, 어떤 공도 놓치지 않고 어떤 타격에도 놀라지 않는 새처럼 눈매가 날카로웠다. 그는 제자리에서 정확하게 공을 쳤고, 내달렸다. 그리고 그가 쥔 고삐 끝에서 조랑말들의 입이 떨렸다.[51] 그에게는 명예와 조상의 기념비가 있었고, 고향의 교회에는 가문(家紋)이 그려진 깃발이 걸려 있었다. 그에게는 의무와 소작인들, 어머니와 누이들이 있었다. 그는 온종일 로즈 크리켓 경기장에 있었다. 그들이 그런 이야기 — 크리켓과 사촌들과 영화 — 를 나누고 있을 때, 댈러웨이 부인이 다가왔다. 게이턴 경은 그녀를 몹시 좋아했다. 블로 양도 마찬가지였다. 그녀는 대단히 매력적인 예의범절을 갖추고 있었다.

"이렇게 참석해 주시다니 정말 친절하세요. 정말 기뻐요!" 그녀가 말했다. 그녀는 로즈 크리켓 경기장을 좋아했다. 그녀는 젊음을 사랑했다. 그리고 파리의 가장 위대한 예술가들에게 어마어마한 비용을 지불하고 옷을 차려입은 낸시는, 마치

---

51) 앞 문장은 크리켓 경기를, 해당 문장은 폴로 경기를 가리킨다.

몸에서 저절로 녹색 프릴이 뻗어 나오는 듯한 모습으로 거기 서 있었다.

"나는 무도회를 열 생각이었어요." 클래리사가 말했다.

젊은이들은 말을 할 수 없으니까. 굳이 왜 말을 하겠어? 소리치고, 포옹하고, 몸을 흔들고, 새벽에 일어날 수 있는데. 조랑말에게 설탕을 먹이고, 귀여운 차우차우의 주둥이에 입 맞추고 쓰다듬고, 그러고는 흥분해서 울렁거리는 마음으로 머리칼을 나부끼며 달리다가 물속에 뛰어들어 헤엄칠 수 있는데. 영어라는 언어가 가진 어마어마한 자원, 어떻게든 그 언어가 부여하는 감정을 전달하는 능력은(젊은 나이의 그녀와 피터였다면 저녁 내내 논쟁을 벌였을 것이다.) 그들을 위한 것이 아니다. 그들은 청춘 시절에 굳어질 것이다. 그들은 그 사유지에 머무는 사람들에겐 더없이 친절하겠지만 자기들끼리 있으면 좀 따분해할 것이다.

"정말 유감이에요!" 그녀가 말했다. "무도회를 열고 싶었거든요."

참석해 주시다니 대단히 친절하세요! 그런데 무도회에 대해 말하자면! 방마다 사람들이 꽉 들어차 있어서요.

저기 숄을 두른 헬레나 고모가 있었다. 저런, 그녀는 게이턴 경과 낸시 블로를 두고 떠나야 했다. 저기 늙은 패리 양, 그녀의 고모가 있었다.

헬레나 패리 양은 죽지 않은 것이다. 패리 양은 살아 있었다. 그녀는 여든이 넘었다. 그녀는 지팡이를 짚고 천천히 층계를 올랐다. 의자에 앉혔다.(리처드가 돌봐 주었다.) 1870년대에 버마를 알았던 사람이라면 언제나 그녀에게 얼굴을 비쳤을 터였다. 피터는 어디 있지? 그들은 친하게 지냈었다. 인도나 심지어 실론섬을 언급하기만 해도 그녀의 눈은(한쪽 눈만 유리였다.) 서서히 깊어지고 푸르스름해지면서 주의를 집중했다. 인간을 본 것은 아니었다. 총독들이나 장군들, 폭동에 대해서는 정겨운 기억이나 자랑스러운 환상 따윈 전혀 없었다. 그녀가 본 것은 난초들, 산 고갯길 그리고 1860년대에 막일꾼들의 등에 업혀 고적한 산봉우리를 넘거나 (여태 본 적이 없는 놀라운 꽃을 피운) 난초를 캐러 그들 등에서 내려온 자신이었다. 그녀는 그 꽃을 수채화로 그렸다. 전쟁 때문에, 가령 자기 집 문 앞에 폭탄이 떨어지자 난초 그리고 1860년대에 인도를 여행했던 스스로에 대한 깊은 명상이 방해받았다며 화를 냈던 불굴의 영국 여자…… 그런데 여기 피터가 왔다.

"헬레나 고모님과 버마에 대해 얘기를 나누세요." 클래리사가 말했다.

그런데 그는 저녁 내내 그녀와 한마디 말도 나누지 못했다!

"우리는 나중에 이야기해요." 클래리사가, 흰 숄을 두른 채 지팡이를 짚고 있는 헬레나 고모에게 그를 데려가며 말했다.

"피터 월시예요." 클래리사가 말했다.

이 말은 아무 의미도 없었다.

클래리사가 헬레나 자신을 초대했다. 피곤하고 소란한 일이었다. 하지만 클래리사가 초대한 것이었다. 그래서 온 것이다. 그들 — 리처드와 클래리사 — 이 런던에 사는 것은 유감이었다. 클래리사의 건강을 위해서라도 시골에 사는 편이 더 나았으리라. 그러나 클래리사는 늘 사교를 좋아했다.

"그는 버마에 가 본 적이 있어요." 클래리사가 말했다.

아! 그녀는, 자신이 쓴 버마의 난초에 관한 작은 책에 대해 찰스 다윈이 뭐라고 말했는지 떠올리지 않을 수 없었다.

(클래리사는 레이디 브루턴에게 말을 걸어야 한다.)

버마의 난초에 관한 그녀의 책은 이제 분명 잊혔을 테지만 1870년 이전에 3판을 찍었다고, 그녀는 피터에게 말했다. 이제 그가 기억났다. 그는 버턴에 왔었다.(그리고 클래리사가 보트를 타러 가자고 권했던 그날 밤에, 한마디 말도 없이, 그녀를 남겨 둔 채 응접실에서 나왔던 일을 피터 월시는 기억했다.)

"리처드는 오찬 파티를 정말 즐거워했어요." 클래리사가 레이디 브루턴에게 말했다.

"리처드가 더없이 큰 도움이 되었죠." 레이디 브루턴이 대답했다. "편지 쓰는 걸 도와주었답니다. 그런데 부인은 어떻게 지내시나요?"

"아, 아주 건강해요!" 클래리사가 말했다.(레이디 브루턴은 정치가의 아내가 병으로 앓는 것을 몹시 싫어했다.)

"아, 저기 피터 월시가 있군!" 레이디 브루턴이 말했다.(레이디 브루턴은 클래리사를 좋아하긴 했지만 그녀에게 건넬 말을 도무지 생각해 낼 수 없었다. 그녀에게는 좋은 자질이 많았지만, 마땅히 공유할 만한 자질은 하나도 없었다, 자신과 클래리사 사이에는. 리처드가 조금 덜 매력적이더라도 그의 출세를 더 도와주었을 법한 여자와 결혼했더라면 좋았을 텐데. 그는 내각에 들어갈 기회를 놓치고 말았다.) "피터 월시로군!" 그녀는 그 쾌활한 악당, 스스로 입신

양명해야 했음에도 그러지 못한(늘 여자 문제에 빠져 있는) 그 유능한 인물과 악수를 나누며 말했다. 그리고 물론 연로한 패리 양이 있었다. 놀라운 노숙녀!

　레이디 브루턴은 검은색을 뒤집어쓴 척탄병의 유령처럼 패리 양의 의자 옆에 서서 피터 월시를 점심에 초대했다. 패리 양에게 호의를 가지고 있었지만, 인도의 식물군이나 동물군에 대해선 아는 바가 없었으므로 예의상의 잡담조차 나누지 않았다. 그녀는 물론 인도에 가 본 적이 있었고, 세 명의 총독과 그곳에 머물렀으며, 인도의 일부 민간인들은 보기 드물게 훌륭한 사람들이라고 생각했다. 그런데 얼마나 비극적인가, 인도의 상황은! 조금 전에 총리가 말한 것이었다.(숄에 감싸인 채 웅크리고 있는 늙은 패리 양으로서는, 방금 전에 총리가 그녀에게 무슨 말을 했든 전혀 관심이 없었다.) 이에 대해 레이디 브루턴은 현지에서 막 귀국한 피터 월시의 의견을 듣고 싶었고, 그를 샘프슨 경에게 소개해 줄 작정이었다. 군인의 딸인 그녀로서는 그 상황의 어리석음이랄까, 사악함이라고 불릴 만한 것 때문에 아무래도 밤에 잠을 이룰 수가 없었다. 이제 늙은 여자일 뿐인 그녀는 그리 쓸모가 없었다. 그러나 그녀의 집과 하인들, 좋은 친구 밀리 브러시 — 그는 그녀를 기억하고 있을까? — 만큼은 부디 도움이 되기를 바라고 있었다. 요컨대, 이런 것들이 도움이 될 수만 있다면. 그녀는 영국에 대해 언급하지 않았지만, 그녀의 핏속에는 이 인간들의 섬, 이 소중하고도 소중한 땅이(셰익스피어를 읽지 않았음에도) 흐르고 있었다. 혹시나 어떤 여자가 투구를 쓰고 화살을 쏠 수 있다면, 군대를 이끌고 공세를 떨칠 수 있다면, 불굴의 정의로 야만적인 무리를 통치하고, 코가 잘린 채 전사하여 방패를 덮고 교회의 지붕 아래에 누울 수 있다면, 그리고 야만인들의 언덕 비탈에 푸른 잔디를 봉분 삼아 묻힐 수 있다면, 그 여자는 바로 밀리슨트 브루턴이었다. 성(性)과 논리적 사고력의 나태함 때문에 배제되었지만(그녀는 《타임스》에 보낼 편지조자 홀로 쓸 수 없음을 알았다.) 제국에 대한 생각만큼은 그녀의 뇌리를 떠난 적이 없었고, 그 무장한 여신과의 교감을 통해 대쪽 같은 자세와 강건한 태도를 얻었다. 그래서 죽더라도 지상과 결별하는 일은 결코 상상할 수 없었다. 심지어 영혼이 되어서도 영국 국기가 휘날리지 않는 영토를 배회하는 그녀의 모습은 절대 상상할 수 없었다. 죽은 자들 가운데서도 영국인이 아니라면……. 아니, 안 돼! 불가능해!

그런데 저분이 (그녀가 알던) 레이디 브루턴인가? 저 머리칼이 희끗희끗해진 사람은 설마 피터 월시? (샐리 시튼이었던) 레이디 로세터가 속으로 물었다. 저 사람은 분명 늙은 패리 양이었다. 그녀가 버턴에서 머물렀을 때, 매우 화를 내곤 했던 연로한 고모님. 그녀는 벌거벗은 채 복도를 뛰어다니다가 패리양에게 불려 갔던 일을 결코 잊지 못할 터였다! 그리고 클래리사! 오, 클래리사! 샐리는 그녀의 팔을 잡았다.

클래리사는 그들 옆에서 걸음을 멈췄다.

"하지만 여기 있을 수 없어요." 그녀가 말했다. "나중에 올게요. 기다려요." 그녀가 피터와 샐리를 바라보며 말했다. 파티에 온 사람들이 모두 돌아갈 때까지 기다려야 한다는 뜻이었다.

“돌아올게요.” 그녀는 악수를 건네는 옛 친구, 샐리와 피터를 쳐다보며 말했다. 샐리는 틀림없이 과거를 떠올리는 듯 웃고 있었다.

하지만 샐리의 음성은 예전의 매혹적이고 풍부하던 목소리를 쥐어 짜낸 것 같았다. 그녀의 눈은 지난날처럼, 그녀가 시가를 피우거나 실오라기 하나 걸치지 않고 스펀지를 가지러 복도를 뛰어가던 그 시절같이 반짝이지 않았다. 그때 엘런 앳킨스가 그런 모습으로 신사들과 마주치면 어쩔 거냐고 물었지. 하지만 모두들 그녀를 용서했다. 그녀는 한밤중에 배가 고파지면 식품 저장실에서 닭고기를 훔쳐 왔고, 침실에서 담배를 피웠으며, 아주 귀중한 책을 펀트〔船〕에다 아무렇게나 버려 두었다. 하지만 모두들 (아마 아빠를 제외하고) 그녀를 무척 좋아했다. 그녀의 따뜻함, 그녀의 활기 때문이었다. 그녀는 그림을 그리거나 글을 쓰곤 했다. 마을의 노부인들은 여태 잊지 않고, “아주 발랄하고 붉은 망토를 걸치고 다니던 당신 친구”의 안부를 묻곤 했다. 그녀는 그 많은 사람들 중에서 휴 휘트브레드(저기 그가 있었다. 그녀의 옛 친구 휴가 포르투갈 대사와 대화하고 있었다.)를 비난했다. 여자들도 투표권을 가져야 한다고 주장한 자신을 벌주기 위해 부러 흡연실에서 자기에게 키스했다는 것이었다. 천박한 남자들이 그런 짓을 한다고, 그녀는 말했다. 클래리사는 가족 기도 모임 자리에서, 그를 너무 비난하지 말라고, 그녀를 설득했던 일을 떠올렸다. 샐리는 과감하고 무모하고, 모든 일의 주인공이 되고, 한바탕 소란 피우기를 극도로 좋아했기에 충분히 그럴 수 있었다. 그런데 그런 성향이 그 뭔가 끔찍한 비극으로, 그녀의 죽음이나 그녀의 순교로 끝나게 되리라고, 클래리사는 생각하곤 했다. 그 대신 샐리는, 전혀 뜻밖에도, 맨체스터에 방적 공장을 소유하고 있는, 단춧구멍에 커다란 꽃을 꽂은, 머리가 벗어진 남자와 결혼했다. 게다가 아들이 다섯 명이나 있다니!

그녀와 피터는 함께 앉았다. 그들은 이야기를 나누었다. 그들이 이야기를 나누는 모습은 너무도 익숙해 보였다. 그들은 과거에 대해 이야기할 것이다. 그녀는 그 두 사람과 (리처드보다 더) 과거를 공유했다. 정원, 나무, 목청도 시원치 않으면서 브람스를 노래하던 조지프 브라이트코프 노인, 응접실의 벽지, 매트의 냄새. 샐리는 언제나 그것들의 일부일 것이다. 피터도 언제나 그럴 터다. 그러나 그들을 두고 떠나야 한다. 저기 그녀가 싫어하는 브래드쇼 부부가 있었다.

그녀는 레이디 브래드쇼(은회색 옷을 입고, 수조 가장자리에서 균형을 잡고 서 있는 바다사자처럼 파티에 초대해 달라고 짖어 대는 공작 부인들, 전형적인 성공한 사람의 아내)에게 가야 한다. 그녀는 레이디 브래드쇼에게 다가가서 얘기를 나눠야 한다……

그러나 레이디 브래드쇼가 그녀를 앞질렀다.

"저희가 끔찍하게 늦었죠, 댈러웨이 부인. 감히 올 엄두도 못 낼 정도였어요." 그녀가 말했다.

회색 머리칼과 푸른 눈동자를 지닌, 매우 위엄 있게 보이는 윌리엄 경이 정말 그렇다고 말했다. 하지만 그들은 파티의 유혹에 저항할 수 없었다. 그는 하원에서 통과되기를 바라는 어떤 법안에 대해 리처드에게 말하고 있었다. 리처드에게 말하는 그를 쳐다보는데, 왜 그녀의 몸이 움츠러들었을까? 그는 실제 그의 모습대로, 대단한 의사답게 보였다. 단연 자기 직업의 정상에 올라선 사람, 다소 지쳐 보였지만 대단히 유력한 인물이었다. 그의 앞에 어떤 환자들이 찾아왔을지 생각해 보라. ─ 극도의 절망에 빠진 사람들, 정신 이상에 직면한 사람들, 남편들과 아내들. 그는 지독히 어려운 문제를 결정해야 했다. 하지만 ─ 그녀는 불행할 때의 모습을 윌리엄 경에게 보이고 싶지 않을 것 같았다. 아니, 저 사람에게는 아니었다.

"아드님은 이튼에서 잘 지내나요?" 그녀가 레이디 브래드쇼에게 물었다.

그 애는 바로 얼마 전에 볼거리를 앓아서 크리켓 팀에 들어가지 못했어요. 레이디 브래드쇼가 말했다. 아이 아버지가 정작 당사자보다 더 속상해하는 것 같더군요. "남편은 그저 다 큰 애거든요." 그녀가 말했다.

클래리사는 리처드에게 말하고 있는 윌리엄 경을 보았다. 그는 아이처럼 보이지 않았다. 조금도 애처럼 보이지 않았다.

그녀는 누군가와 함께 그에게 조언을 구하러 간 적이 있었다. 그는 나무랄 데 없이 옳았고, 극도로 합리적이었다. 그러나 맙소사, 거리로 다시 나왔을 때, 얼마나 안도감을 느꼈던지! 대기실에서 흐느끼던 어떤 가엾은 사람이 생각났다. 그렇지만 윌리엄 경의 어떤 부분이 그토록 싫었는지는 정확히 알 수 없었다. 다만 리처드는 그녀의 말에 동의하며 "그의 취향이 좋지 않고, 그의 냄새가 싫더군."이라고 말했다. 그러나 그는 대단히 유능했다. 그들은 어느 법안에 대해 말하고 있었다. 윌리엄 경은 목소리를 낮추고 어떤 사례를 언급했다. 그것은 그가 말하던, 포탄 폭발로 야기된 후유증에 관한 사례였다. 그 법안에 어떤 조항이 포함되어야 하는 것이다.

레이디 브래드쇼(숙맥 같고 가엾은 여자. 그녀는 싫지 않았다.)는 목소리를 낮추고 공통의 여성성, 이를테면 남편들의 빛나는 자질과 안타깝게도 과로하는 경향에 대해 여자들끼리 공감하는 자부심이라는 안식처로 댈러웨이 부인을 끌어들이며 중얼거렸다. "우리가 막 나오려는데 전화가 와서 남편이 불려 갔어요. 아주 슬픈 일이었지요. 어떤 젊은이가(그것이 바로 윌리엄 경이 댈러웨이 씨에게 말하고 있던 사건이었다.) 자살했다는 거예요. 육군으로 복무한 사람이라는군요." 아! 내 파티의 한가운데에 죽음이 있구나. 클래리사는 생각했다.

그녀는 총리와 레이디 브루턴이 들어갔던 작은 방으로 걸어갔다. 거기 누군가 있을지 모른다. 그러나 아무도 없었다. 의자에는 아직도 총리와 레이디 브루턴의 흔적이 남아 있었다. 레이디는 경의를 표하며 몸을 비스듬히 돌려세웠고, 총리는 단호하고 권위 있게 앉아 있었다. 그들은 인도에 대해 이야기를 나눴다. 아무도 없었다. 파티의 광채는 땅바닥에 떨어졌고, 잘 차려입은 모습으로 혼자 들어서려니 아주 기이했다.

브래드쇼 부부는 무슨 이유로 그녀의 파티에서 죽음을 언급했을까? 한 젊은이가 자살했다. 그리고 그들은 그녀의 파티에서 그 사건을 입에 올렸다. — 브래드쇼 부부는 죽음에 대해 얘기했다. 그는 자살했다. — 그런데 어떻게? 느닷없이 사고 소식을 들으면, 처음에 그녀는 언제나 육신의 감각으로 그것을 경험했다. 그녀의 드레스가 불꽃을 내뿜었고, 그녀의 몸은 타올랐다. 그는 창문에서 몸을 내던졌다. 땅이 휙 튀어 올랐다. 철책의 녹슨 못이 몸을 뚫고 들어가며 비트적거리고 상처를 냈다. 거기 누워 있는 그의 두뇌가 쿵, 쿵, 쿵 울렸고, 그러고는 암흑에 잠겨 질식했다. 이렇게 그녀는 그 광경을 보았다. 그런데 그는 왜 그랬을까? 그리고 브래드쇼 부부는 그녀의 파티에서 그 죽음을 얘기했다!

그녀는 서펀타인 연못에 1실링짜리 동전을 한 번 던진 적이 있었다. 그 이상은 해 본 적이 없었다. 그런데 그는 자기 몸을 내던져 버린 것이다. 그들은 계속 살아간다.(그녀는 돌아가야 한다. 각각의 방은 여전히 혼잡했고, 사람들이 연거푸 들어왔다). 그들(그녀는 온종일 버턴과 피터, 샐리에 대해 생각했다.), 그들은 늙어갈 것이다. 중요한 것이 거기 있었다. 그녀의 인생에서 잡담에 둘러싸이고 더럽혀지고 모호해지는 것, 매일매일 부패와 거짓말, 수다 속에서 방울져 떨어져 내리는 것. 그는 그것을 지켜 냈다. 죽음은 저항이었다. 죽음은 중심에 연결되려는 시도였다. 사람들은 불가사의하게도 자신들을 회피하는 그 중심에 도달할 수 없음을 느끼기 때문이다. 친밀함은 떨어져 나가고, 환희는 서서히 사라지며, 사람은 홀로 존재한다. 죽음에는 모든 것을 수용하는 포용력이 있었다.

그러나 자살한 이 젊은이는……. 그는 그의 보물을 안고 뛰어내렸을까? "만일 이제 죽는다면 지금이 가장 행복하겠어." 그녀는 흰옷을 입고 내려오면서 혼잣말을 한 적이 있었다.

아니, 시인과 사상가 부류의 사람들이 있었다. 만약 그가 그러한 열정을 가진 사람이었고 윌리엄 브래드쇼 경에게, 물론 대단한 의사지만 그녀에게는 어딘지 모르게 사악하게 느껴지는, 성(性)도 욕망도 없고, 여자들에게 극히 예의 바르지만 뭐라 형언할 수 없는 무도한 행위 — 상대의 영혼을 강압하는 것, 바로 그것이었다. — 를 저지를 수 있는 사람에게 찾아갔다면, 만에 하나 그 젊은이가 그에게 갔다면 그리고 윌리엄 경이 그렇게 자기 힘으로 그를 내리눌렀다면, 그렇다면 그는(실로 그녀는 지금 그것을 느꼈다.) 말하지 않았을까? 삶을 도저히 견딜 수 없게 되었다고. 그들, 그런 사람들이 삶을 견딜 수 없게 한다고.

그렇다면(그녀는 바로 오늘 아침에야 그것을 느꼈다.) 거기에 무시무시한 공포가 있었다. 부모가 우리 손에 넘겨준 이 삶을 끝까지 살아 내고 평온하게 걸어갈 수 없게 하는, 저항할 수 없는 무력함이. 그녀의 가슴속 깊은 곳에는 무시무시한 공포가 있었다. 지금도, 만일 리처드가 저기서 《타임스》를 읽고 있지 않았더라면, 그래서 그녀가 겁먹은 새처럼 웅크리고 있다가 서서히 기운을 차리고 나뭇가지들을, 이것저것을 비벼 대며 그 헤아릴 수 없는 기쁨의 불꽃을 일으킬 수 없었더라면, 그녀는 죽었을 것이다. 그녀는 모면할 수 있었지만, 그 젊은이는 자살했다.

어떻든 그것은 그녀에게 재앙이고 오욕이었다. 여기서는 남자가, 저기서는 여자가 이 깊은 어둠 속으로 가라앉고 사라지는 광경을 목도해야 하는 것은 그녀에게 형벌이었다. 그런데 그녀는 이브닝드레스를 차려입고 여기 서 있어야 했다. 그녀는 은밀한 음모를 꾸미거나 사소한 도둑질을 한 적도 있었다. 그녀가 온전히 감탄스러운 존재인 적은 없었다. 그녀는 성공을 원했고, 레이디 벡스버러와 다른 사람들처럼 되고 싶어 하기도 했다. 그러나 한때는 버턴의 테라스 위를 거닐던 소녀였다.

기묘하고 믿을 수 없기는 해도 그녀는 이처럼 행복한 적이 없었다, 리처드 덕분이었다. 그 어떤 감정도 이보다 더 서서히 지나갈 수 없고, 또 이보다 더 오래 지속될 수 없다. 그리고 그 어떤 기쁨도, 이처럼 젊음의 희열을 상실하고 일상생활 속에서 자신을 잃은 채 살아가다가, 해가 떠오르거나 해가 저물 때 스스로를 되찾는 충격적 기쁨에 비하면 아무것도 아니라고, 그녀는 의자들을 정돈하고 책 한 권을 서가에 밀어 넣으며 생각했다. 몇 번이나 그녀는 버턴에서 모든 사람들이 이야기를 나누고 있을 때 하늘을 보러 나갔다. 혹은 저녁 식사를 하며 사람들의 어깨 사이로, 런던에서 잠을 이룰 수 없을 때도 하늘을 올려다보았다. 그녀는 창가로 걸어갔다.

어리석은 생각이지만, 이 지역의 하늘, 웨스트민스터 너머의 하늘에는 그녀 자신의 뭔가가 담겨 있었다. 그녀는 커튼을 젖혔고, 그녀는 보았다. 아, 그런데 너무 놀랍게도! 맞은편 방의 늙은 부인이 똑바로 자신을 응시하고 있었다! 부인은 잠자리에 들 것이다. 그리고 하늘은 ― 장엄한 하늘이리라고, 그녀는 생각했다, 아름다운 장관에 뺨을 돌리는 어스름한 하늘이리라고. 그러나 저기 하늘이 있었다. ― 잿빛으로 찌푸린 하늘 위로 점점 가늘어지는 방대한 구름들이 재빨리 질주했다. 낯설게 보였다. 바람이 일었음에 틀림없었다. 노부인은 맞은편

방에서 잠자리에 들 것이다. 그녀가 방을 가로질러 창가로 움직이는 모습을 지켜보고 있자니 흥미로웠다. 저 부인은 나를 볼 수 있을까? 사람들은 응접실에서 아직 웃고 소리치는데, 저 늙은 여자가 아주 조용히, 혼자 침대로 가는 모습을 보고 있으려니 몹시 흥미로웠다. 부인은 이제 블라인드를 내렸다. 시계가 울리기 시작했다. 그 젊은이는 자살했다. 하지만 그녀는 그를 동정하지 않았다. 시계가 하나, 둘, 셋, 시간을 알리고, 이 모든 일이 계속되고 있음에도 그를 동정하지 않았다. 저기! 늙은 부인이 불을 껐다! 온 집 안이 깜깜해졌다. 이렇게 계속되고 있는데. 그녀는 되풀이해서 말했다. 그러자 그 말이 떠올랐다. 태양의 열기를 더는 두려워하지 마라. 그녀는 사람들에게 돌아가야 한다. 그러나 얼마나 특별한 밤인가! 그녀는 어째서인지 자신이 그 사람 — 자살한 젊은이 — 과 아주 흡사하다고 느꼈다. 그는 그것을 해냈다. 사람들은 계속 살아가는데, 그는 삶을 던져 버렸다. 그래서 그녀는 기뻤다. 시계가 울리고 있었다. 납처럼 묵직한 동그라미들이 공중에서 녹아들고 있었다. 그러나 그녀는 돌아가야 했다. 사람들을 모아야 했다. 샐리와 피터를 찾아보아야 했다. 그래서 그녀는 작은 방에서 나왔다.

"그런데 클래리사는 어디 있죠?" 피터가 말했다. 그는 소파에 샐리와 함께 앉아 있었다.(이렇게 오랜 시간이 흘렀는데도, 그는 그녀를 '레이디 로세터'라고 부를 수 없었다.) "그녀는 어디로 갔을까?" 그가 물었다. "클래리사는 어디 있죠?"

샐리는 신문에 실린 사진에서 보지 않았더라면 결코 알지

못했을 중요한 사람들, 정치가들을 클래리사가 잘 대접해야
한다고, 얘기를 나눠야 하리라고 생각했다. 피터도 그렇게 생
각했다. 그녀는 그런 사람들과 함께 있었다. 하지만 리처드 댈
러웨이는 내각에 들어가지 못했다. 그는 성공하지 못했죠? 샐
리는 그렇게 생각했다. 그녀 자신은 신문을 거의 읽지 않았다.
어쩌다 그의 이름이 언급되는 것을 본 적은 있었다. 그리고 그
녀는 대단한 상인들, 대단한 제조업자들, 어떻든 일을 하는 사
람들 사이에서, 클래리사가 황무지라고 부르는 곳에서, 고적하
게 살아왔다. 그녀도 해낸 것이다!

"난 아들이 다섯이나 있어요!" 그녀가 그에게 말했다.

맙소사, 맙소사, 그녀가 이토록 달라졌단 말인가! 부드러운
모성과 자부심마저 가지고 있다니! 마지막으로 그들이, 달빛
이 비치는 꽃양배추밭에서 만났을 때, 그녀는 그 이파리들이
'거친 청동 같다'고 말하며 문학적 취향을 드러냈었다. 그러고
는 장미 한 송이를 꺾었다. 분수 옆에서 사건이 벌어진 뒤로,
그 끔찍한 밤 동안에, 그녀는 그를 이리저리 끌고 다녔다. 그
는 자정 기차를 탈 예정이었다. 맙소사, 그는 펑펑 울었었다!

그는 버릇처럼 주머니칼을 여닫곤 했지. 샐리가 생각했다.
그는 흥분하면 언제나 칼을 여닫았다. 그가 클래리사를 사랑
했을 때, 그녀와 피터 월시는 아주, 아주 친했었다. 그리고 점
심 식사 때, 리처드 댈러웨이를 두고 벌어진 그 끔찍하고 우스
꽝스러운 장면이 떠올랐다. 그녀가 리처드를 '위컴'이라고 불렀
다. 리처드를 '위컴'으로 부르면 안 될 이유라도 있었나? 클래
리사가 벌컥 화를 냈다! 그 뒤로 그녀와 클래리사는 서로 만

나지 않았다. 지난 십 년간, 아마 대여섯 번 이상은 보지 않았을 것이다. 피터 월시는 인도로 떠났고, 그가 불행한 결혼 생활을 하고 있다는 소문을 어렴풋이 들었다. 그에게 아이가 있는지 그녀는 알지 못했고, 그가 변했기 때문에 물어볼 수도 없었다. 외모는 좀 오그라들었지만 전보다 친절해졌다고, 그녀는 생각했다. 그녀는 그에게 진정한 애정을 품고 있었다, 그가 자신의 젊은 시절과 연결되어 있었으므로. 그녀는 그가 선물한, 에밀리 브론테의 자그마한 시집을 아직 간직하고 있었다. 그는 글을 쓸 생각이었지, 아마? 당시 그는 글을 쓰려고 했었다.

"글은 썼어요?" 그녀가 단단하고 보기 좋은 손을, 그가 기억하는 방식대로 무릎 위에 펼치며 물었다.

"한 글자도 못 썼어요." 피터 월시가 말했고, 그녀는 웃었다.

그녀는 여전히 매력적이고, 여전히 특이한 인물이었다, 샐리 시튼은. 그런데 이 로세터라는 남자는 누구인가? 그 사람은 결혼식을 올리던 날에, 동백꽃 두 송이를 단춧구멍에 꽂았었다. 피터가 그에 대해 아는 것은 그게 전부였다. "그들에게는 수많은 하인과 몇 킬로미터에 달하는 온실이 있어요." 언젠가 클래리사가 보내온 편지에 그렇게 적혀 있었다, 어쩌면 그 비슷한 말이. 샐리는 큰 소리로 웃으며 그 점을 인정했다.

"그래요, 연간 1만 파운드나 벌어요." 세금을 포함한 것인지, 아닌지, 그녀는 기억하지 못했다. 남편이 모두 처리해 주었기 때문이다. "당신은 그를 만나야 해요. 그를 마음에 들어 할 거예요." 그녀가 말했다.

그런데 과거에 샐리는 누더기를 걸치곤 했었다. 버턴에 오려고 증조부가 마리 앙투아네트에게서 받은 — 그가 제대로 기억하는 것일까? — 반지를 전당포에 저당잡힌 적도 있었다.

오, 그래요. 샐리는 기억했다. 그녀는 그것을, 마리 앙투아네트가 증조부에게 준 루비 반지를 아직 가지고 있었다. 당시 그녀에겐 자기 것이라 할 수 있는 돈이 한 푼도 없었고, 버턴에 가려면 끔찍한 역경을 감수해야 했다. 하지만 버턴에 가는 것은 그녀에게 아주 큰 의미가 있었고, 그 덕분에 미치지 않을 수 있었다고 믿었다. 자기 집에서는 너무 불행했으니까. 이제는 모두 과거의 일이었다. 지금은 모두 지나간 일이라고, 그녀는 말했다. 패리 씨는 돌아가셨고, 패리 양은 아직 살아 있었다. 내 평생 그렇게 충격받은 적이 없어요! 피터가 말했다. 패리 양이 죽었다고 믿은 것이다. 그런데 클래리사의 결혼은 성공한 것이겠죠? 샐리는 그럴 거라고, 생각했다. 저기 커튼 옆에, 분홍색 옷을 아주 멋지게 차려입고 매우 침착하게 있는 아가씨는 엘리자베스였다.

(그녀는 포플러나무 같고, 강 같고, 히아신스 같다고 윌리 티콤은 생각했다. 아, 시골에서 마음대로 살 수 있으면 얼마나 멋질까! 가엾은 개가 짖어 대는 소리가 들린다고, 엘리자베스는 확신했다.) 저 애는 클래리사를 조금도 닮지 않았군. 피터 월시가 말했다.

"아, 클래리사!" 샐리가 말했다.

샐리가 느낀 것은 오로지 이것이었다. 그녀는 클래리사에게 엄청난 신세를 졌다. 그들은 친구였다. 그냥 지인이 아니라 친구였다. 그녀는 흰옷을 입고 꽃을 한 아름 안은 채 집 안을 돌아다니던 클래리사의 모습을 지금도 떠올릴 수 있었다. 여전히 담배를 보면 버턴이 생각났다. 그러나 피터는 이해할까? 그녀에게는 뭔가 결핍되어 있었다. 무엇이 결핍되어 있을까? 그녀에겐 매력이, 특별한 매력이 있었다. 그러나 솔직히 말해서, (그녀는 피터를 옛 친구라고, 진정한 친구라고 느꼈다. 멀리 떨어져 있었다는 게 과연 문제가 될까? 거리가? 샐리는 종종 그에게 편지를 쓰고 싶었지만 찢어 버렸다. 그래도 그가 이해해 주리라고 느꼈다. 사람들이 굳이 언급하지 않아도 늙어 가는 것을 깨닫듯이, 어떤 말은 듣지 않아도 이해할 수 있다. 그리고 그녀는 꽤 나이를 먹었고, 그날 오후엔 볼거리를 앓는 아들들을 보러 이튼에 다녀왔다.) 그러니까 아주 솔직히 말해서, 클래리사는 어떻게 그럴 수가, 리처드 댈러웨이와 결혼할 수 있었을까? 사냥꾼인 데다 오로지 개만을 좋아하던 사람과. 그가 방에 들어오면 그야말로 마구간 냄새가 진동했다. 그리고 그게 전부였지? 그녀는 손을 내저었다.

흰 조끼를 입은 휴 휘트브레드가 어슬렁거리며 지나갔다. 뚱뚱한 몸에 침침한 눈으로, 자부심과 안락을 제외하고는, 눈앞에 보이는 모든 것을 무작정 지나쳤다.

"그는 우리를 알아보지 못할 거예요." 샐리가 말했다. 실로 그녀는 용기가 나지 않았다. 그래, 저 사람이 휴였다! 그 감탄스러운 휴!

"그런데 그는 무슨 일을 하죠?" 그녀가 피터에게 물었다.

휴는 국왕의 구두를 닦거나 윈저 궁전에서 술병들을 헤아린다고, 피터가 말했다. 피터의 혀는 여전히 신랄했다! 하지만 이제 샐리가 솔직히 털어놓아야 한다고, 피터는 말했다. 이제 그 키스, 휴의 키스에 대해서.

입술에 했어요. 그녀가 그에게 똑똑히 말했다. 어느 날 저녁에 흡연실에서. 그녀는 너무 화가 나서 곧장 클래리사에게 달려갔다. 휴는 그런 짓을 하지 않았어! 클래리사가 말했다. 그 감탄스러운 휴는! 휴의 양말은, 하나도 예외 없이, 그녀가 본 것들 중에서 가장 아름다웠고, 지금 그가 입은 야회복 역시 완벽했다! 그에게 자식이 있나요?

"이 방에 있는 사람들은 모두 이튼에 다니는 아들이 여섯 명쯤 있어요." 피터가 말했다, 자신만을 제외하고. 다행히 그는 아무도 없었다, 아들도, 딸도, 아내도. 그 점을 개의치 않는 것 같다고, 샐리가 말했다. 그가 누구보다 젊어 보인다고, 그녀는 생각했다.

하지만 그런 식으로 결혼한 것은 어떻든 바보 천지 같은 짓이었다고, 피터는 말했다. "그녀는 더없는 숙맥이었어요." 그가 말했다. 하지만 그는 "우리는 아주 멋진 시간을 보냈죠."라고 말했다. 어떻게 그럴 수 있지? 샐리는 의아했다. 그의 말은 무슨 뜻일까? 그리고 그를 알면서도 그에게 일어난 일은 하나도 알지 못하다니, 얼마나 기묘한 일인가. 그가 자존심 때문에 그렇게 말했을까? 그럴 수도 있다. 하여튼 (기이하고, 결코 평범하지 않은 도깨비 같은 사람이긴 하지만) 그 나이에 집도 없고 갈 곳마저 없다면 무척 쓰라리고 외로울 것이다. 하지만 당신은 우리 집에 와서 몇 주일이고 머물러야 해요. 물론, 그럴 겁니다. 당신 집에서 기쁘게 머물게요. 그러다가 그 말이 나왔다. 지금껏 긴긴 세월 동안 댈러웨이 부부는 한 번도 찾아온 적이 없어요, 몇 번이나 그 부부를 초대했건만. 클래리사가(물론, 클래리사의 결정이었죠.) 오지 않으려 했어요. 클래리사가 내심 속물이거든요. 샐리가 말했다. 그것을, 속물이라는 사실을 인정해야 해요. 자신과 클래리사의 문제란 바로 그것이라고, 그녀는 확신했다. 남편이 광부의 아들 — 그녀는 그 점을 자랑스러워했다. — 이라서, 클래리사는 샐리가 낮은 신분의 사람과 결혼했다고 생각했다. 그들이 가진 돈은 전부 그가 직접 벌어들인 것이다. 어렸을 적에 그는(그녀의 목소리가 떨렸다.) 커다란 석탄 부대를 날랐어요.

(이렇게 그녀는 몇 시간이고 이야기를 이어 가리라고, 피터는 예감했다. 광부의 아들, 그녀가 신분 낮은 사람과 결혼했다는 사람들의 생각, 그녀의 다섯 아들 그리고 또 다른 것 — 식물들, 수국, 라일락, 수에즈 운하 북쪽에서는 결코 자라지 않는 아주 희귀한 히비스커스 백합에 대해서. 그녀는 맨체스터 근방의 교외에서, 한 정원사의 도움을 받아, 그런 꽃들로 수많은 화단을 만들었다. 정말로 화단다운 화단을! 그런데 클래리사는 그 모든 것을 외면했다, 그녀는 모성적이지 않았으므로.)

그녀가 속물이라고요? 그래, 여러 면에서 그렇지요. 그녀는 이 시간 내내 어디에 있는 걸까요? 늦어지고 있는데 말예요.

"그래요." 샐리가 말했다. "클래리사가 파티를 연다는 소식을 들었을 때, 나는 올 수밖에 없었어요. 그녀를 다시 봐야 했거든요.(나는 빅토리아가에, 사실 바로 근방에 머물고 있어요.) 그래서 초대받지 않았지만 그냥 왔어요. 그런데," 그녀가 속삭였다. "알려 줘요. 저 사람은 누구인가요?"

그 사람은 힐버리 부인이었다. 그녀는 바깥으로 통하는 문을 찾고 있었다. 얼마나 늦어지고 있는지! 밤이 더 깊어지고 사람들이 집으로 돌아가면 옛 친구를, 조용한 곳과 구석을, 그리고 가장 아름다운 광경을 보게 된다고, 그녀는 중얼거렸다. 마법에 걸린 정원에 둘러싸여 있음을 과연 사람들은 알기나 할까, 라고 그녀가 물었다. 빛과 나무들, 경이롭도록 은은히 빛나는 호수와 하늘. 뒤쪽 정원에 요정 램프가 몇 개 있을 뿐이라고, 클래리사 댈러웨이는 말한 적이 있었다! 그녀는 마술사였다! 그곳은 드넓은 정원이었다……. 그런데 그녀는 그들의 이름을 몰랐지만, 친구였다는 사실만큼은 알고 있었다. 이름 없는 친구들, 가사 없는 노래들이 언제나 가장 좋았다. 그러나 문들이 너무 많고 예상하지 못한 곳으로 이어져 있었으므로, 그녀는 길을 찾을 수 없었다.

"연로한 힐버리 부인이에요." 피터가 말했다. 그런데 저 사람은 누구죠? 저녁 내내, 말 한 마디 없이, 커튼 옆에 서 있는 저 부인은? 그는 그녀의 얼굴을 알았고, 그녀를 버턴에서의 기억과 연결해 보았다. 틀림없이 그녀는 창가의 큰 탁자에서 속옷들을 재단하곤 했었다, 맞나? 아마 이름이 데이비드슨이었던가?

"아, 엘리 헨더슨이에요." 샐리가 말했다. 클래리사는 그녀에게 몹시 냉정하게 굴었어요. 몹시 가난한 사촌이었죠. 클래리사는 사람들에게 실로 냉정했어요.

그런 편이었죠. 피터가 말했다. 하지만 샐리는 피터가 한때 사랑했던(지나치게 넘쳐흐를 수 있기에, 이제는 약간 두려워진) 열

정을 분출하며 특유의 감정적인 어조로 말하고 있음을 눈치
챘다. 클래리사는 친구들에겐 몹시 너그러웠어요! 대단히 희
귀한 자질을 지니고 있었죠. 이따금 한밤중에, 혹은 크리스마
스 당일에 나는 그동안 받은 축복을 헤아려 보며, 그 우정을
최고로 꼽았어요. 우리는 어렸죠. 바로 그거예요. 클래리사의
마음은 청순했어요. 바로 그거였어요. 당신은 나를 감상적이
라고 생각할 테죠. 나는 그래요. 이야기할 가치가 있는 건 내
감정뿐이라고 느끼게 되었으니까. 영리하다는 것은 어리석은
거예요. 사람은 오로지 자신이 느끼는 것을 말해야 해요.

"하지만 나는 내가 무엇을 느끼는지 모르겠어요." 피터 월
시가 말했다.

가엾은 피터. 샐리는 생각했다. 클래리사는 왜 우리 곁에 와
서 이야기를 나누지 않는 거지? 그가 이토록 갈망하는데. 그
녀는 그것을 알았다. 그는 줄곧 클래리사만을 생각하며 주머
니칼을 만지작거리고 있었다.

나는 인생이 단순하지 않다는 것을 알게 됐어요. 피터가 말
했다. 클래리사와의 관계는 단순하지 않았어요. 그것이 내 인
생을 망쳤어요. 그는 말했다.(그와 샐리는 매우 친밀했기에, 그런
얘기를 나누지 않는 것이 오히려 우스웠다.) 사람은 사랑에 두 번
빠질 수 없거든요. 그가 말했다. 그녀는 이 말에 뭐라고 답할
수 있을까? 그래도, 사랑을 해 보는 편이 더 나아요.(하지만 당
신은 나를 감상적이라고 생각하겠죠. 그런데 예전엔 아주 신랄하게
말하곤 했잖아요.) 당신은 맨체스터의 우리 집에 와서 머물러야
해요. 다 맞는 말이에요. 그가 말했다. 전부 맞는 말이에요. 런

던에서 해야 할 일을 마치는 대로 당신 집에 머물도록 할게요.

클래리사는 리처드보다 그를 더 좋아했다고, 샐리는 믿고 있었다.

"아니, 아니, 아니에요!" 피터가 말했다.(샐리는 그런 말을 하지 말았어야 했다. 그녀는 도를 넘었다). 저 선량한 친구 — 저기에 그가, 그 친애하는 리처드가 방 끄트머리에 서서, 예전과 다름없이 장광설을 늘어놓고 있었다. 그와 대화하는 사람은 누구예요? 샐리가 물었다. 아주 위엄 있어 보이는, 저 사람 말예요. 실로 황무지에서 살다 보니 누가 누구인지 알고 싶은 호기심이 끝도 없네요. 그러나 피터는 전혀 모르는 사람이었다. 그의 모습이 마음에 들지 않는다고, 피터는 말했다. 아마무슨 장관일 터였다. 그의 눈에는 모든 사람 중에서 리처드가 가장 나은 사람, 가장 사심 없는 사람으로 보였다.

"그런데 그는 무슨 일을 했죠?" 샐리가 물었다. 아마도 공적인 일을 했으리라고, 그녀는 짐작했다. 저 부부는 함께 행복했을까요? 샐리가 물었다.(그녀는 더없이 행복했다.) 나는 그들에 대해 아무것도 모른 채, 흔히 그렇듯이, 성급한 결론을 내릴 뿐이죠. 그녀가 인정했다. 매일 함께 살아가는 사람들에 대해서도 무엇을 알 수 있겠어요? 그녀가 물었다. 우리는 모두 죄수가 아니던가요? 그녀는 감방의 벽을 긁어 대는 남자에 관한 놀라운 희곡[52]을 읽은 적이 있는데, 그런 상황은 인생에도 적

---

52) 존 골스워디(John Galsworthy, 1867~1933)의 희곡 『정의』를 말하는 듯하다.

용된다고 느꼈다. 벽을 긁어 대는 사람. 인간관계에 절망할 때면(사람들은 너무 얄궂었다.) 그녀는 정원을 찾았고, 인간들이 결코 내주지 않는 평화를 자신의 꽃에서 얻었다. 그러나 아니, 그는 양배추를 좋아하지 않았다. 인간들이 더 좋다고, 피터는 말했다. 젊은이들은 정말 아름다워요. 샐리는 방을 가로지르는 엘리자베스의 모습을 바라보며 말했다. 저 시절의 클래리사와는 얼마나 다른지! 저 애를 이해할 수 있나요? 저 아이는 입을 열지 않을 거예요. 별로 입을 열지 않을 테죠. 아직은 아닐 겁니다. 피터는 수긍했다. 저 애는 백합, 연못가의 백합 같아요. 샐리가 말했다. 하지만 우리가 아무것도 알지 못한다는 말에, 피터는 동의하지 않았다. 우리는 모든 것을 알고 있어요. 그가 말했다. 적어도 그는 그랬다.

그러면 저기 두 사람, 지금 이쪽으로 다가오는 사람들(조만간 클래리사가 오지 않으면, 그녀는 정말 귀가해야 한다.), 리처드와 이야기를 나누던 위엄 있는 남자와, 다소 평범해 보이는 그의 아내, 저런 사람들에 대해 무엇을 알 수 있을까요?

"지긋지긋한 협잡꾼이라는 사실을 알 수 있죠." 피터가 그들을 무심히 쳐다보며 말했다. 이 말에 샐리는 웃었다.

한편, 윌리엄 브래드쇼 경은 문간에서 그림을 쳐다보느라 걸음을 멈췄다. 그는 화폭의 귀퉁이에서 판화가의 이름을 찾고 있었다. 그의 아내도 그림을 들여다보았다. 윌리엄 브래드쇼 경은 그림에 관심이 있었다.

어렸을 때는 너무 들떠서 사람들을 제대로 알 수 없다고, 피터가 말했다. 이제 나이 들어 정확히 쉰두 살이 되었으므로

(샐리는 자기 몸은 쉰다섯이지만, 마음만은 스무 살의 젊은 여자와 같다고 말했다.), 이제 성숙한 까닭에 비로소 바라볼 수 있고, 이해할 수 있고, 동시에 느낄 수 있는 힘을 잃지 않게 되었다고, 피터가 말했다. 그래요, 그건 사실이에요. 샐리가 말했다. 그녀는 해를 거듭할수록 더 깊이, 더욱 열렬히 느꼈다. 그 힘이 강해지고 있다고, 그는 말했다. 어쩌면 안타까운 일이지만, 그럼에도 그것을 기뻐해야 한다. 그 힘은 그의 경험 속에서 계속 성장해 왔다. 인도에 한 여자가 있다. 그는 샐리에게 그녀에 대한 이야기를 들려주고 싶었다. 샐리가 그녀를 알았으면 좋겠다. 그녀는 기혼자라고, 그가 말했다. 그녀에게는 어린아이도 둘 있었다. 그들 모두 맨체스터에 와야 해요. 샐리가 말했다. 그는 떠나기 전에 그러겠다고, 약속해야 한다.

"저기 엘리자베스가 있군요." 그가 말했다. "저 애는 우리가 느끼는 것의 절반도 못 느낄 테죠, 아직은." 샐리는 자기 아버지에게 다가서는 엘리자베스를 바라보며 말했다. "하지만 두 사람이 서로에게 헌신적이라는 것은 알 수 있어요." 그녀는 아버지에게 다가가는 엘리자베스의 모습에서 그 점을 느낄 수 있었다.

엘리자베스의 아버지는 브래드쇼 부부와 이야기를 나누다가 그녀를 바라보았고, 내심 생각했던 것이다. 저 사랑스러운 아가씨는 누구지? 그러다 갑자기 자기 딸, 엘리자베스임을 깨달았다. 그는 그녀를 알아보지 못했다, 분홍색 드레스를 차려입은 그녀의 모습이 몹시도 사랑스러웠기에! 엘리자베스는 윌리 티콤과 대화하다가 자신을 바라보는 아버지의 시선을 느졌다. 그래서 아버지에게 다가갔고, 이제 파티가 거의 끝나 가고 있으므로, 나란히 서서 집으로 돌아가는 사람들을 지켜보았다. 방은 차츰 비어 갔고, 바닥에는 물건들이 흩어져 있었다. 엘리 헨더슨도, 거의 마지막으로 떠나가고 있었다. 아무도 그녀에게 말을 걸지 않았지만, 그녀는 이디스에게 들려주려고, 어느것 하나 빼놓지 않고, 모조리 관찰했다. 리처드와 엘리자베스는 파티가 끝나서 오히려 즐거웠다. 그리고 리처드는 자신의 딸이 자랑스러웠다. 그래서 어쩔 수 없이 말할 수밖에 없었다. 그녀를 보았고, 저 사랑스러운 아가씨가 누구인지 궁금해했었고, 바로 자기 딸임을 깨달았다고 말이다. 아버지의 말을 듣고 그녀는 행복해했다. 그런데 그녀의 가엾은 개가 짖어 댔다.

"리처드는 나아졌어요. 당신이 옳아요." 샐리가 말했다. "가서 리처드와 얘기를 해야 겠어요. 작별 인사를 할래요. 마음에 비하면 두뇌가 뭐 그리 중요하겠어요?" 레이디 로세터가 자리에서 일어서며 말했다.

"나도 가야겠어요." 피터는 이렇게 말하면서도 잠시 더 앉아 있었다. 이 공포는 무엇일까? 이 황홀감은 무엇일까? 그는 자신에게 물었다. 특별한 흥분으로 나를 채우는 것은 과연 무엇일까?

그건 클래리사야. 그가 말했다.

거기 그녀가 있었던 것이다.

런던의 풍경화, 삶의 연속성과 결속의 비전

1923년 6월의 런던

『댈러웨이 부인』은 1923년 6월 무더운 수요일의 런던 풍경을 그려 낸다. 1차 세계 대전이 끝난 지 오 년이 지났지만 전쟁의 기억과 상흔은 아직 현재형으로 남아 있다. 작품 초반에 주인공 클래리사 댈러웨이는 아들이 전사했다는 전보를 들고 바자회를 열었다는 레이디 벡스버러를 떠올리고 전날 밤에 영사관에서 만난 폭스크로프트 부인이 살해된 아들을 생각하며 비탄에 잠겼던 것을 생각한다. 작품 곳곳에서 죽은 자들이 언급되고 소년병들이 위령탑에 화환을 바치기 위해 행군한다. 하늘에 연기로 글자를 써서 상품을 광고하는 비행기의 소음은 불길하게 전시의 공습을 연상시키고, 독일인 혈통이기 때문에 해고된 도리스 킬먼은 전쟁의 피해자로서 쓰라린 분노를 안고 살아간다. 시인이 되기를 열망하며 셰익스피어를 위해 참전했던 셉티머스 워런 스미스는 훈장을 받은 전쟁 영웅이지만 '포탄 충격 후유증'으로 환각에 시달린다. 역사상 전례 없는 대규모 파괴를 일으킨 전쟁은 생존한 사람들을 사로잡아 과거의 기억에 집착하고 현재의 상실감에 젖게 하여 마음에 "눈물의 샘"을 심어 놓는다.

1918년에서 1919년 사이 전 세계를 휩쓸어 2000만 명 이상의 목숨을 앗아 간 인플루엔자 팬데믹도 유례없는 재앙이었다. 클래리사는 몇 년 전 질병을 앓은 후 예전 같지 않고 창백해졌으며 심장이 약해졌다고 묘사된다. 하원 의원의 아내로서 상류층 인사들과 교류하며 살아가는 '완벽한 안주인'이지만 그녀의 뇌리는 삶과 죽음의 언저리를 맴돈다. "그녀는 매사를 칼같이 가르면서도 동시에 바깥에서 방관했다. ……멀리, 멀리 바다에 나가 혼자 있다는 느낌이 끊이지 않았다. 하루를 사는 것도 언제나 아주, 아주 위험하다는 느낌이 들었다."(14쪽) 위태로운 생존을 이어 가며 그녀의 의식은 과거에 버턴에서 보낸 어린 시절과 현재를 넘나들며 삶의 의미를 반추한다.

이 작품을 집필하던 시기에 울프 자신도 신경 쇠약증에 걸려 환각에 시달렸고 독감에 걸려 곧 죽게 되리라는 오진을 받기도 했다. 작가 자신의 경험도 그렇고 사회의 전반적인 분위기도 죽음을 늘 실감하며 삶을 영위하는 불안정한 시대였다. 울프는 이 소설을 구상하면서 "삶과 죽음의 대조"를 다룰 거라고 일기에 쓴 적이 있는데, 삶의 한가운데 있는 죽음 또는 죽음의 한가운데 있는 삶에 대한 의식과 그 의미에 대한 물음이 이 작품의 시발점이라 볼 수 있다.

영국 사회의 강요적 기제와 억압

피터 월시는 오 년간 인도에서 머물다가 돌아와 런던의 달라진 풍경을 돌아보면서 "문명의 승리" 운운하며 감탄한다. 옥스퍼드 재학 시절에 급진적인 글을 써서 퇴학당한 그는 스스로를 낭만적인 모험가로 생각하지만, 몇 세대에 걸쳐 인도를 지배해 온 영국인 집단의 일원으로서 본국에 대한 자부심과 우월감을 품고 있다. 하지만 영국 문명의 승리 이면에는 사회의 강압적인 기제가 작용한다. 지배 계층의 엘리트들은 "런던의 효율성, 조직, 공동체"를 유지하기 위해서 비효율적이고 비사회적인 사람들이나 장애인, 인종적 소수자를 배척하거나 한계 상황으로 내몰아 간다.

브래드쇼 같은 신경 전문의가 셉티머스를 정신 이상으로 진단하고 강제 격리시키려는 것은 당시 20만 명 정도에 달한 신경증 환자를 처리한 방식을 전형적으로 보여 준다. 하지만 전쟁으로 인해 깊은 심리적, 물리적 상처를 받은 사회에서 정상과 비정상, 온전한 정신과 광기를 구분하는 것은 다분히 인위적이고 위험할 수 있다. 셉티머스는 환각에 빠지곤 하지만 주위 사물을 인식하지 못하는 것은 아니고 이성적인 판단을 내리기도 한다. 그러나 브래드쇼는 건강을 균형의 문제라고 주장하며 균형 의식을 갖지 못한 것은 정신 이상이라고 단정한다. 균형을 잃은 환자는 정신병자들과 마찬가지로 격리 수용되어야 한다.

윌리엄 경은 균형을 숭배하면서 그 자신뿐 아니라 영국을 번영시켰고, 영국의 정신병자들을 격리해 출산을 금지했으며, 절망을 처벌했고…… 부적격자들이 그의 균형 감각에 동의할 때까지 그들의 목소리를 틀어막았다.

(중략)

그러나 균형에는 자매가 있다. 별로 웃지 않고 훨씬 무시무시한 그 여신은 지금도 활동하며 — 인도의 열기와 모래 속에서, 아프리카의 진흙탕과 늪에서, 런던 주변의 슬럼가에서, 이를테면 악마적 풍조의 유혹 때문에 인간들이 진정한 믿음(여신 자신의 것)을 저버린 곳 어디에서나 — 사당을 무너뜨리고 우상을 박살 내고 그 자리에 그녀 자신의 근엄한 얼굴을 세우는 데 몰두하고 있다. 그 여신의 이름은 개종이다. 그 여신은 나약한 자들의 의지를 마음껏 먹어 치우고, 낙인찍으며 강요하기를 좋아하고, 인간의 얼굴에 각인된 자신의 이목구비를 흠모한다. (143~144쪽)

중세 도덕극(morality play)의 문체를 연상시키는 이 단락에서 울프는 균형과 개종을 의인화하여 영국 사회가 내적으로 자국민을 억압하고 외적으로는 다른 나라를 지배하고 굴복시키는 강력한 기제를 비판한다. 사회는 나름의 기준을 정하고 그것을 약자에게 강요하며 그것을 따르지 않으려는 자들을 짓밟는다. 자신의 기준을 타자에게 강요하여 개종하게 하는 것이 바로 제국주의의 행태다.

레이디 브루턴이 젊은 남녀들을 캐나다로 이주시키려는 계획에 집착하는 것도 국내의 '잉여' 인구와 실업 문제를 해결하기 위한 제국주의적 기획의 일환이다. 영연방으로서 캐나다는 당시 많은 이주민들, 특히 영국 이민자들을 수용하고 있었는데 당시 그들의 정신 박약과 정신 질환 문제로 인해 사회적 불안과 위기가 심화되고 있다는 불만이 비등(沸騰)했다는 사실을 고려하면, 영국의 식민 정책은 잠재적인 정신 질환자나 부적격자를 처리하는 방편으로도 작용했음을 알 수 있다.

런던은 사회적 기제를 통해 자신의 의지를 강제하는 인물들과 그로 인해 깊은 상처를 받고 불안정하게 살아가는 사람들로 분열되어 있다. 엘리자베스의 가정 교사인 도리스 킬먼은 스스로도 영국 사회에서 부당하게 소외된 피해자이면서도 타인을 지배하고 소유하려는 비틀린 욕구를 드러낸다는 점에서 흥미롭다. 클래리사는 도리스 킬먼과 같은 부류에 대해 "우리 몸 위로 두 발을 벌리고 서서 우리 생명의 피를 절반은 빨아먹는 유령들, 지배자와 폭군 중 하나"(20쪽)라고 부르며 증오심을 표현한다. 이런 인물들은 타인이 누리는 사소한 일상적인 기쁨마저 이기적인 자기만족이라든가 자기애라고 비판하며 죄의식을 강요하고 삶을 향유하지 못하도록 방해한다. 하지만 인간의 삶은 지배자들이 바라듯이 법적 규제나 법령으로 말끔하게 정리되거나 배제될 수 없고, 그것은 "그들이 삶을 사랑한다는 바로 그 이유 때문"(9쪽)이라고 클래리사는 생각한다.

삶의 환희와 죽음 그리고 보이지 않는 결속

이 소설의 첫 장면에서 클래리사는 집을 나서며 아름다운 6월 아침의 맑은 공기에 기쁨을 느끼고 곧바로 어린 시절에 바닷가에서 느꼈던 감정을 떠올린다. 삶의 환희와 살아 있는 순간에 대한 예리한 기쁨은 저녁에 열린 파티에서 미지의 인물 셉티머스의 자살 소식을 듣고 충격을 받는 장면으로 끝난다. 작품 구조적으로 삶과 죽음의 대조가 이루어지고 삶의 한가운데 도사리고 있는 죽음이 각인되는 셈이다.

마지막 장면에서 클래리사는 셉티머스에 대한 감정 이입을 통해 이른바 '존재의 순간'을 경험한다. 자살 소식을 듣자 끔찍힌 종말의 장면을 상상하며 곧바로 자신을 돌아보고, 바로 그날 아침에 삶을 끝까지 살아 내지 못하리라는 공포를 느꼈던 것을 떠올리며 남편의 안전한 보호막이 없었더라면 자신도 살아 있지 못하리라고 생각한다. 따라서 셉티머스의 상처받은 마음에 공감하면서 그의 자살이 개인의 독자성과 자유를 빼앗고 억압하려는 사회에 대한 저항이었음을 직감적으로 이해하고 그를 자신의 알터 에고(또 다른 자아)로 느끼며 그의 선택에서 오히려 위안을 얻는다.

유한 계층의 여성이 하류 계층의 참전 용사에게 동질감을 느끼는 이 작품의 결말은 선뜻 이해하기 어려운 것이 사실이다. 하지만 작품을 자세히 읽어 보면 클래리사와 셉티머스를 연결하는 장치들이 작품 곳곳에 심겨 있음을 알 수 있다. 이 두 인물은 종종 새의 이미지와 결합되고, 좁은 침대에 갇힌 환자로 묘사되며, 나무에 대한 특별한 애정을 표현하고, "태양의 열기를 더는 두려워하지 마라."라는 시행을 중얼거리기도한다. 또한 당대의 두 가지 참사에서 살아남은 이들은 위태로운 생존 상황에 극히 민감하고, 과거의 트라우마로 인해 불안정하며 마음이 정체되어 있다는 공통점을 가지고 있다. 울프는 이 소설의 모던 라이브러리 판본 서문에서 셉티머스를 클래리사의 '더블'로 의도했다고 언급한 바 있고, 정교하고 세밀한 서사를 통해 두 인물을 동질적인 영혼으로 그려 내며 그들의 신비로운 결속을 통해 삶에 대한 독특한 비전을 제시한다.

그런데 클래리사가 느끼는 결속감은 셉티머스에게만 한정되지 않는다. 작품 초반에서부터 그녀는 주위 사람들이나 사물과 연결되어 있다는 느낌을 자주 피력한다. 멀리 떨어져 있는 벗들과 지인들의 "존재"를 끊임없이 의식하며, 자신이 "결코 만나지 못한 사람들의 일부"라고 느끼기도 한다. "그녀는 생전말을 걸어 본 적 없는 사람들, 거리의 어떤 여자나 카운터 뒤의 어떤 남자, 심지어 나무나 헛간에마저 기묘한 친밀감을 느꼈다."(219쪽) 이런 신비로운 감정은 만물이 서로 연결되어 있으며 영적 직관(gnosis)을 통해 그것을 인식할 수 있다고 설파한 서양의 고대 신비주의 사상 영지주의(gnosticism)를 연상시키기도 한다. 클래리사는 젊은 시절에 피터 월시를 열렬히 사랑하면서도 안정적인 삶을 위해 리처드 댈러웨이를 선택했기에 세속적인 속물이라는 비판을 받곤 했지만 그녀의 내면에는 이처럼 비세속적인 자아가 자리 잡고 있다. 그녀는 자기 삶을 지탱해 준 주위 사람들에게 한없이 고마워하고 자신의 일을 종교적 의식처럼 수행하려 한다. 그녀가 여는 파티는 뿔뿔이 흩어진 사람들을 그러모아 결속의 순간을 창조하려는, 삶에 바치는 경건한 의식인 셈이다.

더 나아가 이 작품의 전지적 화자는 주요 인물들뿐 아니라 불특정 인간들도 1923년의 런던이라는 동일한 시공간에서 서로 연결되어 있음을 그려 낸다. 초반에 본드가에 몰려서서 버킹엄 궁전으로 들어가는 차를 지켜보는 사람들과, 공중에 연기로 글자를 쓰는 비행기를 올려다보는 사람들에 대한 묘사는 이들이 같은 운명에 처한 공동체라는 사실을 드러낸다. 화자는 하이드 파크를 오가는 인물들의 의식을 하나씩 들여다보면서 다양한 감정과 의식을 엮어 집단의식을 형성해 나간다. 소설 곳곳에서 울리는 웨스트민스터 사원과 빅벤 종소리는 화자의 시선이 옮겨 가는 계기가 되기도 하지만 런던 주민들에게 돌이킬 수 없이 흐르는 시간의 흐름과 강요적인 규제를 각인시키고, 또한 납덩이 같은 종소리가 허공에서 흩어지는 묘사를 통해 보다 자유로운 세계의 가능성을 암시하며 그들의 집단적 의식을 강화한다.

시적 산문으로 쓰인 아름다운 그림

영국 모더니즘 소설의 대표적 작품 중 하나인 『댈러웨이 부인』은 다양한 서사 기법의 실험을 통해 완성된 작품이다. 울프는 제임스 조이스나 마르셀 프루스트 등과 함께 20세기 초의 가장 난해한 심리 소설가로서 '의식의 흐름' 기법을 통해 인간 내면의 심리 세계를 표현하고자 했다. 삶의 실체(reality)가 무엇인가라는 물음에 대해 그녀는 유명한 에세이 「현대 소설」에서 이렇게 말한다.

잠시 일상적인 어느 날의 일상적인 어느 마음을 생각해 보자. 마음은 사소하고 환상적이고 덧없이 사라지고 혹은 강철 같은 날카로운 흔적을 남기는 수많은 인상들을 받아들인다. 이 인상들은 수많은 원자의 끊임없는 낙진처럼 사방에서 쏟아져 내린다. 그것들은 쏟아져 내리며 월요일 혹은 화요일의 삶을 이룬다. ……인생이란 질서 정연하게 배열된 일련의 마차의 등불 같은 것이 아니다. 인생이란 의식의 시작부터 끝까지 우리를 에워싸고 있는 반투명한 것, 빛나는 달무리 같은 것이다.

이처럼 수많은 인상들을 받아들이며 부단히 흐르는 의식 세계를 포착하고 표현하기 위해서 울프는 여러 기법을 실험하는데, 그 가운데 가장 중요한 것은 '내적 독백'이다. 이 소설의 첫 장면에서 독자는 파티에 쓸 꽃을 사기 위해 런던 거리를 걷는 클래리사의 의식 속으로 들어가 그녀의 내적 독백을 듣게 된다. 그녀는 아름다운 날씨에 과거 버턴에서의 생활을 떠올리고 피터 월시와 이야기를 나누던 시간을 회상한다. 피터가 떠오르자 그가 인도에서 돌아올 거라는 소식을 떠올리고, 이런 생각에 잠겨 횡단보도에 멈춰 선 그녀의 눈에 런던 거리의 풍경이 들어오고, 그 풍경은 런던에 대한, 아름다운 6월에 대한, 삶 자체에 대한 열렬한 사랑을 되살린다.

전통적인 작가나 화자의 친절한 설명이나 안내 없이 이처럼 의식의 흐름을 따라 전개되는 소설을 읽기 위해서는 영화를 보듯이 이어지는 장면들을 심상으로 그려 보는 편이 좋을 것이다. 카메라 앵글이 상공에서 런던 시내를 조감하다가 인물들을 클로즈업하며 그들의 의식에 접근하듯이 전지적 화자는 상공과 지상의 여러 시점에서 한 인물을 조망하고 그의 의식에 몰입했다가 다른 인물로 옮겨 간다. 언어로 런던을 그려 내기 위해 화자는 수많은 공감각적 이미지와 시적 상징, 함축적인 표현을 사용한다. 작품 도처에서 반복되는 구절들, 바람에 불려 오르내리는 나뭇가지의 이파리들과 파도, 치솟았다가 내려오는 새들의 이미지는 문장의 리듬뿐 아니라 생명의 리듬, 인생의 리듬을 암시하며 시적 산문을 창조한다.

19세기의 찰스 디킨스 같은 사실주의 작가들이 인물들의 생애를 시간의 흐름에 따라 통시적으로 서술했다면, 울프는 한 시점에 초점을 맞춰 공시적으로 파고들었다고 볼 수 있다. 울프의 상상 속에서 이 소설의 배경인 1923년의 런던은 수천 년간 퇴적되어 온 지층처럼 로마인들의 브리튼 침공 이전에 잡초가 무성했던 습지와 미래에 메마른 먼지투성이로 변해 버릴 폐허를 동시에 품고 있다. 현재에 과거가 층층이 집적되어 있고 또한 미래가 잉태되어 있다. 런던의 지하철역 앞에서 노래를 부르는 걸인 여자는 아득한 과거에 지나간 사랑을 노래하던 여자와 겹쳐지면서 현재 삶의 숨겨진 깊이를 드러낸다. 그리하여 20세기 초 런던의 단면을 그려 낸 이 소설은 풍부한 이미지와 상징, 은유, 함축적 표현을 통해 시대와 역사를 넘어서는 인간 삶의 연속성과 결속을 그려 낸다. 이렇게 창조된 작품은 놀랍도록 아름다운 산문으로 우리의 무딘 의식을 버리고 삶에 대한 계시의 순간을 엿보게 한다. 분명 난해하고 이해하기 어려운 작품이지만, 천재적인 예술가의 각고의 노력과 실험 정신이 빚어낸 희귀하고도 아름다운 성취임에는 틀림없다.

이 작품의 번역 원본으로는 *Mrs Dalloway*(Oxford University Press, 2000)를 사용했고, 고 천승걸 교수님의 *Mrs Dalloway*(영미문학주석본총서 2., 서울대학교 출판부, 1995) 주석에서 큰 도움을 받았음을 감사하는 마음으로 밝힌다.

1882년   1월 25일 런던에서 태어났다. 본명은 애들린(Adeline) 버지니아 스티븐. 아버지 레슬리 스티븐(Leslie Stephen)은 『영국 인명사전』을 편찬하고 명망 있는《콘힐 매거진》을 편집한 당대 최고의 지식인이자 에세이 작가였으며, 어머니 줄리아 스티븐은 뛰어난 미인이자 귀족적 배경을 지닌 인물이었다. 경제적으로 상류층은 아니었지만 그녀의 집안은 당대의 유명한 소설가 헨리 제임스와 조지 메러디스, 윌리엄 새커리 등과 친분이 두터운 지적, 예술적 동아리를 형성하고 있었고, 빅토리아 시대 문화와 교양의 최고 중심이었다.

1895년   어머니의 죽음. 처음으로 정신 질환을 일으켰다.

1896년   언니 바네사와 함께 이탈리아를 여행했다.

1897년   이복 언니인 스텔라가 결혼 후 사망. 버지니아는 런던
        킹스 칼리지에서 그리스어와 역사를 배웠다.

1899년   오빠 토비(Thoby)가 케임브리지의 트리니티 칼리지
        에 진학하여 이후 '블룸즈버리 그룹'을 결성할 리턴 스
        트레이치(Lytton Strachey), 레너드 울프, 클라이브 벨,
        J. M. 케인스 등과 교류했다.

1902년   재닛 케이스(Janet Case)에게서 그리스어를 배웠다.

1904년   아버지의 죽음. 이탈리아 여행 후 두 번째로 정신 질환
        을 일으켜서 세 달간 병석에 있었다. 첫 번째 글 발표.
        블룸즈버리로 이사했다.

1905년   포르투갈과 스페인 여행. 논평을 쓰고 런던 몰리 칼리
        지에서 근로자들을 위한 야간 강의를 시작했다.

1906년   그리스 여행. 오빠 토비가 사망했다.

1907년   바네사와 클라이브 벨의 결혼. 버지니아는 남동생 에
        이드리언(Adrian)과 함께 이사. 첫 번째 소설『멜림브
        로지어』(후에『출항』으로 개칭) 집필을 시작했다.

1908년   이탈리아 여행.《타임스》의 문예 부록과《콘힐》에 서평
        을 기고했다.

1909년   리턴 스트레이치가 구혼했다.

1910년   여성 참정권 운동에 참가. 요양원에서 두 달간 보냈다.

1911년   튀르키예 여행. 에이드리언과 브런즈윅 스퀘어로 이사하
        여 케인스, 덩컨 그랜트, 레너드 울프와 한집에 거주했다.

1912년   레너드 울프와 결혼하여 프로방스, 스페인, 이탈리아로
        신혼여행을 떠났다. 클리퍼드 인으로 이사했다.

1913년   『출항』을 탈고하여 출판사에 보냈다. 병세가 악화되어
        자살을 기도했다.

1915년   런던 남부 리치먼드의 호가스 하우스(Hogarth House)
        로 이사.『출항』출판. 2월에 극심한 정신 이상 증세를
        보이고 11월에 회복되었다.

1916년   여성 협동조합의 리치먼드 지부에서 강연했다.

1917년   호가스 출판사를 운영하기 시작하며 「벽 위의 자국」을
        출판했다.

1918년   서평들을 기고하고,『밤과 낮』을 집필했다.

1919년   『밤과 낮』출판. 몽크스 하우스를 구입했다.

1920년   단편들 출판.『제이콥의 방』을 집필했다.

1921년   여름 내내 병을 앓고, 단편집『월요일이나 화요일』을
        호가스 출판사에서 간행했다.

1922년   1월부터 5월까지 병치레. 비타 색빌웨스트를 처음 만났
        다.『제이콥의 방』을 출판했다.

1923년   스페인 여행.『댈러웨이 부인』의 첫 원고인『시간들』을
        집필했다.

1924년   케임브리지에서 현대 소설에 대해 강연하고 그 원고를
        정리하여 「베넷 씨와 브라운 부인」 간행.『댈러웨이 부
        인』을 완성했다.

1925년   평론집『일반 독자』출판.『댈러웨이 부인』을 출판했다.

1926년   독감을 앓고 난 후『등대로』를 집필했다.

1927년   프랑스와 이탈리아 여행.『등대로』출판.『올랜도』의 집
        필을 시작했다.

1928년   『올랜도』 출판. 케임브리지에서의 강연을 토대로『자기
          만의 방』을 집필했다.

1929년   베를린 여행.『자기만의 방』을 출판했다.

1930년   『파도』의 초고를 끝냈다.

1931년   프랑스를 자동차로 여행.『파도』 출판.『플러시』를 집필
          했다.

1932년   『일반 독자 속편』 출판. 처음에『파지터 가족』이라 제
          목을 붙인『세월』의 집필을 시작했다.

1933년   프랑스와 이탈리아를 자동차로 여행.『플러시』를 출판
          했다.

1934년   『세월』 집필. 로저 프라이가 사망했다.

1935년   『세월』 재집필. 네덜란드, 프랑스, 이탈리아를 자동차로
          여행했다.

1936년   『세월』 완성.『3기니』 집필을 시작했다.

1937년   『세월』 출판.『로저 프라이 전기』 집필 시작. 바네사의
          아들 줄리안 벨이 스페인 내란에 참전하여 사망했다.

1938년   『3기니』 출판.『로저 프라이 전기』 집필.『막간』을 구상
          했다.

1939년   『막간』 작업. 런던에서 프로이트를 만났다.

1940년   『로저 프라이 전기』 출판. 메클렌버그 스퀘어의 집이
          폭격을 맞았다.『막간』을 완성했다.

1941년   『막간』 수정. 병을 앓고 난 후 3월 28일에 몽크스 하우
          스 근처의 우즈강에서 스스로 생을 마감했다.『막간』
          을 출판했다.

세계문학전집 **484**

댈러웨이 부인

1판 1쇄 찍음 2025년 12월 12일
1판 1쇄 펴냄 2025년 12월 19일

지은이 버지니아 울프
옮긴이 이미애
발행인 박근섭, 박상준
펴낸곳 (주)민음사

출판등록 1966. 5. 19. (제 16-490호)
서울특별시 강남구 도산대로1길 62(신사동) 강남출판문화센터 5층 (우편번호 06027)
대표전화 02-515-2000 팩시밀리 02-515-2007
www.minumsa.com

© 이미애, 2025. Printed in Seoul, Korea

ISBN 978-89-374-6484-3 04800
ISBN 978-89-374-6000-5 (세트)